Christian Scherl

# Waldviertler Todesrausch

Kriminalroman



federfrei
www.federfrei.at

Sowohl die im Buch vorkommenden Personen als auch die Handlungen sind frei erfunden. Namen und Ähnlichkeiten mit Personen oder tatsächlichen Handlungen sind zufällig und nicht gewollt.


1. Auflage
Marchtrenk, 2019
www.federfrei.at

Umschlagabbildung:
© kishivan - Fotolia.com
Lektorat: S. Bähr
Satz und Layout: Verlag federfrei
Printed in Skala Print

ISBN 978-3-99074-049-1

# Prolog

Der dicke Mann balanciert wackelig auf dem Rand des Gärbottichs. Sein Stiefel ist doppelt so breit wie die Oberkante des randvoll gefüllten Beckens.

»Halte endlich still«, brüllt er. In einer Hand das Ende eines Holzstiels. Mit der anderen versucht er, auf dem Display seines Smartphones das Bild scharf zu stellen, auf dem nur ein gleißend heller Fleck zu erkennen ist.

»Mist, das Bild ist verwackelt. Leuchte gefälligst nochmals rein in das Loch. Ich möchte es sehen, bevor ich es ficke.«

»Mit mir nicht«, schreit eine Stimme. In dem Moment, als der Blitz für einen Bruchteil einer Sekunde die schimmelbefallenen Betonwände in bläuliches Licht taucht, schlägt das Ende des Stiels gegen den mächtigen Bauch. Wie die Lanze eines Ritters. Der Stiefel rutscht von der Kante. Der Dicke stürzt ins Becken.

# Kapitel 1 – Montag

In den Furchen zwischen den alten Kopfsteinpflastersteinen vor dem Sudhaus der Brauerei schimmert noch das Wasser des gestrigen Regens. Über den Dächern der mittelalterlichen Häuser zeigt sich Morgenrot. Träge wie jeden Morgen watschelt Dieter Maierhofer in buckliger Haltung auf die Arbeitsstätte zu. Verschlafener als üblich radieren seine Gummistiefel den Boden. Der dreifache Schlag der Turmuhr verkündet Viertel vor sechs. Für den Braumeister ist das verspätet. Normalerweise steht er um diese Zeit längst im Lager und checkt den Tagesplan. Heute ist eine Ausnahme. Am Morgen nach dem großen Bierkirtag drehen sich die Mühlen langsamer. Das hat Tradition. Seit den späten Sechzigerjahren beendet das zweitägige Fest der Brauerei Loisbach den Sommer im nordwestlichen Waldviertel. An keinem anderen Wochenende im Jahr fließen in der Kleinstadt mehr Liter Bier. Zwischen Sudhaus und Verwaltungsgebäude bildet das Brauereifabrikgelände einen L-förmigen Innenhof, der zu Lager und Produktionshalle führt.

Wie ferngesteuert wackelt Maierhofer dem Mitarbeiter-Eingang entgegen, der über eine kleine Treppe zu erreichen ist. Vor der ersten Stufe der schmucklosen Betontreppe bleibt er stehen.

»Diese Schweine«, entfährt es seinen spröden Lippen.

Sein Blick haftet auf dem riesigen bräunlichen Fleck am Boden seitlich des Treppengeländers. Das Erbrochene ist eingetrocknet, einige Ausläufer kleben in sternförmigen Mustern an den Stufen. Mit seinen schlecht gedehnten Muskeln kostet es ihn große Anstrengung, in einer Grätsche über das Malheur zu steigen. Seine Hand wandert an den Griff der Eingangstür.

Die Tür ist offen. Er ist darüber erstaunt, aber zu müde, es zu hinterfragen. Vis-à-vis der Eingangstür führt eine steile Treppe hinab zu den alten Lagertanks. Rechts geht es zum Lager, links zu den großen Gärbottichen.

Tägliche Routine: Erste Station sind die Lagertanks. Der Lack an den alten Behältern bröckelt ab. Gescheckt wirken sie wie überdimensionale, aufgeblähte Kuhleiber. Maierhofer bemerkt sofort, dass jemand an den Zapfhähnen herumgefummelt und nicht ordnungsgemäß abgedreht hat. Die Hebelenden zeigen zu ihm, müssten aber korrekterweise parallel zum Hahn verlaufen.

Frisches Bier tropft wie aus einer verschnupften Nase.

»Es ist immer dasselbe«, knurrt der Braumeister. »Dieser Kirtag macht alle verrückt im Kopf.«

Mit flinken Handbewegungen bringt er die Hebel der Reihe nach wieder in die vorgeschriebene Endposition.

Er betrachtet die schaumigen Pfützen am Boden und watet zurück zum Gang, um den Gärkeller zu inspizieren.

Drei große quadratische Betonwannen lassen nur Platz für einen schmalen Pfad, der zum Notausgang führt.

Riesige Schaumberge wuchern über den Rand der Bottiche.

In der Hosentasche des Braumeisters vibriert das Handy. Ohne Zögern fischt er es hervor und gafft auf das blinkende SMS-Symbol am Display. Es ist die Danksagung des Bürgermeisters: *»Gelungenes Fest. Bedanke mich im Namen der Gemeinde Loisbach. Frohes Schaffen. Major.«*

Worte, aus denen der Unwissende Zufriedenheit ableiten mag, aber Dieter Maierhofer kennt den Bürgermeister. Eine für den Major sehr knapp gehaltene SMS. Mehr Pflichterfüllung als echte Dankbarkeit.

Hastig kontrolliert der Braumeister, ob es noch eine Fortsetzung der SMS gibt. Sein Finger öffnet in der Eile allerdings eine Funktion, die er nicht aufrufen wollte – die Fotokamera.

Im Versuch, sie wieder zu beenden, erblickt er im gezoomten Bildausschnitt eine aufgequollene Hand, die aus der Schaumkrone im Gärbottich hervorsteht.

Dieter Maierhofer tritt an den Beckenrand. Nach und nach zeigen sich unter dem knisternden Schaum weitere Fremdkörper, die im Bier nichts verloren haben: die Rückenansicht eines Trachtenanzugs und ein massiver Hinterkopf – da schwimmt eine Leiche im Jungbier.

Ohne den Blick von den Gärbottichen zu nehmen, schreitet der Braumeister an das Ende des schmalen Pfads. Seine Hand fasst ins Leere. Jetzt erst wendet er sich vom Becken ab und starrt an die Wand. Die Vorrichtung, an der die große Schaufel zur Abschöpfung des Kräusenteppichs hängen sollte, ist leer. Lediglich die Metallspangen, die zur Fixierung des langen Schaufelstiels dienen, ragen aus der Wand.

Der Braumeister stellt sich wieder an den Rand des Gärbottichs. Die Leiche treibt steif im Bier.

»Chef, wir haben ein Problem«, tippt er hektisch in sein Handy.

*

Schrill hallt die Schulglocke durch das Gymnasium im 16. Wiener Gemeindebezirk. Wie ferngesteuert erheben sich im Lehrerkonferenzraum die Lehrkörper von den Stühlen und begeben sich in ihre Klassen.

Bis auf einen.

Nestor lehnt an der Wand neben der Fensterreihe und nippt am lauwarmen Kaffee. Mit der freien Hand drückt er den Vorhang zur Seite, um besser auf den Parkplatz vorm Schulgebäude blicken zu können.

Ein riesengroßer schwarzer Chrysler-SUV rollt in die noch einzige freie Parklücke der für Lehrer reservierten Parkplätze.

Die Fahrertür fliegt auf. Die Frau trägt einen altmodischen Trainingsanzug und ausgelatschte Turnschuhe. Sie zieht eine riesige Sporttasche vom Beifahrersitz, wirft die Fahrertür wuchtig ins Schloss und schießt in Riesenschritten mit der geschulterten Tasche auf den Haupteingang des Schulgebäudes zu. Instinktiv lässt Nestor den Vorhang los, um zu vermeiden, dass sie ihn am Fenster stehen sieht.

Er neigt den Kopf zur Seite, bis seine Schläfe die Mauer berührt. Verträumt betrachtet er die vergilbten Häkelschlingen des Stores.

Heidi – was für eine Frau. Während er sich träge und ausgespien fühlt, ist sie energiegeladen und voller Tatendrang, und das in der allerersten Stunde.

Sein Schädel brummt. Er vermeidet hastige Bewegungen. So sehr hat er gehofft, dass sie hoch ins Lehrerzimmer kommt, aber vom Haupteingang zum Lehrertrakt benötigt man keine zwei Minuten – schon gar nicht Heidi mit ihrer sportlichen Gangart –, und sie ist noch immer nicht da.

Der Geräuschpegel keppelnder Kinder verhallt zunehmend. Schritt für Schritt kehrt Stille in die weitläufigen Gänge.

Gedankenverloren spielt Nestors Zungenspitze mit dem deformierten Schneidezahn – den hat er auch Heidi zu verdanken. Manche Gesten kommen von ihr eben ruppiger herüber, als man es von Frauen gewohnt ist. Als er sie vor ein paar Tagen begrüßen wollte und sich ihr von hinten näherte, fuhr ihr Ellbogen hoch und traf Nestor wie ein Dampfhammer im Gesicht. Sie hat es nicht böse gemeint, auch wenn ihr statt einer Entschuldigung entfuhr:

»Was quatschst du mich blöd von der Seite an?!«

Er liebt sie trotzdem.

Die Stelle, an der der linke Scheidezahn im 45-Grad-Winkel gebrochen ist, fühlt sich scharf an wie eine Rasierklinge. Seine Zunge muss höllisch aufpassen, um sich beim Anschmiegen an den Zahn keinen Schnitt zuzuziehen.

»Bach? Haben Sie keinen Unterricht?«

Nestor brennen die Augen, als er die Lider aufreißt. Er blickt über die Schulter. Klaus Mattner steht unterm Türbogen des Lehrerkonferenzraumes. Ein attraktiver, schlanker Mann. Mathe-Pauker. Schwarm aller Schülerinnen.

»Der Unterricht hat vor fünfzehn Minuten begonnen. Lassen Sie Ihre Pappenheimer nicht ohne Aufsicht. Warum sollen Sie mehr Freiheiten genießen als wir? Los, ab in Ihre Klasse!«

Beim Versuch, etwas zu erwidern, entkommt Nestor nur ein Krächzen. Sein Mund ist völlig ausgetrocknet. Aber Mattner wartet ohnehin keine mögliche Rechtfertigung ab und verschwindet wieder.

»Idiot«, murmelt Nestor und stößt sich von der Mauer ab. Im Vorbeischlurfen stellt er die leere Kaffeetasse am Konferenztisch ab.

Der Übergang in den Schülertrakt gleicht einem Konstrukt aus einem Science-Fiction-Film. Das gleißende Licht der Fensterfassade ist viel zu grell für Nestors müde Augen. Er ist ganz alleine auf weitem Flur. Wie auf Schienen nähert er sich den Klassenräumen. Alle Türen sind geschlossen, nur eine steht sperrangelweit offen – jene zu Nestors Klasse.

Er sieht aus der Distanz, wie ein paar Schüler das Lehrerpult okkupieren und es für Turnübungen missbrauchen. Kichern und schrilles Lachen dringen auf den Gang. Noch haben sie ihren Lehrer nicht entdeckt.

Nestors Schritt wird zögerlicher. Zehn Meter vor der Tür bleibt er stehen. Ein feuchter Schwamm segelt in der Klasse über das Lehrerpult und bleibt schmatzend an der Tafel kleben.

Wie ein Flüchtender biegt Nestor nach links zum breiten Treppenaufgang ab. Er trippelt über die Stufen nach unten ins Erdgeschoss, hastet vorbei an den Schülergarderoben in die große Aula, die bei Schulfestivitäten als Festsaal dient. Flott durchquert er die Aula und erreicht den Durchgang zum Turnsaal. Schlagartig wechselt die Art des Geruches von süßlichem Angstschweiß in säuerlich-muffige Ausdünstungen.

Ein düsterer Gang führt nicht enden wollend an Toiletten und Garderoben vorbei, bis dahinter Treppen erscheinen, die zur Tribüne hochführen. Nestor ist der einzige Besucher und zwängt sich zwischen den leeren Plastiksitzreihen hindurch.

Wie auf einem Truppenübungsplatz schallen Heidis Kommandos durch die Halle. Sie selbst ist nicht zu sehen. Über die Brüstung erblickt Nestor nur einen Haufen Unterstufenschüler, die wie emsige Ameisen Matten am Boden auslegen und nach und nach die Markierungen des Handballfeldes abdecken. Nestor geht hoch zur obersten Sitzreihe. Dahinter erstreckt sich die Glaswand zum Buffet, die zu weiten Teilen mit Jalousien verhangen ist.

Heidi kommandiert ohne Ende.

Diese Energie – Nestor ist fasziniert. Diese Frau funktioniert von früh bis spät. Woher nimmt sie bloß ihre Kraft?

Jetzt erst tritt Heidi in Erscheinung. Mit dem Rücken der Tribüne zugewandt. Der stille Zeuge sinkt langsam auf einen der Plastik-Tribünensitze. Neben den zarten Schülern wirkt Heidis Statur wie ein kantiger Fels. Sie hat die Trainingsjacke ausgezogen, wodurch ihr durchtrainierter Körper zum Vorschein kommt. Muskeln ohne Ende, auch wenn sich eine satte Fettschicht über die Definition gezogen hat, seit sie ihre aktive Judo-Sportkarriere beendete. Taille besaß sie angeblich schon früher nicht. Beide Hände an der Hüfte, schnattert sie auf ihre Schützlinge ein.

»Schlachtschiff« nennen manche Lehrerkollegen sie hinter vorgehaltener Hand, und das sind noch die harmloseren Ausdrücke. Auf Nestor übte diese Frau immer schon eine anziehende Wirkung aus. Seit er nach seiner Ausbildung an dieser Schule vor knapp einem Jahr als Aushilfslehrer begonnen hat.

Heidi unterteilt die Schüler in Kleingruppen. In einem Tonfall, der Nestor an seinen Militärdienst erinnert, der noch nicht so lange zurückliegt. Er hegt keinen Zweifel daran, dass Heidi eine Vorzeige-Offizierin abgegeben hat, damals, als sie vom Bundesheer unterstützt wurde, um sich optimal auf ihre internationalen Judo-Bewerbe vorzubereiten. Alleine schon das

Zusehen, wie sich die Schüler auf den Matten abquälen, treibt ihm den Schweiß auf die Stirn. So viel Action ist ihm in seinem Zustand zu viel. Er blickt zurück zur Glaswand. An der Stelle, wo die Jalousien verknittert sind, dringt das warme Licht der Cafeteria-Beleuchtung durch die Scheibe der Verbindungstür. In der Cafeteria ist noch nicht viel los. Der Wirt sitzt gelangweilt auf einem Barhocker und blättert sich durch eine Boulevardzeitung. Seine Frau legt ein Sandwich und eine Serviette auf einen Teller und bewegt sich von der Theke zu einem Tisch. Sie stellt den Teller einem jungen Mann vor die Nase, der sich das Sandwich sofort zwischen die Zähne schiebt. Ein Schüler aus Nestors Klasse.

»Ist in der Klasse der Affe los?«, fragt Nestor, während er sich neben den Jungen auf die Sitzbank zwängt. Der Schüler blickt auf, verharrt in seiner Biss-Position wie ein Standbild. Wie auf Knopfdruck schneiden sich seine Zähne dann aber doch hungrig durch Weißbrot, Schinken und Ei. Er schüttelt den Kopf.

»Nö, alles ruhig.«

Der Junge würgt den Bissen hinunter, legt das Sandwich am Teller ab, und als er den verwirrten Blick des Lehrers registriert, legt er nach: »Wirklich, es ist mucksmäuschenstill. Sind alle am Lernen. Mathe-Schularbeit in der nächsten Stunde. Schieben alle voll die Panik.«

»Nur du nicht. Schon so gut vorbereitet?«

»Bei mir ist's zwecklos. Ich fliege sowieso durch. Ich wüsste nicht mal, wo ich zu lernen anfangen sollte.«

»Ich gehe euch also nicht ab?«

»Die sind froh, dass Sie sie in Ruhe lassen. Ehrlich.«

Nestor blickt sich in der Cafeteria um.

»Wir sollten trotzdem in die Klasse marschieren.«

»Darf ich das noch aufessen? Hatte heute kein Frühstück.«

Nestor nickt und wartet, bis der Junge sein Sandwich in drei kurzen Schüben verschlungen hat. Dann erheben sie sich nacheinander von der Bank.

*

Vor der Brauerei Loisbach parken mehrere Polizeieinsatzfahrzeuge. Absperrbänder riegeln das Gelände weitflächig ab. Einer der Polizisten spannt das Band in die Höhe, um den Brauereibesitzer Wolfgang Ortner darunter hindurchgehen zu lassen. Links und rechts wird der Mann von weiteren Polizisten begleitet. Braumeister Dieter Maierhofer kommt dem Chef über den Vorhof entgegengestürmt.

»Er war nicht mehr zu retten. Als ich kam, war er schon tot.«

»Didi, ich kann's noch nicht glauben. Ist es wirklich Sepp?«

»Ohne Zweifel.«

Einer der Polizisten hält ihm die Mitarbeiter-Eingangstüre auf. Wolfgang Ortner achtet darauf, mit seinem edlen Mantel nicht an dem schmierigen Metall zu streifen.

»Ich kenne den Weg in meiner eigenen Brauerei«, blafft er einen Beamten an, der mit ausgestrecktem Arm zum Gärkeller deutet.

Die Leiche wurde bereits aus dem Becken gefischt und liegt in einem Plastiksarg. Männer in weißen Forensiker-Kitteln belagern den Tatort. Die Schaumkronen wurden großräumig von der Brühe geschöpft. Nur vereinzelt kreisen noch Schaumhügel wie schmutzige Miniatureisblöcke über die trübe Oberfläche.

»Jungs, hört mal her«, setzt der Polizist neben dem Brauereibesitzer an. »Das ist der Boss von diesem Laden. Herr Wolfgang Ortner.«

Aus dem Pulk an Männern in Spurensicherungs-Overalls bewegt sich einer auf den Neuankömmling zu und streckt ihm die Hand entgegen.

»Ich bin Eduard Feige von der Polizeidirektion Zwettl. Danke, dass Sie gleich gekommen sind, Herr Ortner. Es handelt sich bei dem Toten um …«

»… Sepp Ackermeier«, vervollständigt der Brauereibesitzer. »Der Mann ist mir bestens bekannt, und mein treuer Mitarbeiter hat mich schon informiert.« Er tritt näher an den Sarg heran. Der aufgedunsene Körper des Toten passt kaum in die Box. Die Kälte hat der Leiche Äderchen unter der Haut zerrissen, und das Blut hat sich unter der Hautoberfläche der Wange wie ein abstraktes Gemälde verteilt.

»Er ist erstickt. Die CO2-Dämpfe an der Oberfläche der Becken ließen ihm keine Chance«, sagt der Polizist.

»Wenn er zuvor nicht schon einen Herzinfarkt erlitten hat«, analysiert Wolfgang Ortner. »Die Temperatur des Jungbiers beträgt in den Gärbottichen zwei Grad. Das überlebt niemand lange. Schon gar nicht Sepps schwaches Herz.«

»Können Sie mir sagen, welche Personen zu diesem Raum Zutritt haben, damit wir die Fingerabdrücke abgleichen können?«

»Sie werden Spuren von mir, meinem Braumeister Dieter Maierhofer und unserem Bierbrauer Bernhard Frieß finden. Der hat heute Vormittag allerdings frei. Gestern war unser legendärer Bierkirtag. Herr Frieß sollte gegen Mittag hier auftauchen.«

»Rufen Sie ihn an. Er soll sofort herkommen«, sagt Eduard Feige. »Mehr Mitarbeiter gibt es nicht?«

»Keine, die zum Gärkeller Zutritt hätten. Insgesamt haben wir mehr Personal. Wir beschäftigen eine Handvoll Hilfskräfte für Lager und Transport und zwei Damen, die sich um alle Büroangelegenheiten kümmern. Haben heute allerdings den ganzen Tag frei. Soll ich sie auch antanzen lassen?«

»Ja, bitte. Je eher, desto besser.«

»Erledige ich.«

»Was können Sie mir über Sepp Ackermeier berichten?«

»Sepp ist unser größter Förderer. Unsere Privatbrauerei hat ihm viel zu verdanken.«

»War Ihr größter Förderer.«

Der Brauereibesitzer schluckt, als ihm die Bedeutung des Satzes des Polizisten bewusst wird.

»Ja, und er war ein guter, ein sehr guter Freund.«

»Können Sie sich erklären, wie er in den Gärbottich gelangte?«

»Leider ja. Er hat einen eigenen Schlüssel für die Brauerei und eine Ausnahmegenehmigung, jederzeit frisches Bier zu kosten. Er liebte Jungbier.« Der Brauereibesitzer schielt zu den Bottichen.

»Sie meinen, diese Brühe da drinnen?« Eduard Feige folgt dem Blick des Brauereibesitzers. Der nickt.

»Es wird hart, ohne Sepps Einsatz unsere Brauerei auf unsere ursprüngliche Art zu betreiben. Wir sind eine der wenigen Brauereien, die sich noch eine offene Gärung leisten.«

»Was ist daran so besonders?«

»Herkömmliche Brauereien vergären ihr Bier in geschlossenen Systemen. Bei uns lagert es in offenen Bottichen. Wie man das früher machte. Das ist viel aufwendiger und aus hygienischer Sicht viel mühsamer.«

»Warum macht ihr es dann?«

»Weil das Bier viel milder schmeckt. Die Temperaturen sind ganz niedrig, und durch die Hefe, die den Malzzucker verstoffwechselt, entsteht Kohlensäure. Die Bläschen steigen auf und reinigen das Jungbier. Alle unedlen Bitterstoffe wandern an die Oberfläche. Die stecken in der Kräusendecke, die ihr abgeschöpft habt, als ihr die Leiche aus dem Becken gefischt habt.«

Der Polizist starrt auf die Schaumreste, die noch an den Seitenrändern der Bottiche kleben.

»Er hat das Zeug freiwillig getrunken?«

»Er hat es geliebt. Sepp konnte von Jungbier nicht genug kriegen. Was soll ich sagen. Gestern Abend …« Der Hausherr wischt sich mit dem Handrücken über die Stirn. »Sepp wurde gestern Bierkaiser.«

Die Runzeln auf der Stirn des Polizisten geben dem Hausherrn zu verstehen, dass er die Sache erklären muss.

»Sie sind kein gebürtiger Waldviertler, gell? Sonst würden Sie den Bierkirtag kennen.«

»Ich stamme ursprünglich aus Wien, bin erst seit einem knappen Jahr in Zwettl.«

»Lange genug, dass Sie unser Fest kennen sollten. Aber bitte. Wir küren alljährlich im Zuge unseres Bierkirtages den Bierkaiser – das ist die Person, die in einer Stunde mehr Bier trinken kann, ohne auszutreten oder zu erbrechen.«

»Wettsaufen!«

»Wir bevorzugen den Namen Bierkaiser. Sepp vollbrachte gestern das halbe Dutzend. Zum sechsten Mal in Serie ist er Bierkaiser des Jahres.«

»Er kam also sturzbesoffen in die Brauerei.«

Wolfgang Ortner nickt und senkt den Kopf. »So dramatisch es klingen mag, aber Sepp starb bei seiner Lieblingssportdisziplin – dem Biertrinken. Das ist wie ein Künstler, der auf der Bühne zusammenbricht, ein Bergsteiger, der vom Gipfel stürzt, ein Fischer, der im Boot krepiert …«

»Ich hab's kapiert«, winkt Eduard Feige ab und gibt seinen Männern das Zeichen, die Leiche abzutransportieren. Dann hebt er mehrere Plastikbeutel hoch, in denen sich jeweils unterschiedliche Gegenstände befinden: ein zerbrochener Bierkrug, ein Handy, ein riesiger Schlüsselbund.

»Erkennen Sie diese Gegenstände wieder?«

»Ja, gehören alle dem Sepp. Sein Bierkrug, denn er hier herinnen benutzt, sein Telefon und seine Schlüssel. Da sind alle dran, von der Brauerei, seiner Villa und seiner alten Firma, obwohl er da schon Jahre nicht mehr war.«

»Wir lassen alles untersuchen.« Der Polizist überreicht die Beutel einem Kollegen. Dann schwenkt sein skeptischer Blick auf die Wände.

»Wird schwierig, brauchbare Fingerabdrücke zu finden. Es muss dermaßen viel Bier an die Wände gespritzt sein, als er ins Becken fiel, dass es Wände, Boden und Tür abgewaschen hat.«

*

Nestor hetzt aus der Schule. Immer wieder blickt er über die Schulter zurück zu den Fenstern, während er zum Parkplatz eilt und die Tür seines verrosteten Toyotas aufsperrt. Er steigt ein und startet den Motor. Langsam rollt er im Rückwärtsgang aus der Lücke. Im ersten Gang schleicht der Wagen das Spalier an Lehrerfahrzeugen ab. Auf Höhe von Heidis Chrysler stoppt er. Der schwarze Lack ihres wuchtigen Autos ist stark verdreckt. Bis zu den Türklinken klebt getrockneter Schlamm an der Karosserie.

Nestors Blick schielt über die Autodächer zu den Fenstern der Klassenzimmer und Konferenzräume. Aus offenen Fenstern quakt Schülerlärm. Nestor steigt aus seinem Wagen, stellt sich ans Heck des Chryslers und drückt seine Nase an der Scheibe platt. Bis auf die Windschutzscheibe sind die Scheiben verdunkelt, und es fällt schwer, etwas hindurch zu erkennen. Auf der Ladefläche liegen haufenweise Klamotten. Als hätte Heidi sich im Auto für den Turnunterricht umgezogen.

Die schrille Pausenglocke im Schulgebäude ertönt, und der Geräuschpegel kreischender Kinder schraubt sich im Sekundentakt in die Höhe. Aus dem Haupteingang strömen die ersten Schüler hervor und bewegen sich zu den Straßenbahn- und Bushaltestellen. Unauffällig schlängelt der alte Toyota sich zwischen den Kindern auf die Hauptstraße.

*

In der Brauerei: Die hochgewachsene, gertenschlanke Frau trägt einen stilvollen Mantel, und ihr blondes Haar ist kunstvoll hochgesteckt. Hinter der großen Sonnenbrille verbirgt sie ihre Trauer.

Helene Ackermeier steht dem Brauereibesitzer zugewandt. Er schlingt seine Arme um sie und flüstert trostspendende Worte in ihr Ohr.

»Waren Sie gestern auch auf dem Bierkirtag?«, erkundigt Eduard Feige sich, sobald Wolfgang Ortner seine Umarmung löst. Sie schüttelt dezent den Kopf.

»Sie hat es nicht so mit dieser Art von Bierfestivitäten«, ergreift der Brauereibesitzer Wort für sie. »Leider, denn sonst könnte Helene feststellen, dass unser Fest alles andere als eine wilde Sauferei ist.«

»Ich würde es gerne aus dem Mund von Frau Ackermeier hören.«

Sie neigt ihren Kopf in seine Richtung. Jetzt erst, als das Tageslicht im Vorhof der Brauerei stärker auf ihr Gesicht trifft, lassen die Falten ihr wahres Alter erahnen.

»Was hätte ich dort tun sollen? Ihn anfeuern? Wie er sich besäuft und seine Gesundheit noch weiter aufs Spiel setzt?« Ihr Kopf wendet sich wieder vom Polizisten ab, aber er hört, was sie dem Brauereibesitzer entgegenschmettert: »Sieht man ja, wohin das führt. Irgendwann hat das passieren müssen, das war mir klar.«

Sie pausiert, holt tief Luft. »Ungeschlagener Bierkaiser. Als ob das so etwas Tolles wäre. Wenigstens ist er nicht im Festzelt gestorben, vor allen Leuten – und das peinliche Bild auf allen Titelseiten.« Sie deutet zu den Absperrungen.

»Sorgen Sie dafür, dass diese gierigen Reporter keine Fotos von meinem Mann machen können.«

»Das verspreche ich Ihnen«, sagt Eduard Feige.

»Ich habe meinem Mann abgeraten, beim Bierduell mitzumachen.«

»Das hast du jedes Jahr, Helene.« Wolfgang Ortner streicht ihr sanft über den Oberarm.

»Ja, aber heuer mit besonderem Nachdruck.«

»Wieso heuer stärker als sonst?«

»Mein Mann war ernsthaft herzkrank. In letzter Zeit ging es ihm zwar besser, aber er hätte an diesem Wettkampf niemals teilnehmen dürfen.« Ihr verächtlicher Blick trifft den Brauereibesitzer. »Ich begreife nicht, warum die Organisatoren zuließen, dass ein kranker Mensch bei so einem Irrsinn mitmachen darf. Ihr hättet das stoppen müssen, Wolferl.«

»Du weißt genau, dass mich Sepp dafür verflucht hätte. Alle haben es probiert, es ihm auszureden: Du, der Bürgermeister, sogar ich habe ihm ins Gewissen geredet. ›Sepp‹, habe ich gesagt, ›du wurdest fünf Mal Bierkaiser. Warum lässt du nicht auch mal anderen eine Chance?‹ Aber nein, er wollte nicht. Was hätte ich tun sollen? Unser Wettkampf ist frei. Jeder, der will und volljährig und zurechnungsfähig ist, darf daran teilnehmen.«

*

Nicht weit entfernt von der Brauerei, am Hauptplatz von Loisbach, wird das große Festzelt abgebaut. Einige Schaulustige nutzen die lauen Temperaturen, um von den Gastgärten der umliegenden Kaffee- und Wirtshäuser aus dem Treiben zuzusehen.

Die Polizei mischt sich unter das Volk, führt Befragungen durch und sammelt Zeugenaussagen.

»Kein Mensch in Loisbach wird Schlechtes über Sepp erzählen. Er war beliebt.« Der ältere Herr steckt sich das Mundstück seiner Pfeife zurück zwischen die bartumrandeten Lippen und pafft weiter. Seine Einschätzung ist richtig. Wen immer die Polizisten interviewen, Sepp Ackermeier war ein weltoffener Kerl, der gut verdiente und mit seinem Geld weder geizte noch hinterm Berg hielt, sondern intensiv in den Ort investierte.

Nachdem Helene Ackermeier die Brauerei verlassen hat, beteiligt auch Eduard Feige sich an der Befragung. Er hegt keinen Zweifel an der Glaubwürdigkeit der Zeugenaussagen, dennoch geht ihm das Gerede des »Heiligen Sepps« rasch auf den Geist.

»Einer, der so beliebt ist, hat automatisch Neider«, meint er, als er vorm Rathaus auf das Stadtoberhaupt trifft. Lorenz Hochgartner übt das Amt des Bürgermeisters seit fünfzehn Jahren aus. Er scheint in der Beliebtheit gleich nach Sepp zu kommen. Ein ständiges Grüßen und Winken. Jeder Passant schallt ein freudiges »Schönen guten Tag, Major.«.

»Mir wären keine Neider bekannt«, brummt er mit ruhiger Stimme und blickt den Polizisten mit seinen strahlend blauen Augen an.

»Haben Sie bei dem Wettsaufen gestern Abend zugesehen?«

»Ich habe dem Sepp sogar die Bierkaiser-Krone aufgesetzt.«

»Wirkte er gestern anders?«

»Nein. Er hat ordentlich getrunken und verdient gewonnen.«

»Angeblich wollten Sie, dass er am Wettkampf nicht teilnimmt.«

»Seine Frau hat mich gebeten, ihm ins Gewissen zu reden.

Wegen seiner Herzschwäche. Aber der Sepp ist der Sepp. Machte immer schon, was er wollte.«

Das Gespräch des Bürgermeisters mit dem Polizisten wird von einem Passanten unterbrochen, der dem Stadtoberhaupt kräftig auf die Schulter klopft.

»Major, das war wieder ein Spitzenfest.« Der Passant lässt die Hand des Bürgermeisters nicht mehr los. »Schade, dass es so tragisch endete. Ich hab's gerade beim Bäcker erfahren. Fürchterlich!«

»Ja, das trübt die Erinnerungen an unseren Bierkirtag. Ich bin untröstlich.«

»Das war zu hundert Prozent dieses Monster.« Die Speicheltropfen der feuchten Aussprache des Mannes klatschen auf den gestreiften Anzug des Stadtoberhauptes.

»Was für ein Monster?«, will Eduard Feige umgehend wissen. Der Bürgermeister wischt sich mit der Hand über seine Brusttasche und tut den Ausspruch des Passanten mit einer Handbewegung ab: »Ach, wenn Friedl trinkt, verwaschen die Bilder.«

Aber so einfach lässt sich der aufgebrachte Mann nicht abspeisen.

»Diese Kampflesbe ist ein schwanzloses Monster. Sie hat dem Sepp den Schädel abgebissen.«

»Friedl, es reicht.«

»Nein, das muss einmal gesagt werden.«

»Von wem redet er?«

»Er meint Heidi Dudek.«

»Heidi Dudek? Der Name ist mir irgendwie geläufig.«

»Ja, die Judokämpferin. Heidi war Sepps Gegnerin im Duell um die Bierkaiser-Krone«, klärt der Bürgermeister auf. »Sie schaffte es ins Finale, hat aber gestern Abend gegen Sepp den Kürzeren gezogen.«

»Das ist keine Frau – das ist ein Monster«, ruft der ältere Herr hinter dem Rücken des Bürgermeisters hervor.

»Sie hat sich gut geschlagen«, wirft Lorenz Hochgartner sofort wie ein objektiver Schiedsrichter ein.

»Wo finden wir die Frau? Wo hat sie die Nacht verbracht?«

»Ich nehme an, in Wien. Sie lehnte ein Hotelzimmer ab und ist wieder nach Hause gefahren.«

In der Brauerei zurück beauftragt der Polizist einen Kollegen, die Adresse von Heidi Dudek zu besorgen.

»Sprichst du von Dudi?«, reagiert der Kollege ähnlich fasziniert wie zuvor Eduard Feige, als er Heidis Namen vernimmt. In ihrer aktiven Judo-Karriere wurde die Sportlerin entweder nach ihrem Vornamen oder als »Dudi« in den Medien gefeiert. Zwei Jahrzehnte lang war sie Österreichs großes Aushängeschild des heimischen Damen-Judos. Solange sie auf der Matte stand, waren die nationalen Meistertitel in der Schwergewichtsklasse auf sie abonniert, sowohl Landes- als auch bundesweit. Spitznamen wie »Baumfällerin«, »Panzer aus Ottakring« und »Dudinator« waren auf sie gepachtet. Zu ihrer Laufbahn gehörten auch internationale Erfolge. Nach ihrem Rücktritt verschwand sie rasch von der Bildfläche. Ihr Gesicht war nicht sehr werbetauglich – zumindest für Marken, für die es charmant wäre zu werben. Ihre Schlagzeilen wechselten vom Sport- in den Chronikteil. Man sichtete sie zunehmend in heruntergekommenen Kneipen. Schlägereien in volltrunkenem Zustand ging sie nie aus dem Weg. Ihr eilte der Ruf voraus, sie würde jeden Mann unter den Tisch saufen. So gesehen, verwundert es Feige nicht, dass Dudi es bis ins Finale des Saufduells in Loisbach gebracht hat.

»Sie wohnt und unterrichtet nach wie vor in Ottakring«, sagt der Kollege.

»Dann sollten wir vielleicht unsere Kollegen in Wien bitten, sich die Lady genauer anzusehen.«

Eduard Feige schwingt sich auf den Fahrersitz seines Einsatzfahrzeuges und beugt sich zum Handschuhfach. Aus einem kleinen Büchlein entnimmt er die Telefonnummer von Chefinspektorin Diotima Vogl von der Wiener Kriminalpolizei.

*

Nestor zieht sich die Bettdecke bis zur Nasenspitze und schließt die Augen. Sein Kopf hämmert. Er fühlt sich schlapp wie ein Wäscheklammersack. Das piepsende Geräusch des Smartphones hindert ihn daran, ins Land der Träume einzutauchen. Genervt schielt er zu dem Jugendstil-Tischchen im Vorzimmer, zu dem er durch die offene Schlafzimmertür blicken kann. Das Handy tanzt im Vibrationsmodus über die gläserne Oberfläche. Wenn es noch ein paar Zentimeter vorwärts zappelt, wird es über die Kante kippen und in den Metallregenständer plumpsen.

Nestor müht sich aus dem Bett und fängt das Handy im Sturzflug auf. Am Display leuchtet der Name »Dixi« auf. Er räuspert sich mehrmals, ehe er den Anruf annimmt.

»Frau Direktor. Verzeihen Sie meinen unentschuldigten Abgang, aber mir wurde plötzlich übel. Ich wollte es nicht riskieren, in Ihrem Büro auf Ihren schönen Kaschmirteppich zu kotzen.«

»Bach? Wo stecken Sie? Sehen Sie zu, dass Sie umgehend in die Direktion kommen.«

»Ich kann nicht. Ich bin krank. Mir ist speiübel.«

»Bach, die Polizei ist in der Schule und verhört Heidi. Sie möchte, dass Sie ihr Alibi bestätigen. Befördern Sie Ihren Hintern hierher. Dalli.«

Die Direktorin wartet Nestors Reaktion nicht mehr ab, sondern trennt die Verbindung. Er sieht sein Gesicht in dem schwenkbaren Tischspiegel. Im fahlen Licht sieht er noch erbärmlicher aus, als er sich ohnehin fühlt.

Alleine der Gedanke, sich wieder ins Auto zu setzen, verursacht Kopfschmerzen. Aber was bleibt ihm anderes über? Die Strecke dauert mit Straßenbahnen drei Mal so lange. Daher zwängt er sich zwischen Sitz und Lenkrad seines Toyotas.

Fünfzehn Minuten später parkt er vor dem Schulgebäude. Er quält sich hoch in den ersten Stock und geht mit langsamen Schritten zum Lehrertrakt.

Er hätte mit männlichen Polizisten gerechnet. Aber da stehen zwei Frauen. Eine groß, athletisch. Ihre Haut gegerbt wie ihre Lederjacke und voller Falten. Breitbeinig und mit vor der Brust verschränkten Armen steht sie vor der Direktorin und vor Heidi. Ihr gegenüber eine etwas kleinere, pummelige Blondine, deren Gesicht deutlich jünger ist als das der Sportlichen. Nestor wird schon auf halbem Weg von der Direktorin erblickt. Sie streckt ihren dünnen Arm in die Höhe und winkt ihn herbei, dass die goldenen Armreifen tanzen und scheppern.

»Bach, da sind Sie endlich.«

Die drei anderen Damen drehen sich nach Nestor um. Heidis Gesicht verändert sich augenblicklich in ein Strahlen.

Mein Gott, wie sie ihn anblickt. Sie hat eine echte Freude an Nestors Auftritt. Dass keiner der Lehrerkollegen diese entzückenden Lachfältchen wahrnehmen möchte, die sich auf Heidis Gesicht breitmachen, wenn sie lächelt. Nestors Übelkeit ist mit einem Mal wie weggeblasen.

Die großgewachsene Polizistin streckt ihm ihre Ausweismarke entgegen.

»Ich bin Chefinspektorin Diotima Vogl, das ist meine Assistentin, Inspektorin Wolke Böhm. Wir hätten ein paar Fragen betreffend Ihres gestrigen Trips nach Loisbach. Sie waren doch in Loisbach, richtig?«

Nestor nickt und blickt zwischen der Inspektorin und Heidi hin und her.

»Ich war der Chauffeur von Frau Dudek.«

»Interessant«, sagt die Chefinspektorin, und Nestor sieht, wie Heidis Gesicht an Strahlen verliert. »Frau Dudek behauptete, sie sei selbst zurückgefahren.«

»Das haben Sie missverstanden«, mischt Heidi sich ein und streckt ihren Zeigefinger in die Höhe, wie sie es im Unterricht vor ihren Schülern macht, wenn sie etwas Wichtiges zu sagen hat, das die Schüler sich hinter die Ohren schreiben müssten. »Ich habe gesagt, wir sind mit meinem Wagen gefahren, aber ich habe nicht gesagt, dass ich gefahren bin.«

»Das habe ich aber so verstanden.«

»Dann haben Sie sich verhört. Ich bin mitgefahren, aber nicht selbst gefahren. Ein feiner, kleiner Unterschied.«

»Mir kam es auch vor, Sie hätten gesagt, dass Sie gefahren sind«, meldet die Assistentin sich zu Wort.

»Dann empfehle ich bessere Ohrenpflege«, nimmt Heidis Stimme an Volumen zu. »Er ist gefahren. Ich bin daneben am Beifahrersitz gesessen. Was kann ich dafür, wenn ihr nicht zuhören könnt.«

»Ich glaube, wir haben ganz gut verstanden.«

»Vielleicht habe ich mich nicht deutlich genug ausgedrückt. Weil ich ursprünglich vorhatte, selbst wieder zurück nach Wien zu fahren oder ein Taxi zu nehmen. Vernünftigerweise hat mein lieber Kollege darauf bestanden, dass er mich fährt.«

»Wie war es denn aus Ihrer Sicht, Herr Bach?«

Nestor blickt nervös in die Frauengesichter. So viele Frauen auf einmal haben ihn schon lange nicht mehr so erwartungsfroh angegafft.

»Ja, ich bin gefahren.«

»Die gesamten hundertdreißig Kilometer?«

»Ja, die ganze Strecke.«

»Erzählen Sie uns ein bisschen mehr. Wie war das gestern bei diesem Bierfest?«

Nestor blickt zu Heidi. Sie nickt kaum merkbar.

»Als mir Heidi erzählte, dass sie zu diesem Wettkampf beim Bierkirtag im Waldviertel fahren muss, habe ich mich angeboten, sie zu chauffieren. Sie fand die Idee anfangs beknackt, aber nur, weil ich einen alten Wagen habe. Mit dem wäre die Hin- und Rückfahrt nicht sehr bequem geworden. Sie schlug vor, dass ich sie mit ihrem Wagen chauffieren darf. Der hat deutlich mehr PS. Falls es also zu einer Geschwindigkeitsübertretung gekommen sein sollte, nehme ich die Schuld voll und ganz auf mich.«

»Hier geht es nicht um eine Temposünde. Bei Verkehrsvergehen würden Sie eher von meinem Bruder kontaktiert werden«, grinst Diotima Vogl. »Wir sind von der Kriminalpolizei. Heute Morgen wurde Sepp Ackermeier tot aufgefunden. Der Bierkaiser von Loisbach, gegen den Frau Dudek gestern verloren hat.«

»Und jetzt denken Sie, ich hätte Sepp umgebracht.«

»Wir holen lediglich Ihr Alibi ein.«

»Das Sie jetzt hoffentlich bestätigt haben und mich nicht länger belästigen. Meine Schüler warten.«

»Das war es vorerst, aber halten Sie sich verfügbar. Ich habe das merkwürdige Gefühl, dass wir uns bald wiedersehen.«

Diotima Vogl und Wolke Böhm verabschieden sich von der Direktorin, grüßen Heidi und Nestor und schreiten zum Ende des Lehrertrakts.

»Ich verstehe die Aufregung nicht«, ruft Heidi ihnen hinterher. »Der Bierkaiser ist ums Leben gekommen. Vielleicht lag es daran, dass er zu viel gesoffen hat.«

Die Inspektorinnen bleiben stehen.

»Vielleicht lag es aber auch daran, dass Sie eine schlechte Verliererin sind, Frau Dudek.«

Nestor, Heidi und die Direktorin sehen zu, wie die Polizistinnen im Gang verschwinden. Heidi rutscht die Gelassenheit aus dem Gesicht.

»Diese verfluchte Drecksau«, zischt sie, und Nestor kann sehen, wie sie die Fäuste ballt und sich die Muskeln in ihren Unterarmen anspannen.

»Dudi, nicht diese Töne.«

Während die Direktorin mit Nestor das förmliche Sie pflegt, sind Heidi und Direktorin Anneliese Kräuter per Du. Dazu ist Heidi zu lange und Nestor zu kurz in dieser Schule angestellt. Er hat gerade einmal seine Probezeit überstanden.

Heidi gilt als Institution in diesem Haus. Sie steht für die kontinuierlichen Erfolge der Schulturnmannschaften, denen im Erdgeschoss ganze Vitrinen-Reihen voller Pokale gewidmet sind.

»Ich lasse mir von dieser Bullen-Pussy nicht meinen Alltag versauen.«

»Die Polizei muss der Sache nachgehen, das ist klar«, beruhigt die Direktorin.

»Warum geben die mir das Gefühl, dass sie mich verdächtigen?«

»Das macht man wohl so bei der Polizei. Ich bin mir sicher, die lassen dich ab nun in Ruhe. Die haben nur Alibis überprüft.«

»Blödsinn, die wollen mir was anhängen, was ich nicht getan habe.«

»Dudi, ich gebe dir für den Rest des Tages frei. Fahre nach Hause und ruhe dich aus.«

»Spinnst du, das kann ich mir nicht leisten. Heute Nachmittag ist die Nachwuchs-Schau. Wozu bereite ich mich wochenlang vor? Der Judosport ringt um Nachwuchstalente wie ein Hungernder nach einem Happen Brot. Mir haben diese Bullen schon genug Zeit gestohlen.«

Nestor stellt sich im Lehrerzimmer ans Fenster und blickt den Inspektorinnen hinterher. Ihr Wagen parkt mit der Fahrerseite über der Bordsteinkante. Die Großgewachsene fährt, die Pummelige wuchtet sich auf den Beifahrersitz.

»Diotima Vogl und Wolke Böhm – das Power-Duo der Wiener Kriminalpolizei.« Heidis Stimme ist an Abneigung gegenüber der Sonderermittlerinnen nicht mehr zu überbieten. Sie kommt von hinten an Nestor heran.

»Es gibt nichts Lästigeres als ein halbdurchlässiges Alibi.«

»Wir haben gelogen«, sagt er und beobachtet, wie der Wagen der Kripo von der Bordsteinkante holpert.

»Wir konnten kaum sagen, dass wir beide hackedicht waren. Was hast du dich so volllaufen lassen, Nestor?«

»Ich vertrage keinen Alkohol.«

»Dafür hast du es gestern aber ganz schön bunt getrieben. So besoffen wie dich habe ich schon lange keinen Menschen mehr erlebt.«

»Bei mir genügt ein Gläschen, und ich habe tagelang Kopfweh. Sieh mich an. Ich bin völlig fertig.«

»Ausgemacht war, dass du im Wagen sitzen bleibst und auf mich wartest. War dein Vorschlag, nicht meiner.«

»Ich bin auch nur einmal kurz ausgestiegen, weil ich pissen musste. Und dann waren da diese Typen, die unbedingt wollten, dass ich mit ihnen anstoße. Ich habe abgelehnt, das musst du mir glauben.«

Heidi lacht auf. »Ablehnen auf einem Bierkirtag – unmöglich.«

»Mir ist immer noch übel. Ich habe einen richtigen Filmriss. Ich habe nicht mitbekommen, wie du heimgefahren bist. Wie hast du uns unfallfrei nach Hause gebracht? Dir muss auch übel sein.«

»Mir geht's gut, ich bin da etwas geübter als du.«

»Aber du hast mit Sepp um die Wette gesoffen. Wie hast du dich da noch auf den Beinen halten können?«

»Mach dir keine Sorgen um mich. Das Problem ist: Diese Bullen-Pussys kommen wieder. Wir brauchen Beweise, die mich entlasten. Und du wirst sie mir besorgen.«

Sie dreht Nestor zu sich, als wäre er eine Puppe. Ihr Brustkorb drückt seinen Oberkörper gegen die Mauer. Nestor spürt die Kälte des Betons auf seinem Rücken und die Hitze von Heidi an seiner Brust. Wenn jetzt ein Kollege den Raum betritt, was würde das für ein Bild abgeben?

»Ich muss aufs Klo«, sagt er, quetscht sich an ihr vorbei und hastet in den Schülertrakt.

In den Gängen ist es ruhig. Nur der Minutenzeiger am Ziffernblatt der großen Schuluhr hüpft klackend einen Strich weiter. Nestor betritt die Bubentoilette. Er stellt sich an das Pissoir und fummelt nervös an Hosenschlitz und Gürtel. Die Toilettentür schwingt hinter ihm auf. Er spürt den Luftzug, hört die Schritte, dann packt Heidi ihn an den Schultern und presst seine Brust gegen die Fliesenwand. Ihr Kinn platziert sich in der Mulde seines Nackens, und sie flüstert in sein Ohr. »Ich kann mich dort nicht blicken lassen, aber du kannst nach Loisbach fahren und für mich herumschnüffeln. Du musst den wahren Mörder finden, verstehst du?«

»Ich bin kein Detektiv. Ich weiß nicht einmal, wie man da vorgeht.«

»Du fährst nach Loisbach und siehst dich etwas um.«

»Wo soll ich denn zu suchen beginnen? Wonach soll ich suchen? Das macht keinen Sinn.«

»Du schaffst das, du bist ein schlauer Junge.«

»Warum blickst du dich nicht selbst um? Niemand hat dir verboten, nach Loisbach zu fahren.«

»Weil ich keine Zeit habe. Heute und morgen sind die Nachwuchs-Demonstrationen. Judo pfeift aus dem letzten Loch. Wer, wenn nicht ich, kann da die Werbetrommel rühren. Noch nie war die Chance größer, endlich auch einmal die Landeier zu ködern. Heute und morgen tanzen in unserer Schule Schüler aus allen möglichen niederösterreichischen Gemeinden an. Ich werde in denen ein Feuer entfachen.«

Nestor atmet durch, als sie von ihm ablässt.

Mit offenem Hosenschlitz und abstehender Gürtelschnalle steht er vor ihr. Sie packt ihn an seinen Unterarmen, und abermals geht es an die Wand. Diesmal mit dem Rücken zwischen Waschbecken und Pissoir. Wie gekreuzigt steht er vor ihr, und ihr Kopf schießt auf Atemdistanz an ihn heran.

»Du sollst es nicht umsonst tun. Wenn du mir den Mörder findest, steht dir eine Belohnung frei. Du darfst sie dir selbst aussuchen.«

Nestors Puls schießt in die Höhe, mit jedem Millimeter, den ihr Schmollmund sich seinen Lippen annähert. Im Hintergrund scheppert die Pausenglocke. Nur noch wenige Zentimeter, und die Lippen berühren sich. Heidis Augen sind aus der Nähe noch klarer. Wieso spiegelt sich nicht die winzigste Spur des gestrigen Besäufnisses auf ihren Augäpfeln? Auch ihrem Atem ist nur ein Rest von Menthol und nicht der geringste Alkohol zu entnehmen. Es kann nur noch Millisekunden dauern, bis die Münder sich berühren.

Nestor glaubt zu explodieren.

Er schließt die Augen. Kurz darauf hört er Heidis Gelächter.

»Die Belohnung gibt es erst, wenn du etwas geleistet hast.«

# Kapitel 2

Diotima Vogl und Wolke Böhm verlassen das Schulgebäude. Im Polizeikommissariat nennt man die beiden liebevoll »Dio & Wolke«, obwohl die gemeinsamen Einsätze sich bisher an einer Hand abzählen lassen.

Wolke ist skeptisch, ob es diesmal wirklich ein echter Fall wird, bei dem sie einmal mehr ihrer erfahrenen Kollegin Diotima über die Schulter blicken darf. Denn die Kollegen aus dem Waldviertel gehen eher von einem Unfall ohne Fremdverschulden aus, und möchten nur zur Überprüfung aller Möglichkeiten auch das Alibi von Heidi Dudek abchecken.

Das ist hiermit erledigt.

Wolke freut sich auf einen gemütlichen Nachmittag im Büro.

Sie nimmt am Beifahrersitz von Diotimas Dienstwagen Platz.

Der Mazda ist angeblich ganz neu, aber innen sieht er aus wie ein Schlachtfeld. Auf der Rückbank liegen mehrere prall gefüllte Plastikbeutel, und selbst im Fußraum vor Wolkes Füßen kullern leere Schachteln herum.

Wolke kennt ihre Partnerin als dynamische Frau, die keine Zeit vertrödelt, erst langwierig nach einem Mülleimer Ausschau zu halten. Aber so mühsam wäre es auch wieder nicht, den Müll nicht im Wagen zu lagern.

So ist sie eben: Diotima Vogl. Sie hätte auch einen der zahlreichen freien Parkplätze vor der Schule verwenden können. Nein – sie entschied sich für die Variante »Bordsteinkante«.

Wolke muss schmunzeln – sie hatte ganz vergessen, welch Wirbelwind Diotima ist. Zu lange war ihr letzter gemeinsamer Einsatz her.

Als sie vor einer Stunde bei der Schule angekommen waren, stürmte die Chefinspektorin das Gebäude, als gelte es, einen

Schwerverbrecher in Handschellen zu legen. Dabei ging es nur darum, das läppische Alibi einer Turnlehrerin einzuholen.

Dennoch ist Wolke froh, dass sie diese Routinebefragung nicht alleine hatte durchführen müssen. Sie hasst Schulen. Und dann auch noch dieses Fass von Lehrerin. Eine Söldnerin im Turnsaal.

Umgehend fühlte Wolke sich in der Schule an ihre Internatszeit erinnert.

Jetzt, wo sie das Gebäude verlassen haben, hat sie das Bedürfnis durchzuatmen.

»Bin hier zur Schule gegangen«, erwähnt Diotima kühl, während sie an der Fernbedienung die Türentriegelung drückt. »Ist eine Ewigkeit her. Damals gab es nicht annähernd so viele Parkplätze. Da kamen alle mit den Öffis oder wurden von ihren Eltern abgeliefert.«

Wolke schmunzelt, weil sie nun den Auftritt ihrer Partnerin etwas besser nachvollziehen kann.

»Was hat Heidi Dudek gesagt, mit welchem Wagen sie nach Loisbach gefahren ist? Ein Chrysler Aspen?« Diotima kurbelt den Mazda von der Bordsteinkante. Mitten im U-Turn hält sie an und deutet zum Seitenfenster. »Etwa der Chrysler Aspen dort drüben?«

Beide starren sekundenlang auf den dreckverspritzten Wagen. »Scheint mir ein wilder Ritt nach Hause gewesen zu sein.«

Diotima dreht den Motor ab und steigt aus. Wolke folgt ihr. Sie umrunden den riesigen Straßenkreuzer der Turnlehrerin. In den Reifenprofilen steckt zentimeterdick getrockneter Schlamm. Mit einer Stabtaschenlampe leuchtet Diotima durch die Seitenscheibe in das Fahrzeug. Durch die abgedunkelten Scheiben ist nur schwer jedes Detail im Wagen zu erkennen. Wolke muss lächeln, weil es in dem Wagen in etwa genauso verschmutzt wie in Diotimas Mazda aussieht.

»Was grinst du?«

»Nur so.«

»Lass uns weiterfahren.«

Diotima startet den Mazda. Wolke schiebt in ihrem Fußraum die alten Kartons zur Seite.

»Bist du alle acht Jahre in diese Schule gegangen?«

»Nein, bloß Unterstufe.«

»Dann hattest du die Nase voll?«

»Ich wäre liebend gerne hier weitergegangen. Meine Eltern wohnten nur ein paar Straßenblöcke weiter. Aber dann hieß es, ab ins Sportinternat, und das war am Arsch der Welt.«

»Ach ja, deine Fechterei«, fällt es Wolke wieder ein und muss unweigerlich an ihre eigene Schulvergangenheit zurückdenken. Bei ihr war es umgekehrt. Sie wohnte auf dem Land und hätte alles dafür gegeben, in der Idylle zu bleiben, aber ihre Eltern bestanden darauf, dass sie ins Mädcheninternat nach Wien kam.

Sie hatte es gehasst. Das Internat, die Schule, die Mitschülerinnen – und Wien. Diese Stadt machte sie immer noch depressiv.

»Fahren wir zurück ins Präsidium?«, fragt sie beiläufig, um sich selbst aus den düsteren Gedanken zu holen. Diotima schüttelt den Kopf. Sie lenkt einhändig und fummelt mit der anderen ständig in irgendwelchen kleinen Schachteln herum, die sie aus den Plastiktüten auf der Rückbank holt. Sie öffnet sie, stochert hinein, holt irgendein Klimbim daraus hervor und schleudert die leere Box zu Wolke in den Fußraum.

»Ich möchte mir den Tatort ansehen, um mir ein besseres Bild zu machen.«

»Nach Loisbach? Das sind knapp zwei Stunden dorthin.«

»Wir können unterwegs an einer Tankstelle stoppen, falls du Hunger kriegen solltest.«

»Schon in Ordnung«, nuschelt Wolke und stützt sich mit dem

Ellbogen an der Seitentüre ab. Ein Roadtrip mit Diotima. Dagegen hat sie nichts einzuwenden. Im Gegenteil: Sie genießt es, raus aus der Stadt zu kommen. Auch wenn Wolke sich über die Jahre mit Wien arrangiert hat, eine echte Liebe wird es zwischen den beiden nicht mehr. Zu stark haben die quälenden Internatsjahre sich in ihrem Hirn eingebrannt.

Am Fenster zieht der Wienerwald vorbei. Zügig geht es auf der Autobahn Richtung St. Pölten. Nach Krems an der Donau ist es mit der Autobahn vorbei. Das letzte Drittel der Strecke führt über Schnell- und Landstraßen.

Wolke betrachtet die zarten Hügel, die die Landschaft durchziehen. Schöner als Wien, denkt sie sich, aber leben könnte sie hier auch nicht. Sie braucht die Berge am Horizont, und die vermisst sie hier. Loisbach liegt fast schon an der tschechischen Grenze. Das Örtchen wirkt verschlafen. Es bedarf keinen Stadtplan, um zur Brauerei zu finden. Dafür sorgt schon die penetrant-hopfige Geruchsnote, die seit dem Ortsschild in der Luft hängt und sich über die Belüftung einen Weg ins Auto verschafft hat. Als Antialkoholikerin schlägt Wolke dieser Gestank auf den Magen.

Die Kollegen der Bezirkspolizei sind vor Ort. Diotima stellt den Mazda zwischen zwei Polizeieinsatzfahrzeugen ab. Die Lücke ist so schmal, dass jeder andere Autolenker davon abgesehen hätte.

Die Bodenplatte rumpelt über die unebenen Pflastersteine.

»So eine Scheiße«, knurrt Diotima, bevor sie den Retourgang einlegt und einen halben Meter zurücksetzt.

»Aussteigen«, befiehlt sie ihrer Assistentin. Wolke hüpft über eine braune Pfütze. Ihr Blick fällt auf das große Sudhaus, durch dessen breite Scheibe der dahinterstehende Kupferkessel im Sonnenlicht funkelt.

»Die Kolleginnen aus Wien. Ihr hättet euch den weiten Weg

nicht antun müssen.« Ein schlanker Typ stakst auf den Wagen zu. Er grinst Diotima entgegen, und als sie nahe genug beieinanderstehen, klatschen sie sich in Scheitelhöhe in die flache Hand.

»Grüß dich, Edi. Ich dachte, du hast Sehnsucht nach mir.«

»Du bist ehrgeizig wie am ersten Tag. Respekt! Und das ist deine neue Partnerin?« Der Mann, den Diotima ihr als Eduard Feige vorstellt, gafft sie an, als versuche er, sie mit Röntgenblicken auszuziehen.

»Ja, das ist Wolke Böhm. Seit knapp einem Jahr bei uns.«

»Das zeigt, wie lange ich schon nicht mehr bei euch in Wien war. Eine Schande, was mir da alles entgeht.«

Wolke hebt die Hand kurz zum Gruß und bemüht sich, freundlich zu grinsen. Sie versucht, möglichst wenig einzuatmen. Die bierige Note in der Luft ist für sie unerträglich. Diotima lässt sich von Eduard Feige zum Tatort lotsen.

»Es deutet immer mehr darauf hin«, beginnt Feige, »dass der Tod von Sepp Ackermeier ein Unfall war. Keine Fingerabdrücke außer jenen des Opfers und der Personen, die tagtäglich im Gärkeller zu tun haben. Der Brauereibesitzer, der Braumeister und der Bierbrauer. Alle drei haben hieb- und stichfeste Alibis. Zeugen haben beobachtet, dass Sepp Ackermeier das Bierzelt gegen Mitternacht in Richtung Brauerei verließ. Alleine. Torkelnd. Aber allem Anschein nach sehr durstig. Es gibt genügend Hinweise, dass er sich in der Brauerei ordentlich bedient hat. Seine Fingerabdrücke sind an den Zapfhähnen der Biertanks. Keinerlei Spuren, die auf einen Kampf oder Ähnliches hinweisen würden.«

Diotima und Wolke folgen dem Polizisten bis in den Gärkeller. In dem Raum schlägt Wolke das Aroma gärenden Alkohols wie eine Ohrfeige entgegen. Das riecht nicht nach Bier, vielmehr erinnert Wolke der Geruch an Sauerkraut. Und damit muss sie unweigerlich an ihre verhassten Schuljahre in Wien denken.

Sie steht perplex neben den riesigen Gärbecken. Diotimas Fragen an die anwesenden Brauereiarbeiter nimmt sie dumpf wahr, als befände sich alles unter einer Dunstwolke.

Braumeister Dieter Maierhofer ist redegewandt. Man merkt ihm an, dass er sein Geschäft versteht und liebt und in direktem Kundenkontakt steht. Wolke kann sich trotzdem kaum auf seine Worte konzentrieren. Die Schweißperlen stehen ihr auf der Stirn. Ihre Hände sind kalt, als gebe es Frost.

»Ich habe es Ihrem Kollegen von der Zwettler Polizei bereits demonstriert. Sepp hat sich gerne an den oberen Rand des Beckens gestellt und ein bisschen gekostet. Als er gestern hierhergekommen ist, hatte er schon mindestens zwölf Krügel Loisbacher Bräu intus. Zwölf Krügel frisch gezapftes Loisbacher waren sein Endwert, der ihm die Bierkaiser-Krone bescherte.«

»Und wie viele Krügel schaffte Heidi Dudek?«

»Demnach elf. Sobald einer der beiden Finalisten ein Krügel nicht mehr austrinken kann, hat der andere automatisch gewonnen.«

»Sechs Liter Bier. Eine stolze Menge.«

»Das ist nichts. Der Rekord vom Sepp liegt deutlich darüber. Heidi war nicht seine härteste Gegnerin. Frau halt, gell. Eh besser so, denn an seine Spitzenzeiten wäre der Sepp gestern nicht mehr rangekommen. Ein echter Gegner hätte ihn gestern weggeblasen.«

»Heidi Dudek war eine Enttäuschung?«

»Ehrlich gesagt: In den Ausscheidungswettkämpfen war sie deutlich stärker. Gestern hat sie geschwächelt. Aber, wie gesagt, für Sepp hätte nichts Besseres passieren können. Herr Feige hat es Ihnen sicher schon mitgeteilt: Sepp ist herzkrank. Seither ist er beim Saufen nicht mehr der Alte.«

Wolke bemerkt, dass Diotima ihren Fokus nicht mehr auf den Braumeister gerichtet hat, sondern zu ihr herüberblickt. Sie unterbricht Dieter Maierhofer, dann verlässt sie schlagartig den Raum.

Wolke kann es nicht fassen. Warum lässt ihre Kollegin sie alleine im Gärkeller zurück? Ohne Vorwarnung?

Der Braumeister und der Typ daneben, der ein bisschen belämmert aus der Wäsche guckt, wenden sich Wolke zu, als würden sie erwarten, dass sie mit der Fragerei fortsetzt.

Krampfhaft überlegt sie, wo sie ansetzen könnte. Schließlich fragt sie: »Ist es nicht unhygienisch, diese offenen Behälter, wo jeder reinspucken kann?«

Der Braumeister schmunzelt: »Im Unterschied zu herkömmlichen Brauereien kommt bei uns die fertig gekochte Würze vom Sudhaus in diese Bottiche. Hier wird das Bier gekühlt, gelüftet und mit Hefe versetzt. In konventionellen Brauereien vergärt das Bier in geschlossenen Systemen. Bei uns lagern sie in offenen Bottichen. Geschlossene Gärung ist hygienisch wesentlich leichter zu beherrschen. Aber wir lieben die Herausforderung. Reingepisst hat bisher noch niemand.«

»Reingepisst, haha«, lacht der etwas Beschränkte auf, und der Braumeister klopft ihm beschwichtigend auf die Schulter.

»Okay, Berni, guckst du wieder ins Sudhaus?«

»Hä? Wieso? Momentan ist nix zu tun. Steht alles still.«

»Trotzdem. Damit in jedem Raum ein Experte anwesend ist, wenn jemand von den Polizisten Fragen hat.«

»Experte, ja, ich bin ein Experte.«

»Klar bist du das. So einen Experten brauchen wir jetzt im Sudhaus.«

Berni, wie der Braumeister den Beschränkten nennt, macht einen Abgang. Jetzt ist Wolke alleine mit Dieter Maierhofer – und ihr fallen keine Fragen mehr ein. Bier: nicht ihr Ding.

»Wie lange bleibt die Brühe in diesen Gärbottichen?«, fragt Diotima, die gerade wieder unter der Tür des Gärkellers hereinkommt und im Vorbeigehen Wolke ein kleines Plastikding in die Hand drückt.

»Zirka eine Woche, dann wird es in die Lagertanks nebenan gepumpt. In den Lagertanks reift das Bier gute sechs Wochen nach, bevor es abgefüllt wird.«

Während der Braumeister redet, begutachtet Wolke das Ding in ihrer Hand. Eine Nasenklammer. So ein Ding, das Diotima auf der Fahrt hierher aus einer dieser kleinen unsinnigen Schachteln hervorgekramt hatte. Wolke muss schmunzeln, als sie sich die Schaumstoffenden der Nasenklammer an ihre Stupsnase klippt. Eine weitere Eigenschaft, die Wolke an Diotima schätzt – sie registriert die winzigsten Details.

»Haben die Damen Lust, ein Bier unseres Hauses zu kosten?«

»Meine Partnerin ist Anti-Alkoholikerin. Ich muss noch mit dem Auto zurück nach Wien fahren, aber gegen einen kleinen Schluck hätte ich nichts einzuwenden.«

Diotima und Wolke folgen dem Braumeister aus dem Gärkeller und betreten das Sudhaus, wo sich Berni freut, die Sonderermittlerinnen wiederzusehen. Er ist nicht alleine im Sudhaus. Der Brauereibesitzer und Eduard Feige sind auch anwesend.

Im Unterschied zum düsteren Keller ist das Sudhaus sonnendurchflutet. Zwei riesige Kupferkessel stehen mittig im Raum. Der Einfältige schenkt bernsteinfarbenes Bier in Tulpengläser mit dem Loisbacher Logo aus.

»Schön macht er das, unser Bierbrauer«, lobt der Chef seinen Schützling.

»Braumeister, Biermeister … wo ist da der Unterschied?«, hakt Diotima ein, der die gleichen Gedanken wie Wolke durch den Kopf gehen.

»Bierbrauer«, korrigiert der Brauereibesitzer. »Der Bierbrauer führt den Brauereivorgang nach Anweisungen des Braumeisters aus. Der Braumeister ist für den reibungslosen Ablauf verantwortlich. Er kümmert sich um den Einkauf der Zutaten und die Rezeptmischungen.«

»Die Rezeptur wird verändert? Ich dachte, Bier soll immer gleich schmecken.«

»Eben, aber die Rohstoffe haben jedes Jahr einen anderen Charakter«, übernimmt der Braumeister gleich selbst das Wort. »Damit die Bierqualität gleich bleibt, muss ich die Rezepte stets an die Rohstoffe anpassen. Denn im Unterschied zu vielen Konkurrenten verwenden wir nur Bio-Produkte. Und die sind keine Massenware. Die haben Charakter, verstehen Sie?«

»Was bleibt da noch für Sie zu tun, wenn der Braumeister alles erledigt?«, fragt Diotima und blickt den Brauereibesitzer durchdringend an. Der lacht auf.

»Ich zähle das Geld.« Sein Gesicht nimmt eine rötliche Farbe an. »Machen Sie sich keine Sorgen, ich habe genug zu tun. So alt unsere Brauerei auch aussehen mag, wir müssen ständig Neuinvestitionen tätigen. Auch wir bleiben von der Digitalisierung nicht verschont. Die Automatisierungsprozesse ersparen uns mehr Mitarbeiter. Wie unser einzigartiges Hochleistungs-Einmaischesystem und ein Luxus-Edelstahl-Hopfengeber, der zum richtigen Zeitpunkt den Hopfen beimengt. Wollen Sie eine Demonstration?«

»Gerne, aber ich befürchte, solange die Spurensicherung noch nicht fertig ist, wird das nicht möglich sein«, sagt Diotima mit Blick zu ihrem Kollegen Edi, doch der winkt ab.

»Das Sudhaus war zum Zeitpunkt der Tat abgesperrt. Hier gibt's keine Spuren zu sichern.«

Umgehend schnippt der Brauereimeister mit den Fingern nach dem Bierbrauer.

»Berni, fahr mal das System hoch.« Dann wendet er sich wieder den Sonderermittlerinnen zu und erklärt hörbar stolz: »Neben Modernisierungen zählt es auch zu meinen Aufgaben, unser Bier in Österreich noch beliebter zu machen. Ein ständiger Wettkampf. Mir geht die Arbeit nicht aus. Aber lieb, dass Sie nachfragen.«

Der Bierbrauer tippt auf einem Computer herum. Surrend erwachen die Kupferkessel zum Leben. Es zischt. Über Rohre schießt Wasser in die Kessel.

Stolz trägt der Brauereibesitzer vor. »Im Sudhaus brauen wir die Würze für unser Loisbacher Bier. Bei uns kommen ausschließlich Bio-Hopfen und Bio-Gerste zum Einsatz.«

Er trinkt einen satten Schluck aus seinem Tulpenglas und wischt sich den Schaumbart von seiner Oberlippe.

»Schmecken Sie das Röstmalzaroma? Die Vollmundigkeit? Ich liebe die Hopfennote. Es ist zart bitter und hat dennoch eine angenehme Süffigkeit.«

Wolke mustert den Brauereibesitzer von oben bis unten. Sie hätte gedacht, für Menschen aus der Bierbranche sei eine riesige Bierkugel Pflicht, aber Wolfgang Ortner macht einen vorbildlich schlanken Eindruck. Nicht einmal ansatzweise zeichnet sich unter dem blütenweißen Hemd eine Wampe ab.

*

Nestors Härchen an seinen Unterarmen stehen zu Berge. Beide Hände ruhen auf dem Lenkrad seines Toyotas. Er verlässt Wien und macht sich auf den Weg nach Loisbach. Er kann es noch immer nicht fassen. Heidis Lippen waren nur einen Hauch von seinem Mund entfernt.

Empfindet sie tatsächlich mehr für ihn, als er ihr zugetraut hätte?

»Streng dich an, dann kriegst du schon bald, was dir zusteht«, motiviert er sich und drückt aufs Gas. Mit seinem altersschwachen Toyota kommt ihm die Strecke ins tiefste Waldviertel doppelt so lange vor als mit dem kräftigen Chrysler.

Den ganzen Weg nach Loisbach überlegt er krampfhaft, wie er seine Detektivarbeit anlegen soll. Er parkt seinen Wagen am Ende einer Einbahn. Sie grenzt direkt an den mittelalterlichen Platz, an dessen Breitseite die Brauerei thront. Mehrere Polizeieinsatzfahrzeuge stehen davor.

Er kann sich unmöglich blicken lassen und dreht mit dem Wagen eine ganze Runde um den Ort. Als er wieder am Mittelalterplatz vorbeikommt, hat die Zahl der anwesenden Polizeifahrzeuge sich verringert. Nur noch der Wagen der Sonderermittlerinnen aus Wien und ein weiteres Zivilfahrzeug mit Blaulichtanlage am Dach parken vor der Brauereizufahrt.

Nestor parkt am anderen Ende des Platzes hinter einem weißen Lieferwagen. Einen Moment bleibt er sitzen, ehe er sich aus seinem Toyota wagt.

Seine Hände tief in der ärmellosen Jacke vergraben, wandert er über den großen Platz, bis er vor dem Absperrband steht.

Er streift sich schwarze Handschuhe über und beugt sich unter dem Absperrband hindurch. Der Vorplatz ist wie leergefegt.

Als er Stimmen und Schritte hört, verschanzt er sich hinter dem Vorbau eines Treppenaufgangs. Kurz darauf kommen zwei Männer aus dem Brauereigebäude. Den einen hat Nestor gestern Abend gesehen. Der hat die Ansprache im Bierzelt gehalten.

Gestern war Nestor sich nicht schlüssig, ob es sich um den Brauereibesitzer oder bloß um einen Sponsor handelt, aber jetzt, wo dieser hier im feinen Anzug über den Vorplatz spaziert, gibt es kaum noch Zweifel, dass dieser Mann der Chef im Haus ist. Der Typ neben ihm hingegen muss ein Bulle sein.

Gang, Körperhaltung, Gestik – Nestor müsste sich schon stark täuschen.

Die beiden Männer verschwinden in dem gegenüberliegenden Gebäudetrakt, bei dem durch die breite Fensterfront ein Kupferkessel zu erkennen ist. Nestor betritt den Vorplatz und geht weiter bis zu einem Gebäude am Ende. »Getränkelager« steht dort auf einer großen Metalltür. Die Schiebetür ist einen Spalt geöffnet. Genau so breit, dass Nestor seinen Kopf hindurchstecken kann. Er sieht stapelweise Bierkisten und Holzfässer. Seine Hände legen sich an den Metallrand, aber er wagt es nicht anzuschieben. Zu groß ist die Furcht, die Tür könnte raunzende Töne von sich geben und ihn verraten.

Zwischen seinen Schuhen fallen ihm ausgetretene Zigarettenstummel auf.

Er geht tief in die Hocke, klaubt die Kippen auf und liest den goldenen Schriftzug, der um den Filterrand verläuft. Mit Zigarettenmarken kennt er sich nicht gut aus, aber es bedarf keiner Wissenschaft, um zu sehen, dass es sich bei diesem Exemplar um keine 08/15-Marke handelt, sondern etwas richtig Exklusives ist. In seinem Freundeskreis kennt er niemanden, der diese Marke konsumiert. Die Kippe verschwindet in der Jackentasche.

Vis-à-vis öffnet sich die Tür am Ende des kleinen Treppenzustiegs, hinter dem er sich zuvor vor dem Bullen und dem Brauereibesitzer verschanzt hat. Reflexartig presst Nestor die Schiebetür so weit auf, um sich auf die finstere Seite zu quetschen. Er beobachtet die beiden Sonderermittlerinnen, die, begleitet von einem Mann in Brauereiuniform, aus dem Gebäude kommen und sich ebenfalls in das Haus mit dem Kupferkessel begeben.

Nestor taucht tiefer in die Lagerhalle ein. Auf manchen Bierkisten fluoresziert das Logo des Loisbacher Bräus gespenstisch.

Die Türme wachsen nach hinten in den Raum höher an. Nestor zieht eine der Flaschen aus einer Kiste. Nur um zu testen, ob er das Öffnen der Kapsel ohne Bieröffner noch beherrscht. Er setzt die Kante der Bierkapsel am Rand einer Kiste an. Zwei Sekunden später zischt es. Manche Dinge aus Studentenzeiten verlernt man eben nie.

Das Bier gurgelt aus der Flasche, und Nestor spürt den Schaum, der über seine Finger läuft. Trinken unterlässt er lieber. Dazu hockt ihm der Kater des Vortages noch zu sehr in den Knochen.

Er steckt die Flasche in die nächstbeste freie Stelle einer weiteren Kiste. Mitten in der Bewegung hält er inne. Da klemmt irgendetwas zwischen dem leeren Fach und der benachbarten Flasche. Ein weißes Ding. Ein Stück Plastik.

Am Boden liegt ein Gehstock. Nestor streckt sich nach dem Stock, um damit nach dem Plastikding zu angeln. Als er es am Ende des Stocks baumeln hat, ist der Fall klar: Ein gebrauchtes Kondom – extra large.

Stärker werdendes Licht erhellt den Gummi. Dazu ein raunzendes Geräusch der sich öffnenden Schiebetür. Schritte.

»Was machst du da?«

Nestor wirbelt herum. Ein hinkender Typ in Brauereiuniform kommt auf ihn zu. Das Kondom steckt noch immer am Gehstock. Er versucht, es abzuschütteln, aber das Ding hat sich an der Spitze verfangen.

»Zutritt verboten! Was machst du da?«, wiederholt der Brauereiangestellte. Die Art, wie er die Worte artikuliert, legen den Verdacht nahe, dass der Mann geistig etwas zurückgeblieben ist. Seine Hand streckt sich nach dem Gehstock aus.

»Ist das Ihrer?«, fragt Nestor.

»Gib mir meinen Stock.«

»Ist die Polizei schon weg?«

»Her mit meinem Stock.«

Nestor gibt auf, das Kondom will sich nicht vom Stock trennen. Er händigt dem Mann die Gehhilfe aus.

»Raus jetzt, bevor ich Didi rufe.«

»Waren Sie heute Nacht auch hier? Als der Bierkaiser gestorben ist?«

Nestor sieht dem Mann die Nervosität an. Dieser ringt nach Worten, blickt sich über die Schultern.

»Es war ein Unfall. Das hat die Polizei gesagt«, sagt er in einem Anflug von Hysterie. Er steigt mit der starken Profilsohle seines Gummistiefels auf das Kondom und zupft es schnalzend vom Stock. Die andere Schuhspitze kickt das Präservativ unter die Bierkistenstapel.

»Geh endlich. Du hast hier nix verloren.«

»Zuerst sagen Sie mir, ob Sie heute Nacht hier waren, als es passierte?«

»Ich muss dir nix sagen, oder bist du von der Polizei?«

»Ich bin Detektiv, und ich werde die Wahrheit herausfinden.«

Nervös fingert der Mann in seiner Bauchtasche herum und zieht ein Zigarettenpäckchen hervor. Genauso angestrengt stochert er sich eine Zigarette aus dem Päckchen hervor und steckt sie sich zwischen die Lippen.

Am liebsten würde er dem Typen die Fluppe aus dem Mund zupfen, aber so viel Mumm hat Nestor nicht. Vor allem hat der Mann einen Stock, und es ist nicht abzuschätzen, wie zurechnungsfähig der Typ ist. Er zündet sich die Zigarette an.

»Darf ich auch eine?«, fragt Nestor und deutet auf das Päckchen. Ungläubig gafft der Brauereiangestellte ihn an und zögert einen Moment, aber dann streckt er dem unwillkommenen Gast die offene Packung entgegen.

Das ist seine Chance. Mit Absicht greift er ungeschickt zu, dass alle Zigaretten aus der Packung auf den Boden fallen.

Der Hinkende stößt einen wimmernden Laut aus.

»Tut mir leid, tut mir leid, tut mir leid«, ruft Nestor und lässt beim Niederknien den Zigarettenstummel aus seiner Jackentasche flutschen. Er hebt die einzelnen Zigaretten auf, stopft sie in das Päckchen und tut dann überrascht, als er auf die benutzte Kippe in seiner Handfläche gafft.

»Rauchst du unterschiedliche Marken?«

»Das ist nicht meine.«

»Wie kommt dann der Glimmstängel hierher?«

»Weiß ich nicht, keine Ahnung. Du musst jetzt gehen. Ich schreie sonst.«

»Alles okay, ich bin schon weg.«

Nestor lässt sich von dem Mann zum Lagerausgang begleiten.

»Da liegen noch mehr«, spielt Nestor Empörung vor, als er die restlichen ausgetretenen Kippen vor der Schiebetür entdeckt.

»Die sind nicht von mir. Außerdem ist es verboten, Kippen hierher zu werfen. Wolferl hasst es, wenn man den Hof versaut.«

»Wolferl?«

»Mein Chef.«

»Aber wie kommen die Kippen dann her?«

»Weiß nicht, ich habe am Freitag den gesamten Hof gekehrt.« Auf einmal schreit der Typ los: »Major! Hallo, Major!«

Er winkt dem stattlichen Mann entgegen, der am Eingang des Vorhofes erscheint. Der Bürgermeister. Der Hinkende stürmt auf ihn zu. Nestor macht einen Schritt zurück, um nicht in der Auslage zu stehen. Den Bürgermeister hat er gestern Abend auch gesehen. Er weiß nicht, ob das umgekehrt auch der Fall war, daher beschließt er, lieber unerkannt zu bleiben. Seine Augen scannen das Lager nach möglichen Hinterausgängen ab, aber an den stockdunklen Wänden ist keine weitere Tür auszumachen.

Dieses Kondom muss er sich sichern. Er stakst zurück zum Kistenstapel. Nestor muss auf die Knie, beugt den Kopf bis zum Boden. Das Blut schießt ihm ins Hirn. Das Kondom will sich nicht zeigen. Ein bisschen mehr Licht wäre notwendig. Stimmen nähern sich der Halle. Die Schiebetür raunzt.

»Berni, schnapp dir zwei Sixpacks.«

Neonlichterreihen flackern an. Der Raum wird gleißend hell. Nestor verkriecht sich hinter einem bauchigen 100-Liter-Bierfass. Durch die Ritzen mehrerer Bierkisten sieht er zum Lagereingang. Dort steht der andere Typ in Brauereiuniform und sagt: »Bring sie ins Auto.«

Flaschen klimpern.

Nestor kann Berni davonhinken sehen. Ob der zweite Brauereimitarbeiter auch raucht?

Nestor ist so auf den Typen fixiert, dass er völlig übersehen hat, dass zwei weitere Männer die Halle betreten haben: Der Bürgermeister und der Brauereibesitzer.

»Ich dachte, euch wäre gestern der Nachschub beinahe ausgegangen. Sieht mir nicht danach aus.«

»Die Fässer sind uns ausgegangen. Flaschen haben wir genug, aber der Kirtag lebt vom Fassbier.«

»Immerhin habt ihr die nächsten Tage kein Auslieferproblem.«

»Wir können uns trotzdem keinen langen Stillstand leisten. Du musst dich dafür einsetzen, dass die Polizei uns den Betrieb so rasch wie möglich wieder aufnehmen lässt.«

»Sieht ganz gut aus. In zwei Tagen ist der Spuk vorbei.«

»Heute und morgen können wir ohnehin nicht produzieren. Bis die Gärbottiche geleert und gereinigt sind, dauert es seine Zeit. Aber danach müssen wir mit Hochdruck produzieren. Ich verlasse mich auf dich, dass die Absperrungen bis dahin verschwunden sind.«

»Mach dir keine Sorge, ich weiß, wie ich mit Eduard Feige reden muss.«

Das Neonlicht erlischt. Nestor vernimmt, wie das Schiebetor schwer ins Schloss fällt.

»Bitte nicht absperren«, flüstert er.

*

Wolke wirft einen Blick über die Rückenlehne ihres Beifahrersitzes. Da stehen zwei Sechserträger Loisbacher Bier auf der Rückbank.

»Oh je, Dio, das ist Bestechung.«

Die Chefinspektorin nimmt die »Geschenke« über den Rückspiegel ins Visier. Mit einem coolen Lächeln auf dem Gesicht lehnt sie sich zurück und fischt nach einer Bierflasche. Ihr Blick wechselt zwischen Straße und Flasche.

»Eines muss man dem Gesöff lassen: Es schmeckt super. Stehe mehr auf Wein, aber dieses Bier ist klasse.«

»Wir dürfen es nicht annehmen – es wäre Bestechung.«

»Unsinn! Wir haben die nicht gezwungen, uns Sixpacks in den Wagen zu stellen. Die haben das ohne unser Wissen getan. Schätze mal, die wollten uns eine Freude machen.«

Sie öffnet die Flasche gekonnt am Griff der Fahrertür.

»Nicht trinken.«

»Keine Panik, heute gibt es auf der Strecke keine Alkoholkontrollen, und vergiftet wird es wohl nicht sein.«

»Wenn doch?«

»Schätzchen, wo lebst du? Wir sind im Waldviertel.«

»Ich bin dafür, dass wir die Flaschen loswerden.«

»Bleib mal locker. Ich mache dir einen Vorschlag: Jetzt fahren wir zu der Witwe des Verstorbenen. Danach muss ich zu meinem Bruder bei der Verkehrspolizei. Der muss für mich was erledigen – als kleines Dankeschön kriegt er die Sixpacks.«

Sie trinkt einen winzigen Schluck und wirft die Flasche zurück auf die Rückbank, wo sie umkippt und der Bierschaum sich zwischen den Plastiksäcken verteilt.

»Zufrieden?«

»Igitt!« Wolke kramt die Nasenklammer hervor und steckt sie sich auf die Nasenspitze.

Loisbach liegt wenige Kilometer zurück. Der Wagen biegt von der Landstraße im 90-Grad-Winkel auf einen Forstweg, der zu einem schlossähnlichen Anwesen führt. Die Adresse der Ehefrau des Todesopfers, Helene Ackermeier. Diotima und Wolke steigen aus dem Mazda. Auf das Läuten hin öffnet eine Bedienstete, die den Sonderermittlerinnen mitteilt, dass Frau Ackermeier nicht zu Hause ist.

»Sie ist auf der Gemeinde und erledigt Beerdigungskram.«

»Wann erwarten Sie Frau Ackermeier zurück?«

»Ich weiß nicht, wann sie wiederkommt. Ich werde sie nicht antreffen. Ich habe einen separaten Schlüssel, und sobald ich mit Putzen fertig bin, verlasse ich das Haus.«

Diotima winkt Wolke zurück zum Auto. »Die Frau läuft uns nicht davon.«

*

Nestor hetzt über den Brauereivorplatz. Keiner der Angestellten ist zu sehen. Niemand hat mitbekommen, wie er das Schiebetor mit der Brechstange geöffnet hat. Es hat eine Ewigkeit gedauert, bis er ein geeignetes Werkzeug fand, mit dem er der verriegelten Tür beikommen konnte.

Er läuft bis zum Absperrband, bückt sich und kriecht hindurch. Aus dem großen Fenster, hinter dem der Kupferkessel steht, erblickt er das Gesicht von Berni, dem Hinkenden. Auch er hat Nestor erblickt und starrt ihm hinterher.

Soll er ruhig, der Vollidiot! Wichtiger ist, dass der Bürgermeister und der Brauereibesitzer die Anwesenheit des Schnüfflers nicht mitbekommen.

Er läuft quer über den großen Platz bis zu seinem Toyota. Kurz darauf lenkt er seinen Wagen zur Ortsausfahrt. Nur wenige Leute sind auf der Straße. Verschlafenes Örtchen. Die Häuserreihen lichten sich, und bald sind nur noch Felder und Wiesen links und rechts der Straße.

Im Rückspiegel taucht ein Lieferwagen auf, der mit hoher Geschwindigkeit ans Heck heranschießt. Auf der langen Geraden setzt er zum Überholmanöver an. Nestor steigt vom Gas, um das Fahrzeug schneller passieren zu lassen.

Als das weiße Ungeheuer an seinem Seitenfenster vorbeizieht, erkennt er den Wagen wieder, hinter dem er eben noch am Mittelalterplatz geparkt hat. Viel zu knapp schert der Lieferwagen auf die rechte Fahrspur und drosselt das Tempo. Nestor muss auf die Bremse springen, um dem Heck des Wagens nicht aufzufahren.

Der Ruck wirft seinen Oberkörper gegen das Lenkrad.

Reifenquietschen.

Der Toyota gerät ins Schlittern. Das Handy segelt haarscharf an Nestors Gesicht vorbei, landet krachend an der Autotür und gleitet seitlich neben den Fahrersitz.

Eine Wagenseite radiert über den Asphalt auf den Schotter und rollt halb am Straßenrand aus. Er bleibt Seite an Seite zum Lieferwagen stehen. Aufgewirbelter Staub steigt seitlich der Motorhaube auf.

Nestor hat sich die Rippen am Lenkrad böse angeschlagen. Er lehnt sich zurück und atmet gleichmäßig ein und aus. Durch die Seitenscheibe sieht er düstere Gestalten, die neben dem

Lieferwagen Aufstellung genommen haben. Vier Jungs, denen anzusehen ist, dass sie Knasterfahrung haben. Tätowierungen auf den muskelbepackten Körpern. Zottelige Frisuren. Wilde Bartkreationen.

Einer reißt an der Fahrertür. Seine riesige Hand greift herein, löst den Gurt um Nestors Körper und zerrt den Fahrer grob vom Sitz.

»Was wollt ihr?«

»Schnauze.« Eine Fahne aus Alkohol, Zigaretten und Mundfäule weht Nestor entgegen. Ehe er es mitbekommt, wird er in den Laderaum des Lieferwagens verfrachtet. Die Schwingtüren knallen zu. Ruckartig setzt das Vehikel sich in Bewegung. Der U-Turn wirft Nestor gegen die Seitenwand.

»Sitzen bleiben«, sagt eine tiefe Stimme. Aus der Finsternis greifen zwei Hände nach ihm, die ihn zu Boden drücken. Ein übel stinkender Lappen wird ihm als Knebel in den Mund gestopft und ein nicht minder muffiger Sack über den Kopf gezogen. Die Fahrt dauert keine fünf Minuten. Jede Menge Geräusche peitschen auf Nestor ein. Die sich öffnenden Wagentüren, ein klapperndes Geräusch wie von einem Gartentor. Über unregelmäßig hohe Steinplatten geht es mehrere Meter bis zu einem Gebäude. Er wird gezwungen, über knarrende Holztreppen nach unten zu gehen. Als sein Fuß ins Leere tritt, gerät er ins Schwanken. Starke Männerhände fangen ihn ab und stützen ihn. Seine Rippen drohen zu explodieren, die Schmerzensschreie verstummen im Lappen im Mund. Kraftvoll wird er an den Schultern nach unten gedrückt, bis sein Hintern den eiskalten Boden berührt. Man zieht ihm den Sack bis zur Nasenspitze hoch und fischt ihm den Knebel aus dem Mund. Im nächsten Moment radiert das Ende eines Schlauchs an seinen Zähnen vorbei und drückt so stark gegen Zunge und Gaumen, dass er glaubt, sich übergeben zu müssen.

»Prost!«, ruft eine lachende Männerstimme. In Sekundenbruchteilen füllt Nestors Mundhöhle sich mit Flüssigkeit. Scharf-bitterer Geschmack breitet sich aus. Hart wie der Strahl eines Feuerwehrschlauchs spritzt der Alkohol in den Rachen.

»Schlucken, nicht spucken«, spöttelt eine weitere Stimme. Die Männer rund um ihn lachen.

»Dir war doch nach Trinken, oder warum schnüffelst du in der Brauerei herum?«

Nestor hat das Gefühl zu ersticken. Sie stecken ihm einen Schlauch in die Kehle, bis seine Panik ihn übermannt. Rücksichtslos fangen sie seine fuchtelnden Arme ein und pressen sie ihm gegen den Rücken.

»Stopp«, würgt er ein einziges Mal hervor, als der Sturm aus dem Schlauch für einen kurzen Moment nachlässt.

»Hör auf zu schnüffeln. Sepps Abgang war ein Unfall. Warum willst du unnötig Staub aufwirbeln?«

Ein neuerlicher Schwall attackiert Nestors Rachen.

»Das nächste Mal verschwenden wir an dich nicht unsere Spirituosen. Das nächste Mal füllen wir dich mit Benzin ab.«

Die stützenden Hände am Oberkörper weichen zurück. Hart knallt er mit Rücken und Hinterkopf gegen den Steinboden. Blackout.

*

Als Nestor seine Augen öffnet, sitzt er auf dem Fahrersitz seines Toyotas. Der Horizont ist eine schiefe Ebene. Er starrt auf sanfte Hügel, überzogen mit braunen und grünen Feldern. Sein Magen rebelliert.

Die Hand fischt zwei Mal den Türgriff, obwohl er ihn ganz genau anvisiert. Sein Oberkörper kippt mit der aufschwenkenden Tür nach draußen. Der Gurt fängt ihn. Er stützt sich mit beiden Händen am Rand der Tür ab und erbricht sich neben dem Wagen.

Er ist sternhagelvoll.

Der Toyota steht neben der Fahrbahn abschüssig halb auf Schotter, halb auf Gras.

Nestor erblickt sein Handy am Boden seitlich des Fahrersitzes. Er tut sich schwer, es aus der eingeklemmten Situation zu befreien. Zittrig wählt er Heidis Nummer.

»Du musst mich holen«, lallt er. »Irgendwo bei Loisbach. Keine Ahnung, wo.«

Ihr Redefluss rattert wie Maschinengewehrsalven in sein Ohr. Es gelingt ihm nicht, ihre Worte zu sinnvollen Sätzen zusammenzubasteln, daher wiederholt er: »Auf der langen Geraden vor der Ortseinfahrt.«

Er lässt sich in den Sitz zurückfallen und schließt die Augen. Dennoch dreht die Welt sich wie in einer Waschtrommel. Schneller – bis er weggetreten ist.

Er weiß nicht, wie lange er geschlafen hat. Als er die Augen öffnet, ist die Sonne untergegangen. Am Himmel überwiegt mattes Rot, und Heidis Chrysler parkt sich gerade vor seinen Toyota. Die Rücklichter sind durch die Dreckschichten auf den Scheinwerfern kaum zu erkennen. Rasant schiebt der Chrysler bis knapp vor die Motorhaube zurück.

»Was hast du getan?« Heidi achtet darauf, nicht in das Erbrochene neben der Fahrertür zu treten. Sie hebt Nestor aus dem Wagen und verfrachtet ihn am Beifahrersitz ihres Chryslers.

»Mein Schädel«, stöhnt Nestor. »Er explodiert.«

»Du siehst aus wie ein Geist. Deinen Wagen lassen wir abschleppen. Erst mal bringe ich dich heim.«

Solange er nicht aus dem Fenster blickt und die vorbeiziehende Landschaft ansehen muss, hat er sich und seinen Magen unter Kontrolle. Die Federung von Heidis Wagen ist angenehm weich und schluckt alle Fahrbahnunebenheiten.

»Sag schon, was ist passiert? Solltest du nicht Beweise sammeln? Hast du Fotos gemacht, irgendetwas Entlastendes gefunden?«

Nestor kramt in seiner Jackentasche. Auf seiner Handfläche liegt der Zigarettenstummel.

»Der Mörder könnte diese Zigarettenmarke rauchen.« Seine Stimme ist schwach und keuchend. Er kramt in der anderen Jackentasche und serviert das alte Präservativ.

»Und der Täter hatte womöglich Sex vor der Tat. Vielleicht sogar Sex mit dem Opfer.«

»Daraufhin hast du dich angesoffen?«

»Mich haben ein paar Kerle in einen Keller verschleppt und mich abgefüllt.«

»Welche Kerle?«

»Noch nie gesehen. Knastbrüder. Tätowiert. Groß, muskulös, erbarmungslos. Sie haben mich auf der Landstraße abgepasst und mir gedroht, ich soll mit dem Schnüffeln aufhören.«

Heidi blickt zu Nestor. In ihrem Gesicht taucht wieder dieses Strahlen auf. Die Fältchen um die Augen. Sie lenkt den Chrysler an den Straßenrand, beugt sich über die Mittelkonsole und drückt Nestor einen Kuss auf die Wange.

»Du bist spitze! Da soll noch jemand behaupten, du wärst kein talentierter Ermittler. Du bist gut. Der erste Tag und schon voll ins Schwarze getroffen. Du hast eine heiße Spur entdeckt, sonst hätten die Kerle dir keine Verwarnung verpasst. Morgen machst du sofort weiter.«

Alleine beim Gedanken daran rebelliert Nestors Magen. Heidi nimmt wieder Fahrt auf. Draußen zieht ein Waldrand vorbei. Er muss herausfinden, wer diese Knastbrüder sind. Auf halbem Weg nach Wien pennt er auf dem Beifahrersitz ein.

# Kapitel 3 – Dienstag

»Wir sehen keinen Anlass, den Fall weiterzuverfolgen«, sagt Eduard Feige und schielt dabei auf Wolkes Gesicht. Die Klammer auf ihrer Nase scheint ihn zu irritieren.

»Aus den ersten Auswertungen der Obduktion als auch der Spurensicherung gibt es beim Tod von Sepp Ackermeier keinerlei Hinweise auf Fremdeinwirkung. Zeugenbefragungen ergaben ein eindeutiges Bild. Niemand hätte einen Streit beobachtet, in dem das Opfer involviert gewesen wäre. Er ist alleine zur Brauerei gegangen und hat sich alleine in der Brauerei aufgehalten. Alles deutet auf einen Unfall hin.«

»Ihr wollt den Fall zu den Akten legen?« Diotima ist hörbar entsetzt.

»Ja. Wir haben Sepp Ackermeiers letzte Stunden akribisch nachgezeichnet. Er verlässt das Zelt noch weit vor Mitternacht. Nicht lange nach seiner Auszeichnung zum Bierkaiser. Mehrere Leute haben beobachtet, dass er alleine unterwegs war – im Regen, in Richtung Brauerei. Auf diesem Weg haben wir seine Kaiserkrone gefunden, die ihm vom Kopf gerutscht sein dürfte. Zu diesem Zeitpunkt war kein Mensch in der Brauerei. Sepp muss sich alleine Zugang verschafft und weitergesoffen haben.«

»Sepp Ackermeier war alleine unterwegs. Habt ihr das Handy des Opfers analysiert?«

»Selbstverständlich. Obwohl es alles andere als leicht war, es wieder zum Leben zu erwecken, nachdem es stundenlang in der kalten Brühe lag. Unsere Experten konnten einige Bereiche wiederbeleben – Anrufprotokoll, Fotos. Nichts Außergewöhnliches zu finden. Ein paar Schnappschüsse. Ein Foto dürfte sich exakt zum Unfallzeitpunkt ausgelöst haben. Darauf ist nur ein völlig überbelichteter weißer Fleck zu sehen. Die Kamera muss sich beim Sturz ins Becken aktiviert haben. Alles in allem: Es gibt keinen Anhaltspunkt für einen Mord.«

»Was ist mit Heidi Dudek?«

»Rachemotiv fällt aus. Sie hat zwar das Duell gegen Ackermeier verloren. Genügt aber nicht, ihr eine Mordabsicht zu unterstellen. Niemand hat gesehen, dass sie dem Opfer nachgegangen wäre. Es gibt mehrere Zeugenaussagen, die bestätigen, dass sie mit der Niederlage relativ gefasst umgegangen ist.«

»Angeblich gab es einen Zeugen, der das anders sah.«

»Winfried Schustermeier, ja, aber der hat seine Aussage wieder revidiert. Er war frustriert, dass eine Frau es ins Finale schaffte. Alter Knacker eben.«

»Du hast mich extra auf Heidi angesetzt.«

»Ich danke dir auch dafür, dass du dich spontan bereit erklärt hast, uns zu unterstützen. Aber die Sache hat sich in Wohlgefallen aufgelöst.«

»Edi, dein erster Riecher war goldrichtig. Du hast mich nicht umsonst kontaktiert. Dudi hat Dreck am Stecken.«

»Die Beschuldigungen haben sich als haltlos herausgestellt. Fahrt wieder nach Hause und kümmert euch um einen neuen Fall.«

»Glaubst du wirklich, dass ich mich so abservieren lasse? Der Fall wird erst abgeheftet, wenn ein Mord zu hundert Prozent ausgeschlossen ist.«

»Schön, dass du mir die Regeln erklärst, aber ich leite die Ermittlungen, und ich sage: Der Fall ist abgeschlossen. Wir benötigen die Mithilfe aus Wien nicht mehr. Glaubst du, wir haben nichts anderes zu tun? Bei uns mag es ruhiger zugehen als bei euch in Wien, aber wir klagen trotzdem nicht über Unterbeschäftigung.«

»Du musst nichts machen, Edi. Ich übernehme die Arbeit.

Ich spüre, dass Dudek zur Furie wird, wenn sie zu viel getrunken hat. Liest du keine Zeitungen? Ich habe vergangene Nacht sämtliche Berichte der letzten Jahre über sie gelesen. Kaum ein Jahr, in dem sie nicht in eine skandalöse Kneipenschlägerei verwickelt war. Es gehört zu ihrem Markenzeichen: Hat sie zu viel Promille, fährt sie ihre Fäuste aus.«

»Mag stimmen, aber wir haben sämtliche Zeugenvideos eingesammelt. Handyfilmchen, die von Partygästen aufgenommen wurden. Knapp vierzig Stück. Daraus geht klar hervor, dass es keinerlei Streitigkeiten zwischen den Bierduell-Teilnehmern gab. Die beiden haben sich voller Respekt die Hände geschüttelt. Auf keinem der Videoclips ist Heidi Dudek aggressiv.«

»Sie führt euch an der Nase herum.«

»Du kannst warten, bis sie in Wien in ihre nächste Schlägerei verwickelt ist. Was du dann mit ihr machst, ist mir egal – aber der Fall Loisbacher Bierkirtag ist abgehakt.«

Wolke fühlt sich wie das fünfte Rad am Wagen. Weder Eduard Feige noch ihre Partnerin bemühen sich auch nur ansatzweise, sie als vollwertiges Ermittlungs-Teammitglied mit einzubeziehen oder zu fragen, wie sie die Sache sieht.

Andererseits ist sie nicht unglücklich, als Eduard Feige den stinkenden Gärkeller freigibt. Er schreitet weiter zum Biertanklager und schließlich hinaus auf den Vorplatz. Dort informiert er den Brauereibesitzer und den Braumeister, dass der Betrieb wieder aufgenommen werden kann.

»Fahr zurück in die große Stadt und spiele dort Großstadthai, aber bei uns im Waldviertel lieben wir die Idylle.«

»Edi, ich habe dich anders in Erinnerung. Du warst früher auch interessiert daran, die bösen Kerle zu schnappen.«

»Manchmal muss man einsehen, dass es keine bösen Kerle gibt. Sepp Ackermeier war ein Säufer, und das ist ihm zum Verhängnis geworden. Er hat sich einen zu viel umgehängt. Ein offenes Gärbecken verzeiht keine Schlamperei. Nicht einmal die Ehefrau des Verstorbenen zweifelt an der Unfalltheorie.«

Eduard Feige weist die uniformierten Kollegen an, alle Absperrbänder zu entfernen und den Tatort sauber zu verlassen.

Plötzlich legt Feige seine Hand auf Wolkes Schulter.

»Dio, zeige deiner Assistentin, wie man in der Stadt den bösen Jungs und Mädchen das Handwerk legt.«

»Ich bin keine Anfängerin mehr, auch wenn ich vielleicht so aussehe.« Mit der Mickey-Maus-Stimme klingt sie jedoch wie eine Amateurin. Zornig zupft Wolke die Nasenklemme von der Nasenspitze.

»Aber selbstverständlich respektieren wir, dass Sie hier der Boss sind. Deshalb fahren wir jetzt auch wieder zurück in unser Revier.« Ihre normale Stimme ist wieder hergestellt. Sie spürt Diotimas verblüfften Blick, aber das musste raus.

Sie spaziert zum Wagen und nimmt am Beifahrersitz Platz.

»Sag mal, was sollte das hier eben?« Diotima packt das Ende des Sitzgurts und zieht ihn sich um den Oberkörper.

»Bevor du dich hier mit deinem ehemaligen Ausbildungskollegen weiter aufreibst, sollten wir zusehen, dass wir in dem Fall weiterkommen.«

»Verstehe, und was schlägst du vor?« Der Gurt rastet ein, und Diotima legt die Hände ans Lenkrad.

»Überzeugen wir uns davon, ob die Ehefrau des Opfers tatsächlich an die Unfalltheorie glaubt.«

»Gute Idee«, lächelt Diotima, startet den Wagen und rollt den Mazda rückwärts aus der Parklücke. Sie schiebt den Oberkörper zur Seite und dreht den Kopf weit über die Schulter, um durch die Heckscheibe zu blicken.

»Oh, nee, die haben uns schon wieder zwei Sechserträger in den Wagen gestellt«, stöhnt sie.

*

Der Abschleppdienst kostet ein Vermögen. Nestor löst den Wagen aus. Kurzfristig verdrängt der Ärger über den Verlust vieler Geldscheine den Frust über den Rest-Kater, der Nestor wie eine wandelnde Leiche aussehen lässt.

Heidi ist das egal. Sie möchte, dass er sich erneut nach Loisbach begibt, um zu ermitteln.

Zehn Mal hat sie ihn angerufen. Neun Mal ist er danach wieder eingeschlafen. Ihre Androhung beim letzten Anruf, bei ihm vorbeizukommen und ihn aus dem Bett zu prügeln, ließ ihn dann doch aufstehen.

Wenn er auf dem Weg ins Waldviertel in eine Polizeikontrolle gerät, ist er geliefert. Dazu müsste er nicht einmal blasen.

In Loisbach parkt Nestor diesmal nicht am Platz vor der Brauerei, sondern in einer der vielen schmalen Einbahn-Siedlungsstraßen.

Am Mittelalterplatz deutet nichts auf den weißen Lieferwagen hin. Sich der Brauerei zu nähern, wäre taktisch ungeschickt, solange Nestor nicht weiß, wer von den Brauereimitarbeitern ihm gestern den Schlägertrupp auf den Hals hetzte.

Sein Blick kreist und bleibt beim verschnörkelten Schild eines Kaffeehauses hängen. Soviel durch die Fensterscheiben zu erkennen ist, eher ein Senioren-Treffpunkt als ein hipper Coffee-Shop. Genau das Richtige, um inkognito die Brauerei im Auge zu behalten.

Geruch von frisch gemahlenem Kaffee, parfümiertem Tee und chemischem Zucker strömt Nestor beim Betreten des Kaffeehauses in die Nase. Viel zu helle Beleuchtung, um Wiener Gemütlichkeit zu versprühen. Glas und Gold dominieren das Innendekor. Die Holzvertäfelungen hält Nestor für Imitate.

Viele Auswahlmöglichkeiten an Sitzplätzen gibt es nicht, aber das äußerste kleine Tischchen im Erker kommt ihm gelegen. Von dort hat er zwar keine Sicht auf die reichlich gefüllte Mehlspeisenvitrine, dafür optimalen Blick auf das Brauerei-Hauptportal. Sein Hintern lässt sich auf den weich gepolsterten, samtigen Stuhl nieder. Er bestellt sich einen doppelten Espresso, ein Glas Wasser und eine Zeitung. Die Bedienung ist, verglichen mit der schnoddrigen Art in Wien, äußerst freundlich.

»Darf ich dem Herrn auch Torte, Kuchen, Donut servieren?«, fragt die Kellnerin.

»Haben Sie Pikantes?«

»Schinken-Käse-Toast, Frankfurter oder Fiaker-Würstel, kleines Gulasch, großes Gulasch. Soll ich Ihnen die Karte bringen?«

»Würstel mit Saft klingt prima«, sagt er und verzichtet auf die Karte.

Kaffee und Zeitung werden ihm rasch serviert. Er machte keine Angabe, welche Tageszeitung er lesen möchte. Umso interessanter die Einschätzung der jungen Kellnerin, die ihm das fürchterlichste Boulevardblatt des Landes an den Tisch gebracht hat – das *Kaiser-Blatt* ist in einem hölzernen Zeitungshalter eingeklemmt. Hinter einer großformatigen Tageszeitung hätte Nestor sein Gesicht besser verstecken können, aber das Kleinformatige tut ausreichend seine Pflicht. Er blättert sich durch die Zeitung und schielt über den Rand zur Brauerei.

Chopin Piano Solo versüßt das Ambiente.

Die Überschrift im Chronik-Teil der Zeitung fängt seine Aufmerksamkeit.

»Die Beste geht leer aus! Ein Nachbericht zum traditionellen Loisbacher Bierkirtag.«

Ein Foto zeigt zauberhafte Mädchen in freizügigen Dirndln. Der blonden Schönheit in der Mitte des Bildes wird vom Loisbacher Bürgermeister eine Krone aufgesetzt. Sie strahlt und benötigt beide Hände, um einen riesigen Bierkrug mit dem auffälligen Loisbacher Brauerei-Markenlogo vor der Brust zu halten.

Der Bildtext sagt: »Loisbacher Bierkirtag. Laura Klärens wird von Loisbachs Bürgermeister Lorenz Hochgartner zur Bierprinzessin des Jahres gekürt – aber die Schönste geht leer aus.«

Nestor fliegt über den Fließtext.

»Der Loisbacher Bierkirtag hat eine lange Tradition. Seit fünfzehn Jahren verwandelt sich das bildhübsche, kleine Waldviertler Brauereistädtchen zu Österreich pulsierendstem Trinker-Treffpunkt. Freunde des gepflegten Hopfen- und Malzgetränkes strömten massenweise zum zweitägigen Fest am Loisbacher Hauptplatz. Musikkapellen aus der Region spielten auf, zahlreiche Volksgruppen präsentierten ihre Brauchtumstänze, und frisch gezapftes Loisbacher Bier floss in rauen Mengen. Loisbach braucht den Vergleich zum Münchner Oktoberfest nicht zu scheuen. Bloß, dass es in dem Bierzelt, das sich über den gesamten Hauptplatz spannt, friedlicher zugeht als auf der Wies'n. Höhepunkte und Abschluss des Loisbacher Bierkirtags bilden seit jeher die Finals der über mehrere Wochen laufenden Wettkämpfe, die von der Loisbacher Brauerei gesponsert werden: Die Wahlen zu Bierprinzessin und Bierkaiser. Erstmals stand beim Bierkaiser-Wetttrinken eine Frau im Finale. Heidi Dudek unterlag im Finale dem Serien-Bierkaiser Sepp Ackermeier deutlich. (Lesen Sie einen Nachruf auf Sepp Ackermeier in unserer morgigen Ausgabe.) Optisch deutlich attraktiver sollte sich der Wettbewerb der schönsten Dame des Jahres gestalten. Aber das war in diesem Jahr eine herbe Enttäuschung. Im Finale setzte sich nicht die schönere Frau durch, sondern das taktische Interesse der Stadt. Laura Klärens ist zweifelsohne ein ansehnliches Mädchen mit überzeugenden weiblichen Attributen. Aber berechtigt diese Tatsache alleine für die Krone des Abends? Ja, vielleicht, wäre sie im Finale nicht gegen die deutlich erfahrenere und attraktivere Svetlana Sirakova angetreten. Die Wahl-Wienerin kann immerhin den Titel ›Miss-Hernals‹ vorweisen. Hernals, der 17. Wiener Gemeindebezirk, hat mit rund 57.000 Einwohnern doppelt so viele wie Loisbach. Wurden Svetlana ihre tschechischen Wurzeln zum Verhängnis? Offenbar war es den Veranstaltern zu heiß, eine ›Ausländerin‹ auf den Thron zu setzen. Svetlana Sirakova wurde nicht weit weg von Loisbach geboren, allerdings auf der tschechischen Seite der Grenze, in Budweis. Anzunehmen, dass die Angst mitschwang, ein Mädchen aus einem konkurrierenden Brauereistädtchen könnte die Prinzessinnenkrone ›entführen‹. Der Ausgang der Wahl trübte die Stimmung des sonst so gut organisierten Bierkirtags. Parallel zum Frauen-Schaulauf fand immerhin der Wettkampf um die Bierkaiser-Krone den richtigen Sieger. Sepp Ackermeier konnte diesen hoch dotierten Ehrentitel bereits zum sechsten Mal in Folge für sich entscheiden. Das halbe Dutzend ist voll. Rekord! Leider erreichte uns die Nachricht, dass der beliebte Bierkaiser Sepp Ackermeier noch in der Nacht auf Montag verstorben ist. Genauere Angaben standen zu Redaktionsschluss nicht fest.«

Als Autor des Artikels prangt unter der letzten Zeile das Kürzel »Schro«.

Nestor blickt von der Zeitung hoch. Die Kellnerin serviert den Teller ab.

»Darf es noch etwas sein?«

»Danke, zahlen.«

»Wie Sie wünschen.«

Sie legt ihm das Wechselgeld auf die Zeitung, die noch auf der Chronikseite aufgeschlagen ist. Nestor klaubt die Münzen von der Seite. Er bleibt auf dem samtigen Polster sitzen und wartet, bis sein lahmes Smartphone Verbindung zum Internet herstellt. Er tippt das Kürzel des Autors und den Namen der Zeitung in das Textfeld der Suchmaschine. Puzzleartig baut sich das Porträtbild eines fies grinsenden Mannes mit etwas längeren, gewellten Haaren und ergrautem Schnauzbart auf. Darunter die Beschreibung: »High Society Redakteur Paul Schrotter (Schro)«

Nestors Blick haftet auf dem Foto. Er erinnert sich an das Gesicht. Ihm ist, als könne er in seinem Kopf den Lärm der Zeltatmosphäre vernehmen.

*

Bis gestern sagte Wolke der Name Heidi Dudek nichts. Sport ist das Letzte, wofür sie sich interessiert. Weder aktiv noch passiv.

»Die Alte ist wieder nicht da.« Diotima rollt mit den Augen, als sie die Fahrertür des Mazdas öffnet. Wolke sieht, wie die Putzfrau das Haustor des Ackermeier-Anwesens schließt.

»Die Fahrt hätten wir uns sparen können.«

»Nein, das ist schon gut so. Ich habe mich inzwischen im Internet schlaugemacht.« Wolke wedelt mit ihrem Handy. »Winfried Schustermeier wohnt nicht weit von hier.«

»Wer ist das?«

»Das ist der Typ, der deinen Kollegen Edi erst auf die Idee brachte, dich auf Heidi anzusetzen.«

Diotima blickt überrascht. Sie schnallt sich an und startet den Wagen. »Worauf wartest du noch? Her mit der Adresse.«

Fünfzehn Minuten später steht der Mazda vor einem heruntergekommenen Haus. Niemand zu Hause.

»Sucht ihr den Friedl?« Der ältere Mann, der sich beim Nachbarhaus mit Pfeife im Mund übers Fensterbrett lehnt, sieht aus, als wäre er gerade erst aufgestanden.

»Wissen Sie, wo sich Herr Schustermeier aufhält?«

»Natürlich weiß ich das.« Seine Pfeife deutet in eine Richtung. »Der sitzt den ganzen Tag beim Schreinerwirt. Und die ganze Nacht auch. Bis ihn der Wirt eben vor die Tür setzt.«

*

Die Buchstaben in der Boulevardzeitung verschwimmen vor Nestors Augen. Er taucht in seine Erinnerung ein:

Er sitzt auf der Rückbank im Chrysler. Es ist Nacht. Der Parkplatz ist nicht beleuchtet. Regen tröpfelt auf die Windschutzscheibe. Sein Handy dient als Taschenlampe für seine Schulhefte, die neben ihm und auf seinem Schoß liegen. Die Seitenscheibe ist einen winzigen Spalt geöffnet. Ausreichend, um das gedämpfte Gedudel von Volksmusik zu vernehmen, das über die Hausdächer vom Hauptplatz bis zum Parkplatz gelangt. Aufkeimender Lärm lachender Personen lässt Nestor vom Schulheft aufblicken. Schemenhaft sieht er eine Handvoll Gestalten im blassen Licht einer Straßenlaterne am Gehweg der Ortsstraße entlangmarschieren. Sie bleiben bei einem der ersten parkenden Autos stehen. Nestor kann nicht erkennen, was sie tun, aber dann hört er ein Klirren von Glas, begleitet von gehässigem Gelächter. Schnell verschwindet die Horde wieder.

Nestor schiebt die Schulhefte von seinen Oberschenkeln und streckt sich nach dem Türgriff. Er steigt aus. Trotz Nieselns ist es nicht kühl. Er stellt seinen Kragen hoch und spaziert an den Hecks der Autos entlang. Schön vorsichtig, denn hinterm geschotterten Parkplatz geht es steil herunter zu einem Bachufer.

Er kann die Scherben am Boden liegen sehen. Wie Kristall

glitzern sie zwischen den Kieselsteinen im Laternenlicht. Erst recht, als der Scheinwerfer eines langsam vorbeifahrenden Wagens den Platz wie einen Schleier quert. Nestor hält sich bewusst im Schatten eines Fahrzeuges. Damals, an diesem Sonntagabend, hat er sich noch nichts dabei gedacht, aber jetzt, in der Erinnerung, registriert er, dass es sich um den weißen Lieferwagen handelte, hinter dem er sich da versteckte.

Als die Straße wieder menschenleer im Abend liegt, wagt Nestor sich aus dem Versteck hervor. Er bückt sich neben den Glasscherben und betrachtet die eingetretenen Rücklichter der Limousine. Nestor weiß nicht, ob diese Kerle, die die Limousine beschädigt haben, aus dem Lieferwagen ausgestiegen oder ob sie zu Fuß die Straße entlanggekommen sind. Er wurde erst durch ihr Gelaber auf sie aufmerksam.

Er blickt über das Dach der Limousine zu den Häusersilhouetten. Die Fassaden sind pechschwarz. Über den Dächern strahlt das Licht vom Zeltfest am Hauptplatz dunstig gen Nachthimmel.

Nestor marschiert los. Er wollte mit dem Bierkirtag nichts zu tun haben, aber nun hat die Neugier ihn gepackt, einen Blick auf das Geschehen zu werfen. In der Finsternis fühlt er sich sicher.

Je näher Nestor durch die schmale Gasse dem Hauptplatz rückt, desto lauter wird der Lärm des Kirtags. Gleichzeitig nimmt die Dunkelheit ab.

An der Ecke zum Hauptplatz bleibt er stehen. Die Stimmung im Zelt bebt. Von allen Seiten ist das Bierzelt zugänglich. Nestor muss sich von seiner Position an der Hauskante nicht wegbewegen, um die voll besetzten Bierbänke und die Hauptbühne zu sehen. Auf der Bühne drehen sich Schuhplattler im Kreis. Die Musik dröhnt extrem laut aus den Boxen. Eine abscheuliche Atmosphäre, mit der Nestor nichts anfangen kann. Er versucht, Heidi in dem Chaos ausfindig zu machen. Chancenlos. Er weiß nicht einmal, ob der Bierkaiser-Wettkampf auf der Hauptbühne stattfindet. Nach dem Abmarsch der Schuhplattler betreten unter tosendem Applaus die beiden Anwärterinnen auf das Bierprinzessinnen-Krönchen die Bühne. Der Moderator spart nicht mit doppeldeutigen Bemerkungen. Nestor könnte kotzen. Er hat genug gesehen. Eine innere Stimme rät ihm, wieder zum Chrysler zurückzugehen. Heidi würde schon kommen, wenn sie mit ihrer Sauferei fertig ist. Was aber, wenn sie sich so besäuft, dass sie völlig die Orientierung verliert?

Er müsste sie beschützen. Das wäre sein Job. Trotz schlechtem Gewissen, sie alleine zu lassen, taucht er wieder ins Finstere der Gasse ein.

»Willst du uns schon verlassen?« Ein Männerarm schwingt sich um seinen Hals. Eine scharfe Alkoholfahne schlägt Nestor ins Gesicht.

»Interessiert's dich nicht, wer unsere Prinzessin wird?«

Nestor wird zurück ins Licht gezerrt. Der Typ, der ihn eher in einem Schwitzkasten als einer Umarmung hält, ist nicht älter als seine Schüler. Neben ihm torkeln zwei weitere Halbstarke.

»Jungs, ich möchte nach Hause«, röchelt Nestor und versucht, sich aus der Umarmung zu befreien.

»Nicht, bevor du uns nicht einen spendierst.«

Sie führen ihn bis ans Zelt. Widerstand ist zwecklos. Er wird an einen der Biertische gedrängt, und ehe er sich's versieht, hat er auch schon einen Bierkrug vor seiner Nase stehen.

»Prost!«, lachen die Burschen, und weil er kein Spielverderber sein will und die Jungs am ehesten wieder loswird, wenn er mitspielt, hebt er den Krug und stößt mit den anderen Krügen zusammen.

»Der Erste geht auf unsere Kappe, aber du musst uns auch einladen.«

Er hasst Bier. Er verträgt es nicht. Es macht ihn müde und schlapp.

Nur nicht zu schnell trinken. Schlückchenweise. Mit etwas Glück ergeben sich Chancen, das Bier auszuspucken.

Auf der Bühne werfen sich die beiden Models unter herben Anfeuerungsrufen, Gejohle und Geklatsche in sexy Posen. Paul Schrotter, der Redakteur, sitzt neben anderen Personen auf der Bühne und notiert sich ständig etwas auf einem Block.

Nestor nippt an seinem Bierkrug.

»Wo bleibt unser Bier?«, krächzt der Junge, der ihn zuvor im Schwitzkasten hielt und jetzt neben ihm auf der Bierbank hockt.

»Drei Runden sind fällig. Damit keiner benachteiligt ist. Nett wäre es, wenn du der Dame neben dir auch etwas spendierst. Die sieht genauso langweilig aus wie du.«

Alle drei Jungs lachen dämlich auf. Nestor blickt zur Sitznachbarin links von ihm. Sie passt tatsächlich nicht in dieses Zelt. Das makellose Gesicht einer Schauspielerin. Hals und Hände mit wertvollem Schmuck dekoriert. Das Kleid einen Ticken zu fein für ein muffiges Volksfestzelt.

*

Der Schreinerwirt ist eine übel herabgewirtschaftete Spelunke, in der der Rauch wie eine Nebelwand steht. An der Bar hocken barttragende Männer, die schon im Delirium schweben.

»Wer von den Typen ist Winfried Schustermeier?«

An der knolligen Nase ist dem Barkeeper der reichliche Schnapskonsum anzusehen. Mit glasigen Augen stiert er auf den Ausweis der Chefinspektorin. Wortlos nickt er zu einer Sitzecke neben einer Jukebox. Winfried Schustermeier sitzt vor einem halb geleerten Weinglas. Beide Ellbogen am Tisch, hängender Kopf. Es wirkt, als würde er dösen. Ihm gegenüber ein zahnstocherdürrer Kerl, dem die Hälfte der Zähne schon aus dem Mund gefault zu sein scheint. Die Asche an der Zigarette in seiner Hand ist mehrere Zentimeter dick und dürfte jeden Moment abbrechen, so, wie der Mann mit seinen Armen fuchtelt und ohne Pause auf den Dösenden einquasselt.

»Dürfen wir einen Moment stören?«

Diotima stellt sich links, Wolke rechts an den Tischrand.

»Er ist traurig, der Friedl, lasst ihn in Ruhe.«

»Wir haben nur ein paar klitzekleine Fragen. Herr Schustermeier, warum haben Sie Ihre Aussage zurückgezogen und glauben nicht mehr, dass Heidi Dudek Sepp Ackermeier auf dem Gewissen haben könnte?«

Der Angesprochene rührt sich keinen Millimeter. Der Dürre kichert hysterisch auf.

»Lasst ihn in Ruhe. Er leidet schon genug.«

»Wurden Sie gezwungen, Ihre Aussage zurückzunehmen?«

»Gezwungen«, lacht der Dürre auf. Er weicht mit dem Schenkel zur Seite, weil die Asche der Zigarette zu Boden segelt. Seine Bewegung ist zu ungestüm. Die Asche berührt das Knie und stürzt weiter unter den Tisch. »Gezwungen ist das falsche Wort. Man hat ihm lediglich nahegelegt, dass er seine frauenfeindliche Einstellung nicht in der Öffentlichkeit zur Schau trägt.«

Wieder kichert der Dürre und zündet sich eine neue Zigarette an. »Wenn der Friedl den Sepp nicht besiegen kann, dann darf es eine Tussi schon gar nicht schaffen.«

»Blödsinn.« Winfried Schustermeier hat seinen Kopf gehoben. Sein Gesicht gleicht einer zerfurchten Holzperchte. Sein Nachbar dürfte recht haben, dass der Mann rund um die Uhr in dieser ungesunden Atmosphäre verbringt.

»Als ich anno dazumal gegen den Sepp angetreten bin, da war

er noch ein ernst zu nehmender Gegner. Das, was uns die am Wochenende geboten haben, war lächerlich. Die Weiber haben im Finale nix verloren.«

Der Dürre streckt seine Handflächen nach oben und grinst die Sonderermittlerinnen mit hochgezogenen Augenbrauen an, ganz nach dem Motto: Habe ich es euch nicht gesagt?

»Friedl hat die Frau schon gehasst, da hat sie noch nicht einmal ihr erstes Bier getrunken. Aber ich habe sie in den Vorausscheidungen gesehen. Die hat's drauf. Man hätte den Sepp von Anfang an nicht starten lassen dürfen. Das war Selbstmord.«

»Haben Sie das Bierduell mitverfolgt?«

»Logisch. Echte Loisbacher lassen sich das nicht entgehen.«

»Welchen Eindruck machte die Finalistin auf Sie?«

»Im Finale war sie nicht in Form. Die war mit den Gedanken ganz woanders, wenn du mich fragst. Die Siegerehrung habe ich nicht mehr mitbekommen. Das war so fad, dass ich mir mit meinen Kumpels ein eigenes Saufduell geliefert habe.« Er lacht wieder gackernd los und streckt sein leeres Bierglas in die Höhe, bis sich der Barkeeper in Bewegung setzt.

»Aber dem Brauereibesitzer hat's nicht geschmeckt, dass Sie sich negativ über Heidi Dudek geäußert haben. Hat er Sie aufgefordert, die Äußerung zurückzunehmen?« Diotimas Blick gilt wieder der Perchte.

»Der Wolferl würde niemals was dagegen sagen.«

»Meine Frage richtete sich an Herrn Schustermeier.«

Aber der schweigt beharrlich.

»Ich kann Sie auch vorladen lassen, aber da gibt es dann lange kein Bier und keinen Wein, Herr Schustermeier.«

»Lasst ihn in Ruhe. Der Major hat ihm einen Rüffel erteilt. Weil sich der vor der Polizei blöd vorgekommen ist und es nun einmal nicht ausstehen kann, wenn man blöde Gerüchte in Umlauf bringt.«

*

»Entschuldigung?«

Nestor schreckt auf, weil eine fremde Hand ihn an der Schulter berührt. Nicht grob, aber stark genug, um ihn aus seinen Gedanken zu reißen. Er blickt ins Gesicht der jungen Kaffeehaus-Kellnerin.

»Wenn Sie noch etwas bestellen, dann ist es in Ordnung, wenn Sie hier sitzen bleiben.«

Hinter der Kellnerin stehen zwei ältere Damen.

»Was ist denn nun? Dürfen wir uns hinsetzen?«, krächzt die eine der beiden.

»Ich bin schon weg.« Nestor hört sich an, als wäre er soeben aus dem Tiefschlaf erwacht. Er schießt zu schnell in die Höhe. Der Schwindel lässt ihn beinahe über den Tisch kippen. Die Kellnerin fängt ihn auf. Er hat die Tageszeitung eingerollt in der Hand. Sie nimmt ihm die Zeitung ab.

»Wissen Sie, was? Ich drücke Ihnen noch einen Espresso herunter.« Sie hält ihn am Handgelenk und zieht ihn zur Seite, sodass die beiden Seniorinnen sich an seinen Tisch setzen können. Die Kellnerin führt Nestor mit sich. An der Theke ordert sie bei einer Kollegin den besagten Espresso.

»Das ist wirklich nicht nötig.«

»Ich glaube schon, dass Ihnen Koffein helfen wird. Sonst kippen Sie mir noch vor dem Kaffeehaus zusammen. Wäre unverantwortlich.«

Nestor blickt sich um. Nur Oldies, die sich in diesem Laden bedienen lassen. Momentan fühlt er sich mindestens genauso alt. Die Kellnerin dreht sich mit der Espressotasse in ihrer Hand zu ihm und stellt die Tasse auf der Zeitung am Tresen ab.

»Was bin ich Ihnen schuldig?«

»Geht aufs Haus.«

»Das ist lieb. Vielen Dank. Aber dafür müssen Sie mir Ihren Namen verraten. Damit ich weiß, wen ich heute Abend in mein Gute-Nacht-Gebet einbeziehen muss.«

Sie schmunzelt.

»Ich heiße Roswitha. Alle sagen Rosi.«

»Ich bin Nestor.«

Er kippt den Schluck Kaffee in sich und stellt die Tasse am Tresen ab.

»Bist du neu in Loisbach, Nestor?«

»Auf der Durchreise.«

In einer flinken Handbewegung reißt er »Schrottis« Artikel aus der Zeitung.

»Fühle dich ganz wie zu Hause.« Die Ironie in Rosis Stimme ist nicht zu überhören.

»Ich brauche diesen Artikel.«

»Die Bierprinzessin beziehst du wohl auch in deine Nachtgebete ein.« Sie zwinkert ihm zu und bringt sich in Pose, durch die ihr Busen besser zur Geltung kommt.

»Durchreisender, sehe ich dich wieder in Loisbach?«

»Bestimmt.«

Er gibt ihr sein schönstes Lächeln, zu dem er imstande ist.

»Was ist dir da passiert? Schlägerei?«

Sie fasst sich an ihren Schneidezahn und spricht damit den Unfall zwischen ihm und Heidi an. Umgehend presst Nestor seine Lippen aufeinander. Er ist froh, als im Hintergrund Gäste ungeduldig nach der Rechnung verlangen. Rosi dreht sich um und hastet zum Tisch. Den Po schwingt sie bestimmt nur seinetwegen so auffällig hin und her. Aber sein Herz gehört Heidi. Daran kann Rosi nichts ändern. Er steckt das zusammengefaltete Zeitungsblatt in seine Jackentasche, während hinter ihm die Schwingtür ins Schloss fällt.

*

Wolkes winziges Office liegt Wand an Wand zu Diotimas.

Ein gewaltiger Rumms lässt Wolke in ihrem Schreibtischsessel aufschrecken.

Was war das?

Das kam aus Diotimas Büro.

Das eingerahmte Schreibtischbild, das eine junge, schlafende Jessica noch aus Oma-Tagen zeigt, wackelt noch immer. Wolke schiebt es zur Seite, weil der Standfuß des Bilderrahmens gefährlich nah an die Tischkante gerückt ist.

Sie steht auf und wandert auf den Gang. Sie lauscht an Diotimas Tür.

Stöhnen aus dem Büro.

»Alles in Ordnung?« Mit diesen Worten tritt sie ein und erblickt einen Mann, der wie ein Häufchen Elend auf einer Couch sitzt und sich den Hinterkopf reibt. Diotima hoppelt vor ihm wie eine leichtfüßige Boxerin, die sich im Ring auf den Gong vorbereitet. Hinter der Inspektorin türmen sich alte Videokassetten. Ein Videorekorder steht am Tisch und ist mit einer Unmenge an Spezialkabeln an einem Laptop angeschlossen. Am Display flimmert das grünstichige Standbild zweier Judokämpfer, die wie Wollknäuel ineinander verheddert sind.

»Steh auf, starker Mann«, fordert Diotima den Typen auf der Couch auf und macht mit beiden Händen eine herablassende Geste.

»Kannst du deine bescheuerten Theorien nicht bloß andeuten?«, ächzt der Mann.

»Nein, weil's dann nicht wirkt. Zuerst Schulterwurf und dann sofort ein Würgegriff. Das sind Heidis Geheimwaffen. So beendet sie 99,9 Prozent ihrer Kämpfe.« Sie drischt ihre Hände auf die Tischplatte. »Entweder Rear Naked Choke oder

Triangle. Ihre Lieblingstechniken. Heidi hat es immer auf Aufgabe angelegt.«

Diotima stehen Schweißperlen auf der Stirn. Sie packt Wolke am Unterarm und zieht sie in die Mitte des Raumes.

»Das ist meine Partnerin Wolke Böhm.«

»Hi, Wolke, und ich bin Max, der arme Bruder der Verrückten.« Er reibt sich den Kopf, aber seine schmerzverzogene Grimasse ist verschwunden, und jetzt sieht er einigermaßen attraktiv aus. Wolke sucht vergeblich eine Ähnlichkeit zu Diotima, aber bis auf die große sportliche Statur gibt es nicht viele Parallelen. Er ist das Nesthäkchen, in etwa in Wolkes Alter.

»Als Dank, dass ich dir den ganzen Krempel gebracht habe, wischst du mit mir dein Büro sauber.« Er richtet sich auf und beginnt, die Videokassetten in eine große Kiste zu sortieren.

»Die nicht«, stoppt seine Schwester ihn, als er einen zweiten Berg an Kassetten wegräumen will. »Die muss ich noch durchackern.«

Wolke hebt wahllos eine der uralten VHS-Kassetten hoch. Ein Relikt vergangener Tage.

»Ö. Meisterschaft 1990/ Judo« steht in Handschrift auf der Namensplakette.

»Das sind alle Judoturniere von 1980 bis 1992, an denen Dudi teilgenommen hat«, erklärt Diotima stolz.

»Du hast dir alle Kämpfe angesehen?«

»Gestern, die ganze Nacht. Ein Drittel fehlt mir noch.«

»Warum schaust du dir das an?«

»Etwa in dieser Höhe ist die Oberkante des Gärbeckens. Heidi beherrscht den Schulterwurf aus dem Effeff. Für sie war es nicht einmal eine sonderliche Kraftanstrengung, den Dicken ins Becken zu befördern.«

Diotima lässt von Wolke ab und drückt am Videorekorder eine Taste. Das Standbild erwacht zum Leben. Wie zwei Kletten rollen die Judokämpfer über die Matte. Erst nach einigen Momenten ist es für Wolke ersichtlich, dass es sich um weibliche Athletinnen handelt.

Heidi Dudek ist trotz der schlechten Bildqualität zu erkennen. In ihren jungen Jahren sah sie noch männlicher aus, mit ihren kantigen Gesichtszügen und den zugunsten des Sports sehr kurz geschorenen Haaren. Ihr Nacken gleicht einem dicken Feuerwehrschlauch. Im Judo-Gi macht sie einen übergewichtigen Eindruck. Die Muskelberge kommen nur kurz zum Vorschein, wenn die Gegnerin kräftig genug an dem Baumwollanzug gezerrt hat und sie wieder gezwungen ist, sich Jacke, Gürtel und Hose zu richten.

»Schwesterchen, darf ich als Dank mit deiner neuen Partnerin einen Kaffee schlürfen?«

»Zieh ab. Tschüss!« Sie öffnet ihm die Tür. Der Mann hebt die schwere Kiste hoch und zwinkert Wolke zu. »Lass dich von meiner Schwester nicht fertigmachen.«

»Hau endlich ab.« Diotima hilft ihm nach, ihr Büro schneller zu verlassen. Sie schließt die Tür und lächelt ihre Partnerin an.

»Der ist das gewöhnt. Was glaubst du, wie es bei uns zu Hause rundgegangen ist. Ich musste tagtäglich beweisen, wer die Hosen in der Familie anhat.«

Die Chefinspektorin lächelt ihre Kollegin an und vertieft sich wieder in ihren Videoanalysen.

»Guckst du dir das ernsthaft alles an? Wozu?«

»Ich will Dudi verstehen.«

»War sie sehr erfolgreich?«

»National auf alle Fälle. Unendliche Male Jugendmeisterin. Ihren ersten Staatsmeistertitel holte sie 1986. Von da an ohne Unterbrechung bis 1992.«

Schon bald hat Wolke genug von den Fernsehbildern. Sie wird nicht klüger, je mehr sie sich von dem Herumbalgen ansieht. Heidi Dudek ist ein Wesen, dem man nachts nicht alleine und unbewaffnet begegnen möchte – und das man nicht zum Feind haben sollte.

*

Nestor lugt hinter dem Heck von Heidis Chrysler hervor und blickt in Richtung Lehrertrakt über dem Haupteingang der Schule. Die meisten Lehrerparkplätze sind schon frei. Dienstagnachmittag, da sind nur noch wenige Lehrer am Unterrichten. Dafür ist der Besucherparkplatz bis auf die letzte Lücke vollgestopft. Hier dürfen theoretisch auch Schüler parken, die bereits Führerschein und Auto besitzen. Aber das heute sind keine Schüler, sondern vorwiegend Besucher der Judo-Vorführungen in der Turnhalle.

Heidi hat in den letzten Wochen ihre ganze Energie in diese Nachwuchs-Schnupperlehrgänge gelegt.

»Bach? Bach!«

Die Stimme gellt wie eine Sirene durch die Luft.

Nestor ist so erschrocken, dass er sich das Schienbein an der Chrysler-Stoßstange stößt.

Die Stimme von Direktorin Anneliese Kräuter. Sie hält noch ihren Autoschlüssel in der Hand und steht neben ihrem Sportwagen. Der Schlüssel gleitet in ihr Handtäschchen, und sie stakst in ihren High Heels auf ihn zu.

»Sie können nicht ohne Weiteres freinehmen und einen Kollegen fragen, ob er für Sie einspringt und Ihren Unterricht übernimmt. Das hat gefälligst über mich zu laufen.«

»Ich fühlte mich heute Morgen nicht wohl.«

»Sie sehen auch aus wie ein Gespenst, aber trotzdem dürfen Sie nicht selbst Ersatzlehrer bestimmen. Wo kommen wir da hin?«

»Ich wollte Sie nicht mit belanglosen Dingen belasten, weil ich weiß, wie viel Sie um die Ohren haben.«

»Kommen Sie mir nicht damit, Bach. Sie sollten lieber darauf achten, dass Ihr Lehrauftrag an dieser Schule verlängert wird. Sie brauchen nicht glauben, dass Sie in einem gemachten Nest sitzen, weil Sie die Probezeit bestanden haben.« Sie wackelt mit dem Kopf und betrachtet den Lehrer von oben bis unten. »Was machen Sie in Ihrem Zustand hier?«

»Ich muss Heidi sprechen.«

»Die ist voll im Einsatz. Ist es wegen dieser Polizeigeschichte? Wissen Sie da mehr, Bach?«

»Nein, alles in Ordnung.«

»Ich verlange, dass Sie mir alles berichten, wenn da etwas nicht in Ordnung ist. Einen schlechten Ruf kann sich unsere Schule nicht leisten.«

Endlich wendet sie sich ab und stakst zurück zu ihrem Sportwagen. Nestor eilt auf den Eingang der Cafeteria zu, durch die er in die Sporthalle will.

So viele Menschen wie an diesem Tag hat er auf den Tribünen noch nie gesehen. Volle Ränge, begeisterte Stimmung. Heidis Stimme posaunt durch einen Lautsprecher. Sie stellt unterschiedliche Gewichtsklassen und die amtierenden österreichischen Meister vor. Begleitet vom Applaus der Zuschauer.

Nestor quetscht sich am Publikum vorbei zur Treppe durch, die ihn in die Katakomben der Turnhalle führen. Er durchquert den langen Gang zu den Garderoben.

Er weiß, wo Heidis Umkleidekabine ist. Dazu muss er durch die Mädchengarderobe.

Die Verwunderung der Damen, die sich gerade umziehen, ist groß. Aber Nestor schenkt ihnen keine Aufmerksamkeit, bleibt vor der Tür zur Lehrergarderobe stehen und kann seitlich beim Durchgang zur Turnhalle auf die Matten sehen, auf denen sich

Knirpse in viel zu großen Judoanzügen herumbalgen. Heidi kommt an den Durchgang, um die nächste Garnitur an Mädchen abzuholen. Ihr Blick ist hoch konzentriert und entgleist erst, als sie Nestor sieht.

»Girls, raus mit euch«, scheucht sie die Mädels von der Garderobe in den Turnsaal und kommt dann auf Nestor zu.

»Was rausgefunden?«

»Wie gut kennst du einen gewissen Paul Schrotter?«

»Schrotti? Was ist mit ihm?«

Nestor zupft das zusammengeknüllte Zeitungsblatt hervor, faltet es auf und streicht es an der Wand glatt.

»Er hat über den Bierkirtag geschrieben. Du und die Schönheitsprinzessin kommen nicht gut weg.«

»Schrotti war einer der Juroren bei der Wahl zur Bierprinzessin.«

»Der Ausgang der Wahl hat ihm nicht sehr geschmeckt. Er hat mit Sicherheit für die Verliererin gestimmt.«

Heidi zupft ihm den Zeitungsartikel aus der Hand und steckt ihn in ihre Trainingshosentasche.

»Ich kümmere mich darum. Noch was?«

»Die Bullen haben den Tatort wieder freigegeben.«

»Was ist mit deinen Freunden, die dich abgefüllt haben?«

»Keine Spur.«

»Ich muss wieder zurück. In einer Stunde ist das hier vorbei.«

»Soll ich auf dich warten?«

Sie tätschelt seine Wange. »So, wie du aussiehst, solltest du dich aufs Ohr legen.« In ihrem Gesicht erstrahlt ein Lächeln. »Der zweite Tag und du hast schon wieder einen wichtigen Hinweis an Land gezogen. Dein Talent zum Schnüffeln führt dich direkt zu deiner verdienten Belohnung.« Als sie ihm dieses Zwinkern schenkt, glaubt er, vor Lust zu explodieren.

*

Wolke setzt sich auf ihre Vespa. Nach dem vierten gescheiterten Startversuch nimmt sie den Helm wieder vom Kopf.

»Emma, warum tust du mir das an?«

Ihr wäre danach, kräftig gegen die Seitenfassade des Mopeds zu treten, aber sie bringt es nichts übers Herz, und außerdem würde der Oldtimer in seine Einzelteile zerfallen.

»Probleme?«

Mit Uniformjacke und Kappe sieht Max deutlich männlicher aus als noch eben auf Diotimas Couch. Sein Lächeln ist atemberaubend. Wolke fragt sich, wie lange Diotimas Bruder sie schon beobachtet hat.

»Ich dachte, du wärst schon längst über alle Berge«, sagt sie, ohne sich anmerken zu lassen, wie fasziniert sie von seiner Erscheinung ist.

»Musste im Auto noch ein paar Telefonate führen. Herzzerreißend, wie du versucht hast, dieses alte Ding in Schwung zu bringen.«

»Das ist Emma, und sie mag es nicht, wenn man altes Ding zu ihr sagt.«

»Verzeih mir, Emma. Wie kann ich das bloß wiedergutmachen? Etwa, indem ich dein Frauchen nach Hause bringe?«

»Dagegen hätte Emma garantiert etwas einzuwenden. Sie mag nicht alleine am Gelände des Kommissariats übernachten.«

»Ich sehe schon: ein kleiner Angsthase. Dabei, wo könnte man sich nachts sicherer fühlen als am Kommissariat?«

»Wie soll ich dann morgen wieder zu meinem Arbeitsplatz kommen? Doch nicht ernsthaft mit den Öffis?«

»In so einer Situation schlage ich vor, wir fahren direkt zu mir. Dann kann ich dich morgen wieder hier absetzen.«

»Du glaubst, ich bin so leicht abzuschleppen wie deine Politessen?«

»Beschwert hat sich noch keine.«

»Ich fahre dann doch lieber mit den Öffis nach Hause.«

»Hast du Hunger? Ich bin mir sicher, der Kantinenfraß ist nicht so nach deinem Geschmack. Ich könnte uns etwas Leckeres kochen.«

»Diotima hat nicht erwähnt, dass ihre Brüder begnadete Köche sind.«

»Mein Schwesterchen hat bestimmt eine ganze Menge noch nicht erzählt. Lässt sich alles nachholen. Darf ich bitten?« Max öffnet die Beifahrertür bis zum Anschlag. Sie wird im nächsten Moment zugeschmissen – von Diotima.

»Baggerst du meine Partnerin an? Finger weg! Bring Wolkes alten Schrottkübel in die Werkstatt. Ich werde Wolke heimfahren.«

»Du darfst nicht Schrottkübel sagen«, zieht ihr Bruder sie auf. Aber da steht sie schon neben Wolke und der Vespa.

»Mit der Kiste hast du wirklich nichts als Probleme. Schon mal daran gedacht, dir einen Dienstwagen zu checken?«

»Mein Ansuchen ist raus, aber noch nicht bewilligt.«

»Soll ich denen im Büro mal ein wenig Dampf unterm Arsch machen?«

»Lass gut sein.«

»Spring in meinen Wagen. Ich bring dich heim. Max kümmert sich um das Teil hier.«

Im Wagen versucht Wolke, die schiefe Optik ein wenig ins Lot zu bringen. »Dein Bruder wollte bloß nett sein.«

»Ja, ja, nett … ich kenne den Bastard. Der soll sich mal nett nützlich machen. Ich will nicht, dass du mit ihm rummachst, verstanden?«

»Er hat nur ganz unverbindlich gefragt, ob wir was trinken gehen. Daran ist nichts Verwerfliches. Ich habe sowieso momentan keinen Bock auf Männer.«

»Was trinken gehen? So von Kollege zu Kollege? Können wir auch machen.«

Die Fahrt führt Richtung Dornbach. Dort wohnt Diotima.

»Zu dir?«, fragt Wolke überrascht.

Als der Mazda auch an Diotimas Häuserblock vorbeirauscht, schaut Wolke erstaunt auf.

»Wo bringst du mich hin?«

»Lass dich überraschen.«

Wenig später zwängt sie den Wagen in eine schmale Lücke und deutet durch die Scheibe zu einem Benediktinerstift gegenüber eines Weinhangs.

»Da drinnen ist eine Buschenschank. Muss man gesehen haben. Wird dir gefallen«, schubst Diotima ihre Kollegin, als sie deren wenig begeisterten Blick registriert.

»Ich trinke keinen Alkohol.«

»Weiß ich doch, Schätzchen.«

Diotima und Wolke durchschreiten den Torbogen. Vor ihnen erstreckt sich der Gutshof des Stifts St. Peter. Einige Bänke sind am Pfarrplatz aufgestellt, aber kaum besetzt, da der Wind kräftig bläst und die Sonne sich zwischen den großen Wolkengebilden nur selten zeigt. Trotzdem besteht Diotima auf einem Platz im Freien.

»Ich weiß auch, dass deine Nase sehr sensibel ist. Die Kellergewölbe der Buschenschank sind wunderschön, aber um dir die Nasenklammer zu ersparen, tut's der Platz hier auch.

Hier gibt es nicht nur Alkohol, sondern auch den besten Traubensaft des Bezirks.«

Es ist das erste Mal, dass Diotima und Wolke außerhalb des Dienstes gemeinsam etwas unternehmen. Ist das der Beginn einer echten Freundschaft? Wieder ein kleines Teilchen, das Wien für Wolke erträglicher macht.

Die Zeit vergeht wie im Flug. Wolke stellt das leere Glas am Tisch ab. Diotima hat nicht übertrieben. Der Traubensaft ist eine Wucht.

»Wieso erzählst du nie etwas über deinen Bruder?«

Als hätte Wolke das Thema Bestattung auf den Tisch gebracht, verfinstert sich Diotimas Gesicht.

»Scheiße, ich dumme Kuh habe völlig vergessen, einen Parkschein in die Windschutzscheibe zu legen, und ich stehe im Parkverbot.« Sie deutet auf den Torbogen, durch den man zum Weinberg blicken kann. »Da ist gerade ein Parksheriff vorbeigegangen.«

Wie von der Tarantel gestochen erhebt Diotima sich und fegt einen Berg Münzen auf den Tisch. »Wir sehen uns morgen im Kommissariat.«

Wolke kommt nicht mehr dazu, irgendetwas zu sagen. Diotima prescht zum Torbogen und reagiert auf Wolkes Rufen nicht mehr.

War das nur wegen der Bemerkung über ihren Bruder?

Wolke nimmt einen Riesenschluck vom Traubensaft und hält den Rülpser nicht zurück.

Aber wieso kann Diotima nicht zurückkommen, nachdem sie das Parkticket ausgefüllt hat?

Wolke ärgert sich über ihre eigene Neugier und das fehlende Feingefühl. Alles, was Diotima ihr erzählen wollte, hat sie preisgegeben: Dass genauso wie sie auch ihr Bruder Max eine Polizeikarriere eingeschlagen hat und dass sie sich als ältestes Kind der Familie verpflichtet fühle, auf ihr Nesthäkchen achtzugeben.

Auf dem Tisch liegt mehr Geld, als die Getränke ausmachen.

Wolke klaubt sich die Münzen für das Straßenbahnticket hervor.

Der Hang gegenüber des Stifts liegt voll im Beschuss der Abendsonne, als Wolke auf den Torbogen zugeht.

Der Mazda steht noch genau an derselben Stelle, an der Diotima ihn vor einer halben Stunde abgestellt hat. Er steht auch nicht im Parkverbot. Weder Parksheriff noch Diotima sind weit und breit zu sehen.

Wolke überquert die Straße, um zur Straßenbahn-Haltestelle zu marschieren. Dann bleibt sie stehen und traut ihren Augen nicht. Zwischen den Weinreben jagt Diotima den steilen Hang hoch. Rund hundert Meter vor ihr joggt ein Kerl. Sonst ist niemand auf dem riesigen Feld.

»Was soll denn das?«

Wolke stellt sich an den Zaun, der den Gehsteig vom Weinberg trennt.

Auf dem Rücken der Jacke des Joggers ist das Logo des »Budoclubs Ottakring«. Wolke verliert den Mann als Ersten aus den Augen. Diotima hat kaum aufgeholt und taucht rund zehn Sekunden später im Unterholz ein. Nur ab und zu blitzt die auffällige Jacke des Läufers zwischen den Ästen, Blättern und Stämmen auf.

Wieso läuft ihre Partnerin irgendwelchen Joggern hinterher?

Ihre Sehnsucht nach logischen Erklärungen spült ihr Dutzende Möglichkeiten ins Gehirn: Vielleicht hat der Kerl an Diotimas Mazda herumgemacht …

Wolke lehnt sich ans Auto. Sie wird hier auf Diotima warten und eine Erklärung verlangen.

Immer wieder schweift ihr Blick zum Weinberg. Doch die Chefinspektorin bleibt verschollen.

Wolke schlendert zur Ecke des Landwirtschaftsgrundstücks. Seitlich des Zauns führt ein steiler Trampelweg hoch.

Schon wenige Meter genügen, um Wolke ein Brennen in ihren Lungen zu bescheren. Es wäre allerhöchste Zeit, dass sie wieder mit Ausdauersport beginnt. Ihre Schritte werden kürzer, langsamer.

Sie bleibt stehen und beobachtet, wie die Schatten der umliegenden Häuser am Hang allmählich länger werden.

Sie will schon wieder umkehren, als sie eine Gestalt bemerkt, die von oben auf dem Trampelpfad herabkommt. Zügig, joggend – der Typ mit der auffälligen Trainingsjacke.

Von Diotima fehlt jede Spur.

Die Gestalt kommt näher. Erst wenige Meter, bevor sie auf derselben Höhe mit Wolke ist, erkennt die Inspektorin, dass das kein Kerl, sondern eine Frau ist – Heidi Dudek.

Wolke dreht sich eilig weg, hofft, dass die Ex-Judoka sie nicht erkannt hat. Aber sie hört schon das Rieseln der Kieselsteine, als die Turnschuhsohlen abbremsen.

Wolke blickt zu ihr. Heidi wirft die Kapuze in den Nacken.

Ihr Gesicht ist beinahe so rot wie auf den Turnier-Videos, die sich Diotima & Wolke vor nicht einmal zwei Stunden noch angesehen haben.

»Sehen so die modernen Einschüchterungsversuche der Kripo aus? Habt ihr Beweise in der Hand, die eure Spionage rechtfertigen? Wenn ihr mich weiterbeschattet, werdet ihr euer Wunder erleben, das verspreche ich euch.«

Die Lehrerin ist keine zwanzig Zentimeter von Wolke entfernt. Aus dem Spalt der Trainingsjacke jagt der Inspektorin der Geruch von sauren Essiggurken entgegen. Sie muss unweigerlich an die Lieblingstechniken der Judokämpferin denken: Schulterwurf und Würgegriff. Instinktiv weicht Wolke einen Schritt zurück. Die Kieselsteine knirschen unter ihrer Sohle.

»Wir beschatten Sie nicht«, bringt sie hervor.

»Sieh zu, dass du Abstand gewinnst, bevor es finster wird.«

Die dunklen Augen der Joggerin durchdringen Wolke. Sie weicht dem Blick aus und sieht hoch zum Ende des Trampelpfads.

Wo bleibt Diotima?

Heidi Dudek trabt den Rest des abfallenden Weges hinab.

Wolke atmet tief durch. Ihre Kollegin hat also keinen Parksheriff gesehen, sondern die Hauptverdächtige. Wieso wollte sie das Wolke verschweigen?

Bald liegt der ganze Weinberg im Schatten – und Diotima bleibt verschollen. Ein mulmiges Gefühl überkommt die Inspektorin. Hat Heidi im Wald zugeschlagen?

Wolke ignoriert die stechenden Schmerzen in der Milzgegend und keucht den Hang nach oben.

# Kapitel 4 – Mittwoch

5 Uhr und 59 Minuten. Die Digitalanzeige am Handy springt auf 6 Uhr, und Wolke bekommt über den angeschlossenen Muschelkopfhörer die volle Dröhnung »Layla« von Derek and the Domingos auf die Ohren gespült. Sie reißt die Augen auf und schleudert den Bügel vom Kopf. Heute eine Stunde früher als gewöhnlich. Muss sein, denn bevor ihr Dienst beginnt, möchte sie unbedingt ihr Moped aus der Werkstatt holen. Die Fahrt dorthin mit der Straßenbahn ist beschwerlich.

Am Vorabend bekam sie von Max noch eine SMS geschickt, in der er ihr mitteilte, in welche »Bastler-Garage« er ihren Oldtimer gebracht hatte. Als die Message eintraf, stand sie mitten im Wald am Berghang hinter dem Weinfeld und zerkratzte sich auf ihrer Suche nach der Kollegin in der Dunkelheit an den Ästen das Gesicht. Als sie aus dem Dickicht auftauchte, sah sie, wie unten auf der Straße Diotimas Mazda lässig aus der Parklücke scherte und davonfuhr. Wolke versuchte, ihre Partnerin per Handy mehrmals zu erreichen, kam aber nur auf die Mailbox.

Wolke hätte große Lust gehabt, sich in die Straßenbahn zu setzen und zu Max zu fahren – als kleine Rache.

Tat sie dann aber doch nicht, sondern fuhr artig in ihre kahle Wohnung.

Mit Helm in der Hand macht sie sich auf den Weg.

Kommt aber nur bis vor die Haustür – denn da erwartet sie jemand. Max guckt mit breitem Grinsen aus seinem Wagen, den er direkt vor die Eingangstür gesetzt hat.

»Spring rein! Ich bringe dich zum Kommissariat.«

Wolke zupft sich die Kopfhörer aus den Ohren. Wie lange

steht dieser Typ schon vor ihrem Haus, und woher wusste er, dass sie ihre Wohnung so zeitig verlassen wird?

Er winkt sie zu sich. Sie zögert.

»Hat deine Schwester dich beauftragt, mich zu holen?«

»Nein, aber ich muss ohnehin ins Kommissariat.« Seine Hand tätschelt eine dünne Ordnermappe, die er auf den Rücksitz schleudert. »Da dachte ich mir, ich erspare dir die Fahrt mit der Bim. Dein Oldtimer wird nicht vor Mittag fertig sein. Habe mich schon schlaugemacht.«

Beachtlich, worum Diotimas Bruder sich kümmert. Wolke weiß nicht, was sie davon halten soll. Max ist ein attraktiver Mann, keine Frage, aber sie hat nicht vor, sich momentan auf irgendetwas einzulassen – auch wenn Diotima es nach ihrer Aktion gestern Abend verdient hätte!

»Danke«, sagt sie und nimmt am Beifahrersitz Platz.

Er hat einen ähnlich aggressiven Fahrstil wie seine Schwester.

*

An das Schrillen der Schulglocke kann Nestor sich nicht gewöhnen. Dieser Ton ist derart schrecklich, dass er am liebsten eine Studie in Auftrag geben möchte, wie die psychische Belastung durch diese Schulglocke sich auf seinen Gesundheitszustand auswirkt.

Obwohl er mindestens zehn Stunden geschlafen hat und literweise Tee in sich hineingekippt hat, fühlt er sich schlapp von der Alkohol-Abfüllung.

»Nestor!«

Heidis Stimme fängt ihn auf dem Gang, auf dem Weg in seine Klasse. Sie kommt durch das Treppenhaus auf ihn zu. Ihr Trainingsanzug müffelt, wie das Trainingsanzüge, die man wochenlang trägt und nie wäscht, so an sich haben. An Heidi stört ihn dieses säuerliche Aroma nicht. Braucht er den Schulmief nicht zu inhalieren.

»Pack dich zusammen, wir haben etwas zu tun.«

»Meine Schüler warten.«

»Gib ihnen eine stille Beschäftigung, dann fällt es niemandem auf, dass du nicht da bist.«

»Das geht nicht. Kräuter hält mich an der kurzen Leine.«

»Wenn sie dich rauswerfen will, spreche ich Anneliese ins Gewissen. Komm endlich.«

Ob die Direktorin sich von Heidi in ihren Personalentscheidungen beeinflussen lässt, bezweifelt Nestor, aber da schnappt Heidis Hand wie Tentakeln einer Riesenkrake sein Hemd.

»Du musst was für mich erledigen.«

Kurz darauf sitzen sie im Chrysler, und ein paar Autominuten später stehen sie am Parkplatz vor der Redaktion vom *Kaiser-Blatt*.

»Ich wollte mir Schrotti gestern vorknöpfen, aber der Kerl war nicht zu Hause. Vielleicht ganz gut so. Ich hätte ihn vermutlich in die Fugen seiner Villa gequetscht. Versuchen wir es auf die sanfte Tour. Geh rein und quatsche ihn über die Eindrücke beim Bierfest aus.«

»Ich? Mir wird er nichts erzählen.«

Die Zeitungsredaktion befindet sich in einem hässlichen Siebzigerjahre-Hochhaus – passend für so ein Schmierblatt.

Heidi wirft Nestor vor den Treppen, die zur pompösen Drehtür führen, aus dem Wagen. Gurgelnd fährt der Chrysler weiter zu den Gäste-Parkplätzen.

Auf dem Weg zur Drehtür geht Nestor in seinen Gedanken die Worte durch, mit denen er dem Redakteur begegnen will.

»Ich habe einen dringenden Termin bei Herrn Paul Schrotter.«

Ohne die verschlafene Miene auch nur ansatzweise zu einer freundlichen zu verziehen, greift die Solarium-gebräunte Dame hinterm Empfangstresen zu einem Telefon.

»Name?«

»Paul Schrotter.«

»Nein, IHR Name.«

»Nestor Bach.«

»Worum geht's?«

»Brisante Details aus erster Hand.«

Sie nimmt den Hörer zum Mund und wendet sich von Nestor ab. »Schrotti, da ist einer deiner schrägen Vögel.«

Ihr Gespräch dauert nicht lange. Sie deutet mit dem Daumen über ihre Schulter zu den Liften.

»Er erwartet Sie. Nehmen Sie den mittleren Aufzug.«

»Welcher Stock?«

»Der Lift fährt Sie in die gewünschte Etage.«

Demonstrativ nimmt sie eine Illustrierte zur Hand und gibt Nestor zu verstehen, dass keine weiteren Fragen mehr erwünscht sind.

Der Aufzug bringt Nestor in den vierten Stock: Chronik-Abteilung.

Schrotti wartet bereits vorm Lift. Nestor erkennt den Mann vom Bierkirtag wieder. Er trägt einen Anzug, aber sowohl Hemd als auch Sakko sind stark zerknittert – Anzeichen für falsche Lagerung im Auto.

»Wer sind Sie? Um welche Sache geht's?«

»Es geht um den Loisbacher Bierkirtag.«

»Und weiter?«

»Sie haben in Ihrem Artikel abwertend über die Miss-Wahl geschrieben.«

»Ich dachte, Sie wollten mir heiße Informationen liefern?«

»Durchaus, aber nur gegen ein Gegengeschäft. Damit beide Seiten davon profitieren. Ich gebe Ihnen ein paar Infos, wenn

Sie mir ein paar geben. Eine Hand wäscht die andere. So funktioniert das doch in der Szene, nicht wahr?«

»Aus welcher Szene sind Sie?« Der Reporter blickt Nestor abschätzig von oben bis unten an.

»Darf ich erfahren, was Sie gegen den Ausgang der Miss-Wahl haben?«

»Sie kommen hier angeschlichen und glauben, mir Fragen stellen zu können?« Er schüttelt heftig den Kopf. »Entweder Sie geben mir nun die Infos, die Sie dringend loswerden wollen, oder Sie machen wieder die Fliege.«

Er drückt den Knopf neben der Kabinentür, und der Aufzug öffnet sich wieder.

»Ich habe meine wertvolle Zeit nicht gestohlen.« Schrotti zwängt sich an Nestor vorbei in den Lift. Nestor gelingt es gerade noch, mit hineinzuspringen. Es geht wieder abwärts.

»Das nächste Mal lassen Sie sich etwas Besseres einfallen, wenn Sie in meine Nähe wollen.«

Schrotti steigt vor Nestor aus. Mit großen Schritten marschiert er der Drehtür entgegen.

»Lucy, händigen Sie dem Mann bitte eine meiner vorsignierten Autogrammkarten aus. Ich bin dann mal bei den Botox-Gesichtern.«

»Schrotti. Hast du nicht etwas vergessen?« Die Empfangsdame wirft ihm eine Krawatte mit vorgefertigtem Knopf zu. Der Redakteur fängt sie aus der Luft und kann sie sich im Handumdrehen umhängen.

»Du bist die Beste.«

Nestor ignoriert die Empfangsdame, die ihm mit demselben gelangweilten Gesichtsausdruck eine Porträt-Karte entgegenstreckt.

Er folgt Schrotti zur rotierenden Tür. Um Haaresbreite schafft er es nicht mehr in den Flügel des Journalisten und muss die nächste Kabine abwarten. Er schwingt sich ins Freie und winkt hysterisch zum Chrysler, während er die Treppen hinter Paul Schrotter hinabtrippelt.

Heidi startet ihren Wagen. Nestor wartet am Fuße der Treppen, bis der Chrysler ihn aufgabelt.

»Was hat er erzählt?«

»Gar nichts. Er will mir nichts sagen. Wie zu erwarten. Gibt sich mit einem wie mir nicht ab.«

»Steig schon ein, wir müssen ihm hinterher«, befiehlt Heidi.

Schrotti steht am Ende des Parkplatzes und besteigt ein Taxi. Der Chrysler heftet sich dem Taxi an die Fersen.

*

Diotima geht vor. Max hinter ihr her. Wolke folgt mit leichtem Rückstand. Als Wolke das Büro der Kollegin betritt, steht Diotima bereits über den Schreibtisch gebeugt da und blättert sich durch die Mappe. Wolke kommt näher und blickt ihrer Partnerin über die Schulter. Da liegen zwei A4-große Fotos.

Der nächtliche Schnappschuss zeigt den Chrysler von Heidi Dudek.

»Sie ist mit fünfundachtzig Sachen durchs Ortsgebiet Krems gezischt«, grinst Max. »Noch dazu in einer Wohnstraße. Da gilt Tempo dreißig. Sie wurde um exakt …« Er muss sich zum Foto vorbeugen, um die Zeit am unteren Bildrand abzulesen: »… um exakt zwei Uhr zehn.«

»Siehst du, was ich sehe?«, fragt Diotima und dreht ihren Kopf über die Schulter zu Wolke. Ihr Finger tippt auf den Fahrer.

»Heidi sitzt am Steuer.«

Der Schnappschuss ist so scharf, dass man Heidi hinter dem Lenkrad deutlich erkennt. Am Beifahrersitz schläft der Lehrerkollege von Heidi, der ursprünglich beauftragt war, der Chauffeur des Abends zu sein.

»Damit machen wir uns auf den Weg zu Heidi. Bin gespannt auf ihren Gesichtsausdruck und ihre Ausreden.«

*

Heidis Chrysler folgt dem Taxi in die Innenstadt. Beim Stadtpark lenkt der beige Mercedes in eine Ausbuchtung und lässt den Boulevard-Journalisten aussteigen.

»Folge ihm, damit wir wissen, wo er hingeht. Ich kümmere mich um einen Parkplatz.«

Sie fährt an der gegenüberliegenden Straßenecke ran. Nestor hüpft raus. Er sieht noch, wie der Verfolgte im Stadtpark verschwindet.

Penner, Touristen, Jogger – aber kein Schrotti in Sicht. Nestor irrt die Labyrinth-artigen Wege entlang. Bis er den Redakteur zwischen Blumen und Bänken vorbeimarschieren sieht.

Sein Ziel ist ein Pavillon, aus dem barocke Cembalo-Musik an die Öffentlichkeit dringt. Schrotti hat sich durch die Menschenmenge längst ins Innere vorgekämpft. Nestor kommt nur bis zum Eingang.

»Ohne Einladung leider kein Zugang.« Man schickt ihn wieder fort. Auf dem Rückweg kommt Heidi ihm entgegen.

»Ist er da drinnen?«

Nestor nickt. »Ich habe nicht das passende Outfit.«

»Warte beim Wagen«, sagt sie und stolziert selbstbewusst zu den Pförtnern, die sie in ihrem Trainingsanzug argwöhnisch mustern. Nestor hat sich schon darauf eingestellt, dass er und sie bald wieder gemeinsam zum Auto retournieren, doch nach kurzer Diskussion verschwindet Heidi in der Menschenmenge.

Verdankt sie das ihrem »Promi«-Faktor? Aus ihrer aktiven

Sportzeit kennt sie nach wie vor Gott und die Welt. Nestor umrundet das Gebäude, klettert auf ein breites Stadtpark-Geländer, von wo aus er einen Blick auf die prächtige Terrasse des Pavillons hat. Die meisten Personen auf der Terrasse sind blütenweiß gekleidet. Unter den schicken Gästen stechen Schrotti und Heidi in ihren Klamotten wie Störfaktoren hervor. Um die beiden bildet sich ein Kreis. Heidi bedrängt den Journalisten.

Handgemenge.

Publikumsaufschrei.

Nestor muss aufs nächsthöhere Geländer hochklettern, um in dem Tumult etwas zu erkennen. Zu viele Schaulustige verdecken die Judoka und den Reporter. Bloß bruchstückhaft erhascht Nestor einen Blick. Schrotti sinkt in die Knie. Hat Heidi ihm in die Weichteile getreten?

Immer mehr Partygäste drängen auf die Terrasse. Keine Chance mehr für Nestor, aus der Entfernung etwas mitzubekommen.

Daher beschließt er, Heidis Chrysler auf den umliegenden Parkplätzen zu suchen und dort auf sie zu warten.

»Na bitte, wer sagt's denn – Schrotti muss man nur einbläuen, dass es sehr schmerzhaft wird, wenn er mit der Sprache nicht rausrückt, und schon löst sich seine Zunge.« Heidi drückt sichtlich gut gelaunt ein Knöpfchen auf ihrem Autoschlüssel. Die Entriegelung der Türen ist aufgehoben.

»Wie bist du da reingekommen?«

»Der Mittagsempfang der Wiener Schönheitschirurgen war das. Alle Schnösel vereint – die Ärzte und ihre Versuchskaninchen. Einer war früher mal einer meiner ärztlichen Betreuer bei unseren WM-Turnieren.«

»War's schlau, den Journalisten vor allen Leuten zu demütigen?«

»Ja, denn nur so redet der Idiot. Er hat mir erzählt, dass er bei der Wahl zur Bierprinzessin in der Jury saß. Er hat aber für die Verliererin gestimmt. Die anderen Juroren müssen ihn überstimmt haben.«

»Bringt uns das etwas, um dich zu entlasten?«

»Das wird genau deine Aufgabe sein, es herauszufinden, mein schlauer Detektiv.« Ihr Gesicht nähert sich seinem. Sie hat dieses verführerische Lächeln aufgesetzt. »Für ein paar Details hat Schrotti schon gesorgt: Er fand es merkwürdig, dass bei der Jury nicht jene Mitglieder saßen, die er erwartet hätte – unter anderem der Bierbrauer, der nicht alle Tassen im Schrank haben soll.«

Nestor hat sofort das Bild des hinkenden Berni vor sich.

»Ich will, dass du dich über die Jury-Mitglieder schlaumachst. Vielleicht kriegst zu was Gescheites heraus. Enttäusche mich nicht.«

*

Wolke wetzt auf dem Beifahrersitz hin und her. Wie und wann spricht sie ihre Partnerin am besten auf das gestrige Thema an? Sie will unbedingt wissen, warum Diotima sich so eigenartig benommen hat.

»Wegen gestern Abend«, bringt sie nach einer gefühlten Ewigkeit hervor.

»Ja, gestern Abend«, übernimmt Diotima. »Ich habe mir von den Waldviertler Kollegen gestern Abend noch sämtliche Handy-Videos vom Bierkirtag zuschicken lassen und habe sie mir alle angesehen. Immer wieder. Stundenlang. Ich habe jeden Wimpernschlag von Heidi analysiert. Ihre gesamte Körpersprache verrät mir, dass sie vor den Zeltbesuchern nur eine Show abgezogen hat. Da war nichts echt. Als hätte sie eine

Maske getragen. Eine Fassade, hinter der sie den Mord genau geplant hat.«

»Ich meinte eher gestern Abend, als du mich bei diesem Heurigen hast sitzen lassen. Ich habe gesehen, dass du ihr hinterhergerannt bist.«

»Sie lief mir zufällig vor die Füße. Das war eine Fügung des Schicksals. Ich wollte ihr sagen, dass wir ein Auge auf sie geworfen haben – aber sie hat mich abgehängt, ausgetrickst.«

»Sie hat mitbekommen, dass du ihr hinterherläufst. War auch nicht zu übersehen. Sie ist stinkig darüber gewesen.«

»Das ist gut. Ich treib sie in die Enge. Ich lasse sie spüren, dass ich weiß, dass sie unsere Mörderin ist.«

»Wieso bist du davon so überzeugt?«

»Heidi war es als Hochleistungssportlerin gewohnt, monatelang auf den Tag X hinzuarbeiten. Sie hat diese Tat lange im Voraus geplant.«

»Aber nach dem Bierduell muss sie sternehagelvoll gewesen sein.«

»Alles nur Show. Sie war nüchtern genug, um ihren Kontrahenten zu ermorden.«

»Wegen einer lächerlichen Trophäe bei einem Bierfest?«

»Unterschätze diesen Titel nicht. Das Preisgeld ist höher als bei jedem Judoturnier. Um Heidis Finanzen ist es nicht goldig bestellt. Ich habe mir alle Kontoauszüge von Heidi besorgt. Ihr sattes Minus kann sie mit dem lächerlichen Lehrergehalt nicht ausgleichen. Sie ist auf lukrative Nebeneinkommen angewiesen.«

»Du hast dir den Einblick in ihre Konten verschafft?«

»Klar, sie ist unsere Hauptverdächtige.«

Das Schulgebäude kommt zum Vorschein. Heidis Chrysler steht nicht am Parkplatz. Diotima lenkt den Mazda in die Lücke.

*

»Schon wieder auf der Durchreise?«

Rosis Lächeln nimmt Nestor die Nervosität. Er sitzt an seinem »Stammplatz« im hinteren Eck und hat durch das Fenster einen guten Blick auf die Brauerei.

»Heute nehme ich lieber einen Tee mit Zitrone«, erwidert er ihr Lächeln.

Er darf die Brauerei nicht aus den Augen lassen. Jede Menge Transporter verlassen das Gelände. Die Leiche im Gärbottich hat der Beliebtheit des Loisbacher Bräus keinen Abbruch getan.

Ob die Suppe, in der Sepp Ackermeier schwamm, tatsächlich vollständig in den Ausguss geschüttet wurde? Oder genießen die Biertrinker bei der nächsten Tranche ein bisschen Leichensaft?

Rosi stellt klappernd das Teeservice ab.

»Die Zeitung habe ich auch mitgebracht«, lächelt sie. Wieder dieses Boulevard-Schmierblatt. Sie bleibt lächelnd neben dem Tisch stehen. Heute ist weniger Betrieb, und allem Anschein nach ist Rosi nach Plaudern zumute. Nestor muss sie enttäuschen. Die Brauerei hat Vorrang. Aber wo sie schon da ist, nutzt er die Gelegenheit, ihren Wissensstand über das Loisbacher Bräu abzuklären.

»Warst du auch beim Bierkirtag?«

»Sicherlich! Wer lässt sich das schon entgehen?«

»Wie hat dir die Bierprinzessin gefallen?«

»So lange bin ich nicht geblieben. Ich hatte Frühdienst und habe außerdem eine kleine Tochter, die ich versorgen muss.« Ihr Lächeln schwindet aus dem Gesicht, als hätte Nestor den wunden Punkt erwischt. Na toll, Nestor.

Themenwechsel.

»Hast du viel Kontakt zur Brauerei?«

Sie folgt seinem Blick und schaut zum Hauptportal des Loisbacher Bräus. »Die Mitarbeiter kommen gelegentlich zum Mittagessen oder Kaffeetrinken vorbei.«

»Ein kleiner, feiner Familienbetrieb. Kommt dieser Behinderte auch zu euch?«

»Bernhard Frieß ist ein feiner Kerl. Er braut das beste Bier. Die Brauerei garantiert ihm einen geschützten Arbeitsplatz. Ja, er ist oft hier – fast täglich. Er liebt unsere hausgemachten Zimtschnecken.«

»Aber er ist nicht ganz zurechnungsfähig, oder?«

Erneut verschwindet ihr Lächeln, und ihr Tonfall signalisiert unüberhörbar, dass sie den Behinderten in Schutz nehmen möchte.

»Zu einem geisteswissenschaftlichen Studium ist er nicht in der Lage, aber er ist schlauer, als man glaubt. Ich hab ihn gern. Sehr gern. Er ist verlässlich, und wenn du sein Freund bist, kannst du alles von ihm haben.«

»Und was ist mit seinem Vorgesetzten?«

»Wen meinst du? Dieter Maierhofer oder Wolfgang Ortner?«

Ihr Lächeln kehrt wieder, als sie die Ahnungslosigkeit in Nestors Augen erkennt.

»Wolfgang Ortner ist der Chef. Dem gehört das Ganze. Er kümmert sich aber weniger um die Mitarbeiter. Das macht Didi, der Braumeister. Er ist schwer in Ordnung. Und er ist so lustig. Er bringt mich zum Lachen.« Das Strahlen in ihrem Gesicht erhellt sich tatsächlich ums Doppelte alleine beim Gedanken an den Braumeister.

»Ist der Chef regelmäßig im Betrieb?«

Sie zuckt mit den Schultern. »Weiß ich nicht, der ist am seltensten bei uns. Dem sind wir nicht fein genug.« Sie klemmt sich ihr Tablett unter den Arm. »Ich muss jetzt wieder weitermachen.«

Wolfgang Ortner – das ist der Mann, auf dessen Auftritt Nestor wartet. Dessen Parkplatz vor der Brauerei ist leer.

Nestor blättert beiläufig durch die Zeitung – und doch zielstrebig auf den Chronikteil zu. Als er wieder hochblickt, steht auf dem Chef-Parkplatz vor der Brauerei eine Limousine. Nestor zuckt zusammen. Hat er die Abkunft des Chefs tatsächlich verpennt.

Er legt das Geld über der Tortenvitrine auf den Tresen und hastet dem Brauerei-Hauptportal entgegen.

Links vom Vorhof geht es zu den Büroräumen. Nestor klingelt. Eine Dame mit Brille und hochgesteckten Haaren öffnet.

»Ich müsste den Boss sprechen.«

»Wolferl, ist für dich?«

»Wieder die netten Herren von der Polizei?«, hört Nestor den Chef stöhnen. Kurz darauf steht Wolfgang Ortner vor ihm. Abgelegtes Jackett. Das Hemd ist bügelfrei, weist aber Schweißflecken um die Achseln auf. Starkes Aftershave liegt in der Luft.

»Was kann ich für Sie tun, junger Mann?«

»Ich bin ein Kollege von Herrn Schrotter. Paul Schrotter.«

»Verstehe. Was kann ich für Schrotti tun?«

»Sie haben seine Berichte vom Bierfest gelesen?«

»Natürlich verfolgen wir seine Kolumnen und sind ihm dankbar, dass er sich einmal mehr bereit erklärt hat, in unserer Jury zu sitzen.«

»Aber es wird das letzte Mal gewesen sein. Es sei denn, Sie händigen mir die Juryliste und die Wahlergebnisse aus. Schrotti bezweifelt nämlich, dass alles mit rechten Dingen zugegangen ist.«

»Eine Juryliste kann ich Ihnen gerne geben. Aber die Stimmabgaben nicht. Die sind Top-Secret. Die haben in einer Zeitung nichts verloren.«

Er dreht sich zu seiner Sekretärin um und trägt ihr auf, eine Juryliste auszudrucken. Bald rattert es in der Kopiermaschine. Wenige Sekunden später hat Nestor die Liste in der Hand.

- Brauereimeister Wolfgang Ortner
- Braumeister Dieter Maierhofer
- Bürgermeister Lorenz Hochgartner
- Zeitungsjournalist Paul Schrotter
- TV-Reporter Sebastian Leinzh
- Vorjahressiegerin Maja Schmitt
- Schauspieler Jürgen Fohns

Nestor studiert die Liste sorgfältig.

»Da fehlt einer: der Bierbrauer. Der war auch in der Jury.«

»Richtig, Berni wurde nachnominiert.«

»Aha, und warum das?«

»Weil es Maja Schmitt kurzfristig übel wurde und sie sich nicht fähig fühlte, eine Stimmenabgabe auszuführen. Damit die Anzahl eines ungeraden Jury-Teams wiederhergestellt wurde, sprang Berni als Ersatz ein.«

»Er hat mit seiner Stimme den Ausschlag für den Sieg gegeben?«

»Er war nur einer von sieben Juroren.«

»Schrotti meint, dass er womöglich beeinflusst wurde.«

»Tja, ich verstehe Schrottis Verärgerung. Wer verliert schon gerne. Fakt ist: Bei uns wird nicht gemogelt.«

»Deshalb möchte ich auch einen Blick auf die Juryabstimmung werfen.«

»Das ist leider nicht möglich.«

»Aber dann könnt ihr jedes beliebige Ergebnis erfinden, wenn es keine Kontrollorgane gibt.«

»Wer sagt, dass das Testergebnis nicht notariell beglaubigt wurde? Ich sagte bloß, dass Sie keinen Einblick erhalten. Der Bürgermeister bekam das Ergebnis sehr wohl gemailt. Er wird

Ihnen bestätigen, dass alles mit rechten Dingen vonstattenging.«

Er zupft Nestor die Teilnehmerliste wieder aus der Hand und sagt: »Kann ich noch etwas für Sie tun, Herr ...«

Mit schiefer Kopfhaltung erwartet sich der Brauereibesitzer den Namen des Besuchers, aber Nestor dreht sich um und geht.

»Lieben Gruß an Schrotti«, ruft Wolferl ihm hinterher.

Als Nestor am Sudhaus vorbeigeht, sieht er den Bierbrauer davorstehen und rauchen.

Die Blicke treffen sich.

Der Angestellte wirft seine Zigarette zu Boden und hinkt die Treppen hoch zur Sudhaustür. Aber Nestor ist schneller. Er hat den Mann überholt und stemmt seine Hände gegen die Holztür.

»Wer hat dir gesagt, für welches der beiden Models du deine Stimme abgeben sollst?«

Nestor sieht es dem Hinkenden am ängstlichen Blick an, dass dieser verstanden hat. Aber es kommt kein Laut aus ihm.

»Nun sprich schon!«

Nestor blickt sich hektisch um. Kein sichtbarer Zeuge. Dann packt er den Hinkenden am Kragen.

»Sprich mit mir, du behinderter Wurm. Wer hat dir aufgetragen, für wen du dein Kreuz machen sollst?«

Berni schreit los. Schrill und ohrenbetäubend wie die Schulglocke.

Nestor lässt umgehend los und hastet vom Gelände.

*

Diotima und Wolke sitzen vorm ovalen Glastisch in der Schuldirektion. Vor ihnen dampft der Kaffee aus den Tassen. Draußen vor der Tür hallen die High Heels der Direktorin durch den Gang. Kurz darauf tritt die Schulleiterin in den Raum ein. Ihr Gesichtsausdruck hat sich verändert. Wolke glaubt im ersten Moment, Anneliese Kräuter wurde von einem Schlaganfall heimgesucht.

Das mag an den herabhängenden Mundwinkeln liegen, aber auch an der ungewohnten Stotterei.

»Die sind nicht hier. Beide nicht. Weder Frau Dudek noch Herr Bach. Beide weg.«

»Haben sie heute keinen Unterricht?«

»Natürlich haben sie Unterricht. Beide. Ich verstehe nicht, wo sie sind.« Sie schleppt sich zu ihrem Drehsessel, lässt sich auf die Polster sinken und spielt gedankenverloren mit ihren goldenen Armreifen.

»Haben Sie überall nachgesehen?«

Sie nickt mit etwas Verzögerung.

»Dudek und Bach haben garantiert Handys.«

»Ich hab's probiert. Geht keiner ran.«

»Hat Heidi Dudek ein eigenes Büro?«

Das Nicken wechselt in Kopfschütteln.

»Einen Spind irgendwo?«

Das Kopfschütteln hält an.

Diese Frau ist so tief in ihre Gedankenwelt abgetaucht, dass mit ihr im Moment nicht mehr viel anzufangen ist. Ein Nicken zwischen Diotima und Wolke genügt. Die Sonderermittlerinnen erheben sich.

»Melden Sie sich bitte bei uns, wenn Heidi Dudek und Nestor Bach auftauchen.« Diotima legt ihre Visitenkarte neben die dampfenden, unberührten Tassen.

»Und nun?«, fragt Wolke, nachdem die Inspektorinnen weit genug vom Lehrertrakt abgerückt sind.

»Heidis Heimat ist der Turnsaal.«

Wolke tastet ihre Hosentaschen ab. Die Nasenklammer wäre

wieder nützlich. Schülerschweiß riecht nicht minder eklig als eine Bierbrauerei.

In den fensterlosen Katakomben, die zu den Garderoben führen, kommt den Polizistinnen eine Gruppe männlicher Schüler entgegen. Diotima fängt den erstbesten auf.

»Wo ist Dudeks Umkleide?«

»Dort vorne, dritte Tür. Sie ist aber nicht da.«

Die Burschen gehen weiter. Gekicher. Das Wort »Killerwalze« ist zu vernehmen. Ob damit die Turnlehrerin oder die Polizistinnen gemeint sind, ist Wolke nicht klar. Sie folgt Diotima, die aufs Klopfen verzichtet und sofort die Tür aufreißt. Kurz darauf befindet man sich in der Mädchengarderobe. Zwei Schülerinnen erschrecken, die tratschend und halb angekleidet auf einer der Umkleidebänke sitzen.

Es findet gerade kein Turnunterricht statt. Die Kleiderhaken sind vorwiegend leer. Nur an manchen baumeln Seesäcke.

»Könnt ihr uns sagen, wo sich Heidi Dudek umzieht?«

Eines der Mädchen zeigt auf eine geschlossene Tür neben dem Duschzugang. Diotima verschafft sich Zutritt. Jetzt stehen die Sonderermittlerinnen in einer noch kleineren Garderobe. Eine Bank, die rund vier Personen Platz bietet. Seitlich geht es in eine separate Dusche. Vis-à-vis steht ein einziger Spind. Verschlossen mit einem Vorhängeschloss.

»Der gehört der Killerwalze«, sagt Wolkes Partnerin stolz.

»Ohne Zahlencode nichts zu machen.«

»Abwarten.« Noch im gleichen Atemzug packt Diotima den Spind und rückt ihn in einer Kraftanstrengung, der ihr Gesicht ganz rot anlaufen lässt, ein Stück von der Wand weg.

»Und jetzt? Willst du das Monster mitschleppen?«

»Siehst du die Schrauben?« Diotima legt ihren Fingernagel in das rostige Gewinde und murkst so lange, bis die Schraube sich lockert. Wolke staunt über die robusten Fingernägel ihrer

Kollegin – ihre sind zwar durch die Gitarrensaiten auch einiges gewöhnt, aber Schrauben herausdrehen? Respekt!

»Steh nicht rum. Hilf mir.« Diotima deutet auf die restlichen Schrauben. Jetzt müssen sich die Gitarren-erprobten Finger doch noch beweisen.

Vier gelockerte Schrauben genügen, und die Hinterwand löst sich vom Kasten. Der Blick aufs Innenleben des Spinds wird frei. Im unteren Bereich türmen sich mehrere alte Turnschuhe. Dementsprechend übler Geruch nach abgestandenen Schweißfüßen entweicht dem Metallkasten.

An Kleiderbügeln hängen zwei Trainingsanzüge. In einer großen Sporttasche befinden sich Unmengen an Sportsocken, Shorts, Trainingshosen und Shirts. In einer kleineren Tasche finden die Sonderermittlerinnen Fitnessgeräte wie Expander, Fingerkrafttrainer und alte bunte Gummibänder. Aus den Seitenfächern purzeln Schachteln mit schmerzstillenden Tabletten hervor. Während Wolke damit beschäftigt ist, eine Packungsbeilage zu studieren, hält Diotima plötzlich einen Schlüssel in der Hand, der an einem langen, geflochtenen Band hängt und an dessen Ende das runde Logo der Loisbacher Brauerei prangt.

# Kapitel 5

Nestor lenkt den Wagen durch die engen Gassen von Loisbach, bis sein Toyota die Ortsausfahrt erreicht. Im Rathaus hat man ihm mitgeteilt, dass der Herr Bürgermeister am Golfplatz ist. Mitten am Tag. Das Leben als Lokalpolitiker muss traumhaft sein.

Der Golfclub in Ottenstein liegt auf dem Heimweg. Um diese Zeit, mitten unter der Woche, hält sich der Andrang der Golfer am Fairway in Grenzen.

Der Toyota rollt im Leerlauf auf das Heck einer schwarzen Limousine zu und bleibt Stoßstange an Stoßstange stehen. Ein bärtiger Typ liegt auf der Rückbank, die Füße lässig aus dem Seitenfenster herausgestreckt. Er blickt nur kurz auf und begibt sich gleich wieder in Schlaf-Position.

Um auf den Golfplatz zu gelangen, muss man durch das Clubhaus marschieren. Im Clubhaus herrscht tote Hose. Leise dosiert säuselt Miles Davis' Trompete zu »So what« durch den sonnengefluteten Gastraum. Der Barkeeper wischt seine Whiskygläser und schenkt Nestor keine Beachtung. Der neue Gast hält sich nicht lange im Clubraum auf und betritt den heiligen Rasen. Schön verteilt ziehen Menschen mit Caddys vorbei.

»Fore«, brüllt eine Stimme. Kurz darauf schlägt ein Golfball unmittelbar neben Nestor ein.

Dann sieht er den Bürgermeister mit hochrotem Kopf über die Hügelkuppe laufen.

»Das war knapp«, entschuldigt Lorenz Hochgartner sich. »Mir ist der Schlag völlig abgerissen.

Ich mag nicht daran denken, was dir passiert wäre, wenn dich der Ball getroffen hätte. Wie kann ich das wiedergutmachen? Mit einer Limo?«

Während Nestor noch überlegt, wie er das finden soll, dass der Bürgermeister ihn duzt, hakt das Stadtoberhaupt sich unter und führt Nestor in den Clubraum, wo er dem Barkeeper zuruft:

»Einmal eine Cola und einen Schnaps für mich. Ich brauche fünf Minuten Pause, dann geht's weiter.«

Er deutet Nestor, er möge sich hinsetzen, und zwinkert ihm zu. Das bedeutet wohl, er habe nicht vor, in der Bar zu erzählen, was wirklich vorgefallen ist. Womöglich entziehen sie ihm dann die Spielerlaubnis.

»Sie könnten mir schon einen kleinen Gefallen tun.«

Nestor zieht das frisch servierte Cola-Glas an sich und nuckelt am Strohhalm. »Sie könnten mir sagen, welcher Juror bei der Wahl zur Bierprinzessin für welches Model gestimmt hat.«

»Das weiß ich nicht auswendig«, lacht Lorenz Hochgartner hysterisch auf. »Das steht in der Ergebnisliste.« Er deutet über seine Schulter zurück. Meint er damit, die Liste ist im Wagen?

»Warum interessiert dich das?«

»Weil Paul Schrotter Sabotage wittert.«

»Der liebe Schrotti vermutet hinter allem eine Verschwörungstheorie.« Das Lachen des Bürgermeisters wird lauter. Jovial kneift er mit Mittel- und Ringfinger in Nestors linke Wange. »Skandalgeschichte kriegt er von mir keine. Die wittert er seit vielen Jahren. Loisbach bleibt eben eine Stadt der Guten.«

»Dann zeigen Sie mir die Liste mit den Ergebnissen.«

»Ich glaube, dich hat der Golfball doch nicht verfehlt.« Der Bürgermeister zieht Nestor an beiden Armen zu sich. Durch den heftigen Ruck klappt Nestors Oberkörper nach vorne, und der Bürgermeister tastet Hinterkopf und Rücken ab, als würde er dort eine Einschlagstelle des Balles vermuten.

»Der Ball muss dich getroffen haben. Anders kann's nicht sein, dass du so komische Sachen von dir gibst.«

Er schubst Nestor wieder zurück in die Ausgangsposition, kippt seinen Schnaps und erhebt sich.

»Sie zu, dass du Land gewinnst. Zieh ab.« Die Stimmlage des Mannes hat sich verändert. Er tritt durch die Tür und wandert in großen Schritten zurück auf das Fairway.

Nestor blickt ihm hinterher. Er bemerkt nicht, wie der bärtige Typ aus der Limousine den Clubraum betritt. Erst als der zum Barkeeper spricht, bemerkt er ihn.

»Hey, ich brauch den Major. Dreht der noch seine Runden?«

»Du hast ihn haarscharf verfehlt«, sagt der Barkeeper gelassen und deutet mit dem Putzlappen zum Fenster, durch das man den Bürgermeister auf die Kuppe spazieren sieht.

Major – dieser Ausdruck behagt dem eingebildeten Bürgermeister garantiert, ist Nestor überzeugt. Aus dem Augenwinkel beobachtet er den Bärtigen, der sich an die Bar setzt und mit einer Hand mit dem Autoschlüssel spielt, mit der anderen mit dem Handy.

»Dabei versucht ihn seine Lieblingsklientin heute schon zum zehnten Mal ans Telefon zu kriegen.«

»Und die gibt sich mit der wunderbaren Stimme des Bürgermeisterassistenten nicht zufrieden«, vermutet der Barkeeper und wirft die Espressomaschine für den Bärtigen an. »Dann richte ihr schon mal aus, sie braucht noch Geduld.«

Nestor leert die Cola und verlässt das Clubhaus.

Die schwarze Limousine steht halb im Schatten. Am Rücksitz liegt eine flache Aktentasche. Darin ist der Laptop, vermutet Nestor und erinnert sich an den Autoschlüssel in der Hand des Bürgermeisterassistenten. Die Türen sind abgesperrt.

Nützt alles nichts – da muss Gewalt her. Mit einem Stein schlägt Nestor an der Beifahrerseite auf die hintere Scheibe ein. Zuerst viel zu zaghaft. Dann mit Schmackes.

Klirr!

Seine Hand fährt durch das Loch in der Scheibe und löst die Innenverriegelung. Er setzt sich auf die Rückbank, öffnet die Aktentasche und nimmt den Laptop auf seinen Schoß.

Wie befürchtet, blockiert ein Sperrcode den Zugang zum Desktop. Enttäuscht lässt er sich auf die Lehne zurückfallen. Die Sonne hat das Leder aufgeheizt. Nestor erschrickt dermaßen, dass der Laptop ihm zwischen den Beinen zu Boden fällt.

Fluchend beugt er sich nach dem Gerät und verstummt: Da steht das Passwort in winziger Schrift auf einem Streifen Papier, das mit einem transparenten Klebeband auf die Unterseite des Notebooks geklebt ist.

»Was für ein Idiot«, lächelt Nestor und versinkt in einem Meer an digitalen Dokumenten. Es ist nicht schwer, die Juryauswertung zu finden. Komplizierter ist es dagegen, Schreibmaterial im Wagen zu finden. In der hochmodernen Zeit liegt nicht einmal mehr ein Einkaufszettel in der Mittelkonsole. Einzig ein Kugelschreiber taucht in der Aktentasche auf.

Nestor beginnt, sich Juroren-Namen und Stimmabgabe auf den Unterarm zu kritzeln:

- Wolferl = Laura (1:0)
- D. Maierhofer = Laura (2:0)
- BM Hochgartner = Laura (3:0)
- Sebastian Leinzh = Svetlana (3:1)
- Maja = Svetlana (3:2)
- Promi = Svetlana (3:3)
- Schrotti = DSQ
- B. Frieß = Laura (4:3)

Gerade rechtzeitig fertig geworden, denn als er den Laptop zuklappt, kommt der Bärtige aus dem Clubhaus raus. Nestor möchte unauffällig aus der hinteren Seitentür in die Büsche des Golfzugangs kriechen, aber plötzlich schiebt sich ein riesiger

Mercedes neben die Limousine, und ein dicker Mann steigt aus.

Nestor bleibt zusammengekauert sitzen.

»Viktor! Lange nicht mehr gesehen!«, ruft der Mercedesfahrer. »Musst du für unseren Bürgermeister nach wie vor den Chauffeur spielen?«

»Immer noch besser, als den ganzen Tag hinterm Schreibtisch zu sitzen. Bastelst du wieder an deinem Handicap?«

Nach einem kurzen Gespräch verschwindet der Mercedesfahrer im Clubhaus, und der Assistent kommt auf den Wagen zu. Er hebt sein vibrierendes Handy ans Ohr und sperrt die Autotür auf.

Nestor quetscht sich wie ein Hund auf den Fußboden vor der Rückbank.

Die ganze Limousine schaukelt, als der Bärtige sich auf den Fahrersitz wuchtet.

»Ich hab dir schon gesagt, der Major ist schwer beschäftigt. Ich kann ihn nicht ans Telefon holen«, spricht er ins Handy und startet den Wagen.

Wenn er jetzt zurücksieht, entdeckt er entweder Nestor oder das kaputte Fenster.

Sofort geht der CD-Player an. Melodramatisch knurrt Scott Walker durch die Lautsprecher in den Türverbauten.

*If you go away on a summer day*

Unterbrochen von Viktors Konversation mit einem unbekannten Anrufer.

»Das musst du ihm schon selbst sagen. Ich bin nur sein Bleistifthalter und nicht seine Ehefrau.«

Er lenkt die Limousine geschickt an dem alten Toyota vorbei.

*And the moon stood still for the night bird's song*

»Ich verstehe deinen Ärger, aber was soll ich tun? Die Sache ist Geschichte. Du kannst es nicht mehr ändern.«

Viktor nimmt die Kurven rasant. Nestor hat Mühe, in seiner

unbequemen Stellung zu verharren. Vorsichtig schiebt er den Laptop in die Aktentasche zurück. Der Wind peitscht durch das beschädigte Fenster auf seinen Scheitel, aber der Fahrer bekommt davon nichts mit. Er hat sein Seitenfenster selbst ein Stück herabgefahren, und außerdem singt Scott Walker so laut, dass der Fahrtwind untergeht.

*But if you stay I'll make you a day like no day has been or will be again*

»Maja, ich muss Schluss machen. Der Major hat mir einen Auftrag erteilt. Probiere es in dreißig Minuten noch einmal. Ich bin mir sicher, dann ist er von seinem Termin zurück.«

Maja! Nestors Blick haftet auf dem Gekritzel auf seinem Unterarm: Maja = Svetlana (3:2)

Die Anruferin hat auch für die Verliererin gestimmt.

*If you go away as I know you will you must tell the world to stop turning, turning, til you return again*

Noch eine scharfe Wendung, dann stoppt der Wagen wieder abrupt. Nestors Gesicht wird in die Rückfassade des Beifahrersitzes gedrückt.

Die Musik stoppt.

Viktor steigt aus, wirft die Tür wuchtig zu.

Nestor beobachtet, wie er sich vom Wagen entfernt und auf einen Zaun zumarschiert. Die Rückseite des Golfgeländes.

*

Wolke ist beeindruckt. Einmal mehr war Diotimas Bauchgefühl goldrichtig. Ohne ihre Hartnäckigkeit wäre dieser Brauerei-Schlüssel nie aufgetaucht.

Nach dem Fund sind Diotima und Wolke wie die Feuerwehr nach Loisbach gefahren. Der Brauereibesitzer war nicht mehr vor Ort, dafür führte der Brauereimeister die beiden Beamtinnen freundlich durchs Gebäude. Diotima hat jedes Schloss begutachtet. Der Schlüssel, den Diotima und Wolke in Heidis Spind gefunden haben, passt beim Lager-Schiebetor – und nur bei diesem Tor. Durchs Lager kommt man nicht in den Gärkeller, außer man würde durch den Schacht kriechen, durch den die fertigen Bierkisten aus der Abfüllhalle kommen.

»Wäre Heidi zuzutrauen. Gelenkig genug ist sie. Außer sie bleibt mit ihren Muskelbergen stecken«, meint Diotima.

*

Der Fahrer der Limousine steht noch immer am Hinterausgang des Golfgeländes. Vom Major ist noch nichts zu sehen. Nestor nützt die Chance und steigt so leise wie möglich aus dem Wagen. Der Weg zurück über die Felder zum Hauptportal des Golfplatzes zieht sich in die Länge. Ohne Schatten bringt es die Sonne selbst im Waldviertel Anfang September zur Mittagszeit noch auf Temperaturen, die bei so einem langen Fußmarsch die Schweißperlen auf die Stirn treiben.

Am Clubhaus hat sich hinterm Toyota ein teurer Luxusschlitten eingeparkt. Nestors verrostete Kiste ist unangenehm aufgeheizt. Er kurbelt mit letzter Kraft das Fahrerfenster herunter und manövriert sich weniger elegant als zuvor die schicke Limousine des Bürgermeisters aus der Parklücke.

Das Gespräch zwischen Viktor und Maja will Nestor nicht aus dem Kopf gehen. Zurück in Loisbach parkt er am Mittelalterplatz. Kurz darauf poltert er ins Büro von Wolferl.

»Ich dachte, Maja Schmitt konnte keine Stimme abgeben?«

Die Sekretärin des Brauereibesitzers fängt Nestor ab.

»Herr Ortner ist nicht im Haus«, sagt sie bestimmt.

»Dann warte ich hier auf ihn.«

»Er kehrt so schnell nicht zurück. Ich bitte Sie zu gehen.«

»Ich komme wieder, verlassen Sie sich darauf.«

Nestor verlässt das Büro. Durch die Fensterscheibe in der Tür kann er sehen, wie die Sekretärin den Telefonhörer vom Büroapparat reißt. Es wird nicht lange dauern, bis Wolferl Bescheid weiß.

Nestor steht schon an der Fahrertür seines Toyotas, als er gerade noch mitbekommt, wie der Bierbrauer in seinem typischen Hinke-Schritt im Kaffeehaus verschwindet.

Hastig quert Nestor den Mittelalterplatz und betritt seinerseits das Kaffeehaus. Um diese Zeit ist viel los. Nachmittagskaffee. Alle Tische sind besetzt. Zwei Kellnerinnen schwirren herum, keine davon ist Rosi. Nestor kann aber auch den Hinkenden nicht ausfindig machen.

»Single-Platz?«, erkundigt sich eine der stressresistenten Kellnerinnen. Er nickt, ohne die Frau anzusehen. Seine Augen suchen nach wie vor nach Rosi und Berni. Und dann erblickt er gleich alle beide – durch die Durchreiche zur Küche. Sie stehen zwischen den silbernen Industrieküchenregalen und unterhalten sich mit Händen und Füßen.

»Darf ich bitten?« Der Tonfall der Kellnerin ist nach wie vor freundlich, auch wenn unüberhörbar mitschwingt, dass es ein Befehl ist.

Nestor setzt sich. Er kann nicht mehr in die Küche schauen, weil die emsigen Kellnerinnen an der Theke den Blick verstellen.

»Was darf ich servieren?«

»Tee, schwarz. Mit Kandiszucker.«

Wie aus dem Nichts schwirrt nun auch Rosi wieder im Gastraum mit Tablett und Getränken von Tisch zu Tisch.

»Hey, langsam glaube ich, du verfolgst mich.« Rosis Gesichtsausdruck verrät, dass sie sich freut, Nestor zu sehen. Sie stellt ihm den Tee vor die Nase.

»Was wollte der Behinderte von dir?«

»Ich will nicht, dass du so über Berni redest. Er kommt jeden Tag zu uns.«

»Er darf in die Küche?«

»Er genießt bei uns Sonderstatus.«

»Weil er behindert ist?«

»Nein, weil er ein guter Kerl ist.« Sie bringt ihre Verärgerung hörbar zum Ausdruck und will sich von Nestor abwenden, aber er hält sie an der Schürze fest.

»Kennst du eine Maja Schmitt?«

»Klar, kennt jeder hier.«

»Sie gewann letztes Jahr den Schönheitswettbewerb, richtig?«

»Ja und das völlig verdient.«

»Klingt so, als hätte es Laura heuer nicht verdient.«

»Laura ist auch ein hübsches Mädchen.«

»Aber du vergönnst es ihr nicht?«

»Wer behauptet denn so was? Ist schon in Ordnung, dass sie gewonnen hat. Von ihrer Kunst kann sie sicher nicht leben.«

»Sie ist Künstlerin?«

»Designt Schmuck. Hat in Wien einen eigenen kleinen Laden. Der heißt schlicht ›Laura's‹.«

»Maja hat auf jeden Fall gegen sie gestimmt.«

»Das verwundert mich nicht. Laura und Maja – die waren nie beste Freundinnen.«

»Weißt du, wo ich diese Maja finde?«

»Was willst du denn von ihr?«

»Weißt du es, oder weißt du es nicht?«

»Ja, ich weiß es. Ich kenne sie gut.«

»Dann schreib es mir hier auf.« Er zieht ihr den schmalen Block aus der Schürzentasche und knallt ihn auf den Tisch. Sie überlegt einen Moment. Entweder weil sie eifersüchtig ist und es ihm nicht sagen möchte oder weil sie sich konzentrieren muss, um die Adresse richtig hinzubekommen. Mit verspielter Schreibschrift malt sie die Adresse auf den Block.

»Da wohnt ihre Mutter.«

»Maja wohnt bei ihrer Mutter?«

»Nein! Sie wohnt ...« Sie legt den Stift zur Seite. »Am besten begleite ich dich. Ich habe in einer Stunde Dienstschluss.« Mit einer raschen Bewegung zupft sie das Blatt, auf dem die Adresse der Mutter notiert ist, vom Block und steckt den zerknüllten Papierball ein.

Nestor gafft ihr hinterher, wie sie hinter der Theke verschwindet, und greift zum Tee. Er verbrüht sich die Zunge.

»Teufel«, schreit er auf und verschüttet vor Schreck auch noch kochend heißes Wasser in den Schoß. Er springt auf, fegt zu den Sanitärräumen, stürzt zum Waschbecken und lässt sich kaltes Wasser in den Mund laufen. Erleichtert betrachtet er sein Gesicht im Spiegel und streckt die Zunge raus. Sie ist knallrot, ansonsten hat die Verbrühung keine Spuren hinterlassen. Im Spiegel sieht er unter dem Türspalt der WC-Kabine hinter ihm zwei Schuhe. Die Arbeitsschuhe des Bierbrauers. Bernhard Frieß sitzt am Häusel.

Nestor dreht sich um. Er wartet, bis der rote Balken über der Klinke auf Grün wechselt. Als er den Bierbrauer erblickt, drängt er ihn zurück in die Kabine und sperrt hinter sich ab.

»Du Würstchen sagst mir jetzt sofort, warum du bei diesem bescheuerten Schönheitswettbewerb am Wochenende in der Jury gesessen bist.«

»Lass mich los. Ich schreie.«

»Ein Pieps und dein Kopf landet in der Klomuschel.«

Nestor wüsste nicht, ob er wirklich dazu fähig wäre, Gewalt anzuwenden. Aber bis vor Kurzem hätte er sich auch niemals vorstellen können, einen körperlich Behinderten im Klo zu bedrängen.

»Ich weiß es nicht. Der Chef hat mir befohlen einzuspringen.«

»Wolfgang Ortner?«

»Ja.«

»Warum?«

»Weil Schrotti die Atmosphäre vergiftet hat. Er hat Stimmung gemacht, gegen Laura. Das wollte der Chef nicht.«

»Hat er dich gezwungen, Laura zu wählen?«

»Ich musste nur am Podium sitzen. Ich habe keine eigene Stimme abgegeben.«

»Aber in der Ergebnisauswertung taucht deine Stimme auf. Für Laura. Von wegen, sauberer Wettbewerb.«

Nestor lässt den Bierbrauer los und zieht sein Handy aus der Jackentasche.

»Ich habe dein Geständnis auf Band. Das solltest du dir gut merken. Ich weiß, was du getan hast.«

»Ich habe nix getan.«

»Aber das sehen die Bullen anders. Du bist erledigt, Krüppel.«

Nestor öffnet die Kabinentür. Hinter ihm wimmert der Bierbrauer.

*

Nestor sitzt in seinem Toyota. Der Wagen steht noch auf dem Mittelalterparkplatz. Durch die Windschutzscheibe hat Nestor einen guten Blick auf das Kaffeehaus. Als Rosi dort herauskommt, steigt er aus und winkt sie zu sich her.

»Also, dann lass uns zu Maja fahren«, sagt sie beim Herankommen. Ohne Kellnerinnen-Uniform sieht sie ganz anders aus. Nicht unbedingt hübscher, eher gewöhnlicher. Auf der Straße würde er an so einer Frau vorbeilaufen. Kein Mädchen, der man hinterherpfeift – aber das sagen die Leute über Heidi auch.

»Steig ein.« Er deutet zur Beifahrerseite.

»Ein echter Gentleman hält einer Lady die Türe auf«, kichert sie. Er erwidert ihr Lächeln, ohne ihrer Aufforderung nachzukommen.

»Wo müssen wir hin?«

»Erst mal raus aus dem Stadtzentrum. Maja wohnt in einer Wohngemeinschaft am Stadtrand.«

»Raus aus dem Stadtzentrum heißt in eurem Kaff, einmal um den Block.«

Sie lacht auf – so schrill, dass Nestor erschrickt.

Nach drei Minuten Autofahrt ist die gewünschte Straße erreicht.

»Da links rein. Es ist das vorletzte Haus auf der rechten Seite.«

Optisch hat das einstöckige Gebäude wenig zu bieten. Kein Balkon, keine Fensterbalken. Der Garten hinter dem maroden Maschendrahtzaun macht einen verwahrlosten Eindruck, und das Ziegeldach würde dringend eine Generalsanierung vertragen. Zur Straße zeigen oben und unten zwei Fenster. Eingangstür wie auch Garage befinden sich westseitig. Nestor stellt den Wagen ab und folgt Rosi zum Eingang.

Plötzlich erstarrt er. Am Ende der Garagenzufahrt, vor dem geschlossenen Garagentor parkt ein Lieferwagen. Wiener Kennzeichen. Nestor ist sich sicher – das ist »der« Lieferwagen.

Statt der Tür geht das Fenster neben der Tür auf und ein Mädchen Mitte zwanzig, mit verschlafenem Blick und zerzausten Haaren glotzt hervor.

»Hallo, Sandra, ist Maja da?«

»Nö.«

»Weißt du, wo sie ist?«
»Nö.«
»Vielleicht im Haus ihrer Mutter?«
»Weiß nicht.«
»Oder in Wien?«
»Weiß nicht.«
»Lohnt sich's zu warten? Sag nichts – du weißt es nicht.«
»Nö.«
Das Fenster geht wieder zu. Die Tür bleibt verschlossen.
»Weißt du, wem der Lieferwagen gehört?« Nestor zieht Rosi an sich heran, damit auch sie ihn sehen kann.
»Majas Ex-Freund. Wolf oder so ähnlich.«
»Wohnt der auch hier?«
»Nein, wundert mich auch, dass der noch da ist. Beim Bierfest hat er mit seinen Kumpels in der WG übernachtet. Hätte damit gerechnet, dass der nur eine Nacht bleibt.«
Nestor fühlt sich beobachtet. Hinter den Fenstern sind dicke Vorhänge. Er muss hier weg.
»Wenn wir Glück haben, ist Maja im Haus ihrer Mutter. Ihre Mutter ist auf einer zweiwöchigen Karibikkreuzfahrt.«
Nestor geht eilig zum Toyota zurück.
»Wo wohnt die Mutter?«
»Komplett andere Seite von Loisbach.«
Per Auto sind Nestor und Rosi dennoch in weniger als fünf Minuten am anderen Stadtende. Das Haus ähnelt dem, in dem die WG lebt, ist aber lieblicher hergerichtet. Vor den Fenstern sind reichlich dekorierte Blumenkästen montiert. Im Garten sollen Kitsch-Gegenstände zur Verschönerung beitragen.
Rosi stemmt sich gegen die Gartentür, die sich knarrend bändigen lässt. Zielstrebig stapft sie auf ein Fensterbrett zu, an dem mehrere umgedrehte Terrakotta-Blumentöpfe stehen. Wie bei einem Hütchenspiel hebt sie wahllos einen nach dem anderen

hoch, bis sie jenen entdeckt, unter dem ein Haustorschlüssel versteckt ist.

»Ich bin in Abwesenheit der Mutter fürs Blumengießen zuständig. Maja hat mich darum gebeten«, kichert Rosi und sperrt mit dem Schlüssel die Haustür auf.

»Wenn der Schlüssel unterm Topf liegt, wird Maja nicht hier sein«, kombiniert Nestor.

»Ach, die hat ihren eigenen Schlüssel.« Rosi lässt sich nicht davon abhalten, ins Haus zu gehen.

Nester verwundert es, dass sie vorher nicht an der Tür geläutet hat.

An der Türschwelle knarrt der Holzboden. Direkt gegenüber der Eingangstür ist eine Treppe, die in den Keller führt. Noch bevor Nestor den ersten Fuß auf die oberste Stufe stellt, fühlt er das unbehagliche Gefühl, an jenem Ort zu sein, an dem er vor wenigen Tagen von Majas Ex-Freund abgefüllt wurde.

Ihm fährt ein kalter Schauer über den Rücken, als der knarrende Sound in seine Ohren dringt. Je weiter er nach unten geht, desto deutlicher das Aroma nach vergorenem Alkohol.

*Tu es nicht – geh da nicht hinunter.*

Er ignoriert seine innere Stimme. Der ganze Keller ist eine einzige Lagerfläche für riesige Holzfässer. Ob darin wirklich Bier enthalten ist, weiß Nestor nicht. Der Geruch ist aggressiver als rund um die Brauerei.

Als er wieder oben an der Eingangstür ankommt, hört er Rosis Schritte über ihm am Plafond. Oder ist noch jemand anderer im Haus? Steckt Rosi mit den Banditen unter einer Decke?

Weg von hier.

Er stürmt aus dem Gebäude und rennt zu seinem Toyota.

Ohne eine Sekunde zu zögern, startet er den Wagen und jagt bis ans Ende der Siedlungsstraße hinab.

*

Diotima steuert den Parkplatz vor dem Diskonter-Supermarkt gezielt an. Als hätte sie hier schon öfter geparkt. Sie stellt den Motor ab, legt die Hände in den Schoß. Ihre Nackenmuskulatur entspannt. Wolke entgeht nicht, dass sie ihren Blick nicht vom Seitenspiegel nehmen kann.

»Und nun?«

»Wir warten.«

»Auf wen oder was?«

»Auf Dudek.«

»Sie wohnt hier?«

»Ja, dort hinten – in dem hässlichen Gemeindebau.«

Wolke windet ihren Kopf zurück. So fürchterlich empfindet sie den beigen Häuserblock nicht. Sie könnte an beiden Händen umgehend hässlichere aufzählen. Wien wimmelt vor abscheulichen Gemeindebauten, die nur so von Unmenschlichkeit und Kälte protzen.

»Dort hinten, sagst du? Weißt du auch, welcher Eingang es ist?«

»Der zweite von links.«

Wolke pendelt ihren Blick ein und erkennt sofort Heidi Dudek. Ein Glückstreffer. Sie watschelt in Pantoffeln und Trainingsanzug mit riesigem Müllsack in der Hand zu einem separaten Gebäude, über dessen Eingangstor »Müllraum« steht.

Als Diotima Heidi erblickt, steigt sie aus.

»Los, komm!«

Wolke folgt ihr. Diotima hat einen schnellen Schritt. Bei einem Hausvorsprung wartet sie ab, bis Heidi aus dem Müllraum wiederkehrt – ohne Müllsack.

Sie geht auf ihre Stiegenhausnummer zu und betritt das Treppenhaus. Diotima sprintet, um ihren Fuß noch in die Türschwelle setzen zu können, ehe das Tor ins Schloss fällt.

Heidis stampfende Schritte sind zu hören. Sie steigt die Treppen hoch. In den dritten Stock. Die beiden Beamten folgen ihr lautlos.

An der Tür holen sie Heidi ein.

»Gar nicht leicht, Sie anzutreffen, Frau Dudek«, legt Diotima ihre ganze Kraft in die Stimme.

Die Judoka glotzt verdattert. Instinktiv macht Wolke einen Schritt zurück. Doch ihre Partnerin fordert sie auf, ihr in die Wohnung der Hauptverdächtigen zu folgen.

»Wenn ihr euch angekündigt hättet, hätte ich ein wenig sauber gemacht«, lächelt Heidi mit verschmitztem Gesichtsausdruck und lässt die Sonderermittlerinnen im Wohnzimmer auf der abgesessenen, speckigen Ledercouch Platz nehmen.

»Aber ihr wollt ja immer so spontan sein. Bitte, dann müsst ihr mit meinem Saustall vorliebnehmen.«

Diotima kommt sofort zur Sache und schleudert ihr die Fotos aus dem Verkehrsradargerät entgegen.

»Sie haben gesagt, Sie wären nach dem Bierfest am Sonntag von Ihrem Kollegen nach Hause gebracht worden. Eine glatte Lüge. Es ist Ihnen hoffentlich klar, dass Sie das den Führerschein kostet.«

»Seit wann kümmert sich die Kripo um Verkehrsvergehen?«

»Dann, wenn es in Zusammenhang mit einem Mord stehen könnte. Ich dachte, Sie wären nach dem Saufwettbewerb so erledigt gewesen, dass Sie keinen Fuß mehr vor den anderen setzen konnten. Wie diese Bilder dokumentierten, hatten Sie sich noch einigermaßen unter Kontrolle. So sehr, dass Sie auch in der Brauerei Sepp Ackermeier noch locker hätten erledigen können. Die Fahrt wirkt wie eine Flucht. Oder warum rast man ohne Grund mit einem Affenzahn durch ein Ortsgebiet?«

»Ich wollte nur nach Hause. Die Straßen waren frei. Um zwei

Uhr in der Früh haben Kinder nichts mehr auf den Straßen verloren. Was spricht da gegen ein bisschen Geschwindigkeit?«

»Unsere Gesetze. Um Menschenleben zu schützen.«

»Sparen Sie sich Ihre Moralpredigt, Frau Chefinspektor. Okay, ich bin zu schnell gefahren. Na und? Sagen Sie mir, was ich zu bezahlen habe, und ich begleiche die Strafe.«

»Ich bezweifle, dass Sie das nötige Kleingeld parat hätten. Außerdem wird's sehr teuer. Voll alkoholisiert. Das kommt hinzu.«

»Das können Sie mir auf dem Bild aber nicht nachweisen. Ich finde, ich wirke ganz okay. Ohne Alkoholtest bleibt Ihre Anschuldigung eine Vermutung.«

»Aber es ist dokumentiert, wie viel Bier Sie beim Bierfest konsumiert haben.«

»Dann melden Sie das dem Verkehrsamt. Ihre Mordstheorie ist in jedem Fall haltlos.«

»Aber es ist ein Mosaikteilchen von vielen. Ich werde alle finden, zusammensetzen, dann erwartet Sie Ihre gerechte Strafe.«

Worte, die sitzen. Zumindest hat Wolke den Eindruck, dass die Judoka sich davon beeindrucken lässt. Sie nimmt das Bild zur Hand und starrt es an.

»Darf ich dieses Foto behalten?«

»Nur zu, wir haben genügend Abzüge davon. Rahmen Sie es sich ein. Den Führerschein sind Sie los.«

Heidi wendet den Sonderermittlerinnen den Rücken zu. Sie öffnet eine Zimmerbar und legt den Schnappschuss auf der Theke ab. Ein Spotlight bestrahlt die zahlreich aneinandergereihten Flaschen. Von Bourbon bis Whiskey ist alles vorhanden.

Heidis Smartphone vibriert in der Hosentasche. Sie zieht es hervor, blickt aufs Display, legt es dann aber zur Seite.

»Wollen Sie nicht rangehen?«, fragt Wolke.

*

Nestor lässt den Toyota ausrollen und bleibt an der Zapfsäule stehen. Eine Tankstelle irgendwo im Nirgendwo. Es ist weit und breit niemand sonst zu sehen. Nestor steigt aus, schließt den Tankdeckel auf und steckt die Zapfpistole in den Stutzen. Während das Benzin vor sich hin gluckert, nutzt Nestor die Pause, um Windschutz- und Heckscheibe von Insektenleichen zu befreien. Er fühlt sich müde, ausgelaugt, urlaubsreif. Was für eine absurde Situation, in der er gerade ist, aber es ist sicher besser, jetzt nicht näher darüber nachzudenken. Plötzlich klingelt es. Nestor zuckt erschrocken zusammen. Ein solcher Ton erklingt immer, wenn ein Fahrzeug über eine bestimmte Markierung auf eine Zapfsäule zurollt. Vorsichtig blickt Nestor sich um. Durch die schaumverschmierten Seitenscheiben sieht er, wie ein großer weißer Wagen an der Zapfsäule direkt neben ihm haltmacht. Es ist der weiße Lieferwagen.

Nestor entgleitet der Fensterschaber. Voller Panik schwingt er sich auf den Fahrersitz. Er muss hier weg, so schnell wie möglich, und tritt das Gaspedal voll durch.

Ein Auto hupt hysterisch, als der Toyota aus der Tankstellenausfahrt auf die Bundesstraße prescht und die Vorfahrtsregel missachtet. Der gewonnene Vorsprung muss groß genug sein, und der Fuß rutscht vom Gaspedal. Aber als Nestor den Blick in den Seitenspiegel wirft, sieht er, dass ihm der weiße Lieferwagen an den Fersen klebt.

»Diesmal kriegt ihr mich nicht.« Wieder wird das Gaspedal bis zum Anschlag durchgedrückt.

»Mach schon, du müde Kiste.«

Der Straßenverlauf wird kurviger und schlängelt sich durch ein flaches Waldstück. Das kommt dem Toyota entgegen, in den

Kurven kann er den Lieferwagen abhängen. In einer lang gezogenen S-Kurve überschätzt Nestor sein Fahrkönnen. Die Räder rumpeln über den Straßenrand. Beim Versuch, den Wagen durch Gegenlenken wieder in die Spur zu bringen, bricht das Heck aus. Der Wagen dreht sich einmal um die eigene Achse und schießt über den Asphalt. Für kurze Zeit sind die Räder in der Luft, bekommen erst wieder am Waldboden Grip. An den ersten Bäumen streift der Toyota noch vorbei. Dann ist Schluss. Eine Föhre stoppt den Wagen. Die Motorhaube schiebt sich wie eine Ziehharmonika auf die Windschutzscheibe zu. Nestor wird kräftig vor und zurück und gegen die Seitenwand gebeutelt. Durch die Wucht springt die Fahrertür auf. Der Gurt fängt Nestor vorm Sturz ins Freie auf.

Reflexartig betätigt er die Taste, um den Gurt aus der Verankerung zu lösen, und springt aus dem Wagen.

*Das nächste Mal frisst du Benzin.*

Wenn die Schläger ihn kriegen, ist es vorbei. Nestor glaubt zu kollabieren.

Von der Landstraße ist der Toyota gute zwanzig Meter entfernt.

Der Lieferwagen parkt abseits der Landstraße an der Stelle, an der der Toyota abgehoben ist.

Nestor läuft in den Wald. Immer weiter, immer tiefer. Bis er vor einem kleinen Blockhaus steht. Romantisch gelegen an einer niedlichen Kuppe. Von dem kleinen Vorbau am Eingang kann man auf einen Stausee hinabblicken.

Er greift an seine Hosentaschen. Mist! Das Handy liegt im Wagen, der garantiert schon von den Schlägern zerlegt wurde.

Die Tür des Blockhauses ist abgesperrt. Nestor drückt sich die Nase an der Fensterscheibe platt. Gehäkelte Vorhänge verhindern einen guten Durchblick. Eine Art Bauernstube erkennt er. Schwere Holzmöbel mit rot bezogenen Sitzpolstern.

Hinter ihm im Wald knackst ein Ast.

*Ist ihm einer der Schläger auf der Spur?*

Er sucht sich den nächstbesten Baumstamm und schmiegt sich an die Rinde. Er lauscht. Nichts zu hören, außer Vogelgezwitscher und der Wind, der die Äste in den Baumkronen aneinanderreibt.

Umsichtig nähert Nestor sich wieder dem Unfallort und bleibt bei einem dicken Baumstamm stehen, von wo aus er aus der Ferne beobachten kann, dass die Schlägertypen noch bei seinem Toyota stehen. Aber da ist auch ein neuer Typ hinzugekommen. Aus der Distanz ist das Gesicht des Mannes nicht zu erkennen. Nur, dass er wesentlich hipper als die Schläger gekleidet ist und über seinem Kopf Qualm aufsteigt. Das muss der Anführer der Jungs sein. Von Baum zu Baum wagt sich Nestor näher.

Die Männer lassen den Toyota zurück und marschieren zur Landstraße. Hinter dem Lieferwagen startet ein grauer Pkw. Beide Fahrzeuge fahren davon.

Traurig klebt der Toyota an der alten Föhre. Ein Anblick, der Nestor schmerzt. Die Schläger haben im Wagen gründlich umgerührt, aber sein Smartphone haben sie nicht gefunden. Wie schon so oft muss es Nestor aus der Hosentasche und seitlich neben den Fahrersitz gerutscht sein.

Er tastet den Boden unter dem Sitz ab und holt das Gerät hervor. Das Display hat einen riesigen Sprung abbekommen, aber es scheint noch zu funktionieren. Nestor lehnt sich an den Wagen und wählt Heidis Nummer.

»Nestor? Was willst du?«

Er ist von Heidis rauer Stimme überrascht.

»Ich brauche deine Hilfe. Ich stecke in der Klemme.«

»Was hast du angestellt?«

»Ich habe die Jury-Liste besorgt, wie du es gewünscht hast.

Aber ich hatte einen kleinen Autounfall.«

»Wo steckst du?«

»Irgendwo beim Ottensteiner Stausee.«

Ein stechend piepsender Warnton aus dem Smartphone verkündet, dass Nestors Akku sich dem Ende zuneigt.

»Ich schicke dir die GPS-Koordinaten.«

Hektisch sichtet er die Ortungsdaten und übermittelt sie seiner Kollegin. Gerade noch rechtzeitig, bevor das Licht des Displays erlischt und das Smartphone in einen Dauerschlaf verfällt.

*Warum war sie bloß so unfreundlich? Ist sie enttäuscht von ihm? Oder hat sie wieder zur Flasche gegriffen?*

Er lässt das tote Handy in seine Hosentasche gleiten und blickt auf den Waldboden. Zwischen seinen Füßen liegt eine Zigarettenkippe. Der eingravierte Markenname am Filterrand sticht ihm sofort ins Auge: Das ist dieselbe Marke, die er am Montag vor dem Brauereilager fand. Eine äußerst seltene Marke. Darüber hat er sich im Internet schlaugemacht. Man kriegt diese Sorte nur im Duty Free am Flughafen. Entweder reist der Typ sehr viel oder hat Beziehungen.

Mit einem Mal trifft es Nestor wie der Blitz: dieses Gesicht – der Boss der Schlägertruppe – jetzt weiß er wieder, wo er ihn schon einmal gesehen hat.

*

Nestor erinnert sich: Er sitzt beim Loisbacher Bierkirtag auf einer der hinteren Holzbänke. Neben ihm diese Halbstarken, die ihn zum Trinken verdonnert haben. Die Stimmung im Zelt ist am Kochen. Rauch vermischt sich über den Schädeln der Zeltgäste mit mehrfarbigem Licht. Einige Besucher besteigen die Tische, um besser auf die große Hauptbühne sehen zu können, wo die Models ihren Auftritt haben. Der Anführer der Schlägertruppe hält ein Mikrofon in der Hand. Er ist der Moderator der Show.

Routiniert spult er seine Floskeln ab. Nestor erhascht nur selten einen Blick auf ihn und die leichtbekleideten Mädchen in Dirndln, die zwischen Jury und Publikum auf der Bühne auf und ab marschieren. Zu viele Menschen stehen vor ihm. Und es werden mehr. Jene, die keine Sitzplätze mehr ergattern, stellen sich zwischen die Bierbankreihen. Im Gedränge und Gejohle vergessen Nestors jugendliche Sitznachbarn auch seine Anwesenheit. Er nutzt die Gunst der Stunde und lässt sich dezent nach hinten zurückfallen. Sein Rücken schlägt im Schoß seiner Sitznachbarin ein. Im Gegensatz zu ihm ist sie nüchtern und die Einzige im Zelt, die diese Aktion als unangepasste Annäherung empfindet. Aber ihr Protest geht im Gegröle der Zeltbesucher unter.

Auf allen vieren krabbelt Nestor unter den Beinen der Besucher hinweg. Bis zum Zeltausgang. Erst da erhebt er sich und schlenkert über das nasse Kopfsteinpflaster. Der Boden schwankt wie ein Hochseedampfer. Nestor hat das Bedürfnis, sich dringend zu übergeben, und kriecht in eine Gasse, die so dunkel ist, dass keiner mitbekommt, wenn er sich hier erbricht. Im Hintergrund schallen die Sprüche des Moderators durch die Luft. Auch nicht gerade das, was es zur Beruhigung der Magennerven bedarf.

*

Als Heidi mit ihrem Chrysler am Waldrand anhält, lümmelt Nestor auf der Rückbank seines demolierten Toyotas. Während sie sich auf den Weg zu ihm macht, zwängt er sich aus dem Wagen.

»Sekundenschlaf?« In ihrem Atem liegt Alkohol.

»Nein, ich wurde verfolgt. Von dem Lieferwagen. Dieselben Schläger wie am Montag.«

»So, so. Und die haben dir wohl die Jury-Auswertung gestohlen.«

»Nein, haben sie nicht.«

Nestor krempelt sich den Ärmel der Jacke bis zum Ellbogen hoch. Auf seinem Unterarm ist nur noch eine unleserliche Schmiererei zu sehen. Namen und Wertungen sind verwischt.

»Ich habe mir alles notiert. Schrotti wurde disqualifiziert. Ich habe herausgefunden, dass er sich dafür einsetzte, dass Svetlana gewinnt. Er hat einige Jurymitglieder in seinen Bann gezogen: die Vorjahressiegerin Maja Schmitt, einen Promi-Schauspieler aus Deutschland und den TV-Moderator Sebastian Leinzh.«

Nestor spürt Heidis skeptische Blicke, als er das alles aus der Schmiererei auf seinem Unterarm abzulesen scheint.

»Los, steig in den Chrysler. Ich rufe das Abschleppservice.«

Er kann ihren Grad der Betrunkenheit nicht einschätzen. Sie verträgt raue Mengen. Da muss schon einiges zusammenkommen, damit sie schwankt.

»Ich habe heute den Anführer der Schläger gesehen. Es ist der TV-Moderator Sebastian Leinzh.«

Nestor strahlt sie an. Er erwartet sich Lob, aber ihre Miene bleibt ernst.

»Weißt du, was ich glaube? Dass es diese Schläger gar nicht gibt.«

»Natürlich gibt es sie.«

»Deine Schläger sind alles nur Einbildungen.«

»Nein. Ich habe sie gesehen und auch ihren Anführer.« Nestor kramt in der Jackentasche und zeigt Heidi den Zigarettenstummel. »Er raucht diese seltenen Kippen. Dieselbe Marke habe ich in der Brauerei gefunden. Er hat etwas mit diesem

Mord zu tun. Ich habe dir die Jury-Liste besorgt. Ich habe den Hauptverdächtigen ausgemacht. Findest du nicht, dass es Zeit ist für meine Belohnung?«

Der Blick, den sie ihm schenkt, lässt das Blut in seinen Adern gefrieren. Es sagt besser nichts mehr. In betrunkenem Zustand ist Heidi nicht mehr sie selbst. Dann ist sie nicht mehr diese Frau, die er so liebt.

*

Der Chrysler erreicht Wien.

»Hättest du hier nicht rechts abbiegen müssen?« Nestor hätte damit gerechnet, dass Heidi ihn nach Hause bringt.

»Wir haben noch einen Termin.«

Der Chrysler stoppt vor einem unattraktiven Häuserblock. Im Erdgeschoss reiht sich ein Ostblock-Billig-Shop an den nächsten. Heidi öffnet die Heckklappe. Sie knallt Nestor eine Sporttasche gegen die Brust. Die Wucht raubt ihm für einen Augenblick die Luft.

»Wir gehen trainieren«, sagt sie und stapft vor – auf eine Tür zu, über der eine schiefe Neonröhre hängt. Das Schild, das normalerweise vor der Neonröhre montiert ist, lehnt neben der Tür an der Wand. »Budoclub Ottakring« steht auf dem Schild.

»Trainieren? Unter meiner Belohnung hätte ich mir etwas anderes vorgestellt!«

»Deiner Hühnerbrust schadet es nicht, aktiviert zu werden.«

»Zum Ausnüchtern wäre ein Spaziergang um den Block angebrachter.«

»Nein, Training ist genau das Richtige.«

Durch einen Gang eines Wohnhauses gelangen sie in den Hinterhof. Dort befindet sich ein alter Turnsaal, der das Flair einer faschistischen Zuchtanstalt versprüht. Jungs und Mädels balgen sich in der Halle auf alten Matten. Ein Glatzkopf kommandiert die Gruppe.

»Ablegen«, sagt Heidi, nimmt Nestor die Tasche ab und deutet zu einer Seitennische, in der eine Holzbank steht, auf der er seine Klamotten deponieren soll.

»Mir ist wirklich nicht nach Sport.«

»Zieh dich um. Ich gebe dir fünf Minuten.«

Er zieht sich bis auf Unterhemd und Unterhose aus. Als er den Turnsaal betritt, stehen die Buben und Mädchen im Kreis um Heidi und den Glatzkopf. Jetzt, aus der Nähe, kann Nestor dessen ausgefransten Ohren sehen. Sein Karriereweg führte ihn unübersehbar übers Freistilringen zum Judo.

»Heute demonstriert euch Heidi, wie ihr euch erfolgreich gegen Attacken im Alltag verteidigt.«

Heidi steht Nestor gegenüber. Sie hat dieses Lächeln, das er normalerweise an ihr so liebt – aber heute harmonisiert dieses Lächeln nicht mit der Augenpartie. Die Augenbrauen ziehen sich über der Nasenwurzel zusammen, und der Blick ist eiskalt.

Heidi verrenkt ihren Hals, und ihr Körper nimmt eine Ausgangsposition ein wie ein Raubtier, kurz vorm Sprung auf sein Opfer.

Ihre Hand schnappt sich Nestor und zieht ihn ins Zentrum der Matte. Im nächsten Moment wirbelt sie ihn durch die Luft. Ihm ist, als klatsche er aus einer Höhe von hundert Metern auf unnachgiebigen Asphalt.

Der Aufschlag auf den Rücken raubt ihm jegliche Luft. Er kann nicht einmal mehr seinen Protest verbal artikulieren. Mehr als Ächzen und Stöhnen bringt er nicht hervor. Wie Kraken-Tentakeln wickeln sich Heidis Arme um seinen Oberkörper. Einer ihrer Unterschenkel knallt gegen seinen Hals und drückt sein Kinn zurück. Der Hinterkopf donnert gegen die Matte. Heidis Kniekehle schraubt sich gegen seine Kehle. Stechender Schmerz fährt ihm in seinen Ellbogen, der zwischen Achsel und Oberkörper der Frau entgegen der ursprünglichen Gelenkrichtung verbogen wird.

Sein Schrei erstickt in Tränen. Ihm fehlt schlichtweg die Luft, um den schwerelosen Fall in die Bewusstlosigkeit zu vermeiden. »Der Typ tut euch nie wieder etwas an«, aus dem Mund des Glatzkopfes ist das Letzte, was Nestor noch wahrnehmen kann.

Als er wieder zu sich kommt, steht Heidi wenige Meter neben ihm am Rand der Matte. Dutzende Augenpaare starren auf Nestor herab. Er liegt mit dem Rücken auf der Matte. Die grelle Beleuchtung der Turnhalle blendet ihn.

Heidi erklärt irgendwelche Techniken und fuchtelt mit Armen und Beinen in der Luft.

»Jetzt zeige ich euch, wie das im Praxis-Test aussieht.«

Sie zieht Nestor vom Boden hoch. Wehrlos muss er über sich ergehen lassen, wie sie ihre Hüfte gegen seinen Körper stemmt und ihn aushebelt. Nach kurzem Luftflug landet er wieder am Rücken. Diesmal wuchtet sie sich mit ihrem ganzen Gewicht auf seinen Bauch. Ihre Knie pressen seine Arme gegen die Matte. Es wird nicht weniger schmerzvoll als vorhin, daran besteht kein Zweifel.

»Warum tust du das?«, bringt er gequält hervor.

Sie rollt ihn auf den Bauch, um Nestor in einen Schwitzkasten zu verfrachten. Ihr Mund dicht an seinem Ohr. Er hört ihr alkoholgeschwängertes Keuchen.

»Drei Tage sind verstrichen, und die Bullen glauben mehr denn je, dass ich Sepp ermordet habe.«

»Wir müssen der Polizei morgen erzählen, dass die Schläger …«

»Noch ein Wort von diesen beschissenen Schlägern.« Nestor schreit auf, weil der Druck am Kehlkopf unangenehmer wird.

Sie drückt seine Stirn so stark gegen die Matte, dass er wieder Sternchen sieht.

»Es gibt sie wirklich«, stöhnt Nestor. »Ich weiß, wo sie wohnen. Ich führe die Polizei morgen zu dem Keller.«

»Du bist der schlechteste Detektiv, der mir je über den Weg gelaufen ist. Wären das echte Schläger, hätten sie dich längst auseinandergenommen. Das, wovor du dich fürchtest, sind vielleicht irgendwelche harmlosen Wichtigtuer. Die kommen nicht als Sepps Mörder infrage. Sepps Mörder ist ein richtig fieses kaltes Arschloch. Einer, der vor nichts zurückschreckt. Verstehst du? Nach so einem Kerl suche ich.«

Nestor schreit panisch auf, weil er das Gefühl hat, sein Kopf explodiert gleich.

»Aber so eiskalt er auch sein mag, er wird sich wünschen, dass ich ihn niemals in meine Hände bekomme.«

Nestor schwinden die Sinne.

Peripher bekommt er mit, wie der Zuschauer-Kreis sich mit spöttischem Gelächter um ihn und Heidi enger zieht. Dann wird wieder alles schwarz.

Die Kinder sind verschwunden, als er aus der Ohnmacht erwacht. Das Licht in der Halle ist um die Hälfte reduziert. Heidi steht mit geschulterter Sporttasche abseits der Matten bei der Bank.

»Findest du mir nicht bald ein paar wirklich brauchbare Hinweise, gibt es statt einer Belohnung eine böse Strafe.«

Sie lässt ihn alleine in der Halle zurück. Er bleibt noch eine halbe Ewigkeit am Mattenboden liegen. Hinter sich hört er Kichern aus der Garderobe. Mit jedem Mal, wenn die Eingangstür zur Turnhalle geöffnet und geschlossen wird, dringt ein Stoß Frischluft an ihn heran.

Irgendwann steht der Glatzkopf frisch geduscht neben ihm.

»Heidi muss mächtig wütend sein. So habe ich sie schon lange nicht mehr erlebt«, kichert er. »Aber eines verspreche ich dir: Nochmals so eine Nummer als Crash-Test-Dummy überlebst du nicht.«

*

Wolke sitzt auf ihrer Vespa. Der Motor schnurrt wie neu. Die Inspektorin könnte Luftsprünge machen. Sie betätigt den Blinker und legt sich in die Kurve. Die Straße führt direkt zu dem Haus, in dem Max wohnt.

Es ist eine klare Nacht. Im Wohnhaus leuchten einige Lampen. Im zweiten Stock kann sie durch das Fenster den attraktiven Bruder von Diotima erblicken. Er trägt nur ein Unterhemd. Sein gestählter Körper ist zu erahnen. Er steht in der Küche. Was er dort genau macht, kann Wolke von ihrer Position am Parkplatz nicht erkennen. Auf jeden Fall wird ihr warm ums Herz. Max ist genau ihr Typ. Sie blickt zum beleuchteten Eingang. Sie müsste nur die Türklingel drücken – schon wäre das Tor zu einem romantischen Abend geöffnet.

Aber dann setzt sie sich den Helm wieder auf, blickt noch einmal hoch zur Küche. Der Beau ist verschwunden, aber alle umliegenden Zimmer sind hell erleuchtet.

Sie startet ihre Vespa und rollt vom Parkplatz.

*Das kann ich Diotima nicht antun.*

Ihr Moped bringt sie durch die Stadt.

Zu Hause erwartet Katze Jessica ihr Frauchen schön sehnsüchtig.

Während Wolke die Futterschüssel für die Katze füllt, landet eine Nachricht zwitschernd auf ihrem Handy.

»Ich hoffe, du hast deinen museumsreifen Oldtimer gefunden«, steht unter dem Absender von Max.

»Ja. Danke«, schreibt sie knapp zurück und schaltet das Handy auf stumm. Dann nimmt sie die E-Gitarre vom Haken und sieht der Katze zu, wie sie frisst.

*

Nestor spürt jeden einzelnen Knochen, als er die letzten Treppen zu seiner Etage hochmarschiert, weil der Lift wieder einmal außer Betrieb ist.

Das Licht geht aus. Er tastet in der Dunkelheit nach dem leuchtenden Lichtschalter. Als die schummrigen Lichtquellen in seinem Hausflügel aufflackern, der zu seiner Wohnung führt, erblickt er Heidi, die mit vor der Brust verschränkten Armen seitlich an der Wand lehnt und ihn angafft.

»Warum hast du so lange gebraucht?«

»Weil mir alles wehtut.«

»Und an dein Telefon gehst du auch nicht.«

»Akku leer.« Er geht auf sie zu und stottert: »Morgen werde ich der Polizei von dem Keller berichten, in dem mich die Schläger festgehalten haben.«

»Vergiss es. Ich übernehme das ab jetzt selbst. Du musst nicht mehr für mich den Detektiv spielen.«

»Was hast du vor?«

»Geht dich nichts mehr an.«

Sie wartet ab, bis er die Wohnungstür aufgesperrt hat und tritt noch vor ihm ein. Sie mustert seine Wohnung.

»Willst du deinem Gast nichts anbieten? Training macht mich hungrig.«

»Klar«, sagt er und bemüht sich, aus dem karg ausgestatteten Kühlschrank das Beste herauszuholen.

»Ich habe mir überlegt, ich bleibe heute Nacht bei dir«, sagt sie. »Damit ich dir ganz genau erklären kann, wie du dich ab jetzt zu verhalten hast. Ich will, dass du in die Schule gehst.

Aber du wirst kein Wort über mich und Loisbach verlieren. Egal, wer dich ſragt, ist das klar? Weder Anneliese noch andere Lehrer oder die Polizei. Du schweigst. Du weißt von nichts.«

Alles, was er ihr serviert, verschwindet restlos in ihrem Rachen. Sie hat tatsächlich einen beachtlichen Appetit.

»Habe heute den ganzen Tag noch nichts gefuttert. Wo ist mein Schlafplatz?«

Nestor bietet ihr sein Bett an. Er selbst richtet es sich in seinem Gästezimmer bequem ein.

An einen umgehenden Schlaf ist nicht zu denken. Da schläft die Frau seiner Träume nur durch eine dünne Wand von ihm getrennt – in seinem Bett.

Er hat sie enttäuscht. Sie nimmt ihm die Geschichte nicht ab. Seine Belohnung ist in weite Ferne gerückt.

Oder etwa nicht?

Ihm ist, als hätte er das Klackern an der Tür vernommen, das immer entsteht, wenn ein Luftzug durch eine geöffnete Tür durch das Vorzimmer fegt.

Hat Heidi das Schlafzimmer verlassen?

Nestor lauscht. Er ist sich sicher, schleichende Schritte zu hören. Unter dem Türspalt malt das Licht des Vorzimmers einen schmalen hellen Streifen auf den Boden. Die Linie wird von einem Schatten unterbrochen.

Nestors Herz pocht wie wild. Steht Heidi vor seiner Zimmertür? Wird sie das Zimmer betreten? Erhält Nestor doch noch seine Belohnung in dieser Nacht?

# Kapitel 6 – Donnerstag

Draußen ist es noch finster. Nestor liegt wie gerädert in seinem Bett. Er kann sich nicht mehr erinnern, wann er gestern Abend eingenickt ist.

Aber das kümmert ihn derzeit nicht. Die essenziellere Frage ist: Wo zum Teufel geht Heidi um diese Zeit hin?

Der Unterricht beginnt erst in drei Stunden.

Dutzende mögliche Erklärungen schwirren in Nestors Kopf: Vielleicht geht sie joggen. Vielleicht muss sie vor der Schule zu Hause etwas erledigen. Vielleicht hat sie vor Nestor aber auch ein Geheimnis, und womöglich macht sie ihre Drohung von gestern ernst und will die Sache um Sepp Ackermeiers Tod tatsächlich auf eigene Faust erledigen.

Nestor hat sich seine Belohnung verdient. Er will alles dafür geben, sich den Respekt und den Dank dieser Frau zu erarbeiten.

Er muss nach Loisbach – zu diesem Haus von Majas Mutter.

Sein Auto schmort in der Werkstatt. Die Infrastruktur für die öffentlichen Verkehrsmittel ins Waldviertel ist so mangelhaft, dass eine Hin- und Retourfahrt einer Tagesreise gleichkommen würde. Heidi kann er nicht fragen, und eine Taxifahrt würde ein kleines Vermögen verschlingen.

Ihm muss eine bessere Lösung einfallen.

Im Liegen pochen seine Knochen und Muskeln nach Heidis Malträtierung. Aber beim Versuch, sich aus der durchgelegenen Matratze zu erheben, sind die Schmerzen nahezu unerträglich.

Nestor lässt dem Schrei freien Lauf. Einem Senioren gleich schleicht er auf den Gang Richtung WC. Der handgeschriebene Zettel am Garderobenkästchen ist unübersehbar: »Geh in die Schule!!!« steht da mit drei Rufzeichen geschrieben.

Also folgt Nestor dem Befehl und fährt zu seiner Arbeitsstätte, auch wenn die blauen Flecken an seinem Körper ihm eher Bettruhe empfehlen würden.

Sein Blick bei der Ankunft vorm Schulgebäude geht unwillkürlich Richtung Parkplatz. Heidis Chrysler steht nicht da. Sie scheint ihre Drohung wahrzumachen.

Am Telefon meldet sich nur die Mailbox. Zu oft wagt Nestor es nicht, sein Smartphone zu strapazieren.

In der Schule versucht er, den Lehrerkollegen aus dem Weg zu gehen. Er sitzt am Klo, bis die Schulglocke den Startschuss für den Unterricht signalisiert. Erst nachdem sich der Lärm auf den Gängen gelegt hat, wagt er sich aus der Bubentoilette.

Er hört die Absätze der Direktorin. Sie poltern über die Treppen nach unten. In der Aula hallen die High Heels besonders laut nach.

Das bedeutet, die Direktion ist nicht besetzt.

Nestor öffnet die Tür zum Büro von Anneliese Kräuter. Der Computer ist an, und der Monitor wirft blaues Licht an die Wand. Am Schreibtisch liegt der Autoschlüssel ihres Sportwagens auf einem Stoß Zeitungen. Das Adrenalin schießt in Nestors Venen ein.

Soll er es wirklich tun? Sie wird ihn dafür rauswerfen – außer, er ist so schnell wieder zurück, dass sie nicht bemerkt, dass er sich den Schlitten ausgeliehen hat.

Er nähert sich dem Schreibtisch. Seine Hand zittert.

»Bach? Sie auch wieder einmal im Haus?«

Nestor lässt sich in den Stuhl vor dem Schreibtisch fallen. Klaus Mattner steht unterm Türrahmen, mit einem undefinierbar sarkastischen Lächeln im Gesicht. Der Typ hat ein perfektes Timing für unangebrachte Auftritte.

»Ich … ich … ich …« Nestor bringt keinen Satz über die Zunge. Der smarte Mathelehrer tritt näher, stopft sich einen

Kaugummi in den Mund und setzt sich seinerseits ebenfalls in einen freien Stuhl.

»Warten Sie auch auf Anneliese? Macht es Ihnen etwas aus, wenn ich mich vordränge? Meine Klasse kann mich nicht lange entbehren. Scheint anders zu sein als bei Ihnen.«

»Kein Problem«, sagt Nestor mit falschem Lächeln und erhebt sich sogleich.

»Können Sie mir seinerseits auch einen Gefallen tun, Mattner? Teilen Sie Kräuter mit, dass es mir nicht gut geht und ich heute keinen Unterricht halten kann.«

»Schon wieder nicht? Anneliese schmeißt sie in hohem Bogen raus.«

»Teilen Sie es ihr einfach mit, okay? Vielen Dank.«

Nestor schiebt sich durch den Eingang und schließt die Tür.

Mist! Das mit dem Sportwagen wird nichts. Für einen Moment überlegt er, ob er Mattners Wagen leihen dürfte – aber Nestor kennt den Ausgang der Frage schon jetzt.

Er hastet in Richtung Treppenhaus – als er aber die Absätze der Direktorin über die Stufen hochtrampeln hört, beschleunigt er seinen Schritt, eilt im Gang weiter und versteckt seinen Oberkörper hinter der muschelartigen Kunststoffschale eines Schultelefonapparates.

Wie kann er die Polizei bloß zu dem Keller in Loisbach lotsen, ohne verraten zu müssen, dass er für Heidi den Spion spielen musste? Ein anonymer Anruf?

Aber er weiß nicht einmal, wie die genaue Adresse heißt. Bei seiner gestrigen Flucht war er zu blöd, um sich Straßennamen und Hausnummer zu notieren. Er bezweifelt, dass er zu dem Haus finden würde, wenn man ihn am Hauptplatz von Loisbach aussetzt.

Nein, am besten lässt er jemand anderen die Polizei kontaktieren. Zum Beispiel Laura Klärens. Sie hätte allen Grund, auf

Maja böse zu sein. Immerhin hat die Vorjahressiegerin die Konkurrentin gewählt.

Nestor erinnert sich an Rosis Worte: Laura betreibt in Wien einen eigenen Designerladen. Neben dem Telefonhörer ist ein Touchscreen mit Telefonbuchfunktion. Es ist ein Kinderspiel, Nummer und Adresse von »Laura's« herauszufinden. Er nimmt den Hörer zum Ohr und lauscht dem Freizeichen. Laura meldet sich mit quakender Stimme.

Wie sagt er ihr es bloß? Erst einmal Small Talk.

»Gratuliere zum Gewinn der Bierprinzessinnen-Krone.«

»Danke.«

»Ich frage mich, ob …« Er zögert, räuspert sich.

»Ja? Was fragen Sie sich?« Sie klingt kurz angehalten.

»Nun, ich frage mich, ob …« Wieder dieser Frosch im Hals.

»Hören Sie, ich habe ein paar Kunden im Geschäft, die bedient werden wollen, und ich habe nicht viel Zeit, ich muss heute um Mittag heim, also könnten Sie zur Sache kommen?«

Nestor hängt den Telefonhörer ein und schließt die Augen, stellt sich die Schönheitsprinzessin in seinen Gedanken vor.

Sie muss mittags heim – heim nach Loisbach? Das wäre die Gelegenheit, doch noch eine Mitfahrgelegenheit zum Tatort zu bekommen und gleich zwei Fliegen auf einmal zu erledigen.

*

Wolke saust mit ihrem Moped durch den städtischen Frühverkehr. Staus vor den Ampeln sind für sie kein Problem. Sie schummelt sich zwischen den stehenden Fahrzeugen vorbei. Wie vereinbart, treffen sich die Sonderermittlerinnen vor Diotimas Haus, um dann gleich gemeinsam zu den Waldviertler Kollegen zu fahren und die SOKO Loisbach ins Leben zu rufen. Grünes Licht vom Polizeipräsidenten.

Das Moped saust unter der S-Bahn-Unterführung durch und biegt in Diotimas Straße ein. Ihr Wagen steht im Hinterhof. Eine hässliche Betonwüste ohne das geringste Grün. Die düsteren Balkone missbrauchen die Mieter eher als zusätzliche Rumpelkammer.

»Welcher Balkon ist deiner?«, fragt Wolke, nachdem sie ihre Vespa abgestellt hat und an der schmutzigen Hausfassade hochblickt.

»Steig in den Wagen.«

Schon verstanden – Diotima ist nicht nach morgendlicher Konversation. In der Früh benötigt sie erst einmal zwei Tassen Kaffee, um in die Gänge zu kommen.

»Leistungsschwimmerin hättest du keine sein dürfen«, kichert Wolke und fischt nach dem Gurtende.

»Wieso?«

»Ich hatte im Internat eine Mitschülerin, die wettkampfmäßig kraulte. Die musste schon um halb sechs ihre Längen ziehen. Grauenhaft.«

»Ich muss mir fürs Training nicht die unchristlichen Zeiten aussuchen. Ich bin eine Nachteule. Nicht selten stand ich bis Mitternacht in der Fechthalle.«

Sie lenkt den Mazda um die Kurve zur Ausfahrt aus dem Hinterhof. Dazu muss der Wagen unter dem Haus an einer langen Reihe Misteimern vorbei zu einem Metalltor, das sich elektrisch öffnet. Vor der Ausfahrt blockiert ein Fahrzeug die Weiterfahrt. Ein bulliger Chrysler – Heidis Chrysler.

Ihr massiger Körper klemmt hinterm Lenkrad. Ihre Augen nehmen die Sonderermittlerinnen ins Visier.

»Was will die Verrückte?«, fragt Wolke.

»Sie will, dass wir ihr folgen.«

Der Chrysler setzt sich in Bewegung. Diotima rollt aus der Ausfahrt und fährt Heidi hinterher.

Wolke kramt ihr Handy aus der Jackentasche. Sie spürt Diotimas Hand an ihrer Schulter.

»Was hast du vor?«, fragt sie und drückt gleichzeitig aufs Gas, um dem Chrysler trotz blinkender Ampel über die Kreuzung zu folgen.

»Ich informiere die Zentrale.«

»Was willst du denen sagen?«

»Ich sage denen, was hier gerade abgeht.«

»Nicht nötig.«

»Willst du ihr folgen?«

»Klar.«

»Und wenn sie uns in eine Falle lockt?«

»In was für eine Falle denn?«

»Ich finde, wir sollten Verstärkung anfordern. Zu unserer eigenen Sicherheit.«

»Halte dich lieber fest. Die Fahrt wird keine Rentnertour.«

Sowohl der Chrysler als auch der Mazda fegen viel zu schnell durch die Straßen von Wien.

»Mir macht diese Frau Angst. Sie weiß, wo du wohnst? Will sie dich einschüchtern?«

»Meine Adresse findet man in jedem Telefonverzeichnis.«

»Wie konnte sie aber wissen, um welche Zeit wir wegfahren? Als ich vorhin mit der Vespa zu deinem Haus kam, hat sie noch nicht die Ausfahrt versperrt.«

»Stehst du auch im Telefonbuch? Vielleicht hast du sie zu mir gelockt.«

Wolke gruselt es bei dem Gedanken, dass Heidi bereits sie verfolgt haben könnte.

»Wo will sie hin?«

»Vielleicht hat sie gerochen, dass wir nach Loisbach wollen.«

Erst im Waldviertel wird die Fahrt langsamer. Ein überbreiter Mähdrescher bremst die wilden Rennfahrerinnen ein.

Chrysler und Mazda schleichen im Schritttempo, bis das Landwirtschaftsfahrzeug zu einem Hof ausschert. Aber da ist das Ortsschild Loisbach bereits in Sicht. Vor dem Rathaus endet der Trip.

Diotima löst blitzschnell ihren Gurt und steht sofort an der Seite der Hauptverdächtigen.

»Bin schon gespannt, ob sich der Aufwand gelohnt hat, Dudek.«

»Ganz sicher sogar. Folgt mir.«

Heidi steigt die Treppen zum Eingang des Rathauses hoch. Der lange Flur ist mit rotem Teppich ausgelegt. Auf halbem Wege kommt ihnen der Bürgermeister entgegen. Enthusiastisch schüttelt er Heidis Hand, dann erst begrüßt er die Sonderermittlerinnen.

»Herr Hochgartner, ich sehe keine andere Wahl, als der Polizei unser kleines Geheimnis zu verraten.«

»Sagtest du bereits am Telefon«, nickt der Bürgermeister und wendet sich den Sonderermittlerinnen zu. Er räuspert sich kräftig, tritt einen Schritt näher und spricht begrüßende Worte, die aus einer Wahlrede stammen könnten.

»Kommen Sie bitte zum Punkt«, unterbricht Diotima ihn.

»Wie Sie bereits wissen, hat Frau Dudek heuer bei unserer legendären Bierkaiser-Challenge teilgenommen.«

Das mit dem Zum-Punkt-Kommen ist so eine Sache. Auch jetzt schweift der Politiker aus und erklärt das ganze Wettkampfprozedere.

»So ein Bierkaiser ermittelt sich nicht von heute auf morgen. Die Ausscheidungswettkämpfe fanden bereits im Juni und Juli statt. Nicht nur in Loisbach. Wir haben Partner-Gemeinden, die sich an unserem Bewerb beteiligen. Jahr für Jahr mehr.«

»Darf ich das abkürzen, Herr Bürgermeister?«, unterbricht Diotima erneut. »Wir wissen, dass Heidi Dudek es ins Finale schaffte und gegen Sepp Ackermeier antrat. Können wir bei diesem Punkt fortfahren?«

»Ich möchte nur verhindern, dass Sie mich danach mit Fragen löchern, die unnötig wären, wenn Sie die ganze Geschichte kennen. Also lassen Sie mich ausreden. Unter anderem gab es heuer für den Bierkaiser-Wettkampf eine eigene Wiener Delegation, an der Frau Dudek teilnahm und sich unter den Top-Drei platzierte. Damit qualifizierte sie sich für die zweite Stufe der Challenge. Die fand Mitte Juli hier in Loisbach statt. In unserem besten Stadt-Wirtshaus, dem Kirchenwirt. Kann ich Ihnen übrigens wärmstens empfehlen, wenn Sie noch Zeit haben und bei uns mittagessen wollen.«

»Wird sich nicht mehr ausgehen, wenn Sie weiterhin Opern reden. Also, kommen Sie zum Punkt: Was war der Deal?«

*

Der Bürgermeister denkt nach. Ja, wie war das eigentlich? Der Deal! Eingefädelt wurde der wenige Tage vor dem großen Loisbacher Bierkirtag.

Der Major sieht den Moment wieder klar vor seinem geistigen Auge.

Am Hauptplatz stehen Lastwägen und ein Kran. Vom Zelt ragen die Stahlstützen wie ein Alien-Gerippe in die Höhe. Mit dem Kran und jeder Menge Arbeiter wird die große Zeltplane dem Gerüst einem Kleid gleich übergestülpt.

Es hat Tradition, dass schon während des Aufbaus reichlich mit Bier angestoßen wird. Noch nicht in den schönen Porzellan-Bierkrügen, sondern nur mit Flaschen.

Bürgermeister Lorenz Hochgartner hat soeben eine inoffizielle Festansprache zum Besten gegeben – als Generalprobe für die Eröffnung.

Er trippelt von der Bühne, schüttelt massenweise die Hände der Menschen, die ihm auf dem Weg begegnen. Als stünde eine Gemeinderatswahl vor der Tür. Eine der Hände gibt ihn nicht mehr frei. Rüttelt erbarmungslos weiter. Wie ein Zitterrochen.

Er blickt auf.

»Heidi!«

Ein Lächeln erhellt sein Gesicht.

»Was kann ich für dich tun?«

»Major, haben Sie ein, zwei Minuten?«

»Selbstverständlich. Gehen wir in mein Büro. Aber willst du mich nicht duzen wie alle anderen Loisbacher auch?«

»Ich bin keine Loisbacherin.«

In dem neobarock eingerichteten Büro nimmt Heidi auf einer Ledercouch Platz, der Bürgermeister auf einem roten Stuhl.

»Ich muss meine Teilnahme beim Finale am Sonntag absagen.«

»Was? Das kannst du nicht machen.«

»Doch, leider. Eure Gemeinde ist bei meinem Judoturnier ausgerechnet auf Montag verlegt worden. Oder Sie verzichten darauf, dass ich den Durchgang mit euren Kids leite. Beides geht nicht.«

Der Bürgermeister stützt die Ellbogen an seinen Oberschenkeln ab und faltet die Hände.

»Ich brauche dich aber bei beiden Terminen: Bierkaiser und Judo.«

»Leider kann ich mich weder teilen noch klonen. Wenn ich mir beim Bierduell die Birne wegblase, können Sie mich beim Judo vergessen.«

»Ich habe mir sagen lassen, du verträgst eine Menge. Die Qualifikationsbewerbe haben es eindrucksvoll bewiesen.«

»Ich unterrichte die Kinder aber nur in nüchternem Zustand. Eine Sauferei am Vortag ist da nicht förderlich.«

»Wir haben uns ein Eigentor geschossen. Ganz schön blöd von uns.« Er legt seine Stirn in dicke Runzeln. »Du warst es, die mich überzeugt hat, dass ich unsere Jugend zu den Nachwuchsschaukämpfen schicken soll.«

»Da wusste ich nicht, dass die Termine so ungünstig aufeinanderfallen.«

»Jetzt wird uns genau das zum Verhängnis. Es muss eine Lösung geben.«

»Die einzige Variante, die mir einfällt: Ich gebe mich geschlagen. Aber das wird dann ein langweiliger Abend für alle Beteiligten.«

»Außerdem wäre das eine Katastrophe. Ich will, dass du gegen Sepp gewinnst.«

»Tja, dann muss ich aufgeben.«

»Nein!«

»Wie wäre es damit, wenn der Zweitplatzierte hinter mir nachrückt und an meiner statt im Finale teilnimmt.«

»Dumme Idee, das klappt nicht.«

»Den Leuten ist es scheißegal, wer im Finale steht. Hauptsache, die kriegen eine ordentliche Sauerei zu sehen.«

»Verzeih mir den Ausdruck, aber der Zweitplatzierte ist ein Schlappschwanz und der Drittplatzierte auch. Die haben beide gegen Sepp nicht die geringste Chance.«

»Wenn ich gegen Sepp am Sonntag den Hauch einer Chance haben soll, bin ich danach für die nächsten drei Tage out of order.«

»Denk an das Preisgeld. Das muss dir einen kleinen Rausch wert sein.«

»Nicht, wenn wegen dem Rausch womöglich ein paar Judo-Talente auf der Strecke bleiben.«

Der Bürgermeister streicht sich ums Kinn. Dann erhebt er sich. Seine hölzernen Bewegungenb drücken all seine Verzweiflung aus. Er bleibt vor einer Kommode stehen und zieht eine Schublade auf. Er wühlt kurz darin, dann hebt er den Arm. In seinen Fingern ein Schlüssel.

»Dann sorgen wir dafür, dass du den Wettbewerb bestreiten kannst und trotzdem nüchtern bleibst. Dieser Schlüssel öffnet die Tür zum Lager. Gut vorbereitet, wie Wolferl ist, ließ er bereits die Bierfässer fürs Finale zur Seite stellen und hat sie längst penibel beschriftet. Wir müssen nur dafür sorgen, dass dein Name auf den alkoholfreien Fässern steht.«

»Ich soll alkoholfreies Bier saufen?«

»Dafür kassierst du am Ende auch noch eine satte Prämie«, lacht der Bürgermeister. »Das Leben ist nicht immer am besten, wenn man alle Regeln befolgt. Manchmal muss man die Dinge ein bisschen zurechtrücken, damit der Richtige am Ende die Nase vorne hat.«

Er beugt den Oberkörper zu Heidi herüber und schiebt ihr den Schlüssel in die Hosentasche. Nur noch das geflochtene Band blickt aus dem Jeansbund hervor.

*

Diotima & Wolke lauschen interessiert der Geschichte.

»Können Sie mir verraten, warum Sie sich für Heidi Dudek eingesetzt haben?«

»Ich fand es toll, dass sich zum ersten Mal eine Frau fürs Finale durchgesetzt hat. Das gab es in Loisbach noch nie.«

»Deshalb verbieten Sie auch Ihren Bürgern, sich öffentlich schlecht über Heidi zu äußern. Wir haben Winfried Schustermeier besucht. Er meinte, Sie hätten ihn gezwungen, seine Aussage zu revidieren.«

»Da hat der Friedl kräftig übertrieben. Ich habe nicht gesagt, er soll seine Aussage revidieren, sondern seine Einstellung gegenüber Frauen ändern. Während es manche verkorkste Menschen in diesem Ort noch als seltsam empfinden, wenn eine Frau in eine Männerdomäne vorstößt, begrüße ich es. Ich hätte es schade gefunden, wenn wir auf diese einzigartige Finalpaarung hätten verzichten müssen. Deshalb habe ich ihr diesen Schlüssel gegeben.«

»Wer hat die Fässer ausgetauscht?«

»Ich war das«, meldet sich die Ex-Judoka zu Wort.

»Das wirft aber kein gutes Licht auf Sie. Sie hätten genauso gut etwas in die Fässer von Sepp Ackermeier geben können.«

»Die Vergiftung von Sepp ging auf das CO2 im Gärbottich zurück, falls Sie das damit ansprechen wollen«, stellt der Bürgermeister fest, und soweit Wolke den Obduktionsbericht in Erinnerung hat, stimmt diese Aussage mit dem Bericht überein.

»Kommt Ihnen nicht der geringste Zweifel, dass bei Sepps Abgang jemand nachgeholfen haben könnte?«

»Nein, da vertraue ich auf die Erfahrung der Waldviertler Polizei. Wenn die behauptet, es war ein Unfall, dann war es ein Unfall.«

»Vielleicht konnte Heidi Dudek es nicht verkraften, gegen den Bierkaiser zu verlieren?«

»Heidi Dudek ist eine Sportsfrau, die mit Niederlagen genauso professionell umgehen kann wie mit Siegen.«

»Ihre Vorwürfe gegen mich sind haltlos, sehen Sie das ein, Frau Chefinspektorin Vogl? Sorry, Major, dass ich das sagen muss, aber dieser Bierwettbewerb hat für mich keine Bedeutung. Das Einzige, was Sie mir vorwerfen können, ist eine schlechte schauspielerische Leistung. Nüchtern eine Besoffene vorzutäuschen, ist mir nicht leichtgefallen.«

»Wenn da mehr dahintersteckt, komme ich schon noch dahinter, verlasst euch darauf.«

Diotima winkt ihre Partnerin zum Rückzug.

Erst im Wagen wagt Wolke eine Vermutung: »Das war es dann mit der SOKO Loisbach.«

Diotima startet nicht. Sie sitzt nur da und starrt in den Seitenspiegel. Als sie den Bürgermeister darin auftauchen sieht, steigt sie wieder aus. Der Major verlässt das Rathaus mit einer schmalen Aktentasche unter dem Arm und kommt die Straße in Richtung Hot-Dog-Wagen entlangspaziert. Diotima fängt das Stadtoberhaupt ab.

»Jetzt mal Klartext. Wozu das Schmierentheater? Was war der wahre Grund für diesen Deal?«

»Ich habe keine Ahnung, was Sie meinen.« Er weicht zur Seite, um das Brett der Theke aus dem Kreuz zu bekommen.

»Warum lag Ihnen so viel daran, dass Sepp Ackermeier verliert.«

»Um ihn zu schützen.«

»Zu schützen?«

»Ich wollte ihn vor sich selbst schützen. Sepp ist ein Held unserer Stadt. Eine Legende. Aber er war gesundheitlich schwer angeschlagen. Tausend Mal habe ich auf ihn eingeredet, dass er niemandem mehr etwas beweisen muss. Er ist einsamer Rekordhalter als Bierkaiser. Keiner vor und nach ihm wird jemals seinen Rekord gefährden. Aber er wollte nicht auf mich hören. Nur mit einer empfindlichen Niederlage wäre er zu einem Einsehen gekommen. Habe ich mir zumindest gedacht.«

»Sie wollten ihm einen Denkzettel verpassen.«

»Sepp hat für diese Stadt viel getan. Wir errichten ihm posthum eine Bronzestatue am Platz vor der Brauerei. Als Dank für seinen lebenslangen Einsatz. Er hat sich zu Tode gesoffen. Genau das wollte ich verhindern. Als entthronter Bierkaiser wäre er leisergetreten. Wäre er noch dazu von einer Frau besiegt worden, hätte er keinen Tropfen Alkohol mehr angerührt.

Es sollte nicht sein. Der Sepp war eben nicht einmal gegen einen nüchternen Gegner zu schlagen. Alleine schon für diese Leistung gebührt ihm ein Denkmal.«

»Eines muss man Ihnen lassen – im Unterschied zu Heidi sind Sie ein schauspielerisches Talent. Ich glaube Ihnen kein Wort. Ich vermute viel eher, dass Sie genauso gut wissen wie ich, dass Sepp Ackermeier ermordet wurde. Sie haben nur Angst vor einem Skandal.«

»Der Skandal weht aus ganz anderer Richtung, Frau Hauptkommissar.« Er legt die Aktentasche auf die Hot-Dog-Theke, öffnet sie und lässt Diotima und Wolke einen Blick auf einen Laptop erhaschen. »Jemand hat sich über meinen Arbeitslaptop hergemacht. In mein Auto wurde eingebrochen und der Zugang zum Computer geknackt. Das Gerät zeichnet alle Tätigkeiten auf. Der Täter interessierte sich in erster Linie für die Daten und Ergebnisse eines ganz anderen Wettkampfes beim Bierkirtag: Der Wahl zur Bierprinzessin. Ich weiß auch, wer sich da Zugang verschafft hat. Ein Komplize von Schrotti, der auf der Suche nach einem neuen Skandal ist. Schrotti war Mitglied der Jury und wurde bei der Wahl wegen Manipulationsvorwürfen disqualifiziert.«

»Haben Sie die Namen aller Jurymitglieder bei sich?«

»Sie haben Glück.«

Er fasst in die Aktentasche und zieht neben dem Laptop ein Blatt Papier mit Namen, Funktionen und Adressen der Juryteammitglieder hervor.

*

Nestor steht in der Hütteldorfer Hauptstraße und sieht sich selbst in der Spiegelung des beleuchteten Schaufensters eines kleinen Designerladens. In der Auslage reihen sich handgemachte Ohrringe, Halsketten, Armreifen, Haarspangen und etliches Zeug, das zwar nett anzusehen ist, bei dem Nestor aber nicht den blassesten Schimmer hat, wofür es dienen soll. Hinter der Scheibe erstreckt sich ein länglicher Raum. Zahlreiche Spots bestrahlen Glasvitrinen, in denen weitere Kunstwerke aus Steinen, Kunststoff und bunten Plaketten ausgestellt sind.

Beim Betreten des Ladens bringt der Türschwung lose Metallplättchen in Bewegung, die Geräusche erzeugen. Die blonde Frau in dem glitzernden Cocktailkleid wirft ihm nur einen kurzen Blick zu, dann widmet sie sich wieder dem jungen intellektuellen Pärchen, das mit ihr angeregt über einen Künstler spricht, dessen Namen Nestor nichts sagt. Er stellt sich an eine der Vitrinen, hinter deren Glas aus Perlen gefertigte Dschungeltiere im Halbkreis stehen. Verstohlen bewundert er die Dame im Cocktailkleid im Spiegelbild.

Sie ist wunderschön.

Eine Viertelstunde vergeht, bis das Intellektuellenpaar das Geschäft verlässt. Jetzt ist nur noch er da, und er spürt, wie Laura sich von hinten nähert.

»Suchen Sie etwas Bestimmtes?«

»Ja, für meine Freundin.«

»Ein spezieller Anlass?«

»Ja, ich möchte ihr sagen, wie sehr ich sie liebe.«

»Das ist schön. Dann würde ich Ihnen eher etwas aus dieser Ecke empfehlen.«

Sie führt ihn zu einer Vitrine, hinter der es vor unterschiedlichsten Herzvariationen aus Holz, Glas, Keramik und Blech nur so wimmelt.

»Haben Sie die alle selbst gemacht?«

»Hundert Prozent Handarbeit.«

»Da sind wirklich wunderschöne Objekte dabei. Aber ich bin mir unsicher. Blöd von mir, dass ich so kurzfristig reingeplatzt bin. Ich muss mich beeilen. Mein Bus nach Loisbach fährt in Kürze ab.«

»Sie wohnen in Loisbach?« Laura hat angebissen.

»Ich nicht. Meine Freundin.«

»Ja? Wer ist die Gute? Ich kenne praktisch jeden in Loisbach.«

Nestor zögert, aber dann sagt er: »Kennen Sie eine Roswitha?«

»Rosi? Rosi Wagenknecht? Aus dem kleinen Stadtcafé?«

»Genau die.«

»Ich freu mich so.« Lauras Augen glänzen förmlich. »Ich freue mich wirklich, dass Rosi den richtigen Mann gefunden hat. Das hat sie sich redlich verdient.«

Sie mustert Nestor von oben bis unten. Er kann nicht einschätzen, ob ihre Miene ein Auslachen oder ein Anlächeln ist. Egal – Hauptsache, sie hat die Lüge geschluckt und bietet ihm endlich an, mit ihr gemeinsam nach Loisbach zu fahren.

»Mit dem Bus von Wien nach Loisbach – das ist eine Weltreise«, kichert sie.

»Wem sagen Sie das. Aber ich besitze kein Auto.«

»Dann ist heute Ihr Glückstag. Ich müsste längst unterwegs sein. Ich fahre nach Loisbach. Wenn Sie wollen, nehme ich sie mit.«

Sie hat ausgerechnet das teuerste Amulett ausgewählt.

»Geben Sie es Rosi und sagen Sie ihr einen lieben Gruß von mir – Laura Klärens. Sie wird wissen, wer ich bin.«

Fünf Minuten später sitzen sie in Rosis Wagen. Lang und breit tischt er ihr eine satte Lüge über die ersten Begegnungen mit Rosi auf. Schließlich wechselt er das Thema.

»Bringt dir der Sieg bei der Miss-Wahl in Loisbach mehr Kunden?«

Sie nimmt den Blick von der Fahrbahn und starrt ihn an. Eine unangenehme Stille entsteht.

»Was?«

»Du bist Bierprinzessin des Jahres. Ich erinnere mich wieder an dein Gesicht aus der Zeitung.«

»Modeln ist mein zweites Standbein. Von meiner Kunst alleine kann ich nicht überleben.«

»Stört es dich nicht, wie in der Boulevardzeitung über dich berichtet wird?«

»Was wird denn berichtet?«

»Dass du den Titel nur gewonnen hast, weil einer der Juroren disqualifiziert wurde.«

»Hätte mir nicht gedacht, dass du solche Dreckszeitungen liest«, sagt sie und blickt wieder zu Nestor.

»Nur zufällig. Lag in Rosis Kaffeehaus auf. Schrottis Kolumnen sind legendär.«

»Schrotti ist nichts weiter als ein frustrierter Klatschreporter. Ich nehme nicht ernst, was er schreibt. Ich weiß nicht einmal, was er über mich geschrieben hat, und es ist mir auch egal.«

»Er war nicht der Einzige, der gegen dich gestimmt hat. Vorjahressiegerin Maja hat ebenfalls deine Konkurrentin favorisiert.«

»Hat Rosi dir das auch erzählt?«

»Sie hat mir nur erzählt, dass Maja und du nicht das beste Verhältnis habt.«

»Na und – ich habe gewonnen. Ob das Maja schmeckt oder nicht, kümmert mich nicht.«

»Sie beherbergt aber Typen bei sich, die das weniger loyal sehen.«

»Was hat dir Rosi noch für Mist erzählt?«

»Was ist zwischen dir und Maja vorgefallen?«

Laura schaltet einen Gang tiefer. Der Wagen wird langsamer, verliert den Sichtkontakt zum Vorderfahrzeug.

»Wer bist du wirklich? Bist du ein Kumpel von Schrotti?

Willst du mir dreckige Kommentare entlocken? Ein paar wütende Statements?« Sie nimmt eine Hand vom Lenkrad und begrapscht ihn mit ihren langen Fingern. »Wo hast du die Mikros versteckt? Nimmst du mich auf? Dein Besuch in meinem Laden – das war kein Zufall.« Der Wagen hält am Straßenrand.

»Du hast mich heute schon angerufen, stimmt's? Das warst du, um herauszufinden, ob ich da bin.«

»Ich gebe zu, dass …«

»Raus mit dir.«

Nestor blickt auf die unendlich lange Landstraße, die einsam Felder zerschneidet.

»Laura, du kannst mich nicht rauswerfen.«

»Steig aus!« Schrill peitscht ihr Schrei ihm ins Gesicht.

»Du perverses Arschloch.« In ihren Augen funkeln Wut und Enttäuschung. »Ich will dich nie wieder sehen.«

## Kapitel 7

»Danke, für mich keinen Kaffee.«

Wolke legt ihre flache Hand demonstrativ auf die Tasse mit der Polizei-Comicfigur.

Eduard Feige schwenkt unbeeindruckt mit der Filterkanne in seiner Hand weiter zu Diotimas Tasse. Die achtet nicht darauf, ob er ihr nachschenkt oder nicht. Viel zu sehr ist sie in die Konversation vertieft.

»Hörst du mir zu, Edi – es war mehr oder weniger ein Schuldeingeständnis. Der Bürgermeister und Heidi Dudek haben betrogen. Sepp Ackermeier ist ihnen auf die Schliche gekommen. Dafür musste er sterben.«

»Glaube ich nicht. Der Betrug hätte nur eine Rolle gespielt, wenn Sepp verloren hätte. Hat er aber nicht. Also wird es ihm egal gewesen sein.«

»Von wegen – es muss für ihn sogar noch eine noch viel größere Genugtuung gewesen sein, und das wird er Dudek gespürt haben lassen, und sie hat ihn deshalb umgebracht.«

»Spekulation, Dio, nichts als Spekulation. Schaffe mir Fakten, dann nehme ich den Fall wieder auf – aber nicht wegen Spekulationen.«

»Wie viele Fakten brauchst du denn noch? Was ist mit dem Brauereischlüssel in Dudeks Spind? Was ist mit dem versuchten Betrug? Sind das keine glasklaren Fakten?« Diotima drischt den Beutel mit dem Schlüssel des Brauereilagers darin auf den Tisch.

»Den Schlüssel, den du illegal aus der Garderobe der Turnlehrerin entwendet hast? Du kannst froh sein, wenn ich dieses unsachgemäße Vorgehen nicht deinem Vorgesetzten melde. Dir zuliebe erwähne ich das im Bericht nicht.«

»Ändert nichts an der Tatsache, dass Dudi den Brauereischlüssel vom Bürgermeister hatte, oder? Der Bürgermeister verfügt über diesen Schlüssel und hat jederzeit Zugang zur Brauerei. Ich gehe jede Wette ein, er verfügt noch über ganz andere Schlüssel. Beschafft euch einen Durchsuchungsbefehl fürs Rathaus.«

»Dein Ehrgeiz in allen Ehren, Dio, aber das geht jetzt doch zu weit. Der Fall ist aufgeklärt.«

»Dieser Bürgermeister setzt alle Hebel in Bewegung, den langjährigen Bierkaiser vom Thron zu fegen. Das stinkt nach Skandal.«

»Ich sehe das anders. Dem Bürgermeister ging es darum, Sepp schonend auf die Bier-Rente vorzubereiten.«

»Soll ich das als einen Akt der Menschlichkeit werten? Edi, ich muss schon sagen, die Landluft bekommt dir nicht gut. Du warst mal ein guter Polizist. Das Kaff macht dich müde. Ich schwöre dir: Ich bringe Heidis Alibi zum Einsturz.«

»Kannst du mir erklären, warum du so felsenfest von Heidis Schuld überzeugt bist?«, fragt Wolke ihre Kollegin, als sie wieder im Wagen sitzen.

»Klar, sie hat freiwillig literweise scheußliches alkoholfreies Bier gesoffen. Was macht man nicht alles für den Sieg eines Wettkampfes?! Aber weißt du, wie frustrierend es sein muss, wenn du verlierst, obwohl du betrogen hast? Das fühlt sich an wie eine doppelte Niederlage.«

»Hast du damit schon Erfahrungen gemacht? In deiner Fechterei?«

»Ich spreche von Heidi, verdammt. Sie ist ein Gewinnertyp. Sie besitzt das Sieger-Gen. Sie kann mit dem Verlieren nicht umgehen.«

»Es geht nur um einen lächerlichen Bierwettbewerb.«

»Der Titel ist der Frau vollkommen schnuppe – aber das Preisgeld nicht. Sepp hat ihr eine empfindliche Niederlage zugefügt – auch finanziell. Dafür musste er sterben.«

»Sie betonte aber, dass es ihr nicht ums Preisgeld ging. Ihre Priorität galt der Judo-Veranstaltung. Sie hätte freiwillig aufs Preisgeld verzichtet, hätte der Bürgermeister sie nicht überredet. Lass uns ganz sachlich an den Fall rangehen. Wir arbeiten diese Liste ab.«

Wolke fächert mit dem Papier durch die Luft, auf dem alle Jurymitglieder aufgelistet sind. Langsam liest sie ihrer Partnerin alle Namen laut vor. Beim Namen »Paul Schrotter« schreit Diotima auf.

»Wiederhole das noch einmal. Wo wohnt Schrotti?«

»Josef-Bindtner-Gasse.«

»Jetzt ist mir klar, zu wem Heidi auf ihrer Joggingrunde unterwegs war: Zu Schrotti, dem Urgestein der Boulevardpresse. Dann statten wir Schrotti einen Besuch ab.«

*

Nichts außer Felder. Sowohl links der Straße als auch rechts. Alle fünf Minuten zieht ein Auto an Nestor vorbei. Nicht gerade Rushhour. Bei jenen Autos, die gen Loisbach rasen, streckt Nestor den Daumen in den Wind. Ohne Erfolg. Niemand hält an. Der Fahrtwind der vorbeipreschenden Fahrzeuge lässt sein Shirt jedes Mal wie ein Segel am Körper flattern.

Er nimmt sein Handy zur Hand. Nur noch ganz wenig Akku. Das Freizeichen erklingt – danach Heidis Sprachbox.

»Heidi, hol mich ab, ich stecke hier fest, auf der elend langen Geraden vor Loisbach.« Sein Handy pfeift. Nur noch fünf Prozent Akkuleistung.

Am Horizont nimmt auf der Landstraße ein weißer Punkt

die Züge eines Lieferwagens an. Der Wagen ist schneller als das erlaubte Tempolimit unterwegs.

Rasch kommt das Ungetüm näher.

Nestors Herz dreht auf. Er wirft sich ins Roggenfeld. Seinen Kopf zwischen die Ellbogen gepresst. Gesicht zum Boden.

Der Lieferwagen brettert tosend vorbei. Keine Bremsgeräusche.

Leise zählt Nestor bis fünf. Erst dann hebt er den Kopf und stiert über die Roggenfelder hinweg. Der Lieferwagen schrumpft wieder zum weißen Punkt und verschwindet hinter den Baumreihen.

Mit dem Harakiri-Sturz hat er sich die Jeans an den Knien aufgerieben. Er klopft sich den ärgsten Staub von Hose und Shirt und marschiert wieder am Straßenrand weiter.

Waren das überhaupt die Schläger? Von diesen weißen VW-Lieferwagenmodellen gibt es österreichweit mehrere Zigtausend. Wären sie es gewesen, hätten sie ihn bestimmt erkannt. Er hat sich viel zu spät zu dem waghalsigen Feldsprung entschieden. Sie wären stehen geblieben und hätten ihn aus dem Roggen gezogen.

Es heißt weiterhin, wachsam zu sein. Laura wird Maja bestimmt schon aufgesucht und von Nestor erzählt haben. Die Schläger können sich ausrechnen, dass er es ist, der die Gerüchte in die Welt setzt.

Von hinten nähern sich wieder Motorengeräusche. Nestors Daumen wächst in die Höhe. Ein schwarzer Mercedes-Van fährt an ihm vorbei. Wieder nichts. Doch dann bremst der Wagen sich ein, und die hintere Seitentür des Kastenwagens öffnet sich elektrisch.

Nestor erreicht das Heck, geht die Schritte vor bis zur Öffnung und wirft einen skeptischen Blick hinein. Es ist finster im Innenraum, aber niemand zu sehen.

Er steigt auf die Ladefläche. Der Blickkontakt zur Fahrerkabine ist durch eine getönte Plexiglaswand verwehrt.

»Danke«, ruft er nach vorne und klopft gegen die Wand, um dem Fahrer zu verdeutlichen, dass die Fahrt weitergehen kann.

Nestor hat allerdings Probleme, die Seitentür zu schließen. Der große Knopf am Türrahmen reagiert nicht auf den Druck, und im Innenraum lässt sich keine weitere Taste zum Schließen der Tür finden.

Neben dem Auto fällt ein Schatten auf den Asphalt. Nestor blickt auf und sieht eine Gestalt – mit vermummtem Gesicht.

Im Augenwinkel sieht er eine Faust auf sich zufliegen. Keine Chance auszuweichen. Im nächsten Moment ist alles schwarz und dumpf.

*

Diotima und Wolke betreten die Empfangshalle des Redaktionsgebäudes der Boulevardzeitung *Kaiser-Blatt*.

»Wir wollen zu Paul Schrotter«, sagt Diotima und streckt der Dame am Empfangsschalter ihren Kripo-Ausweis entgegen.

»Der ist mitten in der Schlussproduktion. Sie müssen etwas später kommen.«

»Vielleicht habe ich mich nicht klar genug ausgedrückt.« Die Chefinspektorin öffnet nochmals ihren Dienstausweis und hält ihn der Dame vors Gesicht.

»Lesen«, knurrt sie, nachdem die Empfangsdame nicht reagiert. »Ich frage hier um keinen Fan-Besuch an, sondern ich möchte Paul Schrotter sprechen. Jetzt, sofort.«

Die Empfangsdame rollt mit den Augen und greift zum Telefonhörer.

»Er meldet sich leider nicht.«

»Dann fahren wir hoch. Welcher Stock? Welches Zimmer?«

»Sie können da nicht einfach …«

»Welcher Stock?« Diotimas Stimmlage wird lauter.

»Dritter«, gibt die Dame hinter dem Rezeptionstresen nach und drückt ein Knöpfchen an ihrem Schalter.

In der dritten Etage steigen die Sonderermittlerinnen aus.

Redakteure hetzen wie aufgescheuchte Hühner durch den Gang. Der blaue PVC-Bodenbelag leitet die beiden Polizistinnen zu Schrottis Redaktionsbüro, wo sie schon von einer attraktiven Vorzimmerdame mit kurzem Rock und eleganter Bluse erwartet werden.

»Sie wollen zu Schrotti? Ich muss Sie enttäuschen. Schrotti musste dringend weg.«

»Wohin?«

»Hat er mir nicht gesagt.«

»Wann ist er weg?«

»Vor knapp einer Stunde.«

»Irgendeine Ahnung, wo wir ihn antreffen könnten?«

»Leider nein, Schrotti ist ständig unterwegs und teilt nie mit, wo er ist.«

»Gibt's einen Terminkalender?« Diotima besteht darauf, einen Blick in Schrottis Büro zu werfen.

»Probieren Sie es in seiner Villa. Manchmal arbeitet Schrotti von zu Hause aus.«

»Da waren wir schon. Da bellt nur der Hund. Außerdem dachte ich, bei der Schlussproduktion ist seine Anwesenheit unabdingbar.«

»Schlussproduktion? Schrottis Artikel sind in der Tagesproduktion bei den letzten angesetzt, weil er vorwiegend von Abendveranstaltungen berichtet. Gut möglich, dass er heimgefahren ist, um nach den Hund zu sehen.«

Diotima drängt wieder zum Lift.

»Ich sage dir – dieses Püppchen am Empfang weiß, wo der

Schmierfink steckt«, sagt sie, während sich die Kabine zügig in das Erdgeschoss bewegt. Kaum angekommen, eilt sie zum Schalter, beugt sich über den Tresen und reißt der Empfangsdame die Illustrierte aus der Hand.

»Du sagst uns sofort, wo Schrotti hingefahren ist, sonst nehme ich dich mit aufs Revier, und dort gibt's keine lustigen Zeitungen, in denen du rumblättern kannst.«

»Er hat nur gesagt, es sei ein Notfall.«

»Was für ein Notfall?«

»Ich weiß es nicht. Aber er war verärgert und ist weggefahren.«

»Welchen Wagen fährt er?«

»Wenn er nicht mit dem Taxi fährt, nimmt er einen Wagen aus dem Redaktionsfuhrpark – wahrscheinlich ist er mit dem VW-Bus unterwegs.«

*

Heidi taucht wie aus dem Nichts vor Nestor auf. Ihr Gesicht ist riesengroß. Ganz nah bei ihm. Ihre Lippen rücken näher. Aber dann sind da ihre Arme, und blitzschnell schnüren sie sich zu einem Würgegriff.

Erschrocken öffnet er die Augen. Eine Albtraumvorstellung – doch der wahre Albtraum findet in der Realität statt. Ihm steht nicht Heidi gegenüber, sondern ein Mann in beigem Anzug und mit edel geschwungenem anthrazitgrauen Haar.

Nestors Arme sind am Rücken gefesselt. Er sitzt auf einem unbequemen Holzsessel. Der Mann ihm gegenüber ist ebenfalls auf einem Holzstuhl platziert, mit der Rückenlehne voraus. Er ohrfeigt Nestor, um die volle Aufmerksamkeit zu erhalten.

»Zeit zum Aufwachen, du Pfeife«, sagt er und verschränkt die Arme über der Rückenlehne. Sein Gesicht rückt näher. Das

Dunkelbraun der Iris ist beinahe nicht vom Schwarz der Pupillen zu unterscheiden. Leicht versetzt hinter ihm erkennt Nestor zwei maskierte Männer.

Die Luft im Raum ist stickig. Es riecht nach altem Holz. Nahezu alles in diesem Raum ist aus Holz, bis auf die gehäkelten Vintage-Vorhänge, durch die man nichts außer Bäume sieht.

»Wo bin ich hier?«

»Im finsteren, finsteren Wald.«

»Was mache ich hier?«

»Mir ein paar Fragen beantworten. Wer beauftragt dich herumzuschnüffeln?«

»Niemand«, würgt Nestor hervor.

Der Mann knallt seinen Handballen gegen Nestors Stirn. »Ich kann Lügner nicht ausstehen. Aber bisher habe ich noch jeden Lügner zur Kooperation bewogen.«

Der Mann erhebt sich. Er ist größer als die beiden Maskierten.

»Helft ihm auf die Sprünge«, befiehlt er und kehrt Nestor den Rücken. Im Gegenzug rücken die beiden Maskierten nach vorn. Einer kickt den Stuhl zur Seite, auf dem sein Boss zuvor noch gesessen hat. Das Scheppern der Lehne am Holzboden lässt den Gefesselten zusammenzucken. Er blickt dem rot bezogenen Polster nach, der am Boden dahinschlittert, und erinnert sich an das Blockhaus, das er gestern im Wald gesehen hat.

Ein Lederhandschuh schnappt nach seinem Kinn und legt mit leichtem Druck Nestors Kopf in den Nacken. Jetzt erst sieht er, was der Maskierte in der anderen Hand hält – eine abgenutzte Zange.

Aus dem Hintergrund hört er den Boss sprechen.

»Wenn du mit uns nicht redest, brauchst du auch keine Zunge mehr.«

»Ich sage alles, was ihr hören wollt.«

»Warum lässt du dich dann bitten?«

»Ich schwöre, dass ich nicht schnüffle.«

»Dieses verlogene Gequatsche kannst du dir sparen. Entweder du antwortest mir, wonach ich dich gefragt habe, oder du hältst die Schnauze. Reden alleine rettet deine Zunge nicht.«

Der Maskierte ohne Zange klatscht Nestor seine Hand ins Gesicht. Er trifft ihn an der Nasenwurzel. Explosionsartig breitet sich der Schmerz auf den gesamten Schädel aus. Kurz sieht er Sternchen.

Es folgt der nächste Schlag. Von derselben Seite, an dieselbe Stelle. Tut höllisch weh.

Plötzlich lassen die Maskierten von ihm ab. Im Hintergrund surrt ein Handy. Der Boss geht ran. Redet kaum. Sagt nur in regelmäßigen Abständen »aha«, »verstehe«, »soso« und als Abschluss: »Danke für deinen Hinweis.« Dann tritt er wieder ins Blickfeld von Nestor und spricht zu ihm.

»Du verbreitest Lügen. Genauso, wie du uns jetzt anlügst.« Der Mann mit den anthrazitfarbenen Haaren hat ein Whiskyglas in der Hand. Die Eiswürfel trommeln ans Glas, als er es an seinen Lippen ansetzt und gierig trinkt.

»Entweder du verrätst mir, in welchem Auftrag du arbeitest, oder ich sorge dafür, dass du nie wieder deine dämliche Nase in fremde Angelegenheiten steckst.«

Er reicht seinem Gehilfen das halb leere Whiskyglas und nimmt ihm gleichzeitig die Zange ab. Routiniert, als wäre der Umgang mit Werkzeug sein täglich Brot, setzt er die Zangenköpfe an Nestors Nase an.

»Ich sollte dir deine Schnüfflernase ausreißen anstatt der Zunge.«

»Bitte, tun Sie das nicht.«

»Liegt in deiner Hand. Ich will Namen hören.«

»Es gibt keinen Namen. Ich schnüffle nicht.«

»Schade, ich hätte mir gewünscht, du nimmst mich ernst. Ich zähle bis drei.«

»Eins!«

Mit jeder Zahl nimmt der Druck auf die Nasenmuscheln zu.

In Nestors Kopf fahren die Gedanken Achterbahn. Soll er Heidi ans Messer liefern? Oder doch lieber Schrotti? Wie am Fließband tauchen Namen vor seinem geistigen Auge auf: der Major, Laura, Rosi, Maja … welchen Namen würden ihm die Peiniger abnehmen? Was aber, wenn er genau jene Person als seinen Auftraggeber preisgibt, die vielleicht mit dem Typen unter einer Decke steckt? Er muss den Verdacht weit weg legen.

»Zwei!«

Nestor muss jemanden ins Spiel bringen, der für ihn keine Gefahr bedeutet. Aber die Person muss aus Sicht der Entführer Sinn machen.

Sein Magen rotiert – ihm wird übel.

»Sepp Ackermeiers Witwe«, presst er gequält hervor.

Der Druck der Zangenköpfe lässt nach. Der Mann starrt auf ihn herab. Zum ersten Mal mit entgeisterter Miene.

»Wer?«

»Die Frau des Opfers.«

»Helene?«

Der Mann legt die Zange auf den Tisch. Er schenkt sich Whiskey nach und tritt wieder an Nestor heran.

»Warum macht sie das?«

»Um sicherzugehen, ob Sepp wirklich verunglückt ist oder nicht.«

Der Mann hebt den umgekippten Holzstuhl hoch und setzt sich darauf. Er nimmt Nestors Kopf in beide Hände.

»Wir halten dich weiter unter Beobachtung. Du wirst niemandem von dieser Begegnung erzählen. Sonst kommt die Zange doch noch zum Einsatz.«

Er lässt Nestors Gesicht frei und erhebt sich.

»Seht zu, dass ihr ihn loswerdet.«

Ehe Nestor zur Seite blicken kann, trifft ihn die Handkante des Handschuhs auch schon wie ein Säbel an der Halsschlagader, und es ist augenblicklich zappenduster.

*

Die Straße, an der Diotima den Mazda anhält, hat ein starkes Gefälle. Links Villen, rechts eine Hundewiese. Die Häuser sind wie Stufen in den Hang gemeißelt.

Diotima und Wolke gehen auf eine Villa zu, deren Aussicht auf das Stadt-Panorama durch andere Hausdächer verbaut ist.

Sofort schlägt der Hund Alarm. Zum Glück trennt nicht nur das Gartentor, sondern auch eine sehr stabil wirkende Haustür die Bestie vor den Gästen.

»Klingt nicht so, als wäre er hier«, meint Wolke und zieht die fetten Werbeprospekte aus dem Postkastenschlitz.

»Aber um auf Nummer sicher zu gehen, kündigen wir uns an«, sagt Diotima und presst ihren Zeigefinger gegen die Klingel.

Das bringt den Hund noch mehr in Rage. Immer wieder klackert die Klinke wie von Geisterhand bewegt auf und ab, wenn das Tier auf der anderen Seite randaliert.

»Wenn der so weitermacht, trommelt der bald die ganze Nachbarschaft zusammen. Am besten warten wir im Auto, ob der feine Herr bald nach Hause kommt, um sein Raubtier zu füttern.«

Am Horizont kündigt sich die Dämmerung an. Im Fahrzeug machen die Sonderermittlerinnen es sich bequem. Diotima fährt ihren Sitz so weit wie möglich zurück und platziert die Füße am Lenkrad. Wolke kramt die Boulevardzeitung hervor.

Ein Artikel ist sensationshaschender als der nächste. Sie fliegt nur über die Schlagzeilen und blättert sich von vorne nach hinten. Im Chronikteil stößt sie auf Schrottis Story. Er berichtet von der Schönheitschirurgen-Jahrestagung im Stadtpark-Pavillon.

»Botox-Schaulaufen in Wien« steht groß über einem Foto, auf dem falten-geglättete Gesichter in die Kamera lächeln. Aufgenommen auf der Terrasse des Pavillons. Wolke will schon weiterblättern, aber dann streicht sie das Blatt wieder glatt und wirft nochmals einen Blick auf den Schnappschuss.

»Sie dir das mal an«, sagt sie zu ihrer Partnerin, die am Fahrersitz döst.

Hinter den maskenhaften Botox-Gesichtern ist in der Zuschauermenge dahinter Heidi Dudek zu erkennen. Sie sticht in ihrem Trainingsanzug wie ein Bildfehler hervor.

»Offenbar besuchen der Redakteur und die Turnlehrerin gerne dieselben Events.«

Diotima nimmt wieder ihre normale Sitzposition ein. Nachdem sie lange genug auf das Bild gestarrt hat, wirft sie die Zeitung in Wolkes Schoß und dreht am Zündschlüssel.

»Dann soll uns Dudek am besten aufklären, was sie und Schrotti vereint.«

Die Scheinwerfer leuchten auf. Beide erschrecken, als sie den Mann vor der Kühlerhaube im grellen Scheinwerferlicht des Wagens stehen sehen. Er ist wie aus dem Nichts aufgetaucht. Sein Blick gleicht einem Irren. Zerzaust stehen die Haare in alle Himmelsrichtungen. Er trägt eine schlabbrige Hose, Pantoffeln und ein bekleckertes Unterhemd.

Wolke tastet reflexartig nach ihrer Waffe.

»Sucht ihr den Schmierfink?«

»Kennen Sie ihn?« Diotima hat die Scheibe auf ihrer Seite herabgefahren. Der Mann schlurft auf sie zu.

»Was wollt ihr von ihm?« Er beugt sich tiefer herab, mustert die Beamten und kaut auf irgendeinem Pfropfen im Mund herum. Sein Schweißgeruch breitet sich bis zu Wolke aus.

»Lasst die Finger von dem Schmierfink. Was er euch verspricht, er meint es nicht gut mit euch.«

»Wir sind große, starke Mädchen, wir können auf uns aufpassen.«

»Ich habe gesehen, wie er weggefahren ist. Das ist schon eine Weile her. Er hatte es verflixt eilig.«

Der Nachbar kaut heftiger. Entweder gafft er gerade Diotima in den Ausschnitt, oder er erinnert sich an seine Begegnung mit Schrotti zurück.

»Sehr ungewöhnlich, wo er um diese Zeit mit Sheriff die Hundewiese in Schach hält.« Er spuckt einen dunklen Patzen auf den Boden, dann dreht er sich wieder dem Fenster zu und ergänzt, was Diotima und Wolke schon vermuteten: »Sheriff ist sein gemeingefährlicher Pitbull.«

Der Hund hat sich im Haus noch nicht beruhigt.

»Was denken Sie, was er vorhat?«, versucht Diotima, ihm Details über Schrotti zu entlocken.

»Nichts Gutes. Er hat sein Gewehr eingepackt.«

»Ein Gewehr?«

»Ja, er hat es auf die Ladefläche seines Busses geworfen. Ich habe es beobachtet. Ich sehe von meinem Schlafzimmer sehr gut zu ihm rüber.« Der Mann deutet auf das Nachbarhaus. Dann kratzt er sich ungeniert am Sack.

»Wenn ihr zwei Hübschen wüsstet, was ich da nachts alles beobachte.« Ein dreckiges Lachen verlässt seinen Rachen. »Da ließen sich einige Bücher füllen.«

*

Vogelgezwitscher. Nestor öffnet die Augen. Rund um ihn wachsen Föhren in den Himmel, der nur bruchstückhaft zwischen den Baumkronen zu erahnen ist. Die Wirbelsäule meldet sich bei jeder Bewegung mit Höllenschmerzen, als hätte man ihn hier auf den Wurzeln achtlos fallen lassen.

Er greift sich an die Nase. Sie ist noch heil. An seiner Hand klebt Blut von einem Cut über dem linken Auge.

Wo ist er hier? Er dreht sich um die Achse.

Sind die Maskierten noch hier? Ist das Spiel zu Ende, oder beobachten sie ihn und warten nur darauf, die Folter fortzusetzen?

Planlos setzt Nestor sich in Bewegung. Wald, so weit das Auge reicht. Nach einigen Minuten Fußmarsch gelangt er an eine Lichtung. Vor ihm erstreckt sich ein blitzblauer See. Unbeholfen steigt er über die Felsbrocken hinab, kniet sich auf den schlammigen Boden und taucht seinen Kopf bis zum Hals in das eiskalte Wasser. Seine Kopfschmerzen zerspringen wie mit einem Hammer zerschmettert. In dem aufgewühlten Wasser tanzt die Spiegelung seines Oberkörpers hin und her. Nachdem sich die Wasseroberfläche beruhigt hat, macht die Spiegelung deutlich, wie zerschunden sein Gesicht aussieht. Das getrocknete Blut zieht sich vom Cut bis zum Schlüsselbein. Auch die Lippe ist aufgesprungen. Da haben die Kerle auf den bewusstlosen Mann noch ordentlich eingedroschen.

Diese Schweine!

Nestor müht sich auf. Keuchend geht er bis an die Spitze einer Halbinsel, die in den See hineinragt. Richtung Osten sieht man den Turm einer Burgruine in mehreren hundert Metern Luftlinie. Gen Westen in etwa derselben Distanz spannt sich eine Betonbrücke auf drei dicken Pfeilen über das Wasser.

Er entscheidet sich für die Brücke. Er schleppt sich am Seeufer entlang, bis er neben dem ersten Pfeiler steht. Dort quält er sich über einen Jungwald-bewachsenen Hang bis hoch zur Straße. Autos und LKWs donnern an ihm vorbei.

Er erinnert sich an diese Passage. Sie ist nicht weit von der Stelle entfernt, an der er mit seinem Toyota verunglückte.

Der gute alte Toyota. Wie dringend würde er ihn jetzt benötigen. In einiger Entfernung sieht er das Werbeschild einer Tankstelle leuchten. Dort wird er sich ein Taxi rufen.

*

Das Wasser in der Dusche läuft dunkelbraun zum Abfluss.

Nestor fühlt sich immer noch wie ein Häufchen Elend, aber immerhin wie ein sauberes Häufchen Elend.

Der Dunst hat den Badezimmerspiegel beschlagen. Nestor frottiert sich die Haare und wandelt bloßfüßig ins Schlafzimmer. Er öffnet blind den Kleiderkasten und schnalzt das feuchte Handtuch in alter Routine gegen den Lichtschalter. Plötzlich zuckt er zusammen, als er im Spiegelbild jemanden in seinem Schaukelstuhl sitzen sieht.

»Scheiße! Heidi! Was machst du hier?«

Er muss sich an der Kastentür abstützen, um nicht umzufallen. Heidi fährt aus dem Schaukelstuhl hoch.

»Habe ich dir nicht befohlen, in die Schule zu gehen? Wo warst du? In der Schule auf jeden Fall nicht. Gott – wie siehst du nur aus?«

»Heidi – ich habe IHN getroffen.«

»Von wem sprichst du?«

»Vom fiesen, eiskalten Arschloch – dem Mörder von Sepp Ackermeier.«

»Der hat dir das zugefügt?« Sie steht jetzt unmittelbar vor ihm und berührt mit ihrem Finger einen seiner blauen Flecken an der Brust.

»Er weiß, wer ich bin, wie ich heiße, wo ich wohne. Ich habe Angst, dass er mich aufsucht.«

»Zieh dir was an. Du kommst mit mir mit. Bei mir bist du sicher.«

# Kapitel 8 – Freitag

Die alten Stoffvorhänge in Heidis Wohnzimmer sind rauchgeschwängert. Muss noch aus der Zeit der Mutter stammen, denn Heidi ist strikte Nichtraucherin. Auch die Laken, auf denen Nestor am Sofa liegt, und die Decken, mit denen er umhüllt ist, stinken nach kaltem Rauch. Heidis Mutter ist seit mehreren Jahren tot. Die Tochter übernahm die Wohnung, und wie es den Anschein hat, auch das gesamte Mobiliar. Nichts in diesen vier Wänden stammt aus der Zeit nach der Jahrtausendwende. Selbst der Fernsehapparat ist noch ein Röhrengerät.

Als Heidi und Nestor gestern Nacht heimkamen, suchte sie ihm ein Leintuch aus dem Schrank und knallte es ihm auf den Couchtisch. Sie duschte und hatte erwartet, dass er sich schlafen legt, denn sie tauchte nicht mehr im Wohnzimmer auf, sondern verschwand in ihrem Schlafgemach.

Ohne Gute-Nacht-Kuss, ohne irgendetwas.

Aber das würde sich bald ändern, wenn Nestor das fiese, kalte Arschloch ans Messer geliefert hat und die Belohnung ins Haus steht.

Durch die dicken Vorhänge dringt kein Licht, aber überall dort, wo die einzelnen Stoffteile enden, wagen sich Sonnenstrahlen durch die Ritzen.

Es war aber nicht die Sonne, sondern ein Geräusch, das Nestor geweckt hat. Das Zuklappen einer Tür – einer schweren Tür.

Am Steinboden im Treppenhaus entfernen sich Heidis unverkennbare Schritte. Die Mieter einen Stock tiefer werden sie dafür lieben.

Nestors Blick wandert zu der Achtzigerjahre-Digitaluhranzeige am Radio: 08:10:43.

Heidi ist auf dem Weg zur Schule.

Nestor erhebt sich von der Couch und wankt ins geräumige Badezimmer. Der Spiegel über dem Waschbecken offenbart Nestors fürchterlich geschwollenes Gesicht. Die Blutkrusten an Schläfe und Lippe lassen sich mühelos abziehen. Aber die blauen Flecken muss er kaschieren. Seine Augen kreisen nach Make-up. Er kippt den Deckel des Beauty-Case hoch.

Was er darin findet, ist nicht das, was er erwartet hätte: ein weißer Umschlag mit Heidis Adresse, ohne Absender.

Nestor muss innerlich lächeln – das ist wieder einmal typisch Heidi. Bei jeder anderen Frau quillt der Beauty-Case über vor Lockenwicklern und Kosmetikartikeln – sie hingegen legt auf Schminken so viel Wert wie eine Kuh aufs Steppen. Frustriert greift er nach dem Umschlag.

Nestor kann der Versuchung nicht widerstehen. Er wirft einen Blick ins Innere. Ein dickes Bündel an Geldnoten kommt zum Vorschein. Hunderter-Noten: 50 Stück. Macht 5.000 Euro.

Nestor muss nicht lange überlegen: Das ist das Preisgeld für den Loisbacher Bierkaiser.

*

Wolke gibt Gas. Sie ist spät dran und holt alles aus ihrem alten Moped heraus. Als sie Diotimas Zuhause erreicht, steht die mit dem Mazda schon vor der Hinterhof-Einfahrt.

»Wollte schon eine Vermisstenanzeige aufgeben«, begrüßt die Chefinspektorin ihre Kollegin. Heute geht es früh ins Waldviertel. So will man verhindern, dass die Witwe erneut durch die Lappen geht.

Wolke hat das Gefühl, die Fahrt nach Loisbach wird von Mal zu Mal schneller. Heute kommt ihr die Distanz besonders kurz vor. Der Mazda fährt nicht in den Ort Loisbach, sondern schert schon auf der elend langen Geraden von der Bundesstraße ab und rattert über deutlich schlechteren Straßenbelag auf einer Zufahrtsstraße zum Anwesen der Ackermeiers.

»Ich glaub, ich spinne«, ruft Diotima.

Begleitet von anwachsenden Staubwolken kommt ihnen ein VW-Bus entgegen, schrammt an den Sonderermittlerinnen vorbei und flitzt Richtung Bundesstraße. Für einen Moment konnte Wolke seitlich am Wagen das Logo vom *Kaiser-Blatt* sehen.

»War das Schrotti?«

»Wer sonst? Klar war er das.«

Der Mazda stellt sich durch das abrupte Bremsmanöver schräg. Bis sich die Staubwolken rund um das Dienstfahrzeug gelegt haben, ist vom VW-Bus nur noch der sich langsam senkende Streifen aus Sand zu sehen.

»Sollen wir ihm folgen?« Diotima wartet die Antwort nicht ab.

»Ach was, der läuft uns nicht davon. Sehen wir uns lieber an, welchen Schaden er bei der Witwe angerichtet hat.«

Sie fährt die wenigen Meter weiter bis zum pompösen Eingang der schlossartigen Luxusvilla, die schon deutlich in die Jahre gekommen ist, aber nicht mit ihren Reizen geizt.

Skeptisch blickt Wolke auf das Tor.

Im selben Moment erblickt Wolke östlich des Gebäudes eine Frau, die verloren in der Wiese steht. Der Wind fächert den Rock der Dame auf und lässt die Haare waagerecht zur Seite wehen.

Umsichtig nähern sich die Sonderermittlerinnen von hinten.

»Frau Ackermeier?«, kündigt Diotima sich schon von der Weite an, um die Frau nicht zu erschrecken. Wolkes Hand pendelt sich sicherheitshalber in Halfternähe ein.

Die Frau dreht sich um. Ihre Augen sind geschwollen vom Weinen.

»Hat er Ihnen etwas angetan? Der Reporter?« Diotima klappt ihre Polizeimarke auf, steckt sie wieder ein und berührt die Frau, als versuche sie, sie zu stützen.

Sie schüttelt den Kopf.

»Nein, hat er nicht. Warum sollte er das tun?« Der Blick der Frau schweift ins Ziellose.

»Kennen Sie Paul Schrotter?«

»Natürlich, er ist ein Freund des Hauses.«

»Gehen wir besser in Ihr Haus?« Diotima hakt sich in den Ellbogen von Frau Ackermeier ein und führt sie zur offenen Terrassentür.

Auf den großen Marmorplatten im großen Salon liegen Dokumente verstreut. Frau Ackermeier erwacht aus ihrer Lethargie und bückt sich, um die losen Blätter hastig einzusammeln und in eine ramponierte blaue Ringmappe einzulegen.

Wolke greift nach einem Blatt, das direkt vor ihren Füßen liegt. Es zeigt das Foto eines attraktiven jungen Mannes. Unter dem Porträtfoto der Schnappschuss eines Gebisses. Daneben Ausschnitte eines Lebenslaufs:

*Justus E., geboren am 2. November 1997, 184 cm, 69 kg.*

Mehr kann Wolke nicht lesen, weil die Witwe es ihr aus der Hand zupft und es zu den anderen Dokumenten in die Mappe legt. Wolke erhascht für einen Bruchteil einer Sekunde einen Blick auf weitere Blätter, auf denen ebenfalls Porträtfotos junger Männer sind.

»Das wurde mit großer Wut auf den Boden gedonnert«, analysiert Diotima und berührt die geknickte Kante des Ordners.

Helene Ackermeier wendet der Inspektorin den Rücken zu, legt die Mappe auf einem hüfthohen Tischchen ab und streicht mit der Hand darüber, als wäre es zerbrechlich.

»Diese Mappe lag gestern Abend vor meiner Haustür.«

»Was haben die Porträtfotos zu bedeuten?«, fragt Diotima.

»Ich ahnte es ohnehin, aber diese Unterlagen bestätigen es. Leider. Jetzt ist es Gewissheit.«

»Wer sind diese jungen Männer?« Diotima wirft einen Blick auf die Mappe und nimmt sie resolut vom Tisch. Wolke blickt ihr dezent über die Schulter. Die ersten zehn Bögen zeigen einen jungen Mann nach dem anderen. Dahinter kommen brisantere Fotos zum Vorschein. Sie zeigen Sepp Ackermeier in eindeutigen Handlungen mit den knabenhaften Männern.

Die Witwe sinkt nahezu lautlos auf die Polster einer Sitzbank und sagt: »Er war kein Perverser. Auch wenn die alle blutjung aussehen, sie waren volljährig. Je unschuldiger sie wirkten, desto stärker war mein Mann von ihnen angezogen. Er hatte sich unter Kontrolle, solange er nicht sturzbesoffen war.«

Kein Perverser, aber ein Betrüger, der ein Doppelleben führte, schießt es Wolke durch den Kopf. Eine Tatsache, die dem Tod von Sepp Ackermeier eine neue Dimension gibt.

»Da hat jemand die Sexspiele Ihres Mannes gründlich dokumentiert«, räuspert Diotima sich. Die Schnappschüsse weisen unterschiedliche Qualitäten auf. Manche sind halb verschwommenen, andere wieder von beachtlicher Schärfe. Bett und Hintergrund bleiben gleich.

»Ist das Ihr Schlafzimmer?«, möchte die Chefinspektorin wissen. Die Witwe schüttelt energisch den Kopf.

»Der alte Aufenthaltsraum in der Firma meines Mannes. Sie steht seit Jahren still.«

»Werden Sie erpresst?«

»Nein.«

»Zeigen Sie uns, wo Sie die Mappe gestern gefunden haben.«

»Ich habe sie nicht gefunden, sondern meine Bedienstete.«

Sie schlängelt sich an den Sonderermittlerinnen vorbei und

geht außen um das Haus herum zum Haupttor. Die Witwe klopft auf das Steingeländer des Aufgangs zum Eingang.

»Hier, sagte sie, lag das Paket mit der Mappe.«

»Könnten wir ein Wörtchen mit Ihrer Bediensteten sprechen?«

»Die ist heute nicht hier. Ich habe ihr freigegeben. Ich wollte meine Ruhe haben.«

»Denken Sie, dass der Reporter Ihnen die Dokumente zuspielte?«

»Nein, Paul und Sepp verstanden sich blendend. Das hätte er ihm nicht angetan.«

»Wir sahen ihn wegfahren. Was hatte er hier zu suchen?«

»Ich habe Paul angerufen und ihm von der Mappe erzählt.«

»Sie müssen ihm eine tolle Geschichte erzählt haben, dass er hier mit Gewehr auftaucht?«

»Mit Gewehr? Ich habe ihn herbestellt, weil ich ihm in die Augen sehen wollte, wenn ich ihn frage, ob er von Sepps Geheimnis gewusst hat.«

»Und? Hat er?«

Sie zögert einen Augenblick, weicht den Blicken der Sonderermittlerinnen aus.

»Machen Sie uns nichts vor – wenn ich an die Unordnung auf Ihrem Boden denke, nehme ich an, dass es eine sehr emotionale Diskussion gewesen sein muss.«

»Paul wollte anfangs nicht mit der Sprache rausrücken. Er sagte, er hätte keine Ahnung von Sepps Vorlieben gehabt. Aber er ist ein schlechter Lügner, ein so verdammt schlechter Lügner. Das sah ich ihm schon an, wie er die Bilder aufnahm. Ihm fehlte dieser Schock, der einen durchfahren muss, wenn man diese Bilder das erste Mal zu Gesicht bekommt.«

»Er ist Klatschreporter, bekommt tagtäglich scheußliche Bilder serviert.«

»Am Ende hat er zugegeben, was er über Sepp wusste – und das war mehr, als ich über Sepp wissen wollte.«

»Wieso haben Sie ihn erst heute über den Fund informiert?«

»Habe ich nicht. Gleich nachdem ich die Bilder durchgeblättert habe, rief ich ihn an. Er ist sofort losgefahren.«

»Er war die ganze Nacht über bei Ihnen?«

Die Frau nickt.

»Er hat seinen Köter alleine zu Hause gelassen? Die ganze Nacht?«

»Nein, seine Cousine kümmert sich um Sheriff, wenn er nicht zu Hause ist.«

»Nicht auszuschließen, dass er Ihnen die Mappe zuspielte, weil er wusste, dass Sie ihn kontaktieren werden.«

»Ausgeschlossen. Meine Bedienstete kannte den Wagen nicht, den sie wegfahren sah, als sie die Mappe fand.«

Die Sonderermittlerinnen tauschen Blicke aus, und Wolke ist klar, dass ihrer Partnerin genau derselbe Gedanke durch den Kopf schießt: Wusste die Bedienstete von Sepps Männerphantasien, und war sie es, die die Beweise an der Treppe platzierte?

»Hat der Tod Ihres Mannes eine Konsequenz für Ihre Bedienstete?«

»Warum sollte es eine Konsequenz haben?«

»War sie eher die Dienerin Ihres Mannes oder von Ihnen?«

»Vanessa ist ein herzensguter Mensch. Sie glauben doch nicht, dass sie es war?«

»Wir denken nur laut nach, Frau Ackermeier.«

»Vanessa hätte keinen Grund, mir das anzutun. Sie ist ein Engel. Sie gehört so gut wie zur Familie.«

»Wer könnte Interesse daran haben, Ihnen diese Fotos zu zeigen?«

»Ich weiß es nicht.«

»Eventuell ein eifersüchtiger Liebhaber?«

»Keine Ahnung.«

»Gibt es etwas zu erben?«

»Die Erbschaftsfrage haben mein Mann und ich schon frühzeitig geregelt. Das Haus gehört mir. Für alle anderen Wertsachen gibt es eine eigene Liste, die unser Jurist verwahrt und abhandelt.«

»An Geld mangelt es in diesem Haus nicht. Sind Sie sich sicher, dass Sie nicht erpresst werden?«

»Natürlich.«

»Wollen Sie Polizeischutz?«

»Nein.«

»Gut, machen Sie sich trotzdem keine Sorgen. Wir finden den Mörder Ihres Mannes.«

»Mörder? Es gibt keinen Mörder. Ich zweifle weiterhin nicht daran, dass der Tod meines Mannes ein Unfall war.«

Diotima dreht frustriert ab, lehnt sich gegen ihren Wagen. Wolkes Chance, das Wort zu ergreifen. Sie lässt die Witwe nicht aus den Augen.

»Wo waren Sie, als Ihr Mann im Brauhaus zu Tode gekommen ist?«

»Das habe ich der Polizei schon erzählt.«

»Wiederholen Sie es für uns bitte noch einmal.«

»Bei einer Freundin. In Krems. Sie wird Ihnen genauso wie der Kellner im Stadtcafé Ulrich mein Alibi bestätigen.«

»Zuvor sagten Sie, Sie ahnten bereits von der Neigung Ihres Mannes. Sie wissen also auch nicht erst seit gestern, dass Ihr Mann ein Doppelleben führte?«

»Ich verdrängte es stets.«

»Haben Sie mit Ihrem Mann jemals darüber gesprochen?«

»Nein, nie, aber die Art, wie er nervös wurde, wenn er neben diesen Männern stand. Worte waren nicht notwendig. Ich fühlte es.«

»Haben Sie Eduard Feige von Ihrer Vermutung berichtet?«

»Wozu? Das eine hat mit dem anderen nichts zu tun. Mein Mann war ein Säufer. Sein Tod ist tragisch, aber es ist nicht notwendig, über sein schändliches Sexleben zu reden. Ich darf Sie bitten, jetzt zu gehen.«

»Sollen wir Ihnen einen psychologischen Beistand besorgen?«

»Danke, darum kümmere ich mich selbst.«

*

Die Zeit ist rasch verstrichen. Nestor ist es beinahe entgangen, dass schon Mittag ist. Er steht noch immer in Unterhose und Unterhemd in Heidis Badezimmer und erschrickt, als er den Schlüsselbund im Schloss der Wohnungstür hört. Kurz darauf steht Heidi im Flur, schlüpft aus den Schuhen und legt die dünne Regenjacke ab, die sie über dem Trainingsanzug trägt.

Sie riecht wie ein Turnsaal. Heute war garantiert wieder ein harter Tag für die Schülerinnen.

Tausendmal ist Nestor die Situation durchgegangen. Wie soll er Heidi gegenübertreten? Verheimlichen, dass er diesen Geldumschlag im Beauty-Case gefunden hat, oder sie direkt darauf ansprechen?

Die Neugier ist zu groß. Er explodiert innerlich förmlich vor Aufregung.

»Heidi, kannst du mir das erklären?«

Er schiebt das Kuvert über ihre Garderoben-Kommode.

»Mein Superdetektiv. Habe ich dir nicht geraten, das Schnüffeln einzustellen?«

»Es fiel mir geradezu in die Hände. Ich wollte mir mein Gesicht pudern. Ist das das Preisgeld vom Bierkaiser?«

»Ja, und?«

»Wieso hast du das Geld? Du hast verloren.«

»Sepp ist tot. Seine Frau wollte das Geld nicht annehmen. Sie hat es mir überlassen.«

Sie muss seinen ungläubigen Blick bemerken, denn sie fügt umgehend hinzu: »Die Alte schwimmt in Geld. Sie ist auf die paar Scheinchen nicht angewiesen.«

»Und schickt es postwendend an Sepps Konkurrentin weiter? Für wie blöd hältst du mich?«

»Sie hat es mir nicht direkt geschickt, sondern das Geld erst gar nicht abgeholt. Die Veranstalter empfanden es als angemessen, es mir zukommen zu lassen.«

Sie schnappt sich das Kuvert und blickt Nestor böse an. »Aber was kümmert dich das? Damit hast du nichts mehr zu tun. Willst du mir unbedingt helfen? Dann wüsste ich etwas für dich. Ich muss ins Training. Bin schon spät dran. Du könntest mir einen Gefallen tun und für mich einkaufen. Mit dir habe ich ein weiteres Maul zu stopfen. Der Kühlschrank ist leer. Wäre also nett, wenn du zum Supermarkt fährst und das änderst. Füll den Kühlschrank auf. Du kannst meinen Wagen nehmen.« Sie nimmt einen der Scheine aus dem Kuvert hervor und legt ihn zusammen mit ihrem Autoschlüssel auf die Vorzimmerkommode.

»Ich spendiere sogar das Essen. Dann lassen wir es uns heute Abend gut gehen.«

Sie drängt sich an ihm vorbei und wechselt den Trainingsanzug. Statt dem königsblauen einen roten.

»Dir würde es auch nicht schaden, dich anzuziehen«, grinst sie und schlüpft in ein Paar Turnschuhe, das in seiner Ursprungsfarbe einmal weiß gewesen sein dürfte. Dann ist sie auch schon wieder weg.

Im Gedanken verloren, greift Nestor nach Autoschlüssel und Geldschein.

Warum will Heidi von einem Moment auf den anderen, dass

er nicht mehr länger als ihr Detektiv fungiert?

Er kleidet sich an und macht sich auf den Weg in die Tiefgarage. Mit einem Druck auf die Fernbedienung blinzeln ihm die Blinker des Chryslers zu.

Er setzt sich hinters Steuer und startet den Wagen. Sein Fahrziel ist nicht das nächstbeste Einkaufszentrum.

*

Der Chrysler biegt auf den Mittelalterplatz von Loisbach ein. Nestor kann vom Wagen aus den Bierbrauer und den Braumeister sehen. Auch der Wagen des Brauereibesitzers ist da.

Nestor atmet tief durch. Er muss überzeugend auftreten.

»Sie wagen sich freiwillig hierher?«, schmettert Wolfgang Ortner ihm entgegen, als Nestor bei der Sekretärin nach dem Chef des Hauses fragt. Er schleudert eine Ausgabe des *Kaiser-Blatts* auf den Tisch. Schon auf der gewünschten Stelle aufgeschlagen – Schrottis Kolumne.

»Das Gebräu in Loisbach verkümmert zum Brackwasser« steht in dicken schwarzen Buchstaben über einem Bild der Brauerei Loisbach. Nestor kommt nicht dazu, die Subline zu lesen, denn da hat Wolferl die Zeitung schon wieder an sich gerissen, rollt sie zusammen und schlägt sie wie einen Knüppel gegen seine Handfläche.

»Was erlaubt ihr Klatschreporter euch? Das hagelt eine saftige Anzeige. Das ist Rufschädigung. Hat er die schmierigen Unterstellungen von Ihnen?«

Die Zeitung fliegt in hohem Bogen über Nestors Kopf, knallt gegen ein Regal, auf dem ein Kondolenzbuch für den verstorbenen Brauereiförderer aufliegt.

»Das haben Sie davon, wenn Sie mir nur ungenügend Informationen geben. Ich habe Sie das letzte Mal nach den Juryergebnissen gefragt. Sie wollten mir nichts sagen – dann dürfen Sie sich nicht wundern, wenn mein Kollege seine eigenen Schlüsse zieht.«

»Betrug ist das.«

»Nein, Betrug ist eher, was mir bezüglich des Bierkaisers zu Ohren gekommen ist. Sie haben das Preisgeld nicht an den Sieger ausbezahlt.«

»Sepp Ackermeier ist verunglückt.«

»Warum erhält dann die Verliererin das Geld?«

»Was reden Sie für Unsinn?«

»Heidi Dudek bekam das Preisgeld.«

»Ich habe keine Ahnung, woher Sie diese dubiosen Informationen erhalten, aber das Geld wanderte zurück an den Sponsor.«

»Wer ist der Sponsor?«

»Heuer war das die Stadtgemeinde Loisbach.«

»Warum hat man das Geld nicht der Witwe des Verunglückten ausbezahlt?«

»Das fragen Sie am besten den Major.«

Schon bei der Frage nach der Juryauswertung hielt der Brauereibesitzer sich bedeckt und schob jegliche Verantwortung an das Stadtoberhaupt. Nestor sieht nur eine Chance nach einer »ehrlichen« Auskunft. Er muss die Witwe von Sepp Ackermeier aufsuchen. Auf der Visitenkarte, die er mitgehen ließ, steht ihre Adresse.

Die Ziegeldächer der alten Ackermeier-Villa sind schon aus der Ferne auszumachen. Nestors Nervosität steigt. Wie soll er sich ihr gegenüber verhalten, und als wen soll er sich ausgeben? Als Heidis Lebensgefährten? Oder sollte er bei derselben Story bleiben wie bei Laura Klärens?

Das Haus wirkt verlassen. Im Wind klackert die Terrassentür auf der Hinterseite der Villa ständig gegen den Holzrahmen.

Nestor wäre nicht aufgefallen, dass die Tür offen ist, wäre da nicht der schlackernde Vorhang, der zwischen Tür und Rahmen eingeklemmt ist.

»Frau Ackermeier?«, ruft Nestor, eine Hand am Terrassentürknauf, die andere schiebt den Vorhang zur Seite.

Keine Antwort.

»Frau Ackermeier?«

Er betritt den Salon. Der Raum könnte in jedem Werbekatalog als Vorzeigemodell für antikes Mobiliar dienen, so sauber und korrekt ist alles in Szene gesetzt. Durch eine Tür geht es in einen langen, düsteren Gang, bei dem nur am hinteren Ende Licht durch ein kleines Fenster auf den Boden fällt und der sich bis zum Fuße einer breiten Treppe erstreckt. Links führt ein Durchgang in eine Küche. Gegenüber nur Abstellräume und Sanitärräume.

»Frau Ackermeier«, ruft Nestor nun lauter. Sein Blick ist auf das breite Treppenhaus gerichtet.

Ist sie oben?

Eine Wanduhr tickt ungerührt vor sich hin. Ein Samtteppich schluckt die Schritte auf den Stufen. Beinahe geräuschlos erreicht Nestor den oberen Stock. Die Türen zu Schlafzimmer und Gästezimmer stehen offen. Penibel zusammengeräumt. Als würde man Staatsbesuch erwarten.

Am Ende des Gangs ist nur noch das Badezimmer. Die Fliesen und Spiegel sind beschlagen. Es hat also vor noch nicht allzu langer Zeit jemand gebadet.

Tropfen glucksen kontinuierlich in ein Wasserbecken. Nestor schiebt den Duschvorhang zur Seite.

Das blasse Gesicht einer älteren Dame gafft ihn mit toten Augen und weit aufgerissenem Mund an. Der Kopf lehnt am Wannenrand. Bis zum Hals steckt der Körper in einer blutroten Plörre.

Nestor krallt sich vor Schreck am Duschvorhang an. Zwei Spangen, mit denen der PVC-Stoff an einer Stange montiert ist, knacken.

Er hetzt zurück zu den Treppen, nimmt jeweils zwei, drei Stufen mit jedem Schritt und verlässt das Haus über die Terrasse.

Hat er die Fahrertür des Chryslers nicht geschlossen? Sie steht offen.

Nestor wuchtet sich in den Wagen. Der Motor heult auf. Als ginge es um Leben und Tod, hetzt er davon.

# Kapitel 9

Die Empfangsdame an der Rezeption des *Kaiser-Blatts* telefoniert ausgelassen, bis sie die Sonderermittlerinnen bemerkt, die schon eine Zeit lang am Tresen stehen und sie mit finsteren Blicken mustern.

»Schrotti ist nicht da«, keift sie, aber die Unsicherheit ist ihr anzusehen.

»Ihnen ist hoffentlich klar, dass Ihr Kollege mit einem Gewehr durch die Gegend rennt. Das sollten Sie den Kollegen in der Chronikabteilung mitteilen. Das wäre eine große Story, nicht wahr?«

Die Chefinspektorin legt der Frau ein Foto auf die Zeitschrift. Es zeigt Sepp Ackermeier.

»Kennen Sie den Mann?«

»Der ist aus Schrottis Kolumne.« Eines muss man der Dame lassen – sie liest zumindest die hausgemachte Kacke.

»Richtig – und haben Sie diesen Mann auch schon einmal live bei Schrotti gesehen? Angeblich waren das dicke Kumpels.«

Zögerlich nickt sie.

»Ist schon etliche Wochen her, dass dieser Mann hier auftauchte.«

»Trotzdem können Sie sich noch erinnern. Muss einprägsam gewesen sein.«

»Weil ich mitbekommen habe, was er von Schrotti wollte. Er hat sich mit Schrotti dort drüben zusammengesetzt.«

Sie zeigt auf eine Ledersitznische im Fenstereck.

»Ein bisschen weit weg, um etwas mitzubekommen«, meint Diotima.

»Von hier aus ja, aber Schrotti bat mich, Kaffee zu servieren. Das tat ich.«

»Was haben Sie aufgeschnappt?«

»Versprechen Sie mir, dass Sie es Schrotti nicht weitersagen?«

»Polizeiehrenwort.«

»Der Mann war ganz aufgeregt und fragte Schrotti um Rat, was sich unternehmen ließe, damit Laura Klärens die Miss-Wahl beim Loisbacher Bierkirtag verliert. Schrotti beruhigte ihn, er wüsste jemanden, der sich in der Modelszene bestens auskenne und eine Top-Konkurrentin aufstellen könne.«

»Was hatte Sepp Ackermeier gegen das hübsche Mädchen.«

»Er hasste sie.«

»Das sagte er?«

»Nicht direkt. Nach dem Gespräch kam Schrotti zu mir. Er sah mir an, dass ich ein paar Worte mitbekommen hatte. Und weil ich ihm versprach, dass ich alles für mich behalte, hat er mir erzählt, dass dieser Mann dieses Mädchen so hasste, weil sie in seiner Firma gearbeitet hatte und so faul war, dass er sie rauswarf.«

*

Von außen gibt das Gebäude der Firma »Klärens & Partner« wenig her. Ein Funktionsbau der späten Achtzigerjahre.

Diotima fährt die gesamte Parkplatzzeile ab, bis sie ganz am Ende neben einem schwarzen Mercedes-Van eine schmale Lücke entdeckt.

Innen überzeugt die Empfangshalle mit wertvoller Inneneinrichtung und sehr viel Kunst an den Wänden.

Diotima & Wolke lassen sich einen Termin beim Chef, Dr. Oliver Klärens, geben.

»Ein bisschen dauert es noch, aber nehmen Sie bitte schon einmal Platz. Freddy serviert Ihnen gerne Erfrischungen.« Die Dame am Empfang hat die Ausstrahlung einer Vorzeige-Stewardess. Schlank, weiblich, sexy und obendrein freundlich mit ansteckender guter Laune.

Freddy hingegen ist ein Typ mit langen Haaren und der Gestalt eines Wrestlers, der auf Biegen und Brechen in einen Anzug gepresst wurde. Es dürfte sich bei ihm um den Bodyguard des Firmenchefs handeln. Ungraziös wie ein Fußballer geht er vor und weist den Besucherinnen den Weg zu einem schicken Büro.

»Darf's eine Kleinigkeit zu futtern sein?«, fragt er.

»Danke, wir wollen keine Umstände machen.«

Freddy kredenzt die Getränke. Eiskalte Energy-Drinks aus dem büroeigenen Designer-Kühlschrank. Dann lässt er die Sonderermittlerinnen alleine.

Wolke hält bei den Pokalen Ausschau nach der aktuellsten Auszeichnung: Bierprinzessin des Jahres. Aber sie kann eine derartige Trophäe nicht finden. Die ausgestellten Stücke datieren aus den letzten drei Jahren – das jüngste Exemplar liegt fünf Monate zurück.

»Ich sehe, Sie wurden schon bedient?«

Oliver Klärens ist perfekt gestylt. Richard-Mille-Armbanduhr, Brioni-Sakko, Maybach-Sonnenbrille, die hochgeschoben im dichten Haar steckt. Er bedient sich selbst am Kühlschrank und gönnt sich auch eine Dose Energy.

Neben dem Boss nimmt ein Mann Platz, der der Bruder von Freddy sein könnte. Er trägt legere Kleidung, dafür sind seine Haare streng zu einem Zopf zurückgeflochten.

»Das ist Charly. Lassen Sie sich von ihm nicht stören. Er dokumentiert nur mit, was wir sprechen.«

Ein menschliches Diktiergerät, ist Wolke fasziniert und startet den Small Talk.

»Wo ist die Trophäe der Bierprinzessin?«

»Das dauert noch ein paar Tage, bis ich dafür ein Plätzchen

suchen darf. Meine Tochter hat ihre Triumphtour noch nicht beendet. Verständlicherweise will sie die Trophäe allen Freundinnen zeigen.«

»Das macht Sie sehr stolz, nicht wahr, dass Ihre Tochter so erfolgreich ist«, lächelt Diotima.

»Welcher Vater sieht es nicht gerne, wenn die Kinder begehrt sind.«

»Umso erstaunlicher, dass Sie bei der Bierprinzessinnen-Wahl Ihrer Tochter nicht beistanden. Wir haben Ihren Namen auf der Gästeliste nicht gefunden.«

»Bierzelte sind nicht meine bevorzugte Location.«

»Trotzdem lag Ihnen einiges daran, dass sie gewinnt.«

»Laura hat es auch ohne meine Hilfe geschafft. Daran hatte ich keinen Zweifel. Sie ist die schönste Loisbacherin.«

»Sepp Ackermeier sah das etwas anders. Ist er der Grund, warum sie nicht auf dem Bierfest waren? Hat man Sie nicht geladen?«

»Wer sagt denn so was?«

»Nun, das Fest wird von der Brauerei veranstaltet, und Sepp Ackermeier war sehr eng mit der Brauerei verbunden. Was man so hört, soll Ihr Verhältnis zu Herrn Ackermeier nicht so gut gewesen sein.«

»Da müssen Sie sich verhört haben, Frau Hauptkommissar. Ich habe und hatte mit Sepp kein Problem. Und er mit mir auch nicht. Wir kennen uns schon ewig.«

»Stimmt, ich habe mich etwas unklar ausgedrückt. Mit Ihnen hatte er kein Problem, aber mit Ihrer Tochter.«

»Sie sprechen eine uralte Geschichte an. Zwischen Sepp und Laura gab es ein paar kleine Differenzen. Das ist Schnee von gestern.«

»Laura wurde von Sepp aus der Firma geworfen.«

»Das klingt ärger, als es ist. Es war bloß ein Praktikum. Laura hätte ohnehin nicht verlängert. Auf ein paar Tage früher oder später kam es auch nicht mehr an.«

»Muss für den Vater schmerzhaft sein, wenn die Tochter gedemütigt wird.«

»Sie übertreiben. Meine Tochter ist ein jähzorniges Mädchen. Mit ihr gehen schnell einmal die Gäule durch. Aber ich habe sie wieder aufgemuntert.«

»Es machte Ihnen nichts aus, dass Ihr Ruf mit Lauras Rauswurf ramponiert wurde?«

»Ich muss Sie enttäuschen. Mein Ruf war nie in Gefahr.«

»Aber vielleicht der von Laura?«

Oliver Klärens blickt zu dem Mann, der neben ihm kräftig mitschreibt. Sie lachen sich an. Dann wendet sich Klärens wieder den Polizistinnen zu.

»Ich bitte Sie, auf Lauras Karriereleiter kommt Sepps Firma überhaupt nicht vor. Für sie war das nur ein Zeitvertreib. Sehen Sie sich meine Tochter an. Glauben Sie ernsthaft, eine Frau dieses Formats hätte Probleme damit, einen Job zu finden? Abgesehen davon, hat Sepp seine Firma vor zwei Jahren verkauft. Der Produktionsstandort wechselte nach Bayern. Seine Hallen stehen leer.«

»Aber so ganz dürfte der Groll zwischen Ihrer Tochter und Sepp Ackermeier nicht abgeklungen sein. Warum sonst sollte er versucht haben, Lauras Sieg zu verhindern?«

»Wie es Sepp damit ging, kann ich Ihnen nicht beantworten. Von unserer Seite jedenfalls gab es keinen Groll. Wir sind nicht nachtragend. Außerdem hat Laura gewonnen. Was kümmert es uns da, ob Sepp interveniert hat? Ich vertraue der Brauerei, dass der Wettkampf auf faire Weise über die Bühne ging.«

»Herr Klärens, meine Fragen zielen auf etwas anderes ab. Sepp Ackermeier macht nicht so ein Affentheater um den Ausgang einer zweitklassigen Miss-Wahl, nur weil eine Praktikantin in der Firma nicht tüchtig genug war. Da muss etwas anderes vorgefallen sein. Ihre Tochter hat alles gewonnen, was es in diesem Land zu gewinnen gibt. Warum war es Herrn Ackermeier so ein Dorn im Auge, dass Ihre Tochter ausgerechnet in Loisbach den Aufstieg zur hübschesten Dame des Abends verpasst?«

»So war er eben, der Sepp. Leider können wir ihm diese Frage nicht mehr stellen, denn ich glaube, er ist der Einzige, der darauf eine Antwort hätte.«

Der Mann leert seinen Energydrink und zerknüllt die Dose mit Leichtigkeit, als wäre sie aus Papier. Da steckt eine Menge Aggression in dieser Geste, empfindet Wolke und wünscht sich, Diotima würde noch mehr Druck auf ihn ausüben – aber da unterbricht das Handy der Chefinspektorin das Gespräch. Sie entschuldigt sich, geht ein paar Schritte zum Fenster, murmelt undeutliches Zeug ins Telefon, und als sie sich wieder neben Wolke stellt, nimmt sie nicht mehr Platz.

»Wir müssen los. Leichenfund.«

»Ich hoffe, kein Mord«, sagt Oliver Klärens, der sich ebenfalls erhebt und die Frauen auf den Gang begleitet.

»Keine Sorge, wie es aussieht, Selbstmord.«

*

Als der Wagen der Sonderermittlerinnen die Ackermeier-Villa erreicht, parken schon einige Fahrzeuge vor dem Eingang. Polizei, Rettung, Leichenwagen und das zivile Fahrzeug von Eduard Feige.

Die Heckklappe des Leichenwagens steht offen, und zwei Bestattungsmitarbeiter schieben einen Sarg hinein.

Feige steht mit Wolfgang Ortner auf den obersten Treppen des Empfangszugangs.

»Hätte mir gedacht, dass das länger dauert«, lächelt der

Waldviertler Kollege. »Andererseits ist Dios Fahrstil nicht zu unterschätzen.«

»Wir waren in der Nähe.«

»Herr Ortner hat die Leiche gefunden. Oben, im Badezimmer.«

Der Brauereibesitzer verzieht keine Miene. Er ist kreidebleich.

»Wer hätte ahnen können, dass diese Familie sich innerhalb einer Woche selbst auslöscht«, sagt er ernst.

»Wer hat Sie denn reingelassen?«

»Die Terrassentür stand offen. Zuerst habe ich mehrmals geklingelt. Dann ging ich einmal ums Haus.«

»Haben Sie irgendetwas angefasst?«

»Die Türschnallen. Eventuell das Treppengeländer. Mehr nicht, soweit ich mich erinnern kann.«

»Was wollten Sie von Frau Ackermeier?«

»Sie hat mich angerufen. Sie wollte, dass ich zu ihr rauskomme.«

»Aus welchem Grund?«

»Deutete sie am Telefon nur grob an. Es ging um Sepp.«

»Warum ruft sie Sie an und bringt sich dann um, noch bevor Sie eintreffen? Wollte Sie, dass Sie sie so vorfinden? Wollte Sie womöglich, dass Sie sie in letzter Sekunde retten?«

Der Brauereibesitzer senkt den Blick und starrt auf die steinernen Treppen.

»Ich muss gestehen, dass sie mich schon gestern angerufen hat. Ich sah den Anruf in Abwesenheit erst heute früh.«

»Sie haben nicht persönlich miteinander gesprochen?«

»Nein, sie sprach mir auf die Box.«

»Darf ich die Mailbox-Nachricht hören?«

»Ich habe die Aufnahme gelöscht.«

»Warum, verdammt?«

»Ich konnte nicht ahnen, dass sich Helene umbringen will.«
»Erklärt mir nicht, warum Sie die Nachricht löschen.«
»Weil die Nachricht ein paar brisante Details über Sepps Doppelleben enthielt.«
»Was genau sagte sie?«
»Dass Fotos aufgetaucht seien – die junge Liebhaber von Sepp zeigen.«
»Wussten Sie von den sexuellen Vorlieben von Herrn Ackermeier Bescheid?«
»Mich hat das nicht interessiert.«
»Ich fragte, ob Sie davon wussten, und nicht, ob es Sie interessiert hat.«
Der Mann nickt unmerklich.
»Warum haben Sie das bei der Einvernahme nie erwähnt? Im Bericht von Paul Feige finde ich kein Wort darüber. Ist nicht unwesentlich, dass der allseits beliebte ›Bierkaiser‹ nebenbei junge Knaben fickt.«
»Wir wollten einen Skandal vermeiden. Sein Unfall hat nichts mit seinem Sexualleben zu tun. Über Sepps Neigung wussten nicht viele Bescheid.«
»Wer sind ›wir‹?«
»Alle, die von seiner Neigung wussten. Ich, mein Braumeister und der Bürgermeister. Kann ich jetzt gehen? Auf mich wartet wirklich sehr viel Arbeit.« Die letzte Frage richtet er gezielt an den Waldviertler Kollegen. Feige nickt.
»Klar, vielen Dank, dass Sie uns informiert haben.«
Wolfgang Ortner verabschiedet sich mit einem Kopfnicken. Er hastet zu seinem Wagen. Diotima, Wolke und Eduard Feige blicken ihm hinterher.
»Hast du das etwa auch gewusst, von Sepp?« Diotima rempelt ihren ehemaligen Ausbildungskollegen an.
»Ich? Nein! Hat mich genauso überrascht.«

Die Limousine des Brauereibesitzers kollidiert beinahe mit einem Kleinwagen, der auf der Zufahrtsstraße heranprescht. Kurz darauf steigt eine leger gekleidete Dame aus dem Auto. Diotima und Wolke benötigen ein paar Sekunden, bis sie die Haushälterin von Frau Ackermeier erkennen.

Sie läuft direkt auf den Leichenwagen zu.

»Ist es wirklich wahr?«, kreischt sie hysterisch. »Frau Helene! Frau Helene!« Die Fahrer des Leichenwagens halten sie von der Scheibe des Fahrzeuges fern. Eduard Feige ist als Erster bei ihr und legt seine Hände stützend auf ihre Schultern.

»Sie sind Frau Vanessa Kausitz, die Hauspflegerin, richtig?«

Die Frau nickt.

»Das ist furchtbar. Ich habe heute Morgen noch mit ihr telefoniert. Sie war unglaublich traurig und verletzt.«

Diotima und Wolke kommen ihr entgegen.

»Wo waren Sie den ganzen Tag? Wohnen Sie nicht in der Villa?«, legt Diotima los.

»Normalerweise ja, aber Frau Helene hat mich weggeschickt. Sie wollte ihre Ruhe haben. Ich konnte nicht wissen, dass …« Sie bricht in Tränen aus. Ihre Beine versagen, und sie sinkt in die Knie. Feige und Diotima stützen die Frau und setzen sie auf eine mittlere Stufe des Villenaufgangs.

»Warum wollte sie ihre Ruhe haben?«, hakt Diotima nach.

»Weil ein Unbekannter ein Paket abgegeben hat. Der Inhalt hat Frau Helene sehr mitgenommen. Sie war wie ausgewechselt.«

»Hat sie mit Ihnen über den Inhalt gesprochen?«

»Nein. Sie wollte, dass ich sie sofort alleine lasse. So habe ich sie noch nie erlebt.«

»Sie haben nicht nachgefragt, was mit ihr los ist?«

»Natürlich nicht, Frau Helene wünscht keine Widerrede. Ich habe ihre Bitte befolgt.«

»Als Sie heute Morgen mit Frau Ackermeier telefonierten, was sagte sie da?«

»Dass sie noch ein paar Tage Ruhe benötigen würde, ich mir aber keine Sorgen machen müsste, weil sie mir die freien Tage bezahlen würde.«

»Geld spielt keine Rolle im Hause Ackermeier«, flüstert Feige in Diotimas Richtung.

»Klang Frau Ackermeier am Telefon irgendwie deprimiert?«

Die zierliche Hauspflegerin zuckt mit den Schultern.

»Das weiß ich nicht. Vielleicht. Wobei«, die Frau runzelt die Stirn, »es läutete bei ihr an der Tür, und sie hatte es plötzlich sehr eilig, mich am Telefon loszuwerden.«

»Bekamen Sie mit, wer sie besucht hat?«

»Nein, ich weiß nur, dass es ein Mann war. Sie sagte: Was macht der denn hier? Dann legte sie auf.«

# Kapitel 10

Nestor hat alle Hände voll. Er schwankt durch den langen Flur, der zu Heidis Wohnungstür führt. Als er die prall gefüllten Einkaufstüten auf der Fußmatte abgestellt hat, zittern seine Hände vom schweren Schleppen, und er benötigt mehrere Male, ehe der Wohnungsschlüssel im Schloss einrastet.

Heidi ist noch nicht da. Damit hätte er nicht gerechnet. Er ist aber froh darüber, denn so wird sie nicht erfahren, dass sein Einkaufstrip mit Umwegen mehrere Stunden gedauert hat. Hoffentlich hat ihn niemand vor der Ackermeier-Villa gesehen. Er fuhr, so schnell er konnte, zurück nach Wien. Wenn er Pech hat, ist er in sämtliche Radarfallen getappt – dann wird Heidi erfahren, dass er nicht nur beim Einkaufszentrum Stopp machte.

Hastig stopft er die Einkäufe in den Kühlschrank. Im Nu hat er Ham & Eggs zubereitet.

Vielleicht sollte er Heidi gestehen, dass er erneut in Loisbach war – und von der toten Frau in der Badewanne, von der er annimmt, dass es sich um die Witwe von Sepp Ackermeier handelt.

Das Essen wird kalt. Nestor hat seine Portion schon verdrückt. Er kippt das schmutzige Geschirr in die Spüle und greift zum Handy. Auf der kleinen Vorzimmerkommode hat er einen Block gefunden, in dem sämtliche Telefonnummern verzeichnet sind – auch jene von Heidis Budocenter.

Es läutet mindestens zehn Mal, ehe sich jemand bemüßigt fühlt ranzugehen.

»Ja?«, meldet sich eine wenig begeisterte Männerstimme, die Nestor sofort dem Glatzkopf zuordnet.

»Heidi? Die hat heute kein Training. Freitags ist sie nie hier«, erklärt der Mann auf Nestors Bitte, sie ans Telefon zu holen.

»Sie muss bei euch sein.«

»Wollen Sie mir unseren Terminplan erklären? Sie war heute nie hier, also kann ich sie auch nicht an den Apparat holen.«

Verwirrt legt Nestor das Smartphone zur Seite.

Warum belügt sie ihn? Was führt sie im Schilde?

Er könnte sie umgehend fragen, denn in dem Moment rührt sich etwas an der Eingangstür.

Heidi stehen die Schweißperlen auf der Stirn. Sie wirft die feuchte Trainingsjacke über die Rückenlehne des Küchenstuhls.

»Prima! Eier! Nach dem Training habe ich dermaßen Kohldampf.« Sie schaufelt sofort die kalten Ham & Eggs in sich hinein. Beiläufig erkundigt Nestor sich, wo sich ihr Trainingszentrum befindet. Sie nennt ihm das Budocenter, das er vor wenigen Augenblicken am Apparat hatte.

*

Der Mazda bewegt sich in Richtung Hernals. Vorbei am Weinberg. Eine steile Straße hoch. Schrottis Villa ist nicht mehr weit.

Zur Überraschung der Sonderermittlerinnen treffen sie den Reporter an. Nicht im Haus, sondern auf der gegenüberliegenden Hundewiese. Er sitzt auf einer Bank – ein Laptop auf seinem Schoß. Sein Hund hat Freilauf. Die Leine schleift hinter ihm her wie eine Schlange. Wolke behält den Vierbeiner ständig im Auge, während sie sich seinem Herrn nähern. Schrotti klappt den Deckel seines Notebooks zu, als beide auf ihn zukommen.

Diotima redet nicht lange um den heißen Brei herum und rutscht auf die Bank neben den Reporter.

»Wozu bist du mit Waffe nach Loisbach gefahren?«

»Mit Waffe?«

»Ja, einem Gewehr.«

»Einem Gewehr?«

»Dein Nachbar hat dich beobachtet.«

»Der Eingerauchte? Der halluziniert. Was der schon alles gesehen haben will. Ginge es nach dem, habe ich einige Leichen im Keller.«

»Hast du?«

»Ich bin der friedliebendste Mensch auf Erden. Meine spitze Feder ist meine einzige Waffe.«

»Womit lädst du sie gerade?« Diotima schnappt nach dem Laptop. Das laute Protestieren des Reporters ruft den Hund auf den Plan. Bellend galoppiert er an die Bank heran. In Wolke verkrampfen sich sämtliche Muskeln.

»Aus!«, schreit Diotima, erhebt sich, mit Laptop unterm Arm und stellt sich dem Pitbull mutig in den Weg.

»Wenn er mich auch nur mit der Pfote berührt, werte ich das als Tätigkeit gegen die Staatsgewalt, und du darfst mit deinem Köter nur noch im Zwinger Gassi gehen.«

»Aus!«, befiehlt nun auch Herrchen. Widerwillig setzt der Hund sich auf seine Hinterläufe. Misstrauisch pendelt sein Schädel hin und her, auf weitere Befehle wartend. Aber Schrottis Sorge gilt dem Laptop.

»Bitte, lass mir den Computer. Ich brauche ihn. Ich muss dringend eine heiße Story abgeben.«

»Auf die Schwulenfotos können deine Leser getrost noch ein paar Tage warten.«

»Schwulenfotos?«

»Stell dich nicht blöder, als du bist«, fährt Diotima ihn an und öffnet den Laptop. Eine Word-Datei kommt am Display zum Vorschein. Extrem große Buchstaben, wie das Seh-Testbild beim Augenarzt. Bei der Riesenschrift ist es schwer, auf

Anhieb den Inhalt zu erfassen. Die Chefinspektorin fliegt über die ersten Zeilen des Schreibdokuments und winkt ihre Partnerin zu sich.

»Hör dir das an, Wolke. Er schreibt: Schwerer Betrugsverdacht gegen die Brauerei Loisbach. Dem Kandidaten Sepp Ackermeier wurde beim Wettbewerb um die Bierkaiser-Krone alkoholfreies Loisbacher Bräu serviert. Ein würdeloser Wettkampf.« Sie dreht ihren Kopf in Schrottis Richtung. »Du schreibst Schwachsinn. Du verdrehst alle Fakten.«

»Ich arbeite nur mit verlässlichen Quellen. Ich habe die Infos aus erster Hand – von Sepps Frau. Ich decke einen Mega-Skandal auf. Sepp gestand Helene, dass man ihm nahegelegt hat, alkoholfreies Bier zu trinken, um gegen Heidi zu gewinnen. Das ist Betrug. Da wollte jemand, dass seine Kontrahentin verliert. Heidi Dudek hatte keine Chance auf den Sieg, versteht ihr?«

»Es war genau umgekehrt, du Dolm. Heidi Dudek trank alkoholfrei. Das war ein abgekartetes Spiel zwischen ihr und dem Bürgermeister. Siehst du: So sieht das aus, wenn man gründlich recherchiert.«

»Wenn das stimmt, dann hätten wir einen noch größeren Skandal, denn das würde bedeuten, dass beide Finalisten alkoholfreies Bier soffen. Fragt Helene, sie war nicht abgeneigt, dass ihr Mann zu diesem Spiel gezwungen wurde. Nach seiner Diagnose, dass er ein schwaches Herz hat, war er nicht mehr unbezwingbar. Er hätte seine Gesundheit aufs Spiel gesetzt, wenn er unter realen Bedingungen angetreten wäre.«

»Wie schade, dass wir Helene Ackermeier nicht mehr befragen können. Sie hat sich das Leben genommen.«

Der Reporter schießt in die Höhe, ballt die Fäuste.

»Wie schrecklich, ich muss sofort nach Loisbach.«

Trotz seines pathetischen Ausrufs kommen Wolke die Worte der Witwe in Erinnerung. Der Klatschreporter sei ein schlechter Lügner, hatte sie behauptet, und mit der eben gezeigten Darbietung bestätigt der Mann diesen Verdacht.

»Lügen Sie uns nicht an. Sie wissen, dass sie tot ist.«

Im Augenwinkel bekommt Wolke mit, wie Diotima sie perplex angafft. Aber sie lässt sich nicht aus der Ruhe bringen. Nicht einmal vom erneut kläffenden Pitbull.

Paul Schrotters Gesicht verfärbt sich tomatenrot. Wahrscheinlich lief er genauso rot an, als Helene Ackermeier ihn fragte, ob er von Sepps eigenartigem Hobby Bescheid wusste. Er nickt.

»Was wollten Sie von der Witwe?«

»Ich machte mir um sie Sorgen wegen der ganzen Geschichte.«

Diotima nickt.

»Dann warst du es also, den sie vor der Tür gesehen hat, bevor sie sich in die Badewanne gelegt hat. Warum wollte sie dich nicht mehr sehen? Hast du Sepp beschatten lassen und heimlich fotografiert, wie er es mit den jungen Männern getrieben hat? Damit du im Notfall etwas gegen deinen ›Freund‹ in der Hand hast, wenn es mal an der Zeit sein sollte?«

»Unsinn!«, ruft Schrotti. »Sie wollte unbedingt erfahren, wer seine Liebhaber waren. Ich habe ihr die Liste gegeben. Das war ein Fehler, ist mir jetzt klar.«

»Wer hat die Fotos gemacht?«

»Sepp selbst. Er hat sich eine ganze Mappe angelegt, um Erinnerungen an seine Sexabenteuer zu haben. Manchmal hat er mich gebeten, ihm das beste Material zu besorgen, um unauffällig Schnappschüsse anzufertigen.«

Wolke erinnert sich an die Bilder. Sie tauchen in ihrem Kopf nahezu unangenehm deutlich auf. Und sie muss gestehen, Sepp Ackermeier blickte bei mehreren Fotos direkt in die Kamera, während er seine Spielgefährten vornüberbeugte.

»Zeigen Sie uns Ihr Telefon«, fordert Wolke den Reporter auf.

»Wozu brauchen Sie mein Handy?«

»Ich möchte mich überzeugen, dass Sie wirklich keine Fotos von Sepp Ackermeier auf Ihrem Gerät haben. Das sind wir der Witwe schuldig.«

»Dazu benötigen Sie einen Durchsuchungsbeschluss, so weit kenne ich mich mit eurem Gesetz aus.«

»Aber wenn du dein Handy verlierst, dürfen wir einen Blick drauf werfen«, sagt Diotima und verpasst dem Mann mit beiden flachen Händen einen Schlag gegen die Brust.

Sein Smartphone fällt zwischen den Ritzen der Sitzbank auf die Wiese. Wolke taucht unter die Bank. Aber dasselbe macht der Pitbull und knurrt die Frau mit gefletschten Zähnen an. Wolke zuckt zurück. Mit einem Mal wird der Hund jedoch von hinten am Halsband gepackt. Diotima zerrt an der Leine.

»Dein Scheißköter kommt ins Tierheim, wenn der keine Manieren hat«, schreit sie, während die Kollegin das Telefon vom Boden aufheben kann.

»Bitte nicht«, fleht der Reporter. Er ist erneut knallrot angelaufen, und die Gesichtsfarbe wird dunkler, je länger Wolke sich durch das Menü manövriert. Die Bilder, die sie zu sehen bekommt, verschlagen ihr die Sprache. Sie zeigen Heidi Dudek neben der Ackermeier-Villa. Schrotti muss den Auslöser durchgehend gedrückt gehalten haben. Bild für Bild kann man Heidi folgen, wie sie von der Villa durch die Felder weiter davonläuft. Aufgenommen vor wenigen Stunden.

»Allerhand«, sagt Diotima und lässt Schrottis Handy in ihre Jackentasche gleiten. »Dir ist nicht bewusst, welchen Gefallen du mir damit getan hast.«

Sie wirft ihm die Hundeleine entgegen und geht über die Wiese zurück zum Wagen.

»Können Sie mir die vollen Namen von Sepps Liebhabern zukommen lassen?«, fragt Wolke zum Abschied.

*

»Ich habe heute in deinem Judo-Club angerufen.«

Nestor muss sich mehrmals räuspern, bevor er den Satz über die Lippen bringt. Er hat gewartet, bis Heidi gemütlich im uralten Chaiselongue abhängt – eine Position, aus der sie hoffentlich nicht mit einem Satz hochkommt, um ihn zu würgen. Außerdem ist der schwere Holztisch zwischen ihm und der Couch.

»Du warst nicht trainieren.«

Sie bleibt erstaunlich gelassen. »Hab dich schon einmal für dein detektivisches Talent gelobt. Und ich muss es wiederholen. Du hast recht. Ich war nicht trainieren. Aber du warst auch nicht stundenlang in den Shoppingcentern unterwegs.«

Nun steht sie doch auf, und Nestor verspürt ein unangenehmes Kribbeln in der Magengegend. Heidi greift nach einer neuen Bierflasche am Tisch. Die starke Hornhaut an der Fingerkuppe drückt den Kronkorken vom Flaschenhals. Sie setzt die Flasche am Mund an – trinkt einen großen Schluck. Ihr Blick bekommt diese zwielichtige Note, die Nestor als unheimlich empfindet. Sie umkurvt den Tisch. Nestor weicht instinktiv zurück und wird von dem Einbauschrank gestoppt.

»Weißt du, wo ich war, Nestor? Ich legte mich auf die Ladefläche meines Chyslers. Wusste, dass mein Instinkt mich nicht betrügt und fühlte es bis in die Zehenspitzen, dass du dich nicht an meinen Ratschlag halten wirst. Ich sagte, du sollst gefälligst deine Schnüfflerei sein lassen. Aber nein, du bist zur Brauerei gefahren und danach zu dieser großen Villa.« Ihr Ton wird bedrohlicher. Mit einem zweiten Schluck ist die Flasche schon wieder leer. Sie wirft sie in die Polsterlandschaft der Chaiselongue.

»Ich habe gesehen, wie du um das Haus gegangen bist. Ich bin ausgestiegen, wollte dir hinterher. Kaum war ich im Haus, habe ich gehört, wie du wie ein wild gewordener Stier mit meinem Wagen davongerast bist. Ich habe die Tote in der Wanne gesehen. Was wolltest du denn von der Dame? Hast du mir nicht vertraut? Glaubst du, dass ich das Geld gestohlen habe?«

»Nein, es verwunderte mich nur, dass man dir das Preisgeld gegeben hat«, ruft Nestor und flüchtet auf die andere Seite des Tisches. »Nach meinem Besuch in der Brauerei war mir klar, dass du das Geld nicht von Helene Ackermeier erhalten haben kannst.«

»Indirekt schon. Der Bürgermeister hat mich informiert, dass die Witwe ihm das Preisgeld retournierte und er sich dachte, ich hätte es verdient, weil Sepp mit falschen Karten gespielt hat. Stell dir vor: Sepps Frau beichtete ihm, dass ihr Mann gezwungen wurde, gegen mich zu gewinnen. Kannst du dir das vorstellen? Jeder wusste, dass er seit seiner Herzerkrankung nicht mehr die Kraft haben würde, ein Finale zu bestehen.«

»Hat sie auch gesagt, wer ihren Mann bestochen hat?«

»Nein, und leider kann sie es mir auch nicht mehr sagen. Aber ich werde den Betrüger finden und …« Ihre Hand schnappt sich die leere Bierflasche. Der Druck färbt die Fingerkuppen weiß, und die Adern treten auf Hand und Unterarm wie lange Regenwürmer an die Oberfläche. Mit einem explosionsartigen Geräusch zerspringt die Flasche. Einige Scherben bohren sich in Heidis Handfläche. Blut tropft auf den Teppichboden.

Nestor stürmt ins Bad. Hektisch kramt er in den Kästen nach Verbandszeug. Heidi lacht wie verrückt. Als Nestor mit Pflaster und Verbandsrolle aus dem Badezimmer kommt, führt die Blutspur vom Wohnzimmer über das Vorzimmer in die Küche.

Heidi drückt mit ihrer verletzten Hand eine neue Bierflasche an ihren Mund. Das Blut zieht Spuren über den ganzen Unterarm.

Nestor nimmt ihr die blutverschmierte Flasche ab und verarztet die Wunde.

»Um ein Haar hätte mich dieser Brauereibesitzer im Haus ertappt«, lallt sie.

»Wie bist du zurück nach Wien gekommen?«

»Ich bin quer über die Felder zur Bundesstraße gerannt. Wollte per Anhalter zumindest bis nach Krems kommen. Weißt du, wer mich aufgeschnappt hat?«

»Der Bürgermeister?«

»Nein, unser Freund Schrotti.«

*

Wolke beobachtet, wie die Lichter der Scheinwerfer entgegenkommender Fahrzeuge in rhythmischen Abständen das Gesicht ihrer Partnerin erhellen. Für Wolke kommt das Heiligenscheinen gleich – Diotima hatte von Anfang an auf Heidi Dudek gesetzt. Oft war Wolke drauf und dran, ihrer Kollegin zu widersprechen und sie zu mehr Objektivität aufzurufen – aber jetzt hat sich herausgestellt, dass die Chefinspektorin die ganze Zeit den richtigen Riecher hatte. Beachtlich. Sie hat sich wahrlich den Aufstieg zur Kripo-Leitung verdient, auch wenn das bedeuten würde, dass Wolke in Zukunft mit jemand anderem auf Verbrecherjagd gehen muss.

»Was guckst du so?« Diotima hat ihren Wagen vor ihrem Haus abgestellt und wischt obligatorisch über ihre Brust, weil sie einen Fussel oder sonst irgendetwas an sich vermutet.

»Wir müssen das morgen sofort Eduard Feige berichten«, sagt Wolke.

»Schon klar.«

Das klingt für Wolke wenig überzeugend, und sie mustert ihre Partnerin.

»Du wirst es ihm sagen?«

»Wozu – damit er uns erneut erklärt, dass das nichts mit Sepps Tod zu tun hat? Ich werde mir morgen Heidi vorknöpfen. Wenn wir dann ihr Geständnis haben, können wir Feige noch immer darüber informieren.«

Mit diesen Worten entlässt sie ihre Assistentin in den Feierabend.

Die Vespa lehnt verlässlich an der Hausmauer.

Wolke setzt sich den Helm auf, startet das Moped und fährt los. Als wäre sie die Strecke schon Hunderte Male gefahren, reitet sie auf ihrem Moped zu Max.

Heute hat sie sich vorgenommen, nicht wieder abzuhauen. Sie stellt ihre Vespa ab. Ein kurzer Blick hoch zum Fenster. Selbstbewusst marschiert sie auf den Eingang zu, hält aber schon nach wenigen Metern an. Unmittelbar vor der Eingangstür steht der Dienstwagen von Diotima.

Wolke traut ihren Augen nicht.

*Was macht die da?*

Die Haustür schwenkt auf. Zuerst kommt Diotima hervor, dicht gefolgt von Max. Er trägt zwei große Plastiktüten, die er ihr in den Kofferraum legt. Sie umarmt ihren Bruder, klemmt sich hinters Steuer und rauscht davon.

Wolke steht hinter einem parkenden Wagen verschanzt und sieht, wie die Haustür wieder langsam ins Schloss fällt.

Wolkes Puls rast. Erst nachdem sie sich ganz sicher ist, dass die Luft rein ist, überbrückt sie die letzte Distanz zwischen Parkplatz und Haus.

»Um ein Haar hätte mich deine Schwester erwischt«, sagt sie zur Begrüßung, nachdem Max sie in seine Wohnung gelassen hat. Er trägt ein kurzärmeliges Hemd und eine helle Cordhose. Im Gegensatz zu seiner Schwester ist ihm elegantes Outfit wichtig, und er unterstreicht mit der Wahl seiner Kleidung seine optische Attraktivität. Nur zur Rasur hat es heute nicht mehr gereicht. Ein feiner Schatten umrandet seinen Unterkiefer.

»Ich hätte eher gestern mit deinem Besuch gerechnet.«

»Soll ich wieder gehen?«

»Wenn du auf einen einzigartigen Cocktail verzichten willst?«

»Ich trinke keinen Alkohol. Hat Diotima dir das nicht gesagt?«

»Sie redet nie von dir. Aber ich bin auch ein Meister im Kreieren exzellenter alkoholfreier Drinks. Nimm Platz.«

Sein Wohnzimmer hat Stil. Es ist riesengroß und in drei Abschnitte unterteilt: Essbereich, gemütliche Musik-Lounge und Gesellschaftsecke. Die Barhocker im Übergang zwischen Esstisch und Musikanlage haben es Wolke angetan. Die Möbel sind wertvoll und modern. Keine Ware von der Stange. Die Barhocker könnten Designerstücke aus einer Kult-Location sein.

Max serviert bunte Drinks und wählt aus seiner beachtlichen Vinylplattensammlung eine dezente Hintergrundmusik. Kerzenlicht rundet den Begrüßungsdrink ab.

»Wirklich köstlich«, sagt sie und leckt sich über die Lippen.

»Was wollte deine Schwester von dir?«

»Altes Zeug aus dem Keller«, nuschelt er, ohne den Strohhalm aus dem Mund zu nehmen. »Das war früher die Wohnung meiner Eltern. Sie konnten sich von alten Sachen nie trennen. Im Keller türmen sich die Umzugskartons. Vollgeräumt mit altem Schrott aus unserer Kindheit und Jugend. Man sollte es verbrennen oder in einem riesigen Container in der Nordsee versenken.«

Wolke lässt ihren Blick durch das Zimmer kreisen und stellt sich vor, wie Diotima und Max als Kinder herumtollten.

»Muss richtig lustig zugegangen sein bei euch. Ich bin leider ein Einzelkind. Gerne hätte ich ein Brüderchen oder Schwesterchen gehabt.«

»Ich bin der Nachzügler, da hatten die anderen keine Lust, sich mit mir abzugeben. Der Kontakt mit Diotima ist erst intensiver, seit ich mich bei der Polizei beworben habe und wir öfters kooperieren.«

»Sie hat mir schon mehrmals vorgeschwärmt, wie sehr sie ihren Bruder liebt.«

»Willst du noch einen Drink?« Er greift schon nach dem Glas und verschwindet in der Küche.

Versucht er abzulenken? Wer kann es ihm verübeln – sie würde auch nicht begeistert sein, wenn er ständig von ihrer Verwandtschaft quasseln würde. Also Themenwechsel.

»Tolle Musik, die du da hörst.«

»Das sind noch Relikte aus dem letzten Jahrtausend«, ruft er aus der Küche. Sie kann hören, dass er irgendetwas auf einem Schneidbrett zerkleinert. Mit einem Hops springt sie vom Barhocker und schlendert an den Regalen mit der Plattensammlung entlang. Bei ihr Zuhause – also in ihrem Elternhaus – gab es nur wenige Schallplatten, und die wenigen waren nicht nach Wolkes Musikgeschmack. Männerchöre aus der Obersteiermark, Orgelkonzerte aus Wien und Salzburg und dazwischen Volksmusik, die ungefilterte Fröhlichkeit vortäuschte. Max besitzt vorwiegend die Klassiker aus der Rockgeschichte. »Oh je, jetzt bist du bei den Platten angekommen, die nicht auf meinem Mist gewachsen sind«, lacht er mit zwei exotisch anmutenden Drinks in genauso exotischen Cognacgläsern in der Hand. Ananasscheiben und Weichseln schwimmen dicht unter der Oberfläche.

In einer Hand den neuen Drink, in der andere eine Iron-Maiden-Platte – das kostet Max ein Lachen.

»Wunderbar«, sagt sie nach dem ersten Schluck.

»Was? Mein Drink oder die Platte?«

»Die Platte natürlich«, grinst sie und nimmt erneut einen Zug von dem köstlichen Getränk.

»Fear of the Dark – das war Diotimas Motivationslied, bevor sie einen Wettkampf hatte«, sagt er und nimmt ihr die Platte aus der Hand. Sie kann in seinen Augen ablesen, wie er in Erinnerungen schwelgt. Er lässt die Vinylscheibe in der nicht mehr ganz frisch aussehenden Schutzhülle aus dem Plattencover gleiten, spaziert zum Plattenspieler und legt den besagten Song auf.

Wolke schnappt sich die leere Hülle, um auf der Rückseite die Lied-Abfolge zu studieren. Dabei fällt ihr Blick auf einen schon vergilbten Klebestreifen, auf dem noch schwach »Dudi« zu lesen ist.

»Dudi«, liest sie laut vor.

»Ja, die Platte gehört Heidi. Aber Diotima hat sie ihr, wie's scheint, nie zurückgegeben.«

»Hä?« Wolke lässt die Arme sinken. »Diotima kennt Heidi?«

»Klar, wusstest du das nicht?«

»Wie bitte?

»Sie waren zur selben Zeit aktive Profisportlerinnen.«

»Aber in total unterschiedlichen Sportarten.«

»Sie gingen ins gleiche Leistungszentrum und teilten sich ein Zimmer, wenn Trainingslager, Wettkämpfe und so weiter in demselben Ort stattfanden.«

»Ich fasse es nicht. Mir hat sie vorgespielt, sie kennt Heidi nicht. Die beiden siezen sich.«

»Denk ich mir. Die sind schon lange keine Freundinnen mehr.«

Sie kann sein Lachen nicht ertragen. Auch das Krächzen aus den Lautsprechern geht ihr auf die Nerven.

»Stell den Scheiß ab«, sagt sie, und als er ihrem Wunsch nicht nachkommt, zieht sie die Nadel selbst von der Platte. Das ohrenbetäubende Kratzen treibt nun auch Max verärgerte Falten auf die Stirn.

»Erzähl mir mehr. Warum haben sich die beiden in die Haare gekriegt? Und wann?«

Mit einem Mal ist es Wolke klar, wieso ihre Partnerin nur eine Spur verfolgte. Sie will ihre ehemalige Freundin hinter Schloss und Riegel bringen.

»Das soll sie dir lieber selbst erzählen.« Er nimmt die Platte vom Plattenteller und legt eine andere auf. Etwas Romantischeres, ruhiger – an sich besser geeignet zum Cocktailschlürfen, aber Wolke rührt nur in ihrem Drink herum. »Wieso sagt sie mir das nicht?«

»Vielleicht, damit du eben nicht denkst, dass sie voreingenommen ist.«

»Sie ist voreingenommen – und wie. Ich will jetzt wissen, was damals zwischen den beiden geschah.«

»Sie haben sich im Zuge der Vorbereitung für die Olympischen Spiele zerkracht. Seither ist Funkstille. Sie werfen sich gegenseitig vor, am abrupten Ende der Sportkarriere schuld zu sein. Sie nahmen beide nicht an den Spielen teil und bestritten keinen Wettkampf mehr danach. Über diese Ära redet Diotima nicht gerne. Auch nicht mit mir. Ist ein Tabuthema.«

Er geht auf sie zu.

»Sie sind nicht mehr im Dienst, Inspektorin Wolke Böhm.«

Er will sie in den Arm nehmen – aber Wolke blockt ab.

»Lass mich«, faucht sie und eilt zum Vorzimmer, schnappt sich ihre Sachen und verlässt die Wohnung.

*

Wolke fährt ihren Computer hoch. Es dauert nicht lange, bis sie die Schlagzeilen der heimischen Presse zu den Olympischen Sommerspielen 1992 entdeckt.

Es bedarf weiterer Recherche, um herauszufinden, dass Heidi an einer Schulterverletzung laborierte und Diotima sich eine Ellbogenzerrung zuzog. Aber über Zwistigkeiten zwischen den beiden ist nichts zu lesen.

Dafür gräbt sie Artikel aus dem World-Wide-Web-Archiv, in denen entweder Diotima oder Heidi als Ausnahmetalente thematisiert werden. Nach den Olympischen Spielen wird es um beide schlagartig ruhig. Sie beendeten ihre Sportkarrieren.

Aus den Zeitungsartikeln geht nicht hervor, dass die beiden Freundinnen waren. Nur selten tauchen beide Namen in ein und demselben Artikel auf – meist dann, wenn es sich um einen Vorbericht zu den Olympischen Spielen handelt.

Wolke schnappt sich ihr Handy und starrt Diotimas Telefonnummer an.

*Ruf sie an und frage sie, was sie sich dabei gedacht hat, dich so zu verarschen.*

Oder soll sie umgehend ihren Vorgesetzten kontaktieren?

Ein Wort genügt, und Diotima verliert den Fall.

Wolke legt ihr Smartphone zur Seite. Sie kauert sich auf der schmalen Küchenbank zusammen und stiert gegen den Plafond.

*Was soll sie bloß machen?*

Ein SMS landet auf ihrem Handy. Sofort greift sie danach – Die Nachricht ist von Paul Schrotter. Er hat ihr tatsächlich die Adressen der Liebhaber von Sepp Ackermeier geschickt.

# Kapitel 11 – Samstag

Wolke schreckt hoch.

*Was war das?*

Ein Poltern an der Tür. Die Katze kommt durch den Spalt der Wohnzimmertür vom Vorzimmer in den Raum gehuscht.

Wolke liegt auf der Wohnzimmercouch. In voller Montur. Als sie gegen drei oder vier in der Früh über der Computertastatur eingeschlafen ist und kurz wach wurde, hat sie sich nicht mehr die Mühe gemacht, sich auszuziehen, sondern hat sich auf die Couch gelegt. Sie wollte nur fünf Minuten rasten – fiel aber umgehend in einen Tiefschlaf.

Das Poltern an der Wohnungstür lässt nicht nach. Nun mischt sich auch noch Diotimas Stimme dazu.

»Verdammt, du Schlafmütze, mach auf. Ich fahre ohne dich alleine los, wenn du nicht sofort rauskommst.«

Wolke erhebt sich so ruckartig von der Couch, dass es ihr für einen Moment schwarz vor Augen wird und sie sich die Rückenlehne des Schreibtischsessels schnappen muss, um nicht umzufallen.

»Bin schon da«, krächzt sie. Sie schwankt durchs Vorzimmer zur Eingangstür.

»Was hast du gestern Nacht getrieben?« Diotima späht über Wolkes Schulter hinweg, wohl um zu kontrollieren, ob sie einen Liebhaber aufgescheucht hat.

»Es ist neun Uhr – wir haben einen Auftrag. Schon vergessen? Es gilt, Heidi die Daumenschrauben anzusetzen.«

»Aja, deiner Freundin Heidi.« Wolkes Stimme kommt schwach über die Lippen, sodass ihr Sarkasmus kaum hörbar ist.

»Zieh dich an«, fordert die Chefinspektorin. »Ich warte unten im Wagen«, ruft Diotima.

Hoffentlich schließt sie die Eingangstür ordentlich ab, damit Jessica nicht abhaut. Wenig später hechtet Wolke auf den Beifahrersitz des Mazdas.

»Ich habe die ganze Nacht recherchiert«, rechtfertigt sie sich.

»Du bist nicht die Einzige, Schätzchen, die sich die Nächte mit akribischer Kleinarbeit um die Ohren schlägt. Ich habe mir auch nur maximal drei Stunden Schlaf gegönnt.«

»Willst du nicht wissen, was ich im Internet rausgefunden habe?«

»Bringt es uns weiter?«

»Mich auf jeden Fall.

Heidi und du – ihr wart dicke Busenfreundinnen. Kannst du mir erklären, warum du mir das verheimlicht hast?«

»Ich habe lange überlegt, ob ich es dir sagen soll, aber nachdem die Waldviertler Kollegen sich unkooperativ gezeigt haben, wollte ich nicht auch dich noch aus dem Team verlieren.«

»Ich dachte mir, unsere Partnerschaft beruht auf gegenseitigem Vertrauen.«

»Tut es auch, du musst mir vertrauen, mein Riecher ist der richtige.«

»Was ist passiert, damals, rund um die Olympischen Spiele 1992 in Barcelona?«

»Streckst du Heidi den kleinen Finger entgegen, schnappt sie sich die ganze Hand. Für den Erfolg geht sie über Leichen.«

»Hat sie jemanden auf den Gewissen?«

»Ja, Sepp Ackermeier. Und das werde ich beweisen.«

»Weißt du, dass es für mich nach alldem sehr schwer ist, dir noch zu vertrauen? Du bist befangen. Du willst, dass Heidi für etwas büßt, was sie dir vor vielen Jahren angetan hat.«

»Ich weiß, dass Heidi diesen Mord begangen hat. Es ist genau ihr Muster. Niemand kennt ihr wahres Gesicht besser als ich. Wir teilten jahrelang unsere tiefsten Geheimnisse miteinander. Ich weiß, dass es sie fertigmacht zu verlieren. Diese Frau kann nicht verlieren, verstehst du – nicht einmal beim Mensch-ärgere-dich-nicht. Du hättest sie erleben müssen, wie sie sich aufgeführt hat, wenn sie einen Kampf nicht als Siegerin abgeschlossen hat. Sie heulte stundenlang in ihr Kissen. Nach dem Flennen kam ihre aggressive Ader zum Vorschein. Dann malträtierte sie das Kissen.«

Der Wagen erreicht den Gemeindebau, in dem Heidi wohnt.

»Hoffentlich sind wir nicht zu spät. Ich möchte sie in ihrer eigenen Umgebung mit den neuen Fakten überrumpeln.«

Gerade als sie vor Heidis Haus halten, sehen sie, wie Nestor Bach mit einer alten Sporttasche in der Hand aus dem Stiegenausgang hervorkommt.

»Heidi und dieser blasse Lehrer? Der ist ihr mindestens zwei Nummern zu klein. Heidis Männergeschmack war schon einmal besser«, ätzt Diotima. Wolke erkennt ihr Ablenkungsmanöver. Die Chefinspektorin versucht, so tun, als wäre nichts geschehen.

»Vielleicht sollten wir dann auch einmal anderen Spuren nachgehen. Zum Beispiel diesem Nestor Bach«, sagt Wolke.

»Volle Konzentration auf Heidi.«

»Nein – das hast du gründlich vergeigt. Bis gestern habe ich deine Spielchen mitgemacht, aber unter den neuen Umständen sehe ich keinen Grund, warum wir nur einer Spur nachgehen sollten.«

»Dann gehst du eben deiner Spur nach und ich meiner.« Diotima wird laut, wie sie es nur gegenüber Verhöropfern macht. Sie beugt sich über Wolkes Schoß, um nach der Türklinke der Beifahrertür zu greifen.

»Bitte schön, beleidigte Prinzessin, seh zu, dass du dem dürren Lehrer hinterherkommst. Da, er steigt gerade dort vorne in die Straßenbahn. Husch, husch, raus mit dir.«

Wolke wirft die Beifahrertür, so fest sie kann, ins Schloss, ohne ein einziges Mal zurückzublicken. Sie sieht, wie sich die Straßenbahn mit Nestor Bach in Bewegung setzt.

*

Heidi liegt wie benommen in ihrem Bett im Schlafzimmer. So sieht das also aus, wenn sie einen Kater hat. Doch nicht so fit, wie Nestor bisher angenommen hat. Er schiebt seinen Kopf wieder zurück aus dem Türspalt und macht sich auf den Weg zur Küche, als er hinter sich hört: »Nestor, komm rein.«

Er zögert, kommt dann aber ihrer Bitte nach.

»Wo willst du hin?«

Ihr Blick ist auf seine Faust gerichtet.

»Ich muss in meine Wohnung. Ich habe keine frischen Klamotten mehr. Bis Mittag bin ich wieder da.«

»Warte.« Sie hievt sich wie ein Walfisch aus dem Bett. Ihr Gesicht ist kreidebleich. Sie wirkt um Jahre gealtert. Schwankend wie ein Fischkutter bei hohem Wellengang nähert sie sich ihrem Gast und schiebt ihn zur Seite, um in die Küche marschieren zu können. Im Vorbeigehen schaltet sie die Kaffeemaschine ein.

»Wolltest du meinen Wagen nehmen?«

Sie deutet auf Nestors Faust.

»Ich kann es hören, wenn du den Schlüssel vom Haken nimmst. Es ist nur ein winziges Geräusch, aber es entgeht mir nicht.«

Er öffnet die Faust, und der Chrysler-Schlüssel kommt zum Vorschein.

»Ich bringe ihn dir sofort wieder zurück. Ich dachte, du schläfst. Ich wollte dich nicht wecken.«

»Schon gut«, sagt sie. »Mach die Fliege.«

Sie steht am Fenster und wartet, bis die Filtermaschine fertig gegurgelt hat.

Nestor schlüpft in seine Schuhe und schnappt sich eine leere Sporttasche. Er will schon gehen, aber dann stoppt Heidi ihn plötzlich.

»Mir ist lieber, wenn du das Taxi nimmst. Hier, das sind Taxigutscheine. Habe ich bei der letzten Weihnachtsfeier unseres Judoverbands bekommen.«

Nestor steckt die Taxigutscheine in die Hosentasche und hastet zur Straßenbahn, die soeben um die Kurve biegt und in der Haltestelle einfährt.

In den hinteren Reihen der Bim ergattert er einen freien Sitzplatz und legt die Sporttasche auf seinen Schoß. Er kramt die Gutscheine hervor, streicht sie glatt und zählt die einzelnen Beträge zusammen. In Summe hundertfünfzig Euro.

Die Fahrt bis zu ihm dauert zwanzig Minuten.

Nestor steigt aus, geht ein paar Schritte zurück und biegt in seine Wohnstraße ein. Eine Nachbarin kommt gerade aus dem Haus. Nestor muss sich beeilen, um die zuschwingende Haustür abzufangen.

Der Lift ist zwar wieder funktionsbereit, aber das rote Lämpchen seitlich des Rufknopfes zeigt an, dass die Kabine besetzt ist. Kurzentschlossen marschiert er die Treppen hoch Nach eineinhalb Stockwerken keucht er wie eine Dampflok.

»Mach schon, beeil dich«, hört er aus dem Flur, der zu seiner Wohnungstür führt. Nestor hat seine Etage beinahe erreicht. Durch die Zwischenabstände des Stiegengeländers sieht er zwei Typen vor seiner Tür. Er erkennt sie sofort an ihren Tätowierungen und Staturen – die Schläger. Sie haben ihn gefunden.

Nestor geht in die Knie und verschanzt sich hinter dem Stiegengeländer. Ein weiterer Schläger blockiert den Lift und treibt seine Kumpels an: »Wir müssen abhauen.«

Als sie aus seiner Wohnung kommen und auf den Lift zulaufen, macht Nestor sich noch kleiner. Knarrend setzt die Liftkabine sich in Bewegung.

*

Nervös blickt Wolke zwischen Straßenbahnfenster und der Stationsanzeige hin und her. Nestor Bach wohnt in der Nähe der Haltestelle, die als Nächstes angefahren wird.

Wolke drängt sich durch eine Horde Schulkinder ins Freie.

Sie überquert die Straße. Ein weißer Lieferwagen kommt wie ein Geschoss auf sie zu. Wäre sie nicht geistesgegenwärtig zurück auf den Gehsteig gesprungen, hätte die Kühlerhaube des Lieferwagens sie aufgegabelt.

»Verdammtes Arschloch!«, kreischt sie dem Wagen hinterher.

Noch bevor sie das gesuchte Haus erreicht, sieht sie hundert Meter vor sich, wie Nestor Bach durch die Eingangstüre tritt und auf die Straße läuft. Eilig winkt er ein Taxi an den Straßenrand und springt auf den Rücksitz des Wagens.

Mit einem Daumendruck öffnet Wolke eine Handy-App. Auf dem Display erscheint ein Fadenkreuz. Damit visiert sie das Nummernschild des Taxis an und drückt den Auslöser. Umgehend spuckt die App Infos zu Taxinummer, Unternehmen und Kontaktadresse aus.

Zurück im Präsidium bittet sie Diotimas Bruder herauszufinden, wohin dieses Taxi gefahren ist. Sie hätte ahnen können, dass er eine Gegenleistung dafür verlangt.

»Max, nicht hier. Bitte, lass mich los.«

»Entspann dich, hier sieht uns keiner.«

»Lass mich los.«

»Ich muss dich spüren. Soll ich uns für heute Abend etwas

Schönes kochen?«

»Deine Schwester killt mich.«

»Meine Halbschwester.«

Sie stemmt ihre Handflächen gegen seine Brust, als sein Kopf sich erneut in Richtung ihres Nackens absenkt.

»Halbschwester? Du bist ›nur‹ ihr Halbbruder? Ich dachte …« Wolke hat das Gefühl, als würde ihr jemand den Boden unter den Füßen wegziehen. Diotima sprach davon, dass ihr Bruder ihr Ein und Alles wäre und wollte vom Halbbruder nie etwas wissen.

»Wer ist dann Diotimas Bruder? Ich dachte, du bist ihr Ein und Alles.«

»Bin ich auch, seit Robert abgetaucht ist. Sie sieht mich inzwischen als ihren richtigen Bruder.«

»Was ist mit Robert passiert?«

»Das soll Diotima dir selbst sagen.«

»Du glaubst ernsthaft, sie wird mir davon erzählen?«

»Leicht wird das nicht. Aber wenn du sie am richtigen Fuß erwischst, dann kramt sie vielleicht ihre Box unterm Bett hervor, in der sie alles aufbewahrt, was sie mit Robert verbindet. Aber es gibt einen leichteren Weg, um mehr zu erfahren. Komm heute Abend zu mir.«

*

»Wo warst du so lange?«, faucht Heidi. Sie ist anscheinend wieder fit und hat ein riesiges Badetuch um ihren Oberkörper geschlungen. Ihr Gesicht glänzt.

Nestor stellt die Sporttasche ab und stöhnt.

»Jetzt habe ich glatt vergessen, neue Klamotten einzupacken.« Er klatscht seine Handfläche auf seine Stirn. »Aber ich war schockiert. Die Schläger haben bei mir eingebrochen. Sie haben nichts gestohlen. Sie haben das hier auf meinem Tisch hinterlassen.«

»Deine Ausweise?«

»Ja. Das ist eine Drohung, verstehst du das? Sie wollen mich wissen lassen, dass sie wissen, wer ich bin und wo ich wohne und dass sie jederzeit wiederkommen können.«

»Vielleicht sind das aber auch nur anständige Menschen, die dir deine verlorenen Gegenstände wieder zurückgeben?«

»Nein, das sind die Schläger.«

»Du und deine angeblichen Schläger. Das treibt immer wüstere Ausmaße. Zuerst entführen sie dich und füllen dich ab, dann jagen sie dich mit dem Auto, bis du dich gegen Bäume wickelst, und jetzt belagern sie auch noch deine Wohnung. Was für ein Märchen kommt als Nächstes, Nestor?«

»Das sind keine Märchen.«

»Während du weg warst, habe ich Besuch bekommen. Von unserer guten Freundin Diotima Vogl. Sie hat mich am Kieker, weil ihr Fotos zugespielt wurden, die mich vor der Ackermeier-Villa zeigen. Ganz schöne Scheiße ist das. Hätte ich ihr erzählen sollen, dass du mich dorthin geschippert hast? Allmählich habe ich es satt. Du bist mehr Belastung als Hilfe.«

Sie schnappt sich die leere Sporttasche und wirft ihm die Tasche wuchtig an die Brust.

»Du hast meine Gastfreundschaft lange genug ausgekostet.«

»Darf ich noch so lange bei dir bleiben, bis ich die Schlösser ausgetauscht habe?«

»Nein, du wirst wieder bei dir zu Hause pennen.«

»Diese Kerle haben es auf mich abgesehen. Die kommen wieder.«

»Dann wende dich an die Polizei. Benötigst du Diotimas Nummer? Sie hat mir ihr Kärtchen dagelassen.«

*

Sie geht in ihr Büro, wirft sich in ihren Drehsessel, nimmt das Smartphone zur Hand und telefoniert die Liebhaber-Liste durch. Das Ergebnis ist ernüchternd. Die Männer verlieren kein schlechtes Wort über den älteren Mann.

»Er hat gut gezahlt. Er war nett und hat uns zu nichts gezwungen. Die einzige Bedingung: Der Akt musste in seinem alten Büro stattfinden.«

Die verschiedenen Liebhaber kennen sich untereinander nicht. Sepp angelte in allen Bundesländern, Tschechien, Deutschland und der Slowakei. In ihren Aussagen sind sie sich dennoch einig. Jeder traf den alten Mann nur ein einziges Mal. Er erkundigte sich stets, ob er den Akt fotografisch festhalten durfte. Knapp die Hälfte der Liebhaber stimmte zu. Die restlichen, die ablehnten, wurden garantiert heimlich mit vorinstallierten Objektiven aufgenommen. Wolke kringelt diese Zielgruppe ein und nimmt sich vor, diese Herrschaften separat vorzuladen. Könnte sein, dass sich aus diesem »Betrug« ein Rachemotiv ergibt.

Aber Wolkes Konzentration verlagert sich auf ihre eigenen Probleme. Sie muss mit Diotima sprechen. Doch die Chefinspektorin ist noch nicht in ihrem Büro. Langsam wird Wolke die Sache zu bunt. Am Weg zurück zu ihrem eigenen Büro trifft sie auf einen blassen Kollegen.

»Hast du Chefinspektorin Vogl gesehen?«, fragt sie den Mann.

Brauen schieben sich über der Nasenwurzel zusammen. »Ja, die ist mit dem Chef mittagessen gegangen.«

»Kantine?«

»Nee, ich glaube, rüber zum Japaner.«

Sie wartet ab, bis der blasse Kollege weit genug davongeschlurft ist, und kramt dann in Diotimas Lederjacke nach deren

Schlüsselbund. Im nächsten Moment sitzt sie auf ihrer Vespa und gibt Vollgas.

Im vierten Stock von Diotimas Häuserblock erblickt sie eine Tür, auf der die Initialen »D. V.« an der vergilbten Klingel stehen. Das könnte passen, vor allem in Kombination mit den Stickern, die am Holztürrahmen kleben: Polizeisportverband Wien, Bund österreichischer Polizei und sogar ein Kommissar-Rex-Abziehbild.

Der Daumen schiebt einen Schlüssel nach dem anderen von einer Ringseite zur anderen. Bis nach dem x-ten Versuch der richtige Schlüssel im Schloss einrastet.

Die Wohnungstür ist zweifach verschlossen. Wolke schiebt die Tür auf. Ein Mief, als hätte Diotima wochenlang nicht mehr gelüftet, strömt ihr entgegen.

Der lange, schmale Flur in der Wohnung ist stockdunkel. Wolke tastet seitlich neben der Eingangstür nach dem Lichtschalter.

Am Laminatboden türmen sich Berge an Zeitungen, Magazinen, Schachteln, Plastiktüten. So viele, dass die orange Glühbirne den Raum nur mickrig beleuchten kann.

Wolke ist schockiert. Sie hat mit etwas Unordnung gerechnet. Aber das hier übertrifft jede Vorstellungskraft.

Diotima leidet unter Messie-Syndrom.

Ein enges Spalier führt zu einer Tür am Ende des Flurs. In welchen Raum die Tür führt, weiß Wolke nicht, obwohl sie längst darin steht, denn auch hier ist alles mit Türmen an Unrat vollgeräumt. Könnte das Wohnzimmer sein. Unter einigen Bergen aus Papier, Bananenschachteln und Plastikbeuteln sind Sitzmöbel und Tische zu erkennen. Wolke erkennt Stofftiere, Taschen, Pölster, Bücher und eine Unmenge an alten technischen Geräten, wie Staubsauger, Videorekorder, Filmkamera, Röhrenfernseher, Plattenspieler.

Wolke hat das Gefühl zu ersticken. In dem Chaos ist es nicht einmal leicht, ein Fenster zu finden. Schwere Vorhänge verdecken Scheiben, die seit Jahren kein Fensterputzmittel mehr zu Gesicht bekamen.

Wolke öffnet den erstbesten Fensterbalken. Der Windstoß bringt prompt einen Turm ins Schwanken. Wie Schneebretter lösen sich Kartonagen, Hefte, Magazine und Zeitungen und rutschen gegen einen benachbarten Turm an Krimskrams.

Wolke kämpft sich weiter. In der Küche verschwindet die Kochzeile unter Müllbergen. Selbst im Schlafzimmer wachsen Kartonagen vom Boden bis zur Decke. Im Doppelbett ist eine Seite frei. Daneben blockieren übereinandergeschlichtete Teppiche und Klamotten die Partnerseite.

Vor dem Bett stehen mehrere Computergehäuse mit und ohne Ummantelung.

»Wozu sammelt sie all diesen Scheiß?«

Am Fußende des Bettes liegt ein Plastiksack. Das auffällige Logo ist Wolke in Erinnerung geblieben. Das ist einer der Säcke, die Diotima gestern von Max erhalten hat. Sie kann der Versuchung nicht widerstehen reinzublicken.

Prall gefüllt mit alten Schulheften und Buchkalendern. Die Kalender datieren aus den Achtziger- und Neunzigerjahren. Nach kurzem Blättern ist es Wolke klar. Das sind Tagebücher. Diotimas Tagebücher. Stenographiert.

Wolke kneift die Augen zusammen. Für einen Moment verflucht sie sich, dass sie in ihrer Internatszeit das Freigegenstandsfach Stenografie boykottiert hat. Die Schrift erscheint Wolke wie Hieroglyphen.

Mit einem Tagebuch aus dem Jahre 1988 in der Hand lässt sich Wolke vorsichtig auf die Matratze sinken. Den Namen »Heidi« kann sie in dem Heft mehrmals entdecken, nur leider den Zusammenhang nicht herstellen.

Sie legt das Tagebuch weg und beugt den Oberkörper aus dem Bett. Kopf voran. Sie blickt unter das Bett. Auch hier hätte sie Chaos vermutet, aber da steht tatsächlich nur eine blecherne Büchse zwischen den walnussgroßen Staubmulchen. Wolke holt den kleinen Behälter hervor und bereut, dass sie Luft geholt hat, um die zentimeterdicke Staubschicht vom Deckel zu blasen.

Ihre Bronchien bedanken sich mit einer Hustenattacke.

Sie hebt den Deckel von der Büchse. Sie ist prall gefüllt mit Fotos. Alle zeigen einen jungen, attraktiven Mann. In seinen Gesichtszügen erkennt Wolke sofort die Verwandtschaft mit Diotima. Manche Fotos dürften schon in Fotoalben geklebt und nachträglich herausgerissen worden sein. Viele Bilder sind beschädigt und weisen auf den Rückseiten Überreste von Klebstoff auf. Auf manchen Fotos ist Robert mit Diotima zu sehen. Aus den Schnappschüssen geht hervor, dass sie ein Herz und eine Seele waren. Boxen dürfte sein Metier gewesen sein. Einige Aufnahmen zeigen ihn mit Boxhandschuhen und im Ring. Aber nie in Aktion, sondern in die Kamera lächelnd.

Unter den Bildern häufen sich Halsketten, eine Bundesheerplakette und ein paar kleine Medikamentenschachteln. Virilon steht auf einer Verpackung. Darunter der Name Cypionat. Laut Aufdruck ist die Schachtel mit 5 x 2 ml Ampullen gefüllt.

»Anabolika«, spricht Wolke vor sich her und nimmt die weiteren Packungen unter die Lupe.

T.Enanthat und Cypionat. Alle Ampullen verbraucht.

*Hat Robert gedopt?*

*War Heidi womöglich seine Lieferantin?*

*Ist Robert die Person, die Heidi auf dem Gewissen hat?*

So allmählich versteht Wolke, warum die Judoka ihre Karriere an den Nagel hängte.

Wolke steckt die Schachteln in ihre eigene Jackentasche. Ein

Foto von Robert stibitzt sie ebenfalls. Dann schließt sie die Büchse sorgfältig und schiebt sie wieder unters Bett.

*

Sie hat ihn tatsächlich vor die Türe gesetzt. Würde Heidi in einer Beziehung auch so rigoros agieren und ihren Partner samt Sack und Pack aus der Wohnung werfen, wenn ihr seine Art gerade einmal nicht in den Kram passt? Ja, das würde sie – davon ist Nestor überzeugt. Eine Frau, die weiß, was sie will.

Eine uralte Bim-Garnitur biegt um die Kurve. Die meisten dieser Modelle sind längst ausrangiert und durch moderne Niederflurbahnen ersetzt. Nestor besteigt den museumsreifen Beiwagen. Um diese Zeit ist die Bim deutlich leerer als am Vormittag. Erschöpft lässt er sich auf einem freien Platz nieder. Seine Tasche am Schoß. Er faltet die Unterarme über der Tasche und legt seinen Kopf in die Handflächen.

Ihm kommt es vor, als wäre er schon stundenlang auf den Beinen. Er lässt die Augen auch zu, als an den nächsten Stationen mehr Personen zusteigen. Eine dieser Mitfahrenden hat einen schrecklich penetranten Lacher. Nestor öffnet die Augen und sucht nach dem Gesicht, das zu diesem hicksenden Lauten gehört, aber im vorderen Bereich des Beiwagens steht eine ganze Gruppe, und ausgerechnet die Person wird verdeckt.

Aber Nestor kennt dieses Lachen. Er hat es schon einmal gehört. Und in seinem Kopf spinnen sich die Bilder zu einer seiner Erinnerungen …

*

Seine Erinnerungen führen ihn zurück zum Loisbacher Bierkirtag. Am Nachmittag ist der Bierkirtag fest in Kinderhand.

Da gibt es statt alkoholischer Eskapaden Hopfenworkshops und Basteln mit Bierkapseln. Ihm kommen kinderreiche Familien entgegen.

Mit beiden Händen tief in den Hosentaschen vergraben, schlendert er durch den Ort. Die wesentlich unattraktivere Seite. Der Gasse, die hier wegführt, fehlt das mittelalterliche Flair. Der Duft von Zuckerwatte liegt in der Luft. Mit seiner Route weicht Nestor dem Bierzelt bewusst aus und hält sich abseits der auf den Hauptplatz zulaufenden Gassen. So führt sein Weg zur Brauerei.

Nestor sieht den Bierbrauer, der über das Gelände auf die Lagerhalle zuhumpelt.

Eine Frau sitzt auf der LKW-Rampe. Nestor kann nur ihren Rock und ihre baumelnden Unterschenkel sehen. Der Rest wird vom Bierbrauer verdeckt, der irgendetwas zu ihr sagt, woraufhin sie diesen schrillen Lacher von sich gibt.

Als der Bierbrauer ins Lager eintaucht, ist die Frau nur von hinten zu sehen. Sie hat langes, geschwungenes Haar. Und wieder dieses charismatische Kudern.

Der Bierbrauer streckt seinen Arm nach ihr und zerrt sie zu sich in die Finsternis.

Jetzt, im Nachhinein, ist Nestor sich sicher: Das war Rosi!

Sie trägt ihre langen Haare im Kaffeehaus anders, aber dieser ansteckende Klang ihres Kicherns. Das ist sie – ohne Zweifel.

Rosi und der Bierbrauer. Sie sind ein Paar!

*

»Hier steht die hübscheste Bierprinzessin, die Loisbach je hervorbrachte.«

Nestor öffnet die Augen. Hat er richtig gehört? Er sitzt in der Straßenbahn und beugt seinen Oberkörper nach vorn, um zwischen zwei Mädels auf das Display des Handys zu sehen. »Live-Stream« blinkt im oberen rechten Eck des Bildschirms. TV-Moderator Sebastian Leinzh hält Laura Klärens ein buschiges Mikrofon unter die Nase. Die beiden turteln unverblümt vor der Kamera und überhäufen sich mit schleimigen Komplimenten.

Nestor greift nach dem Telefon. »Hey, geht's noch?!«, schreit eines der beiden Mädels schrill auf.

Nestor nimmt seinen Blick nicht vom Bildschirm. Das ist eine Live-Übertragung vom Eventzelt am Rathausplatz.

Die Straßenbahn öffnet die Türen und Nestor stürmt hinaus. Er muss in dieses Zelt.

In der Eile hat er seine Sporttasche in der Bim vergessen. Verzweifelt blickt er der davonfahrenden Straßenbahn hinterher.

»Die Tasche war ohnedies hässlich«, tröstet er sich und joggt zum Rathausplatz.

Am Festzelt zwängen sich nach wie vor Menschenmassen zum Eingang.

»Halt, Einladung?« Ein breiter, kaugummikauender Kerl mit jeder Menge Metall im Gesicht und Muskelbergen unter dem knallbunten Anzug steht am Einlass und erweckt nicht den Eindruck, als ließe er mit sich verhandeln.

»Es müsste ein Ticket für mich hinterlegt sein. Von Sebastian Leinzh.«

»Selbst wenn dir der Bürgermeister eine Einladung versprochen hätte, würde ich dich nicht reinlassen. Schon mal etwas von Dresscode gehört?«

»Ich hatte keine Zeit mehr, mich umzuziehen.«

»Dein Pech. Mach Platz, damit die Leute hinter dir vorbeikönnen.«

Nestor stellt sich auf die Zehenspitzen und schielt über die Köpfe der Menschen hinweg in das Zelt. Es ist ausgestattet wie ein vornehmer Salon, mit Kronleuchtern, Wanddekoration. Menschen stehen in Grüppchen beisammen. Fotografen formieren sich um Promis. Blitzlichtgewitter.

»Du blockierst den Eingang. Verpiss dich, oder du lernst meinen rechten Haken kennen.«

Nestor eilt zur Rückseite des Zelts. Der Pressezugang zum Zelt ist bei Weitem nicht so festlich wie der Haupteingang, aber auch hier sitzt ein Muskelpaket und kontrolliert die Handgelenke der Gäste. Rein kommt man nur mit gelbem Plastikarmband.

So selbstbewusst er nur kann, sagt Nestor: »Hören Sie, ich bin ein Kollege von Sebastian Leinzh. Er sagte mir, er würde ein Armband für mich beim Presseeingang deponieren.«

»Was bist du denn für ein Vogel?!« Der Mann kichert los, als hätte Nestor einen Scherz gemacht. Das Muskelpaket verdreht seinen Oberkörper und brüllt lachend vorbei am Vorhang ins Zelt: »Der Assistent von Leinzh ist ein richtiger Spaßvogel. Der glaubt wirklich, dass ihm sein Boss einen kostenlosen Zugang spendiert.« Dann wendet er sich wieder Nestor zu. »Hör mal, Leinzh würde nicht einmal seiner Mutter ein Ticket besorgen. Sieh zu, dass du Meter gewinnst.«

Hinter dem Vorhang regt sich etwas. Menschen drängen zum Ausgang. Nestor erkennt sie sofort: Laura Klärens, umschwirrt von Fotografen, die ein letztes Foto schießen wollen. Professionell genießt sie, im Mittelpunkt des Blitzlichtgewitters zu stehen. Der Türsteher hilft ihr durch den Eingang und hält ihr die Pressefotografen vom Hals.

Sie geht direkt auf Nestor zu.

»Leinzh ist also dein Auftraggeber, nicht Schrotti. Warum sagst du mir das nicht gleich? Dann kannst du schon mal Champagner besorgen. Dein Boss und ich haben demnächst ein Rendezvous.«

»Dir ist hoffentlich klar, dass dich der Typ nur ins Bett locken will. Er hat bei der Miss-Wahl gegen dich gestimmt.«

»Hörte sich heute aber anders an«, strahlt sie und marschiert auf eine Limousine zu, die fünfzig Meter weiter bereitsteht.

»Ich habe die Jury-Auswertung gesehen. Leinzh hat für Svetlana gestimmt.«

»Quatsch.« Ihre Stirnfalten verraten, dass sie sich nicht so sicher ist. »Diesmal falle ich auf deinen Schwindel nicht herein. Das ist doch bloß wieder nur irgendein Märchen, das du mir da auftischst. Leinzh hat für mich gestimmt.«

»Liest du Schrottis Kolumne nicht? Er hat die Jury-Entscheidung publik gemacht. Hätte man Schrotti nicht disqualifiziert, würde die Bierprinzessin Svetlana Sirakova heißen.«

»Glaubst du, ich lese diese Schundzeitung? Der Schmierfink kann schreiben, was er will. ICH habe gewonnen. Völlig egal, wer für mich gestimmt hat. Am Ende zählt der Sieg.«

»Und genau das verärgert den TV-Arsch so sehr, dass er es dir heimzahlen möchte.«

Sie lacht belustigt auf, »Oh ja, er wird mich hart bestrafen im Bett. Wer weiß, vielleicht fahre ich ja auch auf so eine Art ab.«

Ein hünenhafter Mann öffnet die hintere Seitentür der Limousine, als Laura näher kommt. Sie möchte schon einsteigen, aber dann reimt Nestor sich doch noch ein Märchen zusammen, das Lauras Interesse weckt.

»Die Bierbrauerei gibt Schrottis Druck nach. Damit er nicht noch mehr böse Artikel über Loisbach schreibt, will die Brauerei den Bierprinzessinnen-Bewerb wiederholen.«

»Du Scherzkeks.«

»Kein Scherz. Ich plaudere nur aus dem Nähkästchen.«

Ihre Runzeln auf der Stirn werden dicker.

»Deshalb ist die Schlampe also hier«, nuschelt er vor sich hin. »Svetlana, aufgetakelt wie eine Hure. Als fände heute eine beschissene Miss-Wahl statt.« Sie fährt blitzschnell mit dem Handgelenk über die scharfe Kante der offenen Autotür. Das VIP-Band löst sich und gleitet zu Boden. Sie fängt es mit der anderen Hand, wirft es Nestor entgegen und steigt in den Wagen.

Hustend von den Auspuffabgasen, legt Nestor sich das kaputte Bändchen um sein Handgelenk und knüpft die losen Enden zusammen.

Der Muskelberg grinst ihn nur an und schiebt den Vorhang zur Seite.

Im Zentrum des Zeltes hat man das Gefühl, im Atrium eines Luxushotels zu stehen. Die Promidichte ist so hoch, dass man nicht weiß, wohin man blicken soll. Nestor gewöhnt sich daran, dass die Leute ihn wegen seines unpassenden Outfits abschätzig angaffen. Er drängt sich durch die Massen, hält Ausschau nach dem TV-Moderator und schnappt sich ein belegtes Brötchen von den Tabletts.

Auf einmal sieht er sie: Svetlana, die Vize-Bierprinzessin von Loisbach. Groß gewachsen, slawische Gesichtszüge, volle Lippen, pralle Brüste, makellose Haut. In ihrem glitzernden blauen Kleid sieht sie umwerfend aus. An ihrer Seite die Schläger, die sie nun zum Hauptausgang eskortieren.

Nestor folgt unauffällig. An der Ringstraße verfrachten ihre Begleiter die Vize-Bierprinzessin in einen BMW. Nestor stoppt das erstbeste Taxi.

»Folgen Sie dem BMW.«

»Auf diesen Satz warte ich seit Beginn meiner Taxikarriere«, grinst der junge Taxilenker und schnippt seine Zigarettenkippe aus dem Seitenfenster.

»Ich hoffe, mein Einsatz zeigt Wirkung auf mein Trinkgeld.«

Auf der Währinger Straße ist kaum Verkehr, und das Taxi kommt an der leicht ansteigenden Straße dem BMW näher. Auf

Höhe der Volksoper sind die beiden Fahrzeuge Stoßstange an Stoßstange unterwegs.

»Nicht so auffällig«, bittet Nestor, aber da biegt der BMW schon in eine Seitenstraße ab, fährt parallel zum Gürtel dicht neben den Stadtbahnbögen und bleibt vor einer hell erleuchteten Cocktailbar stehen.

»Stopp«, ruft Nestor. »Lassen Sie mich hier raus.« Er zahlt und steigt aus dem Wagen.

Die Schläger bleiben im BMW sitzen. Sie warten ab, bis Svetlana hinter der Tür verschwunden ist. Dann fährt der BMW los.

Die Neonbeleuchtung rund um die Cocktailbar ist so grell, dass die Umgebung abseits davon ein einziger schwarzer Fleck ist. Nestor kann unbemerkt bis zu der Tür heranmarschieren. Sie ist nicht vollständig ins Schloss eingerastet. Mit etwas Nachdruck mit der Schulter kann Nestor sie aufstoßen.

Er steht in einem finsteren Gang. Es riecht wie in einem Weinkeller. Das hier ist keine Wohnung, sondern ein Lager.

Svetlanas Absätze sind auf den Eisenstufen einer Treppe zu hören. Vorbei an metallenen Getränkefässern gelangt Nestor unter die Wendeltreppe. Er kann Svetlana sehen. Sie hält inne, schlüpft aus den High Heels und setzt den Aufstieg barfuß fort. Oben angekommen, verschwindet sie hinter einer Tür. Bemüht leise windet sich Nestor die Eisenstufen hoch.

Hinter der Tür ertönt ein herzzerreißendes Wimmern.

Für einen Moment ist Nestor versucht, an die schäbige Tür zu klopfen.

*

In Max' Wohnung duftet es nach Hähnchen und Rotwein.

»Rotwein in der Sauce ist unverzichtbar. Der Alkohol verdampft«, erklärt er und führt seinen Gast in das Esszimmer, in dem der gedeckte Tisch einem Märchen aus tausend und einer Nacht entspringen könnte.

»Hast du aus Diotima etwas rausgebracht?«

»Ich weiß jetzt, dass ihr Bruder ein Dopingsünder war.« Wolke nimmt am Tisch Platz und stellt die leeren Anabolika-Schachteln neben den Teller. Max grinst.

»Robert war Arzt.«

»Er hatte das Zeug zum richtig guten Sportmediziner, aber er war immer schon ein kleines Schlitzohr und experimentierte mit Dopingmitteln.«

»Lass mich raten: Er versorgte Heidi Dudek mit diesem Zeug.« Wolkes Finger berührt die Schachteln und lässt sie im Dominoeffekt umkippen.

»Nein, Heidi und er waren ein Liebespaar. Diotima war sein Versuchskaninchen. Wäre beinahe aufgeflogen. Kurz vor den Olympischen Spielen gab es eine erste positive Dopingprobe bei einem lokalen Florettwettbewerb. Robert legte seiner Schwester nahe, eine Verletzung vorzutäuschen. Nur so entging sie der zweiten Kontrolle. Wäre sie da auch positiv getestet worden, hätte man sie lebenslang gesperrt.«

»Also verzichtete sie auf die Teilnahme bei den Spielen?«

»Ja, das war ein echtes Drama.«

»Was hat Heidi damit zu tun?«

»Robert schwängerte Heidi. Sie hat ihre Teilnahme bei den Olympischen Spielen abgesagt. Ich erinnere mich nicht mehr ganz genau, aber ich glaube, nicht einmal zwei Wochen nach den Olympischen Spielen hat sie ihr Kind verloren. Robert ist abgetaucht, weil bei den Spielen noch weitere Athleten aufflogen, die er mit illegalen Mitteln versorgt hat. Tja, und seither herrscht Funkstille zwischen Heidi und Diotima. Beide warfen sich vor, am Verschwinden von Robert schuld zu sein.«

»Er ist nie wieder aufgetaucht?«

»Nein. Heidi ließ kein gutes Wort an ihm, macht unsere Familie dafür verantwortlich, ihrem sportlichen Höhepunkt im Weg gestanden zu sein. Er hat sie geschwängert und dann sitzen lassen. Diotima ist felsenfest davon überzeugt, dass Robert nicht untergetaucht ist, sondern Heidi ihn zum Schweigen brachte.«

»Was glaubst du?«

»Ich enthalte mich der Stimme. Diotima und Robert waren unzertrennlich. Das bekam ich immer mit. Sie verstanden sich zu dritt prima: Diotima, Robert, Heidi – das war wie eine eingeschworene Clique, an die bist du nicht rangekommen.«

»Aber du hast Roberts Platz eingenommen.«

»Nach Diotimas sportlichem Karriereende intensivierte sich unser Kontakt.«

Immer wieder versucht Max abzulenken, indem er in der Küche verschwindet, den nächsten Gang serviert und dann so tut, als hätte er den roten Faden verloren.

»Wir reden nur von unserer Familie. Ich würde gerne mehr über dich erfahren«, sagt er und sorgt für einen neuen Drink.

Ganz schlechtes Thema. Wolke möchte lieber erfahren, was Max bei seiner Taxirecherche herausgefunden hat.

»Ich leite dir alle Auswertungen per Mail weiter. Aber findest du nicht, dass wir genug über den Job gesprochen haben?«

Er dreht sie samt Stuhl zu sich. Seine Hände berühren ihren Nacken. In Zeitlupe senkt sich sein Kopf zu ihrem, bis sich die Lippen berühren.

## Kapitel 12 – Sonntag

Wolkes Augen sind geschlossen. Eine kalte Brise kitzelt ihre Fußsohle, die unter der Bettdecke herauslugt. Sie hört Schritte auf dem Fußboden und denkt an Jessica.

Im nächsten Moment schreckt sie hoch. Der Kopfpolster stürzt über die Bettkante.

»Jessica!«, ruft sie und starrt auf Max, der am offenen Fenster steht und raucht.

»Meine Katze, sie kriegt in der Früh ihr Futter.«

Max ist vollständig angezogen und perfekt gestylt. Ihm ist die lange wilde Nacht nicht anzumerken. Er lächelt sie an.

»Das holst du nicht mehr auf – es ist bereits nach neun Uhr.«

»Wie lange bist du schon auf?«

»Lange genug. Ich habe uns frische Brötchen besorgt.«

»Du warst schon draußen?«

»Klar.«

»Ich muss nach Hause.«

»Soll ich dich fahren?«

»Nein, ich schaff das schon alleine«, sagt sie und sammelt ihre am Boden verstreuten Klamotten auf, huscht an Max vorbei und verschwindet im Bad.

Ein paar Spritzer Wasser müssen genügen. Das verknautschte Gesicht lässt sich dadurch aber nicht reparieren. Fünf Minuten später sitzt sie auf ihrer Vespa und flitzt Richtung Heimat. Der Abschiedskuss fiel viel zu kurz aus.

Als sie um die letzte Kurve biegt und auf ihr Haus zufährt, bremst sie sich ein. Diotimas Mazda steht vor der Haustür.

Was macht sie sonntagvormittags bei Wolke?

Die Motorhaube ist noch warm.

Wolke stellt ihr Moped ab und schleicht in das Gebäude. Die

Liftkabine befindet sich laut Digitalanzeige im Stock von Wolkes Wohnung.

Wolke drückt den Rufknopf und holt die Kabine in das Erdgeschoss. Der Lift erreicht die gewünschte Etage. Wolke stemmt sich gegen die Türe und tritt in den Flur.

Diotima wartet tatsächlich vor der Wohnungstür. Sie mustert Wolkes Outfit.

»Lässt du Samstagsnacht die Puppen tanzen? Warum reagierst du nicht auf deinem Handy? Ich versuche, dich seit zwei Stunden zu erreichen. Wir müssen los. Kanter erwartet uns dringend in seinem Büro.«

Josef Kanter – der Vorgesetzte von Wolke und Diotima. Arbeitet angeblich rund um die Uhr, auch am Wochenende.

Wolke hofft, dass das Parfüm von Max nicht zu stark an ihrer Haut klebt.

Per Mazda geht es im Eiltempo ins Kommissariat. Am Sonntag gleicht das Gebäude einem Geisterhaus. Nur spärlich begegnet man Kollegen. Die meisten Gänge sind finster, kein Geräusch zu hören.

»Immerhin habt ihr es noch vorm Mittagessen geschafft.« Die Verärgerung über den späten Auftritt ist Kanter anzuhören. Sein Büro ist weder geräumiger als die Büros von Diotima & Wolke noch schicker eingerichtet. Keine Stilmöbel, alles rein funktional und günstig. Dafür entschädigt der Ausblick über dichte Bäume einer Parklandschaft.

»Ihr fragt euch sicher, warum ich euch sonntags in meinem Büro antanzen lasse. Mir sind ein paar unangenehme Dinge zu Ohren gekommen. Vogl, Ihre Aufgabe bestand darin, die Kollegen aus dem Waldviertel zu unterstützen. Man hat sich beschwert, dass Sie sich über Befehle hinwegsetzen und nicht kooperierend agieren.«

»Wir haben das im Griff«, meint Diotima.

»Ich sprach auch nicht von euch beiden, sondern speziell von Ihnen, Vogl.«

»Die Beschwerde kam garantiert von Eduard Feige. Sie wissen, dass wir gemeinsam die Ausbildung absolvierten. Seit er ins Waldviertel versetzt wurde, ist der Mann frustriert. Er weint den Wiener Zeiten nach. Man sollte seinem Gejammer nicht zu viel Wert beimessen.«

»Das klang aus seinem Mund ganz anders. Er ist sehr glücklich, im Waldviertel seine neue Herausforderung gefunden zu haben. Er hat sich extra an Sie gewandt, weil er mit Ihnen bisher gute Erfahrungen gemacht hat. Umso enttäuschter sei er, dass Sie das Protokoll so ignorieren.«

»Ich arbeite nicht gerne nach Protokoll, sondern nach Instinkt.«

»Genau das ist Ihr Problem, Vogl. Die Kollegen aus dem Waldviertel haben den Fall für abgeschlossen erklärt. Wieso vergeuden Sie noch Zeit mit einem abgehakten Fall? Wir ersticken in Akten. Sehen Sie gefälligst zu, dass der Berg an Erledigungen abgearbeitet wird.«

»Wenn ich eine Spur habe, dann verfolge ich sie hartnäckig.«

»Leider scheuen Sie vor Regelverstößen nicht zurück. Sie haben sich auf illegale Weise Beweismittel beschafft und einen Garderobenspind aufgebrochen, und Sie haben ohne Bewilligung Einsicht in fremde Konten genommen.«

»In die Konten der Hauptverdächtigen. Heidi Dudek versäuft ihr Geld.«

»Heidi Dudek ist eine alte Bekannte von Ihnen. Sie besitzen nicht die nötige Distanz zu dem Fall.«

Diotima schenkt Wolke einen ernsten Blick, ehe sie sich wieder dem Vorgesetzten zuwendet.

»Ich nutze nur den Vorteil, dass ich die Gewohnheiten und Gedankengänge der Hauptverdächtigen kenne. Ansonsten gehe ich wie bei jeder anderen Verbrecherjagd vor.«

»Das scheint mir nicht der Fall zu sein.«

Josef Kanter greift in eine Lade. Seine Hand kommt mit einem Pack Fotos hervor. Er lässt die Aufnahmen über den Schreibtisch gleiten. Sie zeigen die Judoka vor der Ackermeier-Villa.

»Sie haben diese Bilder an Eduard Feige weitergeleitet und sie als Beweismittel gegen Heidi Dudek betitelt.«

»Was sie eindeutig sind.«

»Nicht, wenn man den Fotografen dieser Aufnahmen befragt.«

»Paul Schrotter hat sie geschossen. Wo liegt das Problem?«

»Ebenfalls ein Herr, den Sie seit Ihrer Zeit als Florettfechterin kennen.«

»Ein Schwachkopf, aber immer gut für ein paar Detailaussagen.«

»Was sagen Sie zu diesen Detailaussagen?« Der Vorgesetzte zieht eine Sonntagsausgabe des *Kaiser-Blatts* aus der Lade. Schon im Chronikteil aufgeschlagen.

Überschrift: »Nüchtern zum Bierkaiser«

»Vergessen Sie den Text«, fährt er dazwischen, ehe die Chefinspektorin lesen kann. »Entscheidend ist der letzte Abschnitt.«

Sein nikotingelber Finger tippt auf den Zwischentitel »Richtigstellung«. Wolke liest über Diotimas Schulter mit:

*Nach all den Jahren ist es an der Zeit, Farbe zu bekennen und mich zu entschuldigen – bei Heidi Dudek, Vize-Bierkaiserin und ehemalige Spitzen-Judoathletin. An den Gerüchten, die sich von Homosexualität über Geschlechtsoperationen bis hin zu Transgender erstreckten, war der Verfasser dieser Zeilen nicht unschuldig. Er berief sich jedoch stets auf Informationen, die ihm von einer langjährigen Vertrauten der Sportlerin zugetragen wurden (Name der Redaktion bekannt). Das war ein*

*Fehler. Dies ist ein Appell an die Vernunft und der Wunsch nach Vergebung.*

»Ich habe mich nach dem Namen der Informantin in der Redaktion erkundigt. Ich glaube, ich kann mir ersparen, den Namen zu nennen.«

Kanter schlägt die Zeitung zu. Mit einem Wisch landet sie in der Lade. Aber der Chef ist noch nicht fertig. Seine Hände kramen kleine Schachteln hervor, die er der Reihe nach am Schreibtisch aufstellt. Die Anabolika-Verpackungen, die Wolke bei Max in der Wohnung vergessen hat. Sie kann es nicht fassen – Max ist ihr in den Rücken gefallen.

*Dieser Schuft!*

*Warum lässt er Diotima und Wolke ins Messer laufen?*

»Mir wurde mitgeteilt, dass Sie Heidi Dudek unsachgemäß unter Druck setzen und mit Konflikten aus Ihrer Vergangenheit konfrontieren. Sie werden verstehen, dass ich das nicht dulden kann. Sie rücken unseren gesamten Ruf in ein schlechtes Licht.«

»Wer hat Ihnen das mitgeteilt? Wer hat Ihnen diese Medikamentenboxen gegeben?« Wieder wandert ihr Blick auf ihre Partnerin, und Wolke versucht, ihr mit einer Grimasse zu verstehen zu geben, dass sie damit nichts zu tun hat.

»Böhm.« Kanter berührt die Schachteln nahezu wie Granaten, die es zu entschärfen gilt. »Ich möchte, dass Sie das Kommando für diesen Fall übernehmen.«

»Sie wollen mir den Fall entziehen?«, schreit Diotima auf. »Ich stehe unmittelbar vor der Aufklärung.«

»Sagen wir es so: Der alte Fall um Sepp Ackermeier hat sich erledigt. Ich möchte nicht mehr, dass damit Zeit verschwendet wird. Aber es ereilte uns ein neuer Ruf der Kollegen aus dem Waldviertel, die unsere Expertise im neuerlichen Todesfall in Loisbach benötigen. Böhm – Sie übernehmen. Vogl darf Ihnen zuarbeiten und wird Ihre Befehle ausführen. Wenn Sie wollen, stelle ich Ihnen bei Bedarf aber auch einen alternativen Partner zur Seite.«

»Ist nicht Ihr Ernst«, bricht es aus Diotima hervor.

»Kennen Sie mich als Scherzbold?«

»Ich fasse es nicht.« Ihre Stimme bebt.

»Vogl, ich mache das nur zu Ihrem eigenen Schutz.«

»Wovor wollen Sie mich schützen?«

»Sie stehen unmittelbar vor Ihrer Beförderung. Machen Sie sich das nicht kaputt.«

»Ich pfeife auf die Beförderung.« Sie erhebt sich und verlässt das Büro. Kanter bleibt ruhig. So als hatte er solche Situationen schon mehrfach zu managen. Ganz ruhig spricht er zu Wolke: »Böhm, der Kollege Feige erwartet Sie in Loisbach. Er möchte, dass Sie zu ihm hinausfahren. Sofort.«

# Kapitel 13

»Wo bleibt die leitende Inspektorin so lange«, blafft Diotima Wolke entgegen. Sie lehnt an der Seite ihres Mazdas. Arme vor der Brust verschränkt.

»Wir müssen nach Loisbach«, ignoriert Wolke die Provokation ihrer Partnerin und wedelt mit dem Kärtchen, auf dem Feiges Nummer steht.

Nachdem sie am Beifahrersitz Platz genommen hat, sagt sie: »Eines vorweg: Ich habe kein Wort zu Kanter gesagt. Ich weiß nicht, woher er das mit Heidis Vergangenheit hat.«

Diotima startet den Wagen. Bis der Mazda auf die Verkehrsroute eingebogen ist, schweigt sie, erst dann blickt sie zu ihrer Partnerin.

»Es war Heidi persönlich. Sie geht in die Offensive. Sie hat bei mir eingebrochen.«

Wolke starrt sie mit offenem Mund an.

»Ja, gestern, nachdem du ausgestiegen bist, habe ich Heidi einen Besuch abgestattet. Sie hat sich redlich Mühe gegeben, wieder auf unsere ehemalige Freundschaft zu plädieren. Beinahe wäre ich auf ihren Trick auch wieder reingefallen, ich blöde Kuh.«

»Was hat sie zu den Fotos gesagt, die Schrotti vorgestern von Heidi geschossen hat?«

»Sie wollte mir weismachen, dass sie sich bei der Witwe bedanken wollte, weil die ihr das Preisgeld ihres Mannes vermacht hat.«

»Klingt glaubhaft. Kann mir vorstellen, dass Helene Ackermeier das Geld nicht wollte.«

»Alles erlogen. Heidi war schon immer eine Meisterin der Manipulation. Gestern hat sie mich gebeten, sie auf den Wilheminenberg zu begleiten. Früher haben wir dort oft unsere Joggingrunden gedreht. Gestern war's nur ein langer Spaziergang. Breit und ausufernd laberte sie davon, warum ihr die Niederlage beim Bierkirtag nichts ausmachen würde und sie keinen Grund hatte, dem Sieger etwas anzutun.«

»Du meinst anders als bei deinem richtigen Bruder, auf den sie richtig sauer war?«

Wolke hat Diotimas überraschten Blick kommen sehen.

»Du weißt von Robby?«

Wolke nickt, hält dem durchdringenden Blick ihrer Partnerin stand.

»Heidi, du und dein Bruder – ihr wart ein unzertrennliches Trio.«

»Na gut, Schätzchen, wenn du schon so schlau bist, dann verkraftest du auch die ganze Geschichte. Ja, zu dritt hätten wir die Welt gerockt. Aber egoistisch, wie Heidi nun einmal ist, hat sie sich genommen, was sie wollte, ohne Rücksicht auf Verluste.«

»Du wirfst ihr vor, dass sie dir deinen Bruder weggenommen hat?«

»Sie war verwundert, dass man vom Ficken Kinder kriegt. Die blöde Kuh. Sie hat geglaubt, Robby damit an sich binden zu können. Aber Robby wollte nie Kinder. Er wollte Karriere machen, feilte am perfekten Sport-Boost-Cocktail. Die schwangere Heidi hat ihm den Rest gegeben. Er hat mit ihr Schluss gemacht. Daraufhin hat sie ihn beseitigt.«

»Das ist deine Spekulation?«

»Ich spüre es. Er hat ihr Leben zerstört. Wegen dem Kind hat sie auf den größten Triumph ihrer Sportkarriere verzichtet. Und dann kommt das Kind nicht einmal zur Welt. Sie hat ihren Traum umsonst geopfert. Keiner kann mir weismachen, dass das der Frau nicht das Ventil rausgerissen hat.«

»Du hast ein wichtiges Detail bei deiner Geschichte vergessen, Dio. Dein Bruder war ein Dealer.«

»Hör mal zu: So sprichst du nicht von Robby, verstanden? Er war kein Dealer. Manche Sportler haben mehr Talent, andere weniger. Die Allerbesten sollten das Recht erhalten, jedes Quäntchen Talent aus der letzten Pore herauszuholen.«

»Andere nennen es Betrug.«

»Nenne es, wie du willst. Robby wollte die besten Athleten der Welt erschaffen. Davon träumt die Menschheit. Deshalb sehen wir uns Olympische Spiele an. Nicht, weil wir mittelmäßiges Wetteifern sehen wollen, sondern überirdische Superleistungen.«

»Ich sehe mir weder das eine noch das andere an. Auf jeden Fall musste dein Bruder untertauchen – und deshalb konnte er sich auch nicht mehr um Heidi kümmern.«

»Du willst es nicht kapieren, oder? Sie hat ihn beseitigt.«

»Was macht dich so sicher?«

»Robby musste untertauchen. Das war mir klar. Aber ich wusste auch, er würde sich bei mir melden, sobald er in Sicherheit war. Selbst wenn es Monate, Jahre dauern würde – er würde seine Schwester nicht vergessen. Er wusste, dass er mir das nicht antun kann. Aber er hat sich nie gemeldet. Bis heute nicht. Robby ist tot. Ich habe viel zu spät begonnen, der Spur nachzugehen. Keine Chance mehr, irgendeinen Beweis zu finden. Ich kann es Heidi nicht mehr nachweisen.«

»Und jetzt willst du Heidi den Mord an Sepp Ackermeier in die Schuhe schieben?«

»Diesmal gebe ich Heidi nicht mehr die Zeit, alle Spuren zu verwischen. Diesmal nagle ich sie fest. Und du als neue Chefermittlerin wirst Heidi in die Mangel nehmen, verstanden? Wir müssen sie in die Enge treiben. Wir sind so knapp davor, sie zur Kapitulation zu bewegen.«

»Stopp! Hör auf damit. Weißt du, was ich glaube? Du schiebst die Schuld auf Heidi, weil du dir selbst nicht verzeihst, dass du auf die Spielchen deines Bruders reingefallen bist.«

»Wenn du nicht weißt, wovon du redest, solltest du besser deine Klappe halten.«

»Allmählich verstehe ich auch, wieso es dir schwergefallen ist, von deinem Bruder und Halbbruder zu sprechen. Du bist so enttäuscht von Robert, dass du ihn aus deinem Leben gestrichen und durch Max ersetzt hast. Der, der dich niemals enttäuschen wird. Deshalb passt du auch haargenau auf, dass er sich in keine Kollegin verliebt. Nochmals einen Bruder an eine Freundin zu verlieren – das würdest du nicht überstehen.«

»Das hat damit nichts zu tun.«

»Dann sag mir, woraus du schließt, dass Heidi auch Sepp Ackermeiers Mörderin sein muss?«

»Die ganze Zeit fragte ich mich, wo der Zusammenhang liegen könnte. In meinen alten Tagebüchern wurde ich fündig. Ich habe die ganze Tragödie rund um Heidis Schwangerschaftsdrama dokumentiert. Damals waren wir noch gute Freundinnen. Sie hat Robby verflucht, dass sie wegen ihm auf die Olympischen Spiele verzichten musste. Ihr Frust war riesig, nachdem ihr Kind im Bauch gestorben ist und der Verzicht umsonst war. Und dann machte es in meinem Kopf ›klick‹. Heidi schwor sich damals, sich nie wieder von einem Ziel abbringen zu lassen, koste es, was es wolle.«

Diotima atmet tief durch.

»Heidi war vorm Finale beim Bierkirtag wieder schwanger. Noch einmal lässt sie sich dadurch kein Ziel vermasseln. Verzichten oder gewinnen. Du kennst die Antwort. Nur deshalb trank sie alkoholfreies Bier. Vergiss die Story rund um das lächerliche Judonachwuchsturnier. Es geht Heidi nur um sich.«

»Ob Heidi schwanger ist, lässt sich leicht herausfinden.«

»Schon erledigt. Auf unserem langen Spaziergang am Wilheminenberg gestand sie mir, dass meine Vermutung nicht so falsch ist. Sie war schwanger. Vor zwei Monaten. Ein Hoppala. Mit einem Kollegen aus ihrer Schule. Sie ließ das Kind abtreiben. Sie hat mir die Abort-Bestätigung gezeigt.«

»Bedeutet, dass sie beim Bierfest nicht mehr schwanger gewesen ist?«

»Ja, fast wäre ich darauf reingefallen und hätte mir das auch einreden lassen. Aber Heidi wäre nicht Heidi, wäre der Spaziergang nicht Teil ihres Plans gewesen. Ein Ablenkungsmanöver.«

»Wozu?«

»Ihr Vorschlag für die Wanderung kam, kurz nachdem ich ihr erzählt hatte, dass ich sie festnageln kann, weil ich meine Schlussfolgerungen meinen alten Tagebüchern verdanke. In der Zeit, in der ich und sie am Wilheminenberg unterwegs waren, ließ sie ihren Handlanger bei mir einbrechen und nach meinen Tagebüchern suchen. Aber er hat sie nicht gefunden. Nur meine uralten Medikamente. Die brachte er Heidi, und sie wird sie Kanter unter die Nase gerieben haben.«

»Meinst du mit Handlanger Nestor Bach?«

»Ja, die Pflaume.«

»Er kann es nicht gewesen sein.« Wolke öffnet ein Dokument auf ihrem Handy, das Max ihr am Abend auf ihre Mailadresse geschickt hat. »Als ich gestern aus deinem Wagen ausgestiegen bin, verfolgte ich Nestor Bach. Er ist mir mit dem Taxi entkommen, aber Max hat sich für mich ins Zeug gelegt und herausgefunden, wohin das Taxi gefahren ist. Hier stehen alle essenziellen Daten: Taxinummer, Name des Taxilenkers, Ausgangspunkt, Zielort, inklusive genauer Uhrzeit. Nestor Bach ließ sich gestern Nachmittag zur Brauerei Loisbach fahren. Er kann den Einbruch also nicht begangen haben.«

*

Vor der Brauerei flattert das Absperrband. Am Boden sind Body Outlines aufgeklebt. Daneben mehrere kleine Markierungstafeln mit Nummern. Alle Fenster der Brauerei sind dunkel. Eduard Feige steht mit Wolfgang Ortner neben seinem Dienstwagen und stellt die Plauderei umgehend ein, als er den Mazda mit den beiden Sonderermittlerinnen auf den Tatort zuschießen sieht.

»Ich dachte mir, du willst einen genaueren Blick auf den Vorfall von gestern werfen«, sagt er in Diotimas Richtung, aber die schnauzt ihn gleich an: »Du musst mit meiner Kollegin reden. Sie hat jetzt das Kommando. Ganz nach deinem Sinne, oder?«

Er starrt sie verwirrt an, wendet dann aber seinen Kopf langsam zu Wolke.

»Bernhard Frieß wurde gestern von einem LKW erfasst und getötet.«

»Unfall, Mord?«

»Zu neunundneunzig Prozent ein Unfall, auch wenn der Brummi-Fahrer sich sicher ist, dass der Bierbrauer ihm vors Heck gestoßen wurde. Der LKW war gerade dabei, rückwärts aus dem Lagerbereich zu fahren. Der Fahrer meint, er hätte die Spiegel im Blick behalten und da wäre kein Mensch gewesen – plötzlich hätte es gekracht. Der Fahrer steht unter Schock, und seine Aussage ist nicht für bare Münze zu nehmen.«

»Keine weiteren Zeugen?«

»Wie man's nimmt. Genau da widerspricht sich der Fahrer. Er will drei oder vier Typen gesehen haben, die ihm nicht ganz geheuer vorkamen. Kurz bevor er den Retourgang einlegte. Als ich nachhakte, ob er sich denn nun auf die Typen oder seine Rückspiegel konzentriert hat, konnte er sich nicht mehr eindeutig erinnern. Von den Typen fehlt bis jetzt jede Spur.«

»Es muss irgendwer etwas gesehen haben.« Wolke dreht sich im Kreis und lässt den Blick über den Mittelalterplatz schweifen.

»Was ist mit dem Kaffeehaus? Dort drüben sitzt man quasi auf einem Logenplatz.«

»Dort sind nur Senioren. Die sehen entweder nicht weit genug oder können sich nicht mehr erinnern, was sie gesehen haben.«

»Wann ist es passiert?«

»Ziemlich genau elf Uhr dreißig. Der LKW war der letzte, der noch am Samstag Bier abholen durfte. Willst du meine Einschätzung hören? Der Brummi-Fahrer war spät dran, hatte es eilig, wollte so schnell wie möglich Feierabend machen, ist etwas schneller und unvorsichtiger als gewöhnlich aus der Ladezone herausgefahren – und bumms! Da haben wir den Salat.« Eduard Feige kontrolliert per Schulterblick, ob die Distanz zu Wolfgang Ortner weit genug ist, dann flüstert er: »Bernhard Frieß war obendrein nicht der Hellste. Es würde mich nicht wundern, wenn der den Lastwagen schlichtweg übersehen und genau in die Schusslinie gelaufen ist.«

»Du hast immer so tolle Lösungen parat, Edi«, meldet Diotima sich nach geduldigem Zuhören erstmals zu Wort.

»Wo ist die Leiche? Wir würden sie gerne sehen.«

»Im Leichenschauhaus. Den Anblick sollten sich zartbesaitete Mädchen aber ersparen.«

»Und du solltest dir deine Macho-Sprüche ersparen. Sonst wird die Ermittlungsleiterin eine Beschwerde gegen dich einleiten, nicht wahr, Frau Inspektorin Böhm?«

Aber Wolke lässt sich auf die Sticheleien der Kollegen nicht ein und marschiert langsam auf das Kaffeehaus zu. Sie möchte sich selbst von den Beobachtungsqualitäten der Senioren überzeugen und betritt den Gastraum. Ihr entgeht nicht, dass der

Geräuschteppich an murmelnden Kaffeehausbesuchern mit einem Mal schlagartig abfällt. Alle Gesichter richten sich zur Tür. Es hat sich herumgesprochen, dass die Kripo im Ort ist. Offenbar sehen die Rentner doch ganz gut.

*

»Danke, passt so.«

Nestor reicht die zwei Hunderterscheine durch das Fenster zum Taxifahrer. Wenn er sich noch mehr Fahrten nach Loisbach leistet, macht ihn das arm wie eine Kirchenmaus.

Er lässt das Taxi absichtlich auf dem Parkplatz stoppen, auf dem am Bierkirtag Heidis Chrysler parkte. Er möchte vermeiden, dass Rosi sieht, wie er vor ihrem Kaffeehaus hält. Das würde sie gleich wieder in die falsche Kehle kriegen und denken, er stalke sie. Gestern wirkte sie etwas reserviert, als sie sich an ihrem Arbeitsplatz trafen. Laura hat ihn Rosi gegenüber als Scharlatan beschrieben. Dieses Bild muss er ausbügeln. Und dafür nimmt er die Taxikosten in Kauf.

Er schleicht durch die Seitengassen zum Mittelalterplatz. Der Dienstwagen der Wiener Sonderermittlerinnen fällt ihm vor der Brauerei sofort auf. Er hält an, bleibt an der Hauskante stehen und beobachtet die Lage. Die Sportliche der beiden Sonderermittlerinnen steht mit einem männlichen Polizisten vor der abgeriegelten Brauerei. Die pummeligere Kripo-Beamtin ist entweder nicht mitgekommen oder anderweitig beschäftigt. Nestor kehrt um und joggt zurück zum Parkplatz.

»He, du schuldest uns noch ein Bier«, schallt es über die Autodächer. Drei Halbstarke kommen auf ihn zu. »Glaubst du, wir sind blöd? Abhauen. Das geht gar nicht.«

Diese Jugendbande hat ihm gerade noch gefehlt. Er wird sich nicht auf sie einlassen und wandert möglichst gelassen über den Parkplatz, hält aber gleichzeitig Ausschau nach einem Wagen, bei dem er so tun könnte, als wäre es seiner.

»Wir verzeihen dir aber, wenn du uns jetzt auf ein Bier einlädst.«

»In eurem Alter solltet ihr keinen Alkohol trinken. Geht nach Hause und lasst mich in Ruhe.«

»Uns will nicht eingehen, warum du uns kein Bier vergönnt hast. Du durftest ohnehin umsonst saufen.«

»Sehe ich aus, als müsste ich für mein Bier nichts bezahlen?«

»Davon sind wir ausgegangen, nachdem du der Freund der Finaletussi bist.«

Nestor steht nun vor einem roten Wagen und tut so, als ob er gleich einsteigen würde. Die Jungs kommen näher. Einer setzt sich auf die Motorhaube, der kräftigste – offenbar der Chef der Bande – geht direkt auf Nestor zu, tippt ihm mit dem Zeigefinger auf die Brust und grinst ihn frech an.

»Wir haben gesehen, wie du letzten Sonntag mit der Finaltussi hier angekommen bist.«

»Ihr redet Schwachsinn.«

»Nein, wir haben genau gesehen, wie die Frau aus dem riesigen Wagen gestiegen ist.«

Der Halbstarke auf der Motorhaube mischt sich ein. »Das Arschloch an der Schank wollte uns kein Bier ausgeben, ohne dass wir ihm den Ausweis zeigen.« Er spuckt in hohem Bogen auf den Schotterboden. »Im Supermarkt müssen wir auch keinen Ausweis zeigen, wenn wir Bier kaufen.«

Nestor hat keine Lust auf diese Kindergeschichten. Als wäre es wirklich sein Wagen, fordert er den jungen Mann auf, seinen Hintern von der Motorhaube zu heben.

»Was kümmert es dich? Der Wagen gehört dem alten Fortner.« Die drei Jungs kichern dämlich. »Warum hast du dich hierher gestellt? Wolltest du gegen die Reifen pissen?«

Wieder lachen alle drei.

»Nein, er wollte andächtig daran denken, wie er vor einer Woche hier gesessen ist«, legt der dritte der Jungs, der bisher noch am wenigsten geredet hat, nach – und Nestor muss schlucken, denn unterbewusst hat er sich tatsächlich an den Wagen am Parkplatz gestellt, der dort steht, wo letzten Sonntag Heidis Chrysler parkte.

»Woher wollt ihr wissen, dass ich der Freund der Frau bin?«

»Weil du neben ihr am Beifahrersitz gesessen bist.« Der Halbstarke rutscht von der Motorhaube und kickt mit der Schuhspitze gegen den Vorderreifen. »Wir dachten ja, du wärst längst fort, weil wir mitbekommen haben, wie du ausgestiegen bist. Aber du bist in die andere Richtung spaziert. Am Abend, als das Fest richtig losging, haben wir uns von meiner Wohnung wieder auf den Weg zum Zelt gemacht.« Der Halbstarke vergräbt seine Hände in den Hosentaschen und tänzelt von einem Bein aufs andere.

»Du bist plötzlich aus dem riesigen Wagen gestiegen, als ich versehentlich ein Rücklicht vom Brunner seinem beschissenen Volvo demoliert habe.«

»Versehentlich«, verzerrt einer der anderen beiden Jungs seine Stimme und kichert laut auf.

»Ja, Mann, es war wirklich keine Absicht, dass das Glas bricht. Ich wollte nur meinen Schuhabdruck im Dreck hinterlassen.«

Nestor erinnert sich an den Wagen. Der stand genau neben den weißen Lieferwagen, mit dem er zu diesem Zeitpunkt noch keine »Bekanntschaft« gemacht hatte.

»Da stand ein Lieferwagen daneben, richtig?«, sagt er zu den Jungs. Die nicken.

»Klar, die Klapperkiste der Türsteher-Prolos.«

»Mit denen hat Heidi sich unterhalten?«, platzt es aus Nestor hervor. Wieder nicken die Jungs.

»Heidi – so heißt die Säuferin? Der Name passt nicht zu dieser Wuchtel.« Der Halbstarke tritt erneut gegen den Gummi des Vorderreifens.

»Fast hättest du uns auf frischer Tat ertappt, aber du hast uns in unserem Versteck nicht gesehen. Hast einen ziemlich verunsicherten Eindruck abgegeben. Wir sind dir dann hinterher, weil Jonny die grandiose Idee hatte, dass wir über dich an jede Menge Bier rankommen.«

»Ihr kennt die Türsteher?«

»Klar, diese Prolos kommen und gehen seit einem halben Jahr regelmäßig nach Loisbach. Absolute Arschlöcher. Glauben, sie wären hier die Platzhirsche. Wir wollten denen am Bierkirtag die Reifen aufstechen, und dann kamst du uns dazwischen.«

»Was wisst ihr von den Türstehern?«

Die Jungs gaffen sich an, lachen laut auf, und einer der drei krächzt dann: »Die vögeln sich durch die Schmitt-WG.«

»Maja Schmitt?«

»Klar.«

»Zeigt mir, wo sie wohnt.«

»He, die steht eher auf wilde Sachen, glaube nicht, dass die dich ranlässt.«

»Ihr sollt mich zu dem Mädchen führen.«

Der Fußmarsch geht stadtauswärts, bis sie vor dem schmucklosen Gebäude stehen, wo er wenige Tage zuvor den Lieferwagen bei der Garageneinfahrt entdeckt hatte.

»Am besten geht ihr jetzt wieder heim«, fordert Nestor die Halbstarken auf. Die kichern nur.

»Als Dank schickst du uns wieder weg? Wir möchten zusehen, wie du dir bei Maja einen Korb holst.« Der Jugendliche grinst breit und drückt den Klingelknopf. Nochmals und nochmals. Bis die Tür aufgeht, und eine blonde Frau im weißen Unterhemd auf der Fußmatte steht.

»Das ist nicht Maja«, flüstert Jonny in Nestors Ohr und muss daraufhin unkontrolliert lachen. Ein anderer Jugendlicher schlägt Nestor auf den Rücken, damit er sich vorwärts bewegt.

Nestor spaziert auf das verwirrte Mädchen zu.

»Ist Maja zu Hause?«

Statt einer Antwort gafft sie ihn an, als müsse sie über die Frage nachdenken. Er streift an ihr vorbei und betritt das Haus. Eine Haschischwolke schlägt ihm entgegen, dass er glaubt zu ersticken.

»Maja ist nicht hier.« In jedem einzelnen Wort der Blonden liegt so viel Langsamkeit, dass Nestor befürchtet, es würde Jahre dauern, bis sie ihm die Antwort liefern könne, wo Majas Zimmer ist. Er rüttelt an jeder Türklinke, die ihm unterkommt. Sie schlurft ihm träge hinterher.

Ein riesiges Bild an der Wand über einem zerwühlten Ehebett lässt Nestor innehalten.

»Das ist Maja«, grinst die Blondine, die über Nestors Schulter ebenfalls auf die stark vergrößerte Fotografie gafft, die Svetlana innig verschlungen mit einer nicht minder attraktiven Frau zeigt. Eine professionelle Aufnahme. Ein Bild, an dem man nicht vorbeisehen kann. Nestor hebt sein Smartphone an und knipst ein Foto von dem Lesbenpaar.

*

Nach dem deftigen Schweinsbraten im Kirchenwirt ist Wolke voll wie eine Kugel. Die Empfehlung des Bürgermeisters versprach nicht zu viel. Schade, dass Diotima nach wie vor etwas verschnupft auf die neue Ermittlungs-Rangfolge reagiert und deshalb auf ein Menü verzichtet hat und nur auf einer Brezel herumkaut.

Beide Sonderermittlerinnen sind sich jedoch einig, dass man

den Bürgermeister an einem Sonntagnachmittag gewiss nur in der kulinarischen besten Adresse von Loisbach antreffen würde. Und sie haben recht. Er sitzt in der hinteren Stube beim Stammtisch und lässt es sich gut gehen. Lautes Johlen dringt bis zu den Sonderermittlerinnen, die am wenig begehrten Plätzchen beim Windfang etwas abseits des Schusses sitzen. Hier kommen nur jene vorbei, die aufs Klo gehen. Irgendwann muss auch der Bürgermeister Wasser lassen, und das ist der Moment, in dem Diotima und Wolke ihn abfangen und zu sich auf die rustikale Holzbank bitten.

»Meine Damen, einmal muss auch für die Polizei Feierabend sein«, lächelt er nicht mehr ganz nüchtern und schnippt nach der vollbusigen Wirtin. »Angela, bring den beiden hübschen Dirndln doch was Anständiges zu trinken.«

»Vielen Dank, aber wir wollen nicht wie Edi enden. Den habt ihr ganz schön verdorben.«

»Edi Feige? Ja, der war ein verdammter Streber, als er zu uns gekommen ist, aber er ist am Weg der Besserung.«

»Wir machen erst Feierabend, wenn wir alle Fragen geklärt haben. Uns will nicht eingehen, warum Sie so strikt gegen unsere Ermittlungen sind. Wer keine Leichen im Keller hat, hat doch nichts zu befürchten.«

»Schaut's, was ihr angestellt habt mit eurer Schnüfflerei. Die Helene ist tot. Das hätte nicht sein müssen. Diese ganze Geschichte um Sepps warme Hurerei. Ich habe gewusst, dass uns dieses kranke Zeug früher oder später auf den Kopf fällt.«

»War das der Grund, warum Sie alles darangesetzt haben, dass Heidi gewinnt?«

»Wenn eine Frau den Sepp besiegt hätte – das wäre ihm eine Lehre gewesen. Dann hätte er es kapiert.«

Die Wirtin serviert drei große Bier. Frisch aus der Loisbacher Brauerei natürlich.

»Immer wenn er zum Bierkaiser ernannt wurde, dann gingen mit ihm die Pferde durch, und dann brauchte er einen knackigen Jungspund, dem er es richtig besorgen konnte. Das war nicht mehr zu ertragen.«

»Sind Sie verheiratet, Major?«

»Selbstverständlich und meine Frau ist auch mein Alibi für letzten Sonntag – aber Sie haben sicher Edis Bericht gelesen, da steht alles drin, gell?«

Mit einem Zug und Genugtuung gießt er sich das Bier in seinen Rachen.

*

»Anhalten«, schreit Nestor von der Rückbank. Das Taxi ist gerade einmal hundert Meter weit gefahren. Der Fahrer tritt auf die Bremse, und Nestors Oberkörper wird gegen die Rückenlehne des Beifahrersitzes geschmettert. Er beobachtet durch das Seitenfenster, wie die Jugendlichen an der Häuserecke verschwinden. Die ist er erst einmal los. Seine Hand schnappt nach dem Türöffner.

»Warten Sie bitte einen Moment. Ich bin in zehn Minuten wieder hier.«

Nestor sprintet durch eine Gasse, erreicht den Mittelalterplatz und gelangt über den Hauseingang eines Mehrparteienhauses in einen Innenhof – und von hier zur nicht privat zugänglichen Küche des Kaffeehauses. Ein Kinderwagen verstellt den Hintereingang. Nestor behält die Küchenfenster im Blick und schiebt die Babykutsche zur Seite. Er erschrickt nicht schlecht, als eine zweite Tür sich öffnet und Rosi auf den Hinterhof kommt. Mit Kleinkind im Arm.

»Hallo, Nestor, oder soll ich dich lieber Robert nennen?«

»Rosi, du darfst nicht alles glauben, was Laura dir erzählt.«

»Verschwinde von hier. Sofort.«

»Ist das Bernis Tochter?«

»Hau ab, oder ich rufe die Bullen.«

»Ich möchte mir dir reden.«

»Wozu? Du reimst dir ohnehin alle Geschichten zusammen.«

»Es tut mir leid, dass ich Laura erzählt habe, dass wir ein Paar sind. Ich weiß auch nicht, was da in mich gefahren ist. Kannst du mir verzeihen?«

»Bevor du das Gerücht in die Welt setzt, ich und Berni wären ein Paar, lass dir gesagt sein, dass wir zwar ein Kind miteinander haben, aber nie miteinander gegangen sind.«

»Du hast nur mit ihm geschlafen?«

»Ich hatte ihn eben gerne. Ich habe ein einziges Mal mit ihm geschlafen. Weil er mir leidgetan hat. Irgendwie. Egal, es ist eben passiert.« Sie kann ihre Tränen nicht mehr zurückhalten, legt das Kleinkind in den Kinderwagen und wendet Nestor den Rücken zu.

»Wenn ich dich noch einmal hier sehe, rufe ich die Bullen. Kein Witz.«

*

Auf der Rückfahrt nach Wien sitzt Nestor in einem nach Duftbaum riechenden Mercedes-Taxi und starrt unentwegt auf den Schnappschuss. Aber seine Gedanken kreisen nicht um Maja und Svetlana, sondern um Heidi.

Sie kennt die Schläger.

*Ist es möglich, dass sie ihm die Schl*äger auf den Hals geschickt hat?

Sie war die Einzige, die wusste, wo er sich gerade aufgehalten hat. Vor einer Woche, als er in der Brauerei zum ersten Mal schnüffelte, konnte sie den Typen genau beschreiben, mit welchem Wagen er unterwegs war. An dem Tag, als der schwarze Van ihn auf der Landstraße aufgabelte, hinterließ er kurz zuvor Heidi eine Nachricht, wo er sich befindet. Wahrscheinlich wusste sie sogar, dass die Kerle gerade bei ihm einbrachen, deshalb hat sie ihm im letzten Moment die Fahrt mit ihrem Chrysler verweigert und ihm empfohlen, mit Taxi oder Öffis zu sich nach Hause zu fahren.

Er schließt die Augen und versucht, den Gedanken zu verdrängen.

*Nein, Heidi tut dir das nicht an.*

Er beugt sich zum Fahrer vor und ändert die Zieladresse: statt seiner Straße nun doch jene von Heidi.

Eine Stunde später betritt er den Gemeindebau und klopft an die Tür der Turnlehrerin.

»Heidi, lass mich rein.«

»Hau ab«, faucht sie durch die Tür. An ihrer Stimme kann er hören, dass sie wieder getrunken hat.

»Ich weiß jetzt, wer Dreck am Stecken hat«, plaudert er gegen das Holz der Gemeindebauwohnungstür.

»Wir müssen uns diesen TV-Reporter vorknöpfen. Er versucht, Laura Klärens ins Bett zu kriegen. Er hat aber auch etwas mit Svetlana Sirakova am Laufen.«

Die Tür bleibt verschlossen. Heidi schweigt. Nestor zückt sein Handy und schickt ihr das Bild, das Maja und Svetlana in eindeutiger Pose zeigt.

# Kapitel 14 – Montag

Verschlafen fährt Nestor mit der Straßenbahn zur Schule. Sein Toyota ist noch immer in der Werkstatt. Am Lehrer-Parkplatz steht schon Heidis Chrysler.

»Bach, Sie gibt es auch noch? Gesund sehen Sie aber noch nicht aus.« Klaus Mattner betritt zeitgleich das Schulgebäude. Er ist unverschämt gut gelaunt. Hat man diesen Kerl schon jemals müde aus der Wäsche blicken sehen? Er ist wie Heidi und funktioniert rund um die Uhr. Niemand zweifelt daran, dass der smarte Mathe-Lehrer früher oder später auf dem Direktionssessel landet, wenn nicht gleich Landesschulinspektor. Das Zeug dazu hätte er.

»Sagen Sie, Bach, stimmt es, was man so hört?«

»Was hört man denn?«

»Dass Sie bei Heidi wohnen?«

Woher weiß er das schon wieder?, wundert sich Nestor.

Ohne ein Wort zu sagen, biegt Nestor zu den Toilettenanlagen ab. Drinnen stemmt er die Arme gegen das Waschbecken und betrachtet sein zerschundenes Gesicht im Spiegel. Sein Blick fällt auf das beschmierte Plakat an der Klo-Kabinentür. Irgendwelche Schüler haben das Piktogramm einer Volleyballspielerin per Filzstift um Riesen-Titten »verschönert«. Die Volleyball-Figur wird von allen Seiten von riesigen Schwänzen attackiert. Dem Ball haben die Schüler Haare gezeichnet und in einer Sprechblase »Sack« geschrieben.

Die Schmiererei kann nicht die Eventankündigung verdecken: Das Schülerinnen-Volleyballturnier startet heute Mittag. Heidi ist nicht die Hauptverantwortliche, scheint aber als »Hallenwart« auf. Das bedeutet, dass sie sicher schon im Turnsaal ist und Vorbereitungen trifft.

Im Turnsaal begegnet Nestor vorerst einmal nur elendiger Leere. Aber das Licht im Turnsaal, im Gang und den Garderoben ist bereits an. Spricht dafür, dass der »Hallenwart« auch schon da ist.

Er findet Heidi in ihrer kleinen Lehrer-Umkleidekammer auf der Garderobenbank. Sie ist ganz in das Handy vertieft. Sie hat die Trainingshose heruntergelassen. Über den muskelbepackten Oberschenkeln zeichnen sich Cellulitis und Blutergüsse ab, als würde sich Heidi tagein, tagaus durch Schützengräben werfen.

Er bleibt unterm Türrahmen des Kämmerchens stehen und räuspert sich. Ertappt blickt sie auf und lässt ihr Telefon auf die Sporttasche sinken. Sie erhebt sich – die Hose noch immer unten an den Fußfesseln.

»Bist du gekommen, um dir deine Belohnung abzuholen?«

Sie kommt auf ihn zu.

»Für meinen braven Detektiv, der nicht genug kriegen kann vom Schnüffeln.«

Ihre Hände greifen nach Nestors Handgelenken. Sie presst ihn mit dem Rücken gegen die Tür. Ihre glühende Brust drückt gegen seine.

»Du sollst deine Belohnung bekommen, Schnüffelnase.«

Schon kleben ihre Lippen an seinen. Er hat das Gefühl, sie schluckt seine Zunge wie ein Laubsauger. Ihre Hände fummeln an seiner Hose.

Hier? Jetzt?

»Heidi! Bitte! Nein, ich …« Er kann sich kaum aus seiner Position befreien. Ihre Trainingsjacke rutscht zu Boden, genauso wie seine Hose.

»Was denn? Willst du einen Rückzieher machen? Das war es, worauf du die ganze Zeit scharf warst.«

Ihre Hand massiert sein Glied. Nestor rutscht mit dem Rücken an der glatten Türoberfläche nach unten, bis die Pobacken den kalten Kunststoffboden berühren. Heidi umklammert seinen Brustkasten wie eine Bärenmutter einen dahergelaufenen Jäger. Er ist ihr Spielzeug, und sie reitet so lange auf ihm, bis jeder Zentimeter Hautoberfläche von ihr eine hummerrote Farbe angenommen hat. Passend zur Schulglocke schreit sie voller Lust auf. Nestor kippt seitlich vom Türrahmen weg, und Heidi sinkt wie ein gestrandetes Walross auf ihn herab und begräbt ihn unter sich.

*

Die Dusche prasselt im Nebenraum. Nestor liegt am Boden auf der Türschwelle zwischen Mädchengarderobe und Lehrer-Umkleidekammer.

War das bloß ein Traum? Oder fegte dieser Orkan tatsächlich über ihn?

Erst das summende Geräusch einer eintreffenden SMS-Nachricht reißt Nestor aus den Gedanken. Der Ton kam aus Heidis Handy. Das Display leuchtet zwischen ihren Sportsachen auf.

Er kann der Versuchung nicht widerstehen und greift nach dem Telefon. Sein Finger streicht über das Display, auf dem eine ungelesene Nachricht erscheint. Nestor zögert einen Moment, dann tippt seine Fingerkuppe auf das SMS-Symbol.

»Wann darf ich dich in den Shishita Club ausführen, meine Perle?«

Absender: Sebastian Leinzh.

Nestor starrt ungläubig auf die Buchstaben und muss die Nachricht nochmals lesen.

»Lass uns gleich jetzt im Shishita Club treffen – du zahlst«, schreibt er und blickt über die Schulter zur Badezimmertür. Quietschend wird der Wasserstrahl der Dusche in diesem Augenblick abgedreht. Heidi tritt pfeifend von der Duschtasse. Ein Klick auf das Display und die Nachricht an den TV-Moderator ist verschickt.

Gerade noch rechtzeitig, denn draußen am Gang keimt Lärm auf. Eine ganze Horde nähert sich. Die Tür zur Mädchengarderobe springt auf, und mehrere Schülerinnen strömen herein.

Nestor wirft das Handy auf die Sporttasche zurück und schwimmt gegen den Strom hereindrängender Volleyballspielerinnen. Als er den Gang erreicht, kann er das Kichern in der Mädchengarderobe hören. Das wird Gerüchte geben. Im nächsten Moment wird er per Lautsprecher ausgerufen.

»Heidi Dudek und Nestor Bach bitte dringend in die Direktion.«

*

»Vergiss nicht, dass ich das Kommando habe«, sagt Wolke zu ihrer Partnerin beim Betreten des Schulgebäudes. »In erster Linie wollen wir Nestor Bach auf den Zahn fühlen und nicht Heidi Dudek.«

Diotima schweigt. Ihre schmalen blassen Lippen sprechen für sich. Die beiden Frauen gehen hoch in die Direktion. Sie klopfen und warten auf das »Herein«.

»Die netten Damen von der Kriminalpolizei«, begrüßt Direktorin Anneliese Kräuter bemüht höflich.

»Lassen Sie bitte Nestor Bach und Heidi Dudek ausrufen. Wir müssen uns dringend mit den beiden Lehrern unterhalten.«

»Kann das bis zur Pause warten?«

»Selbstverständlich nicht.«

Nestor Bach ist der Erste, der eintritt. Er wirkt völlig verschlafen. Sein Hemd hängt auf einer Seite aus der Hose. Die Haare zerzaust, als hätten sie noch nie eine Bürste gesehen –

und er ist nervös. Wolke registriert das sofort. Unsicher tasten sich seine Pupillen von der Direktorin zu Diotima und Wolke.

»Kennen Sie das?« Wolke kramt verknitterte Taxigutscheine aus ihrer Seitentasche.

Er starrt eine Ewigkeit auf ihre Hand, ehe er nickt.

»Warum hatten Sie es vorgestern so eilig, mit dem Taxi nach Loisbach zu kommen?«

»Wegen der Einbrecher. Drei Männer sind in meine Wohnung eingebrochen. Ich erwischte sie auf frischer Tat und fuhr ihnen mit dem Taxi hinterher.«

»Kurz nach elf Uhr ließ der Taxifahrer Sie vor der Brauerei aussteigen. Wollen Sie mir weismachen, dass die Einbrecher aus Loisbach kommen? Warum sollten irgendwelche Typen aus Loisbach ausgerechnet bei Ihnen in Wien einbrechen?«

»Ich habe meine Geldbörse am Loisbacher Bierkirtag verloren. Die Kerle kennen meine Adresse.«

Wolke zieht aus einem Briefumschlag Fotos, auf denen jeweils Nestor in seinem Toyota abgelichtet ist.

»Sie sind in der letzten Woche relativ häufig in Loisbach gewesen. Darf man erfahren, was Ihnen an dem Städtchen gefällt?«

»Ich dachte, Sie sind krank«, murmelt die Direktorin.

»Ich habe jemanden in Loisbach kennengelernt.« Peinlich berührt stopft er sich das Hemd unter den Hosenbund.

»Darf man erfahren, wen?«

»Eine Kellnerin. Das Kaffeehaus befindet sich am gleichen Platz wie die Brauerei. Deshalb brachte mich das Taxi bis zur Brauerei.«

»Haben Sie der Dame von dem Einbruch erzählt?«

»Nein, es war im Kaffeehaus zu viel los. Ich habe einen Kaffee getrunken und bin mit einem Taxi wieder zurück nach Wien gefahren.«

Wolke und der Lehrer blicken sich lange in die Augen – bis er dem Blick nicht mehr standhält und zu Boden sieht.

»Warum erzählen Sie uns nicht die Wahrheit, Herr Bach? Ich habe mit der Kellnerin gesprochen. Sie haben sich bei ihr nach – ich zitiere – ›den Schlägern‹ erkundigt.«

»Stimmt.«

»Und wie lautete die Antwort der Kellnerin?«

»Hat sie Ihnen das nicht erzählt?«

»Ich möchte es aus Ihrem Mund hören.«

»Sie hat mich zum Teufel geschickt, weil sie dachte, ich würde sie anmachen.«

Wolke lacht. »Sie hat es etwas anders ausgedrückt, aber vom Inhalt her kommt das hin, ja.«

Gesicht und Tonfall werden ernst. »Rund zwanzig Minuten, nachdem Sie in Loisbach angekommen sind, ereignete sich vor der Brauerei ein folgenschwerer Unfall. Ein Biertankwagen überrollte einen Mitarbeiter der Loisbacher Brauerei.«

»Das ist furchtbar«, bricht es aus der Direktorin hervor, und sie hält sich die Hände vor den Mund.

»Der Lenker des Unfallwagens schwört, der Mann wurde ihm vor den Wagen gestoßen.«

»Was habe ich damit zu tun?«

»Mich verwundert der Zufall. Immer wenn Sie in Loisbach sind, passiert eine Katastrophe. Ich rede nicht nur vom toten Bierkaiser und dem verunglückten Bierbrauer. Uns ist ein Video präsentiert worden, auf dem sie die Zapfsäule einer Tankstelle ruinieren. Das wird teuer.«

Die Luft in der Direktion ist stickig. Nestor spürt, dass seine Stirn in Schweiß steht. Er weicht den Blicken der Inspektorin aus, aber der Gesichtsausdruck der Direktorin ist nicht viel besser. Er schluckt und überlegt, was er den Anwesenden sagen soll.

Hinter ihm wird die Tür aufgerissen. Von einem gewaltigen Luftzug begleitet, tritt Heidi Dudek ein.

»Was ist hier los? Die Mädels bereiten sich auf das Turnier vor, auf das sie sich seit Wochen freuen. Wieso können die Bullen nicht nach Feierabend auftauchen?«

Die Turnlehrerin ist genervt und ihr Gesicht rot angelaufen, kaum zu unterscheiden von ihrem säuerlich riechenden Jogginganzug.

Bisher hielt sich Diotima wie vereinbart zurück. Aber Heidis Auftritt wirkt auf die Chefinspektorin wie ein Startsignal. Sie schnellt nach vorn, packt Heidi am Unterarm und schwingt sie auf die Sitzfläche eines Stuhls, der durch die plötzliche Last ins Kippen gerät. Diotima lehnt sich über die sitzende Lehrerin. Ihr ausgestreckter Zeigefinger tanzt vor Heidis Nase herum.

»Hast du ernsthaft geglaubt, du kannst mich verarschen? Dein Ablenkungsmanöver ist in die Hose gegangen. Du kannst Kanter mit noch so vielen Falschinformationen füttern, ich bleibe an dir dran wie eine Zecke.«

»Diotima!«, ruft Wolke und versucht, sie von der Turnlehrerin zu trennen. »Wir hatten eine Abmachung.«

Sie schafft es nicht, ihre Partnerin von Heidi wegzubekommen. Die Direktorin ist erschrocken aufgesprungen. Ihre Bitte, ihr Büro zu verlassen, geht völlig unter.

Diotima schreit Heidi lauter an.

»Ich werde dich hinter Schloss und Riegel bringen, Dudi.«

»Jetzt reicht's«, keucht Wolke und zerrt ihre Partnerin mit aller Kraft von der Sitzenden.

»Darf ich dich einen Moment sprechen?« In Wolkes Stimme liegen Wut und Furcht zugleich. Diotima atmet schwer, pendelt ihren Blick auf ihre Partnerin ein, benötigt ein paar Augenblicke, ehe sie Wolke aus der Direktion folgt.

»Dir ist hoffentlich klar, dass du mit dieser Aktion bei Kanter jegliche Chance verloren hast, in dem Fall weiterzuermitteln.«

»Heidi versteht keine andere Sprache.«

»Wir hatten eine klare Abmachung. Ich rede, du hörst zu.«

Wolke überlegt, wo sie Diotimas Puls etwas runterbringen kann. Sie führt die Partnerin auf die Mädchentoilette. Mitten während des Unterrichts haben sie hier Ruhe.

»Wenn die Direktorin eine Beschwerde einreicht – und das wird sie tun, so, wie du dich aufgeführt hast –, dann haben wir ernsthafte Probleme. Du und ich. Kanter wird uns beiden den Fall entziehen.«

»Lass mich alleine.« Diotima nimmt auf einer Klobrille Platz. Wolke betritt die Nachbarskabine und tut es ihrer Kollegin gleich, macht es sich gemütlich.

»Wir müssen klaren Kopf behalten, Diotima.«

»Wir sind so knapp dran, Heidi zu überführen.«

»Mit deinen Methoden gelingt uns das aber nie. Wir müssen unsere Taktik ändern. Das beginnt damit, dass du mir stärker vertrauen musst. Du hast mir nicht gesagt, wie gut du Heidi kennst. Du hast mir verschwiegen, was zwischen ihr und deinem Bruder vorgefallen ist. Wenn wir im Team erfolgreich sein wollen, müssen wir über denselben Informationsstand verfügen.«

»Willst du mir erzählen, wie man erfolgreich ermittelt? Du kannst gerne einen Blick auf meine Statistik werfen.«

»Aber in diesem Fall habe jetzt ich das Sagen. Deshalb gehen wir nach meinen Methoden vor.«

Diotima erscheint plötzlich im Türrahmen der Klokabine und blickt auf Wolke herab.

»Heidi und ich waren echt ein schräges Paar. Wir pushten uns gegenseitig in der Kraftkammer zu Topleistungen. Wir haben uns immer schon etwas härter angegriffen. Wenn wir gemeinsam unterwegs waren, konnte es vorkommen, dass die eine der anderen ohne Vorwarnung eine reindonnerte. Für Außenstehende sah das so aus, als würden wir uns bekriegen, aber wir brauchten das, um uns aus der Reserve zu locken. Andere Mädchen gehen miteinander aufs Klo und unterhalten sich übers Shoppen, wir testeten eben ständig unsere Reflexe.«

»Das versteht vielleicht Heidi Dudek, aber die Direktorin bestimmt nicht. Ich will, dass du dich ab nun an meine Spielregeln hältst.«

»Tut mir leid, Wolke. Das ist MEIN Fall.«

*

»Geht es dir gut, Heidi?« Die Direktorin fächert ihrer Lieblingsturnlehrerin mit einer Mappe Wind zu.

Heidi streicht sich mit der Hand zuerst über die Haare, dann die Falten am Trainingsanzug glatt und steht wortlos auf.

»Herr Bach, lassen Sie Heidi und mich einen Augenblick alleine. Aber halten Sie sich auf Abruf, denn was mir da zu Ohren kam, müssen wir dringend klären, wenn Sie weiterhin an unserer Schule tätig sein wollen.«

Nestor verlässt den Lehrertrakt und hat nicht vor, auf die Standpauke der Direktorin zu warten. Außerdem gilt es, einen Termin einzuhalten. Mit Öffentlichen Verkehrsmitteln zur Cocktailbar wäre zu kompliziert. Er blickt durch das Fenster hinunter zu Heidis Chrysler. Sie benötigt ihr Auto die nächsten Stunden nicht. Das Volleyballturnier fesselt sie an die Schule.

Er joggt die Treppen ins Erdgeschoss, durchquert die Aula im Schnellschritt und betritt die Turnhalle.

Das Gequietsche der Sportschuhe auf dem Plastikboden und das Knallen des Volleyballs hallen bis auf den Gang.

In der Mädchengarderobe sitzen teilweise halb nackte Schülerinnen. Nestor ignoriert ihre überraschten Blicke und spaziert weiter in Heidis Umkleidekammer, wo er sich aus der Sporttasche den Autoschlüssel grapscht.

Durch den Hinterausgang der Turnhalle läuft er auf den Parkplatz. Der Chrysler ist dekoriert mit einer zarten Schicht von Regentropfen. Es nieselt leicht. Nestor hält neben den Stadtbahnbögen bei der eigenwilligen Shisha Bar. Ein Kellner spannt im Gastgarten Schirme ab und klappt die Stühle gegen die Tische. Hinter der Glasscheibe kann Nestor den TV-Moderator in der Bar erblicken. Er sitzt auf einem Hocker und hat ein Getränk vor sich stehen. Er blättert sich durch eine Zeitung. Als könne er die Blicke spüren, hebt er den Kopf, und seine Augen gaffen zum Chrysler. Unverzüglich erhebt sich Leinzh und verschwindet aus Nestors Blickfeld.

Nestor steigt aus dem Wagen, hastet auf die Bar zu. Sie hat erst seit wenigen Minuten geöffnet und ist noch menschenleer. Kalter Rauch hängt in der Luft. Von Leinzh steht nur noch das Getränk auf dem Tisch. Der Kellner richtet an der Bar die Bierzapfmaschine her. Er kümmert sich nicht um den neu hinzugekommenen Gast, sondern setzt ohne Eile seine Arbeit fort.

»Wo ist der Typ hin, der dort saß?« Nestor zeigt zu Leinzh' Platz. Der Kellner verzieht keine Miene. Seine dunklen Augenringe verraten, dass er viele Überstunden macht.

»Nehm mal an, aufs Klo.«

»Ist das dort hinten?« Nestor zeigt in die Richtung, in der er Leinzh aus den Augen verloren hat.

»Toiletten sind dort.« Der Finger des Kellners zeigt genau in die entgegengesetzte Richtung. »Dort hinten ist der Hinterausgang.«

»Scheiße«, flucht Nestor und ist in drei Sätzen bei der Glastür, die auf der anderen Seite des Stadtbahnbogens wieder aus dem Lokal führt. Doch außer Radfahrern und stockendem Verkehr ist am Gürtel nichts zu sehen.

Frustriert kehrt Nestor zurück zum Chrysler. Er startet den Motor und wischt mit dem Scheibenwischer die Windschutzscheibe frei. Der Regen wird stärker. Er wendet den Wagen. Aus der unscheinbaren Tür, hinter der er am Wochenende Svetlana hat verschwinden sehen, kommt jemand hervor und bewegt sich mit einem großen blauen Regenschirm davon.

Erst als er den Wagen komplett gewendet hat, erkennt er Svetlana. Den Schirmstock unter der Achsel eingeklemmt. Ein Ohr gegen das Handy gepresst. Sie trägt kniehohe Stiefel. Nestor fährt langsam zu ihr. Auf ihrer Höhe lässt er die Fensterscheibe runter.

»Steig ein.«

Sie blickt ihn verdattert an, doch schließlich klettert sie auf den Beifahrersitz. Nestor weht der süßliche Geruch ihres Parfüms entgegen. Sofort nimmt sie das Telefon wieder ans Ohr.

»Bist du noch dran? Hallo? Hallo?«, spricht sie mit stark tschechischem Akzent und wirft das Gerät auf das Armaturenbrett. »Warum sagt er, ich soll zum U-Bahn-Aufgang kommen, wenn mich einer abholt? Bist du der Neue?« Sie blickt Nestor böse an.

»Der Neue?«

Nestor lenkt den Wagen von der Seitenstraße auf den Gürtel. Es schüttet wie aus Kübeln, und in der Windschutzscheibe spiegeln die vielen roten Rücklichter wie ein romantisches Kerzenmeer.

Svetlana flucht in ihrer Muttersprache.

»Du hast mich noch nie abgeholt. Warum sagt er mir das nicht? Warum sagt er, dass ich zu U-Bahn soll?«

»Leinzh?«

»Natürlich.«

»Er hat umdisponiert, will, dass ich dich zu ihm in die Redaktion bringe.«

Der Verkehr geht stockend voran. Seitlich preschen die U-Bahnen am Stadtbahnbogen ungehindert vorbei.

»Wäre schneller mit U-Bahn«, sagt sie und quält sich aus den Stiefeln, um ihre Füße gegen das Handschuhfach zu pressen. »Soll ich dir gleich einen blasen oder erst in Büro?«

Nestor wehrt ihre Hand ab, die nach dem Hosenschlitz greift.

Was ist heute los, dass ihm alle Weiber an die Wäsche wollen?

Sie löst ihren langen, dekorativen Schal um den Hals und schleudert ihn auf die Rückbank. Sie bringt den Sessel in eine angenehme Rückenlage und schließt die Augen.

Verstohlen mustert Nestor die Beifahrerin. In ihrem Outfit wirkt sie wie eine Prostituierte. Sie wäre auch im keuschesten Vollkörperanzug unglaublich sexy.

»Wie geht es Maja?«

Sie öffnet die Augen und starrt ihn an, als hätte er etwas Beleidigendes gesagt.

»Arschloch!«, schmettert sie ihm entgegen.

Am Horizont kommt das leuchtende Logo der TV-Station zum Vorschein. Über dem hässlichen Gebäude hängen schwarze Wolken. Am Parkplatz stehen mehrere PKWs und LKWs. Der weiße Lieferwagen sticht Nestor sofort ins Auge. Er hält Seite an Seite zum Lieferwagen. Das Führerhaus ist leer.

Svetlana achtet nicht darauf, sondern hat nur Augen für einen pinkfarbenen Elektrowagen, Lauras Nissan Leaf.

»Was macht die da?«, kommt es Nestor und Svetlana beinahe synchron über die Lippen. Zwei Personen verlassen das alte TV-Stationsgebäude, das Model und der TV-Moderator. Sie gehen auf Lauras Wagen zu.

»Oh, nein!«, stöhnt Svetlana.

»Da staunst du, was? Ist dir nicht schon auf diesem Rathausplatzfest aufgefallen, dass Leinzh nichts unversucht lässt, Laura ins Bett zu kriegen?«

»Du musst die Polizei rufen«, sagt sie. Sie will zur Beifahrertür aussteigen, aber Nestor hat den Wagen schon wieder in Fahrt gebracht. Er darf das pinke Frauenfahrzeug nicht entwischen lassen.

»Überlass das der Polizei«, wiederholt sie.

»Ein Seitensprung kümmert die Polizei nicht«, erklärt Nestor und plagt sich aus der Ausfahrt. Der Verkehr ist zäh, und Laura drängt sich im Stau kontinuierlich von Wagen zu Wagen vor und gewinnt Abstand zum großen Chrysler, der im Stau feststeckt.

»Leinzh ist kein Liebhaber. Das Arschloch vergewaltigt Frauen«, flüstert Svetlana.

# Kapitel 15

Loisbacher Bierkirtag. Die Entscheidung zur Bierprinzessin des Jahres.

Laura stemmt die vergoldete Krönchen-Trophäe über ihren Kopf in die Höhe. Bürgermeister Lorenz Hochgartner schüttelt ihr die Hand und küsst die Siegerin auf die Wangen.

Um Svetlana kümmert sich keiner mehr. Man hat sie mit einem mickrigen Blumenstrauß abgespeist. Alles dreht sich um die große Gewinnerin.

»Laura«-Sprechchöre wogen durchs Publikum.

Svetlana gafft in eine Horde besoffener Gesichter.

Die frisch gekrönte Bierprinzessin ballt ihre Faust und schenkt ihrer Kontrahentin einen spöttischen Blick. So etwas ist Svetlana noch bei keinem Schönheitswettbewerb passiert. Gehässigkeit unter Finalistinnen kennt sie nicht. In der Regel liegen sich die Teilnehmerinnen in den Armen, feiern und trösten sich gemeinsam, aber für Laura ist dieses Duell um diese lächerliche Prinzessinnen-Krone wie ein Boxkampf.

Sie hat sich das alles ganz anders vorgestellt.

Sebastian Leinzh hat ihr versprochen, ihr Sieg sei fix. Mit diesem Argument angelte er sich Svetlana, als sie erfolgreich den Titel »Miss Hernals« einheimste. Sie kannte sein Gesicht aus dem Fernsehen und von einigen kleineren Miss-Wahlen, die im Wiener Raum stattfanden. Entweder war er als Jurymitglied, als Interviewer oder als Veranstaltungsmoderator vor Ort. Er war charmant, wenn auch eine Spur zu schleimig.

Sie vertraute ihm. Das war ein schwerer Fehler.

Das Händeschütteln der Juroren bekommt sie nur noch wie durch einen Schleier mit. Tränen stehen ihr in den Augen. Ihr

Make-up ist verwaschen. Sie will nur noch nach weg von diesem Ort. Wie in Trance schlängelt sie sich durch die besoffene Menschenmenge in Richtung Zeltausgang.

»Du willst schon weg?«

Sebastian Leinzh holt sie ein, packt sie am Arm.

»Jetzt wird's doch erst lustig, da kannst du noch nicht abhauen! Lass uns etwas trinken.«

»Keine Lust.«

Sie versucht, sich loszureißen.

»Frust bekämpft man am besten mit Alkohol.«

»Ich will nicht.«

Mit genügend Krafteinsatz gelingt es ihr, sich zu befreien. Sie schafft es vors Zelt. Es nieselt. Der Regen verwäscht die Schminke noch mehr.

»Ich will mit dir tanzen«, ruft der TV-Moderator und kommt schon wieder auf sie zu. Im Hintergrund erklingen Polka-Töne aus dem Zelt.

»Du sollst mich in Ruhe lassen.«

Sie läuft in den Regen, findet Unterschlupf in einer unbeleuchteten Gasse. Am Eck eines Gebäudeeingangs kauert sie sich zusammen. So klein sie kann – und lässt ihren Tränen, der Wut und Enttäuschung freien Lauf.

»Kommen Sie«, spricht sie eine Stimme von der Seite an. Die Gestalt steht im Gegenlicht. Sie sieht nur eine Silhouette. Alles andere ist eine schwarze Masse.

»Mir wurde befohlen, Sie ins Trockene zu bringen.«

»Ich geh nicht mehr zurück.«

»Wir gehen nicht ins Zelt. Ich zeige Ihnen einen Platz abseits des Trubels.«

Hinkend schlurft er an ihr vorbei, dringt tiefer in die finstere Gasse ein. Sein Arm berührt sie, hilft ihr auf. Sie begleitet ihn. Vor ihm hat sie keine Angst. Gegen den Zwerg kann sie sich wehren. Er führt sie zur Brauerei, öffnet ein riesiges, raunzendes Schiebetor. Im aufflackernden Licht erstrahlen Unmengen an Bierkistenstapeln.

»Ich kann kein Bier mehr sehen«, sagt sie.

»Aber es ist trocken und warm«, meint der Hinkende und breitet eine große Decke am Boden auf.

»Nach Picknick ist mir nicht. Ich hau hier ab.«

In dem Moment geht das Licht aus, und im Abtauchen des Lichtscheins nimmt sie für den Bruchteil einer Sekunde einen Mann wahr, der hinter ihr am Eingang der Lagerhalle steht.

»Nicht so eilig, jetzt geht der Spaß erst los.«

Die Stimme von Leinzh.

»Lass mich raus«, versucht sie, stark und böse zu klingen, aber das Zittern in ihrer Stimme schwingt mit.

»Entspann dich, Baby.« Seine Hand greift nach ihrem Hinterkopf. Er löst den Knoten ihrer Haare. Als sie schreit, drückt er die andere Hand sofort auf ihren Mund. Seine Finger stinken nach Nikotin. Im nächsten Moment klatscht eine Ohrfeige auf ihre Wange. Sie stößt mit der Seite gegen Bierkisten. Unzählige Flaschen scheppern in ihren Halterungen.

»Ist das der Dank dafür, dass ich dir diesen Auftritt ermöglicht habe?«

»Auf diesen Auftritt hätte ich gerne verzichtet. Ich bereue meine Teilnahme.«

»Dann werde ich alles unternehmen, damit dir der Abend doch noch wunderbar in Erinnerung bleibt.« Er drückt sie gewaltsam zu Boden. Sie hört den Hinkenden rufen.

»Ich habe extra ein feines Plätzchen für euch hergerichtet.« Er führt Leinzh und Svetlana blind zur Decke.

»Aber ich darf dann später auch mal ran.«

»Jetzt hast du erst mal Pause«, schnauzt Leinzh ihn an und stößt den Mann zur Seite. Svetlana kann das Knistern von

Geldscheinen hören, die der TV-Moderator dem Hinkenden zusteckt.

Ihr bleibt keine Zeit, um sich im Finstern zurechtzufinden. Sie ertastet den Bierkasten-Stapel – aber dann schnappen die Hände ihres Peinigers nach ihr und zerren sie auf die Decke. Brutal reißt der Mann ihr das Dirndl vom Leib. Eine Hand presst er ihr kontinuierlich gegen ihren Mund, während er sie von Textil befreit. Je mehr sie sich wehrt, desto gröber ist seine Gegenreaktion.

»Stell dich nicht so an. Du bist keine Jungfrau mehr. Du weißt, wie das geht.«

Dann rammt er sein steifes Glied in ihren Arsch.

In ihrem Kopf explodieren die Schmerzen.

»Jetzt will ich«, fordert der Hinkende sein Recht ein, nachdem der TV-Moderator keuchend von ihr ablässt.

Svetlana hat mittlerweile aufgegeben, sich zu wehren.

»Na meinetwegen«, sagt Leinzh und erhebt sich. »Du hast zwei Zigarettenlängen Zeit.« Er geht vor die Lagerhalle.

Als der weitaus kleinere Mann auf sie zukommt, richtet sie sich auf. Sie tritt dem Hinkenden entgegen.

»Wenn du mich anfasst, bist du tot«, zischt sie ihn giftig an.

»Sebastian hat gesagt, ich darf auch«, klingt er wie ein beleidigtes Kind. Sie versucht, nach ihm zu treten. Gegen Leinzh hat sie keine Chance, aber gegen den Zwerg würde sie sich bis aufs Blut wehren.

»Los, wir müssen abhauen.« Die Stimme des TV-Moderators klingt bei Weitem nicht mehr so entspannt. Er kommt auf Svetlana und den Hinkenden zu.

»Du Krüppel hast versprochen, wir wären alleine hier.«

»Sind wir auch.«

»Blödmann! Da ist noch jemand. Ich habe ihn genau gesehen. Er kam aus dem anderen Bereich der Brauerei.«

»Kann nicht sein. Ich habe alles abgesperrt.«

»Wenn der etwas gesehen hat – ich lass dich mit untergehen, hast du kapiert? Ich werde alles abstreiten und dir die Schuld in die Schuhe schieben, du verkrüppelter Arsch.«

»Es ist keiner hier, ich schwöre es dir.«

»Lass das Zeug verschwinden.« Leinzh packt Svetlana grob am Unterarm und hievt sie in die Luft.

»Du kommst mit«, faucht er Svetlana an. »Mein Wagen steht gleich vorne am Platz.«

Er schiebt sie vor sich her. Beim Auto angelangt, wirft er sie wie ein Stück Dreck auf die Rückbank.

Er fährt die ganze Strecke retour nach Wien, wo er sie über Nacht in einem fensterlosen Verschlag einsperrt. Bis sie ihm verspricht, kein Wort über den Vorfall zu verlieren. Er hegt keinen Zweifel daran, dass ihr bewusst ist, dass sie sich den Model-Job abschminken kann, wenn sie ihr Versprechen bricht.

*

Am Parkplatz vor dem Kommissariat angekommen, hält Wolke Ausschau nach Diotimas Mazda. Er ist nicht da.

Die Chefinspektorin geht nicht ans Telefon. Als Wolke die Treppen zur Drehtür hochjoggt, kollidiert sie beinahe mit Josef Kanter.

»Haben Sie alles im Griff, Böhm?«

Sie streckt nur den Daumen in die Luft, sagt kein Wort, zu groß ist die Angst, ihre Wut könnte verraten, dass nichts in Ordnung ist.

Auf der Büroetage geht sie an ihrem eigenen Zimmer vorbei und direkt auf Diotimas Bürotür zu. Doch die ist abgesperrt.

»Kühlen Kopf bewahren«, redet Wolke sich Mut zu und versucht, dort fortzusetzen, wo sie ursprünglich weiterarbeiten wollte: Jedes einzelne Jurymitglied kontaktieren und befragen. Sie streicht die Liste mit der Hand flach, schnappt sich einen Kugelschreiber und gleitet mit der Schreibspitze von Namen zu Namen.

Da sind die Stimmengeber für Laura Klärens: Brauereibesitzer Wolfgang Ortner, Braumeister Dieter Maierhofer und Bürgermeister Lorenz Hochgartner. Für Svetlana Sirakova stimmten Zeitungsreporter Paul Schrotter, TV-Reporter Sebastian Leinzh, Vorjahressiegerin Maja Schmitt und Promigast Jürgen Fohns – ein beliebter Krimidarsteller aus Deutschland.

Wolke erreicht den Schauspieler in einer Drehpause in München. Am Alibi des Mannes gibt es nichts zu rütteln. Er reiste gemeinsam mit Ehefrau zum Bierfest und unmittelbar nach der Stimmabgabe und Preisvergabe wieder ab. Als Täter ist der Deutsche für Wolke kein Thema, aber sie sucht neue Details.

»Ich wäre gerne länger bei dem netten Bierkirtag geblieben. Leider ließ sich das mit meiner Agenda nicht vereinbaren.« Angenehm sonor strömt seine Stimme in Wolkes Ohr. Sie könnte ihr ewig lauschen. »Von dem Wett-Trinken habe ich nichts mitbekommen. Da steckte ich voll in der Jurybesprechung mit den anderen Juroren zur Bierprinzessinnen-Wahl.«

»Wieso haben Sie für Svetlana Sirakova gestimmt? Wurden Sie dazu gezwungen?«

»Ich lasse mich zu nichts zwingen. Beide Kandidatinnen waren äußerst reizend. Ich hätte beiden die Krone vergönnt. Aber es geht nun einmal um Objektivität, und mit Verlaub, die Tschechin wirkte im Vergleich zur Lokalmatadorin um Klassen professioneller. Mich hat's gewundert, dass sie nicht gewonnen hat, weil ich den Eindruck hatte, viele der Jurymitglieder hätten für sie gestimmt. Aber es obliegt mir nicht, das Ergebnis anzuzweifeln. Beim Boxen gewinnt auch nicht immer der Bessere.«

»Den Tod von Sepp Ackermeier bekamen Sie nicht mehr mit?«

»Als ich ging, war der Trink-Wettbewerb noch in Gang. Schrecklich, die Geschichte um den Bierkaiser. Ich habe ihn sehr positiv in Erinnerung. Ein lustiger Mensch. Schade um ihn. Wirklich schade. Ich dachte, es wäre ein Unfall gewesen. So entnahm ich es den Medien.«

»Reine Routine. Wir müssen in alle Richtungen ermitteln. Befand sich Ihre Frau im Publikum?«

»Das war das Einzige, was uns etwas gestört hat. Ilse bekam keinen Ehrenplatz in den vordersten Reihen und musste sich selbst um einen Platz kümmern. Meine Frau ist da nicht so selbstbewusst. Ilse fand nur ganz hinten zwischen Besoffenen einen Platz.«

»Wurde sie belästigt?«

»Nicht anders als in anderen Bierzelten, bei denen die Leute übers Ziel hinausschießen. Sie verträgt kein Bier und bleibt deshalb gerne nüchtern. Ihrem Sitznachbarn dürfte es ähnlich ergangen sein. Nur mit dem Unterschied, dass der trinken musste und innerhalb kürzester Zeit so besoffen war, dass er mit seinem Gesicht ins Dekolletee meiner Frau fiel. Der arme Kerl. Er erzählte Ilse, dass er bloß als Fahrer für die Finalistin beim Wett-Trinken nach Loisbach gekommen sei.«

»Wäre es möglich, mit Ihrer Frau ein paar Worte zu wechseln?«

»Gerne, ich gebe Ihnen Ilses Nummer.«

Wolke gleitet der Telefonhörer beinahe aus der Hand, als die Bürotür unerwartet aufspringt und Max hereinblickt. Normalerweise glänzt auf seinem Gesicht dieser unverwechselbare Charmebolzen-Grinser. Diesmal ist davon nichts zu erkennen. Sein Gesichtsausdruck ist ernst.

»Es ist etwas Schreckliches passiert. Komm, wir müssen los.«

»Was ist geschehen?«

»Diotima … sie ist … komm endlich.«

»Sag sofort, was los ist!«

»Diotima hat es arg erwischt. Erkläre ich dir unterwegs. Wir dürfen keine Zeit verlieren.«

*

Der Chrysler holt auf der Autobahn auf. Lauras Wagen kommt wieder in Sichtweite.

Svetlana lehnt ihren Kopf an die Seitenscheibe.

»Er hat mir gedroht, er werde mir den Mord an Sepp in die Schuhe schieben, wenn ich ein Wörtchen über den Vorfall an die Öffentlichkeit bringe. Seit dem Bierkirtag kann ich ohne seine Lakaien nirgendwo hingehen. Er will mich einschüchtern und gleichzeitig in der Öffentlichkeit das Bild vorspielen, dass er und ich ein Liebespaar sind.«

»Warum spielst du mit?«

»Weil ich nicht will, dass er mir wehtut.«

»Wie lange willst du das noch ertragen?«

»Bis ich genug Geld zusammen habe, dann haue ich ab. Nach Deutschland.«

»Wer weiß von der Vergewaltigung? Maja?«

»Maja kannst du vergessen. Die ist mit einem seiner Türsteher zusammen.«

»Ich dachte, sie und du … ihr hättet etwas am Laufen?«

»Die Bilder, die im Netz kursieren? Alles gestellt. War ein Job.«

Die Fahrt geht in Richtung Loisbach. Der Regen bleibt ein ständiger Begleiter. Beide Autos fahren für die Witterungsverhältnisse viel zu schnell.

»Ob Laura weiß, worauf sie sich da einlässt?«, fragt Nestor.

Svetlana zuckt mit den Schultern.

»Er wird mit Laura dasselbe vorhaben wie mit dir.«

Sie schweigt.

»Sag bloß, du vergönnst es ihr.«

»Nein, aber ich möchte nicht dabei sein. Lass mich raus. Dann kannst du mit ihm machen, was du willst.«

Sie schlüpft in ihre Stiefel.

Beim Ottensteiner Stausee schert Lauras Wagen auf einen Waldweg ab. Mit einem Mal ist Nestor klar, wohin der Wagen unterwegs ist.

Als er auf der gegenüberliegenden Straßenseite eine Tankstelle erblickt, manövriert er den Chrysler scharf auf die Abbiegespur. Er rauscht an den Zapfsäulen vorbei, bis zu einem Toilettenhäuschen, wo er mit Vollbremsung anhält.

»Hier kannst du raus. Versprich mir, dass du die Bullen rufst.«

Kaum ist die Frau draußen, gibt Nestor wieder Vollgas. Er parkt den Chrysler genau an jener Stelle, an der er mit seinem Toyota den Baum küsste. Von hier sind es knapp zehn Minuten zu Fuß zur Blockhütte. Vor dem Häuschen steht Lauras Elektrowagen.

Wenn er Pech hat, kommt er zu spät, und Leinzh hat das Mädchen bereits überwältigt. Oder stecken die beiden unter einer Decke?

Vorsichtig nähert er sich dem Fenster, aus dem Licht auf den Vorbau dringt. Der Holzboden rund um das Haus ist glitschig wie Seife. Die Vorhänge sind vorgezogen. Es sind nur schwache Schatten auszumachen.

»Guck, wen wir hier haben.«

Im Augenwinkel nimmt Nestor eine Gestalt wahr. Ein maskierter Mann. Er ist keine zwanzig Meter entfernt, fummelt gerade an seinem Hosenstall herum und gafft zu Nestor.

Blitzschnell läuft er ums Hauseck, aber in der Kurve zieht es ihm die Füße weg. Der Maskierte muss sich nicht einmal sonderlich beeilen, um an Nestor heranzukommen.

»Kannst bei unserer Party gleich mitmachen.« Er packt Nestor in den Schwitzkasten und schleppt ihn zur Eingangstür.

»Hab Spielzeug mitgebracht«, ruft er in den überheizten Raum.

Nestor erkennt sofort den Mann im feinen Zwirn. Das ist der Typ mit dem fiesen Blick. Er sitzt mit gelockerter Krawatte auf einer Bank und schlürft eine Suppe. Etwas abseits neben ihm hockt Laura mit angezogenen Beinen und feilt sich ihre Zehennägel.

In der Mitte des Raums steht ein Stuhl. Darauf sitzt Sebastian Leinzh. Gefesselt und geknebelt.

Ein Bild, das Nestor nicht begreifen will.

*Warum um alles in der Welt ist Leinzh gefesselt? Nestor ist der Überzeugung, die Maskierten und er gehören zusammen. Sind das nicht seine Türsteher? Oder ist der TV-Moderator nicht der Anführer, sondern nur ein untergeordnetes Glied dieser Bande und hat gegen die Regeln verstoßen?*

*Gab es eine Meinungsverschiedenheit?*

*Ist Leinzh in Ungnade gefallen?*

»Einen zweiten Stuhl, bitte«, schnipst der Maskierte, der Nestor in unangenehmem Griff in Schach hält. Daraufhin erscheint ein zweiter Maskierter und rückt einen Stuhl Rücken an Rücken zu jenem Stuhl, auf dem Leinzh sitzt.

»Ihr seid wie Motten im Licht. Leicht anzuziehen.« Der Mann im teuren Anzug wischt sich mit dem Handrücken über den Mund und erhebt sich. Geduldig wartet er, bis auch Nestor fertig präpariert ist.

Laura legt die Feile weg und krabbelt von der Bank. Sie kommt an Nestor heran.

»Dachte mir, wir zwei wären miteinander fertig. Als ich dich damals aus meinem Wagen geschmissen habe, rief ich gleich Daddy an. Ich erzählte ihm, dass ich glaube, dass du für Schrotti arbeitest, ich mir aber nicht ganz sicher bin. Also hat Daddy gesagt, er findet es für mich raus.«

»Dass du da die arme Helene mit reingezogen hast, war nicht nett von dir«, mischt Lauras Vater sich ein. »Ich musste handeln und Plan B auspacken. Wäre dafür bestimmt gewesen, wenn Sepps Plan aufgeht und er Laura den Gewinn bei der Bierprinzessinnen-Wahl vermasselt hätte. Der Major hat mich vorgewarnt, dass Sepp auf die Brauerei Druck ausgeübt und Laura auf die Verliererstraße bringen will.« Man könnte ihm seine mitleidige Mimik beinahe abkaufen, als er sagt: »Dass sich Helene deshalb gleich das Leben nimmt, damit konnte ich nicht rechnen.«

»Das ist seine Schuld, Daddy.« Laura kneift Nestor in die Nase. »Er hat so manche Menschen enttäuscht. Auch Rosi. Ich bin gleich zu ihr gefahren, nachdem ich mit Daddy telefoniert habe. Ich habe ihr erzählt, was du dir so über sie zusammengedichtet hast. Vor allem, dass du nur ein verlogener Sensationsreporter bist, hat sie schwer getroffen. Du hast ihr nur schöne Augen gemacht, um eine Skandalgeschichte über mich zu schreiben. Rosi gestand mir, dass du unbedingt wolltest, dass du sie zu Maja führst, und dort hast du sie dann stehen lassen. Als du mir am Wochenende verraten hast, dass die Brauerei den Wettbewerb wiederholen will, habe ich mit Daddy beschlossen, dem TV-Trottel eine gehörige Abreibung zu verpassen. Man braucht bei dem Kerl echt nur mit der Zehe wackeln, und er wird spitz wie Lumpi. Ich weiß nicht, wieso er so deprimiert aus der Wäsche guckt. Ich habe ihm eine Überraschung versprochen. Er ist sofort darauf angesprungen. Jetzt hat er die Überraschung und wirkt niedergeschlagen. Dabei habe ich nicht gelogen – im Unterschied zu euch.«

»Und um euch diese Lügerei auszutreiben, kriegt ihr jetzt mal eine kleine Abreibung präsentiert«, schiebt Lauras Vater sich vor Nestors Gesicht. Der Gefangene zuckt zusammen. Lauras Vater lacht.

»Keine Angst. Ich mache mir an euch keinen Finger schmutzig. Dazu habe ich Assistenten, die das viel besser können.« Die beiden Maskierten nehmen Aufstellung.

»Charly und Freddy lassen euch erst gehen, wenn sie sich ganz sicher sind, dass ihr die Lektion verstanden habt. Bei dem einen oder anderen kann das zu bleibenden Schäden führen.«

Nestor kann Laura nicht sehen, aber hören, wie eine Ohrfeige nach der anderen auf die Wangen des TV-Moderators knallen.

»Laura«, schimpft der Vater. »Wir haben gesagt, wir machen uns die Finger nicht schmutzig.«

»Sorry, Paps, das musste ich loswerden.«

»Diese Impulsivität muss sie von ihrer Mutter haben.«

Auch Lauras Vater ist auf die andere Seite gewandert.

»Du wirst es bereuen, dass du meine Tochter verarschen wolltest. Glaube mir, wenn der Titel nicht an Laura gegangen wäre, wärst du schon tot. Mit etwas Glück überlebst du das heute, aber nur mit etwas Glück. Hängt von deiner Kooperationsbereitschaft ab. Ich denke, danach wirst du beim Model-Contest keine Stimme mehr für Svetlana abgeben.«

»Daddy, lass uns gehen. Ich möchte noch shoppen und nicht noch mehr Zeit mit diesem Opfer verlieren.«

*

Max' Fahrstil erinnert Wolke an eine Rallye. Er brettert über die verregnete Landstraße wie ein Irrer.

»Warum hast du uns bei Josef Kanter verpfiffen?«

Er drückt das Gaspedal noch weiter durch. Sein Blick weicht keinen Millimeter von der Fahrbahn. Sie wiederholt ihre Frage. Er MUSS antworten.

»Ich wollte dir helfen.«

»Mir helfen?«

»Du hast auf mich den Eindruck gemacht, unter Diotimas Führungsstil zu leiden. Ich weiß, wie es sich anfühlt, wenn Diotima die Kontrolle an sich reißt. Ich habe Kanter gebeten, die Rollen zu tauschen – dich zur Leaderin zu machen und meine Schwester auf die Helferdienste zu beschränken.«

»Wieso lässt sich einer wie Kanter etwas von einem Verkehrsüberwacher befehlen?«

»Mein leiblicher Vater war lange Kanters Vorgesetzter. Die beiden sind heute noch gute Kumpels.«

»Also auch Diotimas Vater?«

»Nein, nein, wir haben dieselbe Mutter. Diotimas Vater war auch bei der Polizei, da gab's aber keine Berührungspunkte mit Kanter. Ich habe ihm von Diotimas Dopingvergangenheit erzählt. Es hat mich selbst überrascht, dass er diese Geschichte über all die Jahre ausgeblendet hat.«

Wolke überlegt, ob sie ihm diese Erklärung abnehmen soll. Vielleicht ist er genauso ein Blender wie seine Schwester, der sich alles so richtet, wie er braucht.

»Dort vorne«, ruft er, als die beleuchtete Tankstelle am Horizont auftaucht. Das Blaulicht eines Krankenwagens tanzt im Regen. Neben dem Krankenwagen stehen Polizeieinsatzfahrzeuge. Zwischen Autos und Toilettenhaus wuchern schwarze Schirme wie Pilzkappen.

Der Wagen kommt neben den Zapfsäulen zu stehen.

Die Krankenwagentüren stehen offen. Obwohl von der Person auf der Trage nur die Schuhsohlen zu sehen sind, weiß Wolke, dass es Diotimas Füße sind.

Sie läuft durch den Regen auf den Krankenwagen zu.

»Stopp«, kreischt sie, als die Hecktüren geschlossen werden. »Lasst mich da rein.«

Sie rempelt einen Sanitäter zur Seite und verschafft sich Zutritt.

»Diotima, kannst du mich hören?«

Die Chefinspektorin trägt einen Kopfverband und eine Halskrause. Ihr Gesicht ist leichenblass.

»Schätzchen, alles okay«, sagt sie schwach und schließt die Augen.

»Diotima, nicht einschlafen. Erzähle mir, was passiert ist.« Wolke tätschelt die kalten Wangen ihrer Partnerin.

Mit Verspätung drängt auch Max in den Wagen.

»Schwesterchen, die Fahndung nach Heidi ist raus.«

»Wir müssen los. Fahren Sie mit?«, fragt einer der Sanitäter.

»Ja«, kommt es aus Wolkes Mund wie aus der Pistole geschossen.

»Nein«, korrigiert Max. »Wir schnappen uns Heidi.«

»Ich muss wissen, was passiert ist.« Wolke umklammert immer noch Diotimas Hand.

*

Ein paar Stunden früher.

Diotima klemmt den Wischmopp unter die Klinke der Schulklokabine, um die Tür zu blockieren.

Sie ignoriert Wolkes Fluchen und verlässt die Mädchentoilette. Vom Gang aus erblickt sie durchs Fenster Heidi, die mit einem Mann am Schulvorplatz bei einem orangen Mini-Cooper steht. Das kleine Auto ist wie ein Rennwagen zurechtgemacht: zwei Rallyestreifen an der Seite von der Motorhaube bis zum Heck und an der Fahrertür eine Zahl – hier die »13«.

Der Mann gestikuliert wild. Heidi steigt in den Mini-Cooper, er geht zurück ins Schulgebäude.

Diotima trippelt eilig über die Treppen hinab und fängt den gut aussehenden Typen ab, der ihr geradezu in die Arme läuft.

»Warum haben Sie Heidi Ihren Wagen gegeben?«

»Sind Sie die Ermittlerin?«

»Ja. Antworten Sie.«

»Ihr Chrysler ist weg. Deshalb hat sie sich meinen Mini-Cooper ausgeliehen.«

»Der Chrysler ist weg?«

»Bach wird ihn sich genommen haben. Der ist momentan nicht zurechnungsfähig. Sie will ihm hinterher. Mein kleiner 13er ist mir heilig, aber sie hat mir versprochen, dass sie mir den Wagen unversehrt und voll aufgetankt zurückbringt. Ich bin mit dem letzten Tropfen in die Schule gekommen.«

Die letzten Worte hört Diotima nur noch aus der Ferne. Sie jagt schon aus der Tür und sprintet auf ihren Mazda zu. Sie darf Heidi nicht entkommen lassen. Aber der orange kleine Flitzer ist nicht mehr ausfindig zu machen.

Zornig schlägt sie mit den Fäusten gegen das Lenkrad.

Sie zögert nicht lange, schnappt sich ihr Handy, tippt die Nummer ihres Bruders ins Telefon.

»Ich brauche deine Hilfe. Halte bei sämtlichen Tankstellen in Wien Ausschau nach einem orangen Mini-Cooper mit Sportstreifen und der Nummer 13 auf der Fahrertür. Ich muss dringend wissen, wo der Wagen ist.«

Es beginnt zu regnen. Diotima parkt ihren Wagen vor einem Supermarkt und stattet sich mit Kaffee und Croissant aus.

Der Rückruf des Bruders lässt auf sich warten. Ganze zwanzig Minuten – dann klingelt es.

»Der Mini wurde bei der Tankstelle an der Westausfahrt gesichtet. Vor einer knappen Viertelstunde.«

»Mist, der ist über alle Berge«, sagt sie enttäuscht.

»Nicht so schnell geschossen. Ich habe mir die Überwachungsvideos der A1 angesehen. Es ist keine zwei Minuten her, dass dein Mini Steinhäusl auf der A1 Richtung Sankt Pölten passierte.«

»Dann weiß ich, wo's hingeht.« In Diotimas Stimme liegt wieder ein Hauch von Hoffnung.

Um ein Haar wäre Diotima an der Tankstelle auf Höhe des Ottensteiner Stausees vorbeigerast, aber dann stechen ihr das Orange und die Nummer 13 des Minis im letzten Moment ins Auge. Der Wagen parkt vor einer Toilettenanlage.

Auf der regennassen Fahrbahn schießt sie in steilem Winkel auf die Raststation zu und stoppt Stoßstange an Stoßstange zum Mini. Diotima springt vom Fahrersitz, wirbelt um das Auto und betritt die Toilette.

Die Toilettenanlage ist einsam, lediglich eine Frau steht bei den Waschbecken, gekleidet und geschminkt wie eine Straßenhure. Diotima lässt sie links liegen und schleicht zu den Kabinen. Aus einer kommt Heidi gerade hervor. Als sie Diotima erblickt, ist sie für einen Moment überrascht. Genau diese Sekunde nutzt die Chefinspektorin, rammt Heidi wie eine Footballspielerin in die Kabine zurück. Heidi schlägt sich den Kopf am Spülkasten. Der Toilettensitz scheppert.

Diotima greift nach ihren Handschellen. Mit einem Ratsch ist Heidis Hand gegen das Heizungsrohr gefesselt. Sie überlegt, ob sie Heidis zweiten Arm ebenfalls festbinden soll. Aber Heidi macht einen derart benommenen Eindruck, dass sie darauf verzichtet.

Ein Fehler.

Bamm!

Ihr Gesicht rast auf den Rand der Klomuschel zu – im nächsten Moment sieht sie Sternchen – dann ist alles schwarz.

Als sie erwacht, ist sie es, die mit der Handschelle gegen das kalte Heizungsrohr gefesselt ist. Von Heidi fehlt jede Spur. Diotimas Kopf dröhnt. An der Klomuschel klebt Blut – ihr Blut.

Ihr Handy ist durch den Spalt in die angrenzende WC-Kabine gerutscht. Diotima kauert sich, soweit die Handschelle es zulässt, auf den Boden. Es gelingt ihr, mit dem linken Fuß nach dem Handy zu fischen. Sie nimmt das Gerät mit der freien Hand auf und wählt die Nummer ihres Bruders.

*

Die Tür der Blockhütte kracht auf. Nestor sitzt mit dem Rücken zum Eingang.

Es klingt, als würde eine ganze Armee von Menschen den Raum stürmen.

Nestor hört Schreie, Fausthiebe, das Knacken von Holzstuhlbeinen. Auf einmal taumelt einer der Maskierten neben Nestor vorbei, stolpert und fällt rückwärts auf den Boden. In der nächsten Sekunde rückt einer der Schläger ins Blickfeld. Er tritt mit voller Wucht in die Rippen des Maskierten. Der zweite Tritt geht in den Schritt. Der Maskierte bäumt sich vor Schmerzen auf. Ein Fausthieb lässt seinen Hinterkopf gegen die Holzbretter donnern. Sein bewusstloser Körper zuckt wie bei einem epileptischen Anfall.

Jetzt wird auch der zweite Maskierte in Nestors Blickfeld gezerrt. Die Maske hat er nur noch halb am Schädel. Er blutet stark aus Nase und Mund. Einzig der stählerne Griff des Mannes, der ihn am Kragen packt, verhindert, dass er zusammenbricht.

Die Schläger nehmen dem TV-Moderator den Knebel aus dem Mund.

»Euch schickt der Himmel. Diese verfickten Landeier.«

Kurz darauf torkelt Leinzh in Nestors Blickfeld. Er wirkt mitgenommen. Ihm fehlen ein paar Zähne. Blut rinnt ihm aus aufgeplatzten Cuts. Ein Auge ist stark geschwollen, und er hält sich nur schwer auf den Beinen. Aber er lächelt. Und wie. Er kommt auf Nestor zu.

»Ich wusste, dass mir der Typ Unheil bringt. Vom ersten Moment an, als ich dich sah.«

Er winkt einen seiner Schläger zu sich, damit sie gemeinsam Nestors Stuhl um neunzig Grad wenden können. Nun sieht der Gefesselte von seinem Sitzplatz aus besser in den Raum. Da stehen die Schlägertypen – und in ihrer Mitte: Svetlana.

Leinzh greift sofort nach ihrem Handgelenk.

»Sieh dir an, welch hübsches Mädchen mir in den Wald gefolgt ist. Wie entzückend. Du möchtest wohl nochmals einen Ritt der Sonderklasse erleben. Das sollst du haben. Es wird dein allerletzter Ritt. Und das Schönste daran: Keiner wird mich in Verdacht haben. Lauras Papa hat mir das perfekte Alibi gegeben. Nach Ansicht der Bullen haben euch die schrägen Maskenmänner gefickt und erledigt. Ich spiele das unschuldige Opfer.«

Er zieht die Frau an sich heran und presst seine Lippen auf ihren Mund.

»Komm, wir ziehen uns ein wenig zurück.«

Er schubst sie grob zu den steilen Stufen in der Nische neben einer Holztür.

»Rauf mit dir.« Wie einem Gaul drischt er ihr auf den Hintern, bei jedem Schritt, bis sie oben in der Dachkammer verschwinden. Nestor hört die Schritte am Plafond. Der rustikale Kerzenleuchter über dem Tisch schunkelt.

Die Schläger nehmen währenddessen rund um Nestor Aufstellung.

»Zeit fürs Stoßgebet«, grinst einer der Typen.

Ein anderer stellt einen alten, verbeulten Kanister auf den Holzboden.

»Wir haben dir versprochen: Du schluckst Benzin, wenn du nicht aufhörst herumzuschnüffeln.«

*

Die Dämmerung ist weit fortgeschritten, und die Konturen des Waldes verlieren an Schärfe. Die Polizei hat eine Vermutung, wo der Mini-Cooper in den Wald abgebogen sein könnte. Bei einer markanten Kurve sind sämtliche Jungbäume daneben einseitig rasiert, als wäre ein defekter Mähdrescher über sie hinweggefegt. Etwa dreißig Meter im Wald reflektieren die Scheinwerfer von einem Karosserieblech. Die Einsatzfahrzeuge halten an. An vorderster Front der Wagen von Max.

»Es ist das erste Mal, dass ich so einen Einsatz leite«, sagt Wolke nervös und steigt aus.

»Keine Angst, ich helfe dir«, flüstert Max.

Mit Taschenlampen arbeiten sich die Polizisten zu der Karosserie vor und entdecken einen weißen Lieferwagen. Die Türen stehen offen.

Beim Anblick des Kennzeichens wird es Wolke mulmig. Sie hat das Gefühl, diesen Wagen schon einmal gesehen zu haben – und schlagartig erinnert sie sich an den Tag, an dem sie Nestor Bach zu seiner Wohnung folgte. Beim Überqueren der Straße hätte dieser Lieferwagen sie beinahe über den Haufen gefahren. Vom Kennzeichen merkte sie sich nur die ersten beiden Zahlen – und die sind ident.

»Los, weiter«, befiehlt sie der gesamten Polizeitruppe.

Die Polizisten streifen durch den Wald, bis die Lichter aus den Fenstern der Holzhütte wie Glühwürmchen zwischen den Bäumen schimmern. Wolke führt ihre Hand an den Griff ihrer Faustfeuerwaffe, als müsse sie sich in Erinnerung rufen, wo ihre Kanone im Ernstfall sitzt.

Vorsichtig, Schritt für Schritt, nähern sie sich der Eingangstür.

Aus dem Haus ist Geschrei und Gelächter zu hören.

Wolke deutet ihrer Mannschaft Stopp und blickt Max in die Augen.

»Bei drei sind wir drinnen. Eins – zwei – drei …«

Sie reißt die Tür auf, zielt mit der Waffe in den Raum und brüllt: »Polizei, Hände hoch, keine Bewegung.«

Max hält die Pistole mit beiden Händen im Anschlag und folgt der Anführerin in die Hütte.

Vier dunkel gekleidete Männer stehen breitbeinig um einen Mann, der samt Stuhl zu Boden gekippt ist. Seine Beine baumeln in der Luft. Rücken und Hinterkopf liegen auf den Holzbrettern.

»Scheiße, Benzin!«, schreit Wolke, als ihr der scharfe Gestank in den Schleimhäuten brennt.

Jeder Schuss könnte fatal in einer Feuersbrunst enden.

Ein Benzinkanister kullert am Boden herum. Ein großer kreisrunder Fleck hat sich um den Kanister ausgebreitet.

Nach und nach dringen mehr Polizisten in den Raum ein und nehmen die Maskierten fest.

»Nestor Bach, können Sie mich hören?« Wolke tätschelt seine Wange. Er versucht, ihr etwas zu sagen, aber das Artikulieren fällt ihm schwer.

»Oben«, krächzt er schwach. »Oben.«

Wolke folgt seinen Blicken, die zur Decke zeigen.

»Max, bring den Mann in Sicherheit. Ich sehe mich oben um.«

Wolke geht zur Treppe. Sie blickt hinauf. Alles finster.

Stufe für Stufe, mit der Waffe in der Hand, arbeitet sie sich in die Dachkammer vor. Ihr Kopf ragt über die Durchstiegsluke.

Sie erblickt ein karg eingerichtetes Schlafzimmer. Ein rustikales Ehebett. Zerknautschte Bettdecken. Kein Mensch zu sehen. Ein Fensterbalken schlackert nervös gegen eine Metallvorrichtung. In gebückter Haltung trippelt die Inspektorin vor zum Fenster. Über eine Balkonbrüstung sieht sie auf den verregneten Wald.

# Kapitel 16 – Dienstag

Es ist noch sehr früh und einer der ersten kalten Septembertage. Vor dem Haus von Maja Schmitts Mutter parkt der Dienstwagen von Eduard Feige. Mit blinkendem Blaulicht am Dach. Der Mazda aus Wien schießt an ihn heran. Max am Steuer.

Feige hat Wolke um halb fünf in der Früh aus dem Bett geläutet. Da lag sie gerade einmal neunzig Minuten unter der Bettdecke. Die Nacht am Revier war hart. Jede Menge Festnahmen, jede Menge Telefonate.

Sie hofft, dass die teuren Schönheitsprodukte, die versprechen, Falten zu glätten, und die sie bei Max im Badezimmer fand, ihr Gesicht einigermaßen frisch aussehen lassen.

Nachdem Nestor Bach zu Protokoll gegeben hat, von den festgenommenen Türstehern im Keller in einem Wohnhaus in Loisbach am vergangenen Montag mit dem Tod bedroht worden zu sein, veranlasste Wolke, eine Polizeistreife zu der besagten Adresse zu schicken.

Dabei haben die Polizisten einen brisanten Fund gelandet.

»Du bist der gleiche Gasfuß wie Dio«, begrüßt Feige die Wiener Kripo und winkt Max und Wolke mit sich.

Eingepackt in eine riesige, transparente Folie, liegt auf dem Steinweg zwischen Gartentür und Haustür eine zerbrochene Holzschaufel.

»Das haben wir im Keller gefunden. Die Kräusenschaufel der Loisbacher Brauerei. Die Forensik-Jungs haben schon einen ersten Blick drauf geworfen, demnach sind keine Fingerspuren darauf.«

Wolke geht vor dem Fund in die Knie und betrachtet den Holzstiel und das Metall-Emblem mit dem Wappen der Brauerei. »Glauben Sie noch immer, dass es sich bei Sepp Ackermeiers Tod um einen Unfall handelte?«, fragt sie und nimmt den Waldviertler Kollegen ins Visier.

»Nein, ich bin mir sicher, wir haben hiermit die Mordwaffe sichergestellt.«

*

Das Licht hat einen Grünstich, und die Videoanlage summt aufgrund eines Defektes unentwegt in nervender Tonlage. Am Verhörtisch sitzen sich Inspektorin Wolke und Dr. Oliver Klärens gegenüber. Sein schwarzes Jackett hängt schlampig um die Stuhllehne. Beide Ärmel seines weißen Hemds sind bis zu den Ellbogen aufgekrempelt. Seine Stirn liegt in Falten.

»Wo bleibt mein Anwalt? Wie oft soll ich es Ihnen noch diktieren: Ich-habe-keine-Ahnung-wie-diese-Scheißkerle-in-meine-Wochenendhütte-kamen.«

»Charly Dorstner und Freddy Bauer sind Ihre Mitarbeiter?«

»Ja, die beiden haben die Erlaubnis, sich gelegentlich in meinem Wochenendhaus aufzuhalten, wenn ich es nicht in Verwendung habe.«

»Ihre Mitarbeiter waren dort nicht zur Erholung.«

»Ich kontrolliere nicht, was meine Mitarbeiter in ihrer Freizeit machen.«

»Laut Ihrer Sekretärin hatten die beiden gestern nicht frei. Es kümmert Sie auch nicht, dass Charly und Freddy während der Dienstzeit in Ihrem Wochenendhäuschen chillen?«

»Solange meine Mitarbeiter ihre Aufgaben zu meiner Zufriedenheit erledigen, ist es mir egal, wann und wie viel sie arbeiten.«

»Charly und Freddy folgen Ihnen ständig auf dem Fuß, sind für Sie rund um die Uhr einsatzbereit.«

»Noch mal, zum Mitschreiben.« Er zeigt zur Kamera. »Nimmt das Ding das auf? Meine beiden Mitarbeiter waren unterwegs von Loisbach nach Wien. Ich konnte nicht wissen, dass sie einen Abstecher in der Hütte einlegten. Ich weiß auch nicht, welchen Streit sie mit dieser wild gewordenen Bande ausfochten. Das wird sich alles aufklären, wenn Charly und Freddy wieder ansprechbar sind. Darf ich endlich gehen?«

»Wir sind noch lange nicht fertig, Herr Klärens.«

»Doktor Klärens, wenn ich bitten darf.«

»Es gibt schwerwiegende Zeugenaussagen.«

»Von diesem dahergelaufenen Lehrer?«

»Ja, mitunter von Nestor Bach. Er behauptet, Sie hätten ihn schon mehrmals bedroht und schlagen lassen.«

»Der Typ ist scharf auf meine Tochter. Dem habe ich mal eine gescheuert. Deshalb versucht er, mir nun jeden Dreck anzuhängen.«

»Woher weiß er, wo Ihr Wochenendhäuschen steht?«

»Bestimmt stalkt er meine Tochter. Sie kommt oft ins Häuschen.«

»Dann wären da noch die Anschuldigungen von Paul Schrotter.«

»Sie sind hoffentlich nicht so naiv und glauben den Müll, den Schrotti fabriziert. Der Mann heißt nicht umsonst S-c-h-r-o-t-t-i.«

Wolke legt die aktuellste Ausgabe des *Kaiser-Blatts* auf den Tisch. Aufgeschlagen auf Schrottis Kolumne.

»Die Intrigen des Lonbach-Barons«, titelt der Journalist seine einseitige Story.

»Er schreibt davon, Sie hätten alles unternommen, damit Ihre Tochter die Bierkaiser-Krone gewinnt.«

Der Beschuldigte kramt in seinem Jackett. Er zieht sein Smartphone hervor und wischt sich durch eine Vielzahl an Bildern. Als er gefunden hat, wonach er gesucht hat, dreht er das Display in Wolkes Richtung.

»In der Kolumne steht aber kein Wort darüber, dass der Irre mich mit einem Gewehr bedroht hat.«

Auf dem leicht verschwommenen Schnappschuss ist der Journalist auf dem Firmengelände von Klärens zu erkennen. Er fuchtelt mit einer Schrotflinte herum.

»Der Mann ist ein schlechter Verlierer. IHN sollten Sie festnehmen, weil er mich vor Zeugen mit einer Waffe bedroht hat.«

»Warum haben Sie das nicht der Polizei gemeldet?«

»Weil das nicht mein Stil ist.«

»Sie meinen, weil Sie Probleme mit Ihren eigenen Methoden lösen. Sepp Ackermeier zählte auch nicht gerade zu Ihren Freunden. Er wollte auch nicht, dass Laura gewinnt.«

»Jetzt fangen Sie wieder damit an. Der Sepp war selbst sein größter Feind.«

»Haben Sie deshalb Frau Ackermeier einen Besuch abgestattet und ihr diese Mappe vor die Tür gelegt?«

Wolke fischt die grüne Mappe hervor und klappt sie auf, damit die Bilder der Jünglinge zum Vorschein kommen.

»Was ist das? Ich kenne die Bilder nicht.«

»Sie haben diese Mappe nie gesehen?«

»Nein.«

Wolke neigt ihren Oberkörper zum verspiegelten Glas. Sie nickt, und kurz darauf öffnet ein Polizist die Tür und lässt Vanessa Kausitz, die Haushälterin aus dem Hause Ackermeier, eintreten.

Wolke beobachtet Klärens' Reaktion. Er behält sein Pokerface, und doch ist es diese Schluckbewegung des Kehlkopfes, die ihr ein Lächeln beschert.

»Sie kennen Vanessa?«

Er schweigt, wechselt die Sitzposition, schlägt das rechte Bein übers linke und vermeidet es, die Haushälterin anzusehen.

Ihr geht es ähnlich. Schüchtern bleibt sie vorm Tisch stehen, Hände gefaltet vorm Schoß, hängende Schultern – Blick zum Boden. Sie weigert sich, sich zu setzen.

»Frau Kausitz betreut das Ehepaar Ackermeier seit rund fünf Jahren. Sie wird uns nun erzählen, was sie mir schon am Telefon sagte.«

»Eine Woche vor dem Loisbacher Bierkirtag kam Herr Doktor Klärens vorgefahren. Er gab mir Geld, damit ich ihm die Mappe gebe.«

»Die spinnt doch. Ich wusste nicht einmal von der Existenz dieser Mappe. Ich sage nichts mehr ohne Anwalt.«

»Fahren Sie fort, Vanessa.«

»Einen Tag, bevor sich Frau Ackermeier das Leben nahm, sah ich, wie ein Mann in einem großen schwarzen Wagen zur Villa kam. Er legte ein Paket auf die Treppen.«

Wolke schiebt zwei Porträtfotos von Freddy und Charly auf der Tischplatte zurecht.

»Erkennen Sie den Paketzusteller wieder?«

Der Finger der Haushälterin berührt Charlys Foto.

Mit Genugtuung wartet Wolke ab, bis er sie anblickt. »Sie wissen, dass Sie das Leben von Frau Ackermeier auf dem Gewissen haben, Herr Doktor Klärens?«

»Unsinn! Der Suizid geht auf Sepps Kappe. Ich habe nichts anderes getan, als sie mit der Wahrheit zu konfrontieren. Wo bleibt mein Scheiß-Anwalt?«

*

»Danke, dass Sie so schnell kommen konnten.« Wolke schüttelt Wolfgang Ortner die Hand. Er ist ganz in Schwarz gekleidet und nimmt in Wolkes Büro auf der sonnigeren Seite des Tisches Platz.

»Können wir's schnell machen? Es gibt bezüglich des Begräbnisses von Herrn Bernhard Frieß einiges zu erledigen.«

»Geht ganz rasch. Am Telefon sagten Sie bereits, Oliver Klärens ist bei Ihnen Mitte der Woche aufgetaucht.«

»Genau. Er hat mir den Ausweis von Herrn Nestor Bach überreicht. Er sagte mir, dieser Mann würde für Helena Ackermeier hinter seiner Tochter herumschnüffeln.«

»Haben Sie Nestor Bach zuvor schon mal gesehen.«

»Ich dachte, er wäre ein Reporter vom *Kaiser-Blatt*. Kurz, nachdem Oli weg war, beehrte mich dieser Bach und stellte dumme Fragen über das Preisgeld des Bierkaisers. Eigentlich wollte ich ihm seinen Ausweis zurückgeben, konnte den Ausweis aber nicht mehr finden. Jedenfalls bin ich dann sofort zu Helene gefahren und wollte sie warnen, dass sie sich vor den Klatschreportern hütet. Da lag sie schon tot in ihrer Badewanne.«

*

Im Vernehmungsraum haben die vier Schläger Platz genommen. In Handschellen. Pro Kandidat wurde ein eigenes Wachorgan abgestellt, die hinter den Männern an der Wand Aufstellung nehmen.

Wolke betritt kaffeeschlürfend den Raum. Bestimmt schon ihr vierter Becher an diesem Vormittag. Es wird nicht der letzte des Tages bleiben, befürchtet sie.

»Konnten Sie sich in Ihren Zellen etwas ausnüchtern?«

»Wir waren nie besoffen, Schnuckelchen.«

»Für Sie bin ich OberInspektorin Wolke Böhm, haben wir uns verstanden? Wer hat euch beauftragt, zur Blockhütte von

Oliver Klärens zu kommen? «

»Leinzh hatte ein paar Jobs für uns.«

»Was für Jobs?«

»Kleinigkeiten! Türstehen bei diversen Events. Personenschutz. So Zeug eben.«

»Woher kennt ihr den TV-Moderator?«

»Wolf war mit Maja zusammen. Leinzh verhalf ihr letztes Jahr als Juror zum Sieg beim Loisbacher Bunny-Wettbewerb. Seither hat er uns mit kleinen Aufträgen versorgt.«

»Warum geht ihr im Haus von Maja Schmitt nach wie vor ein und aus, wenn ihr von Wolf und Maja in der Vergangenheitsform sprecht?«

»Weil jetzt Lothar mit Maja zusammen ist. Wolf vögelt mit Majas WG-Freundin.«

»Von der ich nicht mal den Namen weiß«, ergänzt der Angesprochene gurgelnd vor Lachen.

»Erzählt mir vom Bierkirtag.«

»Was sollen wir großartig erzählen? Wir haben gefeiert und konnten in Majas Bude pennen.«

»Beauftragte euch Leinzh, Sepp Ackermeier abzuschlachten?«

»Fick dich, nein.«

»Warum fanden wir dann im Haus von Majas Mutter die Tatwaffe?«

»Keine Ahnung. Frag Majas Mutter.«

»Die ist seit zwei Wochen auf Urlaub. Das Haus also seit zwei Wochen leer.«

»Pech gehabt.«

»Was hat euch Leinzh befohlen? Solltet ihr Sepp Ackermeier bloß eine Lektion erteilen? Ihn erschrecken? Und dabei ist was schiefgelaufen?«

»Von Ackermeier wollte er nichts. Er hat diese Vize-Schlampe gevögelt. Damit die Göre keine Zicken macht, hat er uns beauftragt, dass wir auf sie aufpassen.«

»Wie definiert ihr Aufpassen?«

»Sie begleiten, bei Events, beim Shoppen, beim Straßenbahnfahren – damit die Göre kapiert, dass wir sie im Auge haben.«

»Habt ihr euch an ihr vergangen?«

»Scheiße, nein, Mann!« Wolf schreit eine Spur zu laut, und seine Muskeln verkrampfen.

»Warum habt ihr Nestor Bach verkloppt?«

»Einen Tag nach dem Bierkirtag rief uns Leinzh an, dass es da einen Schnüffler gebe, der mitbekommen habe, dass er die Schlampe gevögelt hat. Bach hat Berni unter Druck gesetzt. Also haben wir dem Arsch klargemacht, dass es sehr wehtut, wenn er weiterschnüffelt. Aber er kam wieder, quatschte die Alte aus dem Kaffeehaus aus, Bernis Ex, und die hat den Vollidioten zu uns gebracht. Wir sind ihm nachgefahren. Mann, der schlechteste Autofahrer der Welt. Den setzt du ein bisschen unter Druck, und ihm versagen die Nerven. Er knallte mit dem Auto gegen einen Baum, konnte aber abhauen. Ein paar Tage später brachte uns Berni seinen Ausweis.«

»Ihr wusstet also, wo Bach wohnt, und seid bei ihm eingebrochen.«

»Nur, um ihm zu zeigen, dass wir wissen, wo er wohnt. Kurz vor Loisbach hat Wolf bemerkt, dass uns ein Taxi folgt. Wir haben den Spieß umgedreht und uns angesehen, was der Verfolger macht, wenn er uns nicht mehr sieht. Er ist zur Kaffeehaustante gegangen.«

»Habt ihr Berni abserviert, weil er für Leinzh zu riskant geworden ist?«

»Wir haben Berni nicht abserviert. Leinzh wollte, dass sich der Kleine beruhigt. Wir haben ihm eingetrichtert, er müsse sich vor diesem Wiener Lehrer nicht ins Hemd machen. Wir waren schon weg, als er gegen den LKW gelaufen ist, das arme Schwein.«

»Also musste Nestor Bach dafür büßen, und ihr habt ihn in die Waldhütte gelockt.«

»Nein. Wir dachten, Leinzh würde uns zu dem Plätzchen ordern. Wolf bekam ein Bild von Svetlanas Nummer aufs Handy geschickt, und uns war klar: Die Party kann beginnen.«

»Kann ich das Bild sehen?«

Es dauert, bis der Türsteher das Handy parat hat und ein Foto präsentiert, auf dem Svetlana und Maja innig miteinander schmusen. Als Text bloß die Koordinaten der Blockhütte und der Satz »Let the party begin«.

»Und dann seid ihr losgefahren?«

»Ja, obwohl es Katzen und Hunde regnete.«

*

Der weiße Lieferwagen parkt vor Majas Haus. Die vier Türsteher wackeln aus der Eingangstür und eilen in strömendem Regen zum Wagen. Wolf stülpt sich seine Lederjacke über und nimmt am Fahrersitz Platz.

»Los, aufspringen. Wir wollen keine Zeit verlieren.«

In der Fahrerkabine wird's eng. Lothar, Tim, David teilen sich Schulter an Schulter die Beifahrerbank.

»Das ist beim Ottensteiner Stausee«, liest Wolf vom Navigationsgerät ab.

»Ich muss pissen.«

»Kannst du, wenn wir angekommen sind.«

»Fahr ran. Dort vorne an der Tankstelle. Lass mich kurz raus.«

»He, du fährst lieber ran – guckt euch an, wer da aus dem Klo tanzt.«

David reibt seinen Unterarm gegen die angelaufene Seitenscheibe. Svetlana!

Sie stakst auf ihren High Heels um einen Mini-Cooper.

Wolf reißt am Lenkrad und bremst scharf neben dem Wagen.

Der Beifahrer reißt die Seitentüre auf. Mit einem Zug schiebt er die Hintertür bis zum Anschlag. Seine Hand greift nach dem dünnen Oberarm des Models. Ihr Schrei verkommt durch den kräftigen Ruck zum Stöhnen.

»Unser Partygirl verspätet sich«, grinst David, der mit Svetlana auf die Ladefläche gesprungen ist und von innen die Schiebetür zuwirft. Er drischt gegen die Wand zur Fahrerkabine und brüllt: »Fahr schon, fahr, fahr!«

»Diese Scheiß-Koordinaten befinden sich mitten im Wald.« Verzweifelt lenkt Wolf den Wagen von der Straße auf den Waldboden.

Dann ein abrupter Stopp des Wagens.

»Alle raus!«, brüllt Wolf und führt seine Männer zu Fuß durch den Wald.

»Hast du die Koordinaten noch im Visier?«, fragt David, der das Herumlatschen durch den Gatsch allmählich satthat.

»In Deckung!«, ruft einer. Wenige Meter neben den Schlägern fährt ein pinkfarbenes Elektroauto lautlos vorbei. Nur die Scheinwerfer verraten das »Geisterauto«.

»Da ist eine beschissene Waldstraße«, kichert einer der Türsteher, der mit Svetlana an der Hand als Erster aus der Deckung kommt und den kleiner werdenden Rücklichtern hinterher blickt.

»Hoffentlich ist die Party nicht schon vorbei«, sagt David und geht auf der Waldstraße in die entgegengesetzte Richtung.

»Von irgendwoher muss das Gefährt schließlich kommen.«

In der Gruppe vereint, folgen die Türsteher der Straße und gelangen zu dem Blockhaus.

»Haltet der Schlampe das Maul zu«, befiehlt Wolf und geht bis an die Eingangstür.

*

Nestor starrt an die Decke. Auch wenn er sein eigenes Gesicht noch nicht gesehen hat, wettet er, dass es mit den Verbänden und Pflastern lustig aussehen muss.

Ein Luftzug. Die Tür geht auf. Nestor ist bitter enttäuscht, als sich statt Heidi diese Inspektorin Wolke Böhm an seine Bettseite stellt.

»Hallo, Herr Bach. Können Sie sich heute schon besser daran erinnern, wie Sie in das Wochenendhaus von Oliver Klärens gekommen sind?«

»Der gestrige Tag ist wie ausgelöscht. Wurde ich entführt?«

Er kann schlecht behaupten, dass er im Auftrag von Heidi auf Mörderjagd ging.

»Entführt? Und wo genau soll sich das ereignet haben?«

»Weiß ich nicht.«

»Warum sind Sie aus der Schule abgehaun?«

»Ich bekam einen Anruf. Von Leinzh.«

»Wieso hat der Ihre Nummer? Was wollte der von Ihnen?«

»Ich wusste nicht, wer mich da anrief. Jetzt, im Nachhinein, vermute ich, es war Leinzh. Die Stimme am Telefon sagte nur, ich müsse umgehend zur U-Bahn-Station Nussdorfer Straße kommen. Dann ist alles wie weggeblasen. Vielleicht hat mich Leinzh dort überwältigt und zur Blockhütte gebracht.«

»Sie wissen, dass wir Svetlana Sirakova aufgegriffen haben?«

Nestor schluckt. Seine Haut glüht unterm Verband. Jetzt fliegt seine Lüge auf.

»Wollen Sie hören, was Sie uns erzählt hat?«

Er schweigt. Sein Puls erreicht eine ungesunde Stufe.

»Sie hat uns erzählt, dass Leinzh sie mehrfach vergewaltigte. Unser gestriger Polizeieingriff hat ihr das Leben gerettet. Sie hatte großes Glück, dass die Türsteher sie am Weg zur Blockhütte bei einer Tankstelle aufs Klo gehen ließen. Das nutzte sie, um die Polizei zu informieren. Klingt für mich ganz schlüssig. Aber eines will mir nicht in den Kopf. Was suchte Heidi dort draußen im Wald?«

Nestor zuckt mit den Schultern. Eine Körperverrenkung, die sich sofort mit stechenden Schmerzen bedankt.

»Haben Sie Ihre Lehrerkollegin ebenfalls in der Hütte gesehen?«

»Nein, Heidi war da nicht. Nur dieser TV-Moderator, der mit dem Model auf den Dachboden verschwand.«

»Und Sie haben keine Ahnung, wo sie gestern gesteckt haben könnte?«

Wieder Schulterzucken – wieder Schmerzen. Er nimmt sie gerne in Kauf.

Die Tür geht auf.

Nestor fällt es schwer, den Kopf zur Seite zu drehen, aber an der Reaktion der Inspektorin ist ihm klar, dass es keine Krankenschwester ist, die nach dem Rechten sieht. Kurt darauf steht Heidi an seiner anderen Bettlängsseite.

»Der behandelnde Arzt hat mir versichert, die Patienten benötigen äußerste Ruhe. Verstoßen Sie gegen die Regeln, Frau Inspektorin Böhm?«

Die pummelige Inspektorin wagt keine Widerrede.

»Mein Kollege hat jetzt seine Visite. Das ist anstrengend genug. Gönnen Sie ihm diese Pause.«

Sie nickt Nestor zu, entschuldigt sich für die Störung und wünscht ihm gute Besserung. Dann verschwindet sie aus seinem Blickfeld. Nestor hört nur noch ihre Stimme.

»An Sie hätten wir auch noch einige Fragen, Frau Dudek.«

»Ja? Die gleichen wie gestern? Meine Antworten haben sich nicht geändert.«

Nachdem die Inspektorin den Raum verlassen hat, lächelt Heidi dem Patienten entgegen: »Die haben mich gestern Nacht stundenlang verhört. Aber ich glaube, sie haben kapiert, dass ich meiner treuen Freundin Diotima niemals ein Haar krümmen würde.«

*

Diotimas Kopf ist einbandagiert. Die Schmerztabletten lassen sie wie benebelt im Bett liegen. Max sitzt neben ihr und schiebt ihren Unterarm unter die Bettdecke, damit sie nicht friert.

»Gibt's schon Festnahmen?« Diotimas Stimme ist noch schwach.

»Die Türsteher, die im Auftrag von Leinzh tätig waren, sitzen wegen Körperverletzung.«

»Wie lief das Verhör mit Oliver Klärens?«

»Er sagt uns nicht die volle Wahrheit, aber Sepp Ackermeier hat er nicht auf dem Gewissen.«

»Deutet tatsächlich auf Sebastian Leinzh hin.«

Wolke tritt an Diotimas Bett heran. Weder Diotima noch Max wenden ihre Blicke ab. Es ist Max, der nachhakt: »Oder etwa nicht?«

Wolke zuckt mit den Schultern. »Was soll ich sagen, wir können ihn nicht mehr befragen.«

»Hauptsache, meine Schwester sieht ein, dass ihre Freundin Heidi unschuldig ist.«

»Unschuldig? Sie hat mich am Klo zusammengeschlagen.«

»Heidi behauptet, es müssen die Türsteher von Leinzh gewesen sein. Anders könne sie sich nicht erklären, wie sie in ihrem Mini erwachte, nachdem du sie zuvor im WC ausgeknockt hast«, sagt Wolke.

»Das kaufst du ihr ab? Warum ist sie denn mit der Kiste ihres Ex-Lovers dort rausgefahren?«

»Sie meint, sie hätte mitbekommen, dass Leinzh ihren Kollegen Nestor Bach in ihrem Chrysler entführt hat, und wäre ihm hinterher gefahren. Sie hätte seine Spur verloren, aber dann an der Tankstelle Svetlana Sirakova gesehen. Sie wollte das Model nach Wien bringen, wurde dann aber von dir an die Klomuschel gefesselt.«

»Heidi, unschuldig wie immer.«

»Wir haben den Autobesitzer des Mini-Coopers kontaktiert. Er bestätigt, dass Heidi ihm gestern Abend den Wagen vorbeibrachte. Genau zu der Zeit, als wir das Wochenendhäuschen von Oliver Klärens stürmten.«

»Dieser Ex-Lover von Heidi würde ihr jedes Alibi geben.«

»Ihre Aussagen decken sich aber auch mit jenen von Svetlana Sirakova.«

»Ich habe sie aufgegriffen«, mischt Max sich wieder ein. »Nachdem ich Nestor Bach aus der Blockhütte brachte, kam sie mir entgegengestolpert.«

Diotima fasst den Knüppel, mit dem sie den Kopfteil des Bettes wieder in die Waagerechte befördert.

»Das zarte Püppchen, das den bösen Wolf erledigt haben will«, raunzt sie und klingt wieder wie die alte.

»Ja, sie hat die Geschichte mehrmals bestätigt. Leinzh wollte sie über den Felsen in den Stausee werfen.«

»Ein großer, starker Mann. Könnt ihr euch vorstellen, wie sie mit ihm fertiggeworden sein will?«

»Sie ist ihm körperlich unterlegen, aber wenn es ihre letzte Chance war, sich zu verteidigen?«

Wolke zieht ihr Handy aus der Hosentasche. Es ist auf lautlos eingestellt, vibriert aber schon seit einer Ewigkeit, dass sie das Gefühl hat, mit der Massage ihre Cellulitis zu bekämpfen. Sie blickt aufs Display und nickt Diotima und Max zu.

»Ich muss nochmals kurz ins Präsidium. Aber ich bin bald wieder bei euch.«

»Lass dir nicht zu lange Zeit, ich brauche dich zum Händchenhalten.«

*

Die Schatten an den Wänden in Nestors Krankenzimmer haben sich verändert. Er muss geschlafen haben. Die Sonne scheint in einem anderen Winkel durch die Sonnenlamellen.

Aus dem Bad fällt ein langer Lichtstreifen. Die Tür schwingt weiter auf. Heidi hat Nestors Toilettenbeutel in der Hand.

»Abmarsch, mein Freund. Der Chefarzt hat deine Entlassungspapiere unterschrieben. Du bleibst keine weitere Nacht hier.«

Sie stellt sich an den Bettrand und reißt mit einer flinken Bewegung die Decke von Nestors Körper.

»Brauchst du Hilfe?« Sie reibt sich ihre Hände und reckt ihren Kopf heftig nach links und rechts, als stünde sie auf der Judomatte und bereitet ihre Knochen, Muskeln und Sehnen auf ihren nächsten Kampf vor.

»Geht schon«, sagt Nestor und schreit auf, als er versucht, sein linkes Bein von der Matratze zu hieven.

»Hat der Chefarzt wirklich gesagt, dass ich das Krankenhaus verlassen darf?«

»Klar.«

Wie ein Bagger schaufelt Heidi den Patienten auf ihre Arme und hebt ihn vom Bett.

»Ich trag dich bis zu meinem Wagen, wenn du willst.«

»Lass mich runter.«

»Muss ich dich auch anziehen?«

Sie fummelt an den Knöpfen seines Krankenhauspyjamas.

»Schaff ich.«

Er beißt die Zähne zusammen und wackelt auf die offene Badezimmertür zu.

»Ist dir bewusst, dass all deine Freunde in unmittelbarer Nähe wohnen?«, spricht Heidi durch die Tür. »Die Lemminge von Oliver Klärens einen Stock unter dir, Chefinspektorin Diotima Vogl über dir. Willst du ihnen einen Besuch abstatten?«

»Ich möchte heim.«

»Verständlich, war gestern ein harter Tag.« Er spürt ihr Lächeln in der Stimme.

*

Ein Tag zuvor:

Heidi steht unter der Dusche im Turnlehrerbadezimmer. Sie dreht das Wasser ab und frottiert sich mit ihrem fusseligen Handtuch ab. Von draußen hört sie den Lärm der Schülerinnengruppe, die sich für Volleyball umziehen.

In der muffigen Lehrergarderobe nimmt Heidi neben ihrer Sporttasche auf der Bank Platz und hört, wie ihr Handy, versunken im Stoff ihres Trainingsanzugs, vibriert.

Eine neue SMS. Heidi lässt die Nachricht aufpoppen.

»Du hast ja doch Eiiiiiiier!«, steht da in Großbuchstaben. Sie liest weiter: »Freut mich, dass du meine Einladung in der Shisha Bar annimmst. Bezweifle aber, dass die Bar vor 12 geöffnet hat – aber das kriege ich schon gebacken.« Absender: Sebastian Leinzh.

Heidis Augenbrauen ziehen sich zusammen. Sie ruft den vollständigen SMS-Chatverlauf auf. Am Wochenende, nachdem

Nestor ihr durch die Eingangstür von dem TV-Moderator und seinen Avancen, die Bierprinzessin ins Bett zu kriegen, berichtete, hat sie ihm eine Nachricht geschickt. Der gute alte Leinzh. Seit ihrer aktiven Judozeit sind sie spezielle »Freunde«. Ihm hat sie es zu verdanken, dass man ihr homosexuelle Liebschaften andichtete. Er gilt als der Kreator ihrer bissigen Spitznamen. So scharf seine Kommentare gegen sie auch ausfielen – immer wenn sie sich live gegenüberstanden, versuchte er auf seine schleimige Art, die Beleidigungen und Provokationen herunterzuspielen, und redete sich darauf aus, ihr auf diese Art Gutes zu tun, indem er sie bei den Menschen unverwechselbar mache. Einen Gefallen tat sie ihm aber nie: Sie ließ sich nie auf seine Einladungen ein.

Gestern Nacht schrieb sie ihm per SMS: »Soll ich gratulieren oder lachen, dass du deine Lust an lesbischen Frauen entdeckt hast?«

Sie schickte den Schnappschuss von Maja & Svetlana, den Nestor ihr aufs Handy spielte, per Anhang an die Nachricht mit. Seine Antwort ließ nicht lange auf sich warten.

»Hauptsache, sie haben keinen Schwanz in der Hose.«

»Ich dachte immer, du hättest Eier in der Hose, aber offenbar bist du ein Feigling und scheust ein Date mit mir.«

»Wann darf ich dich in den Shishita Club ausführen, meine Perle?«

Die nächste SMS, die sie im Protokoll entdeckt, hat nicht sie getippt.

»12 Uhr – im Shishita Club – du zahlst.«

Geschrieben vor nicht einmal zwei Minuten. Ein Schmunzeln huscht auf ihre Lippen.

Sie sitzt noch nackt auf der Bank. Während sie überlegt, was sie Leinzh zurückschreiben könnte, knarrt eine Durchsage durch den Lautsprecher: »Heidi Dudek und Nestor Bach bitte dringend in die Direktion. Ich wiederhole: Dudek und Bach, bitte dringend in die Direktion.«

Als Heidi in der Direktion erscheint, fliegt Diotimas Wut ihr wie ein Orkan entgegen. Die Chefinspektorin hat komplett die Nerven verloren. Nachdem die Sonderermittlerinnen und Nestor die Direktion verlassen haben, muss sie erst einmal die Direktorin beruhigen.

»Anneliese, glaube nichts, was dir die Bullen einzureden versuchen.«

Als Heidi aus dem Lehrertrakt kommt, sieht sie, wie Nestor sich frech ihren Chrysler schnappt.

»So machst du das also, du Wicht.«

Während der Chrysler im Rückwärtsgang aus der Parklücke schert, setzt Heidi zum Laufschritt an. Sie muss einen Stock höher. Zur 7C. Dort unterrichtet Klaus Mattner.

Ohne Klopfen betritt sie die Klasse. Der Mathe-Lehrer schikaniert gerade einen Schüler mit Formeln an der Tafel.

»Klaus, ich brauche deinen Wagen.«

»Stürmisch wie eh und je. Möchtest du teilhaben, wie sich unsere Jugend in logistischen Fragen anstellt? Da wird dir angst und bang. Unsere Next Generation ist zum Untergang verdammt.«

»Gib mir deinen Autoschlüssel. Ich darf keine Zeit verlieren.« Sie stoppt unmittelbar vor dem Mathe-Lehrer und greift nach seiner Jacke, die über der Rückenlehne hängt.

»Finger weg.« Er klopft ihr auf die Pratzen.

»Wieso brauchst du meinen Wagen? Was ist mit deinem …?«

»Keine Zeit für lange Reden – mein Chrysler wurde geklaut. Gib mir endlich den verflixten Schlüssel.«

Die Cocktailbar bei den Stadtbahnbögen ist genau das richtige Schnösel-Lokal für einen Kerl wie Sebastian Leinzh. Etwas anderes hätte sie sich von diesem Idioten nicht erwartet. Es ist fünf vor zwölf. Mit etwas Glück hat sie Nestor & Leinzh noch nicht verpasst. Als sie den Wagen über den mehrspurigen Gürtel an die äußerste Spur manövriert, um rechtzeitig auf die Seitenstraße vorm Lokal abzubiegen, muss sie miterleben, wie ihr Chrysler sich auf der entgegengesetzten Fahrtrichtung Platz verschafft und nur haarscharf an einer Delle im sündteuren Lack vorbeischrammt.

»Der Depp wird meinen Wagen ruinieren«, schimpft Heidi und knallt ihre Faust gegen das Lenkrad. Ihr Fluchen kennt kein Ende, weil sie in der zähen Verkehrssituation langsamer vorankommt als gewünscht.

Als der Chrysler der Stadtausfahrt näher rückt, hat sie eine Vorahnung, wohin es Nestor zieht. Er will auf die A1. Heidi muss es riskieren. Sie schert zur Tankstelle aus. Vollgetankt gibt sie Vollgas. Jetzt darf der Sportmotor des Mini-Coopers beweisen, was er draufhat. Raus aus Wien, über die A1 bis Melk. Rauf über die Schnellstraße bis Krems. Weiter über die Bundesstraße ins sanft wellige Waldviertel.

Dann spielt Heidi das Schicksal in die Hände.

Sie entdeckt in strömendem Regen den Chrysler, der an die Seite rangefahren ist. Heidi wird langsamer. Ein LKW überholt sie hupend, und eine Wasserfontäne knallt an die Fahrerlängsseite des Wagens.

Als die Sicht nach vorne wieder klar ist, ist der Chrysler verschwunden. Svetlana Sirakova stolpert unbeholfen im Regen über den leichten Grasabhang hinab zum Parkplatz vor dem Toilettenhäuschen der Tankstelle. Ihre dünnen Arme rudern wie wild, um die Balance auf der glibberigen Wiese zu halten. Ein Klappergestell, wie es im Buche steht.

Heidi lenkt den Mini-Cooper über den kleinen Wiesenhang zum Parkplatz. Die Scheinwerfer fangen das Model ein, und der Wagen stoppt unmittelbar vor der Frau, die ihre Hände schützend vors Gesicht hält.

Heidi springt aus dem Wagen.

»Los, einsteigen.«

»Nein!«, schreit Svetlana. Die Angst ist einer Maske gleich in ihr Gesicht gemeißelt.

»Wir müssen Nestor nachfahren. Wer ist noch bei ihm im Auto?« Sie packt Svetlana am Handgelenk.

»Niemand. Er ist hinter Leinzh her. Ich muss die Polizei informieren.«

Svetlana drängt zum Eingang des Toilettenhäuschens, neben dem eine Notrufsäule eingerichtet ist.

Wenige Augenblicke später stellt Svetlana sich an Heidis Seite und wäscht sich das Gesicht.

»Weißt du, wohin Leinzh unterwegs ist?«

»Nein, aber er hat Laura bei sich. Er wird sie vergewaltigen. Wie mich. Dieser Mann ist brutal und geht über Leichen.«

Heidi sieht dem Model zu, wie es aus einem winzigen Handtäschchen Unmengen an Stiften, Pinseln und Wattebäusche hervorkramt. Das kann dauern. Mit einem lauten Seufzer drückt Heidi die Tür zu den Toiletten auf. Plötzlich steht Diotima vor ihr und rammt ihr beide Fäuste gegen den Bauch. Sie rutscht weg, kriegt Rückenlage und knallt mit dem Hinterkopf gegen den Spülkasten.

Sternchen – überall – nur für ein paar Sekunden, aber zu lange, um Diotimas Angriff etwas entgegenzusetzen. Wehrlos muss Heidi miterleben, wie ihr Handgelenk mit einer Handschelle gegen ein Rohr gezwickt wird. Sie sieht Diotimas Lächeln über sich – eine triumphierende Geste. Aber hinter ihr wächst die Gestalt von Svetlana in die Höhe. Das dürre Klappergestell holt mit einem metallenen Mülleimer aus und donnert die Breitseite gegen Diotimas Hinterkopf.

Svetlana gafft erschrocken auf die beiden Frauen herab. Als wäre es nicht sie gewesen, die der Polizistin den Hammer verpasst hat.

»In ihrer Hosentasche – die Schlüssel«, kreischt Heidi und scheppert mit der Handschelle, die ihre Hand gegen das eiskalte Heizungsrohr an der Hinterwand der Klokabine schnallt. »Mach schon, steck den Schlüssel da rein.«

Heidi rüttelt an der Handschelle, damit das winzige Schloss an der Seite des Eisendings in Svetlanas Richtung zeigt.

Geschafft! Frei!

»Warte draußen auf mich«, ruft sie dem Model zu. Svetlanas bleistiftdünne Stiefelabsätze rattern über den Steinboden.

Heidi packt Diotimas Hand und fesselt damit die bewusstlose Inspektorin an das Heizungsrohr.

Mithilfe der Kloschüssel rappelt sich Heidi auf. Vor dem Toilettenhäuschen knattert der Motor eines Wagens. Autotüren knallen. Eine Schiebetür donnert ins Schloss. Viel zu spät kommt Heidi auf den Parkplatz. Sie sieht nur noch die Rücklichter des Lieferwagens, die im Regen davonrasen – mit dem Model an Bord.

Sie klemmt sich hinters Lenkrad des Mini-Coopers und nimmt die Verfolgung auf. Sie darf sie nicht entkommen lassen.

Keine drei Minuten Fahrt, und der Lieferwagen hält am Straßenrand. Sie kann sehen, wie die Scheinwerfer ausgeschaltet werden und dunkle Gestalten zu Fuß im Wald verschwinden.

Im Schritttempo fährt sie an der Landstraße entlang, bis sie Hunderte Meter weiter eine großzügige Ausbuchtung auf die andere Straßenseite vorfindet, auf der die Hälfte mit gefällten Baumstämmen angefüllt ist. Heidi stellt den orangen Mini hinter dem Holzstoß ab.

Zu Fuß marschiert sie im Regen zum Lieferwagen zurück. Die Türen sind offen.

Sie folgt den Spuren ins Unterholz. Plötzlich sieht sie ihren geliebten Chrysler. Mitten im Wald. Die Äste haben dem Lack des Fahrzeuges stark zugesetzt. Wie dicke Striemen ziehen sich die Kratzspuren entlang der Breitseiten. Die Türen sind nicht abgesperrt. Sogar der Zündschlüssel steckt.

Retourgang.

Vorsichtig befreit Heidi ihren Wagen aus dem Wald, setzt ihn auf die Landstraße zurück und parkt Seite an Seite zum Mini-Cooper hinterm Holzstoß.

Nachdenklich bleibt sie im Wagen sitzen.

Mit einem Mal färbt sich der Himmel über den übereinander gelagerten Baumstämmen blau. Sie steigt aus und sieht mehrere Polizeieinsatzfahrzeuge vorbeirauschen.

Es ist so weit. Showtime.

Zu Fuß folgt sie dem blauen Licht bis zur Hütte. Aus sicherer Entfernung umrundet sie die Hütte und wird Zeuge, wie sich das Dachfenster öffnet und ein Mann eine Frau auf den schmalen Balkon zerrt.

Leinzh! Und die Frau neben ihm das Model. Er zwingt sie auf das Geländer des Balkons und schubst sie über die Brüstung in einen Komposthaufen. Er selbst springt tollkühn hinterher. Seine Hand sucht sofort nach den Haaren der Frau, aber sie kann ihm entkommen.

»Bleib stehen«, krächzt er ihr hinterher. Leicht humpelnd kommt er ihr nicht so schnell nach, dennoch holt er stetig auf. Svetlana läuft direkt auf Heidi zu. Wenige Meter vor ihr stolpert sie und geht zu Boden. Sie kann sich aufrappeln, aber er ist ihr dicht auf den Fersen. Dann bleibt das Mädchen stehen.

Wieso?

Heidi kneift ihre Augenlider zusammen und erkennt, dass Svetlana auf einem Felsen steht. Hinter ihr geht es steil hinab in den Stausee. Sie sitzt in der Falle.

»Das war es für dich, Schlampe!«, lächelnd kommt Leinzh näher.

Das Model ist mit den Fersen bis an die äußerste Kante gerückt. Sie sinkt auf die Knie und bettelt um Gnade.

Er kommt nicht mehr dazu, sie anzufassen. Heidi rammt ihn von der Seite. Er strauchelt, rudert mit den Armen und fällt in einer halben Schraubbewegung auf den unebenen Untergrund. Verzweifelt klammert er sich am Boden fest, um nicht über die Klippe zu purzeln.

»Warum legst du dich nicht mit mir an?«, schnaubt Heidi und stellt sich breitbeinig über ihn.

Ohne zu antworten, tritt er ihr mit dem Schienbein in den Schritt. Er nutzt Heidis Benommenheit, um unter ihr hervorzukriechen und aufzustehen. Plötzlich ist er hinter ihr und verpasst ihr mehrere Fußtritte. Wieder ist sie zu langsam, um auszuweichen. Erst den dritten Hieb fängt sie ab. In einer flinken Bewegung biegt sie seinen Unterschenkel zur Seite. Er muss sich mit beiden Armen am Boden abstützen. Ihre Arme schlingen wie eine Python um seinen Hals. Ihr rechter Unterarm ist hinter seinem Kopf, und die Hand presst den Schädel gnadenlos wie eine Stahlwalze gegen ihren linken Unterarm, der die Halsschlagader abdrückt. Es gibt kein Entkommen mehr. Er röchelt und versucht, mit hektisch herumfuchtelnden Armen ihren Griff zu lösen. In einer ruckartigen Bewegung verdreht sie ihm den Kopf. Das Knacken im Genick muss man bis zur Blockhütte hören. Sebastian Leinzh sackt zu Boden.

Heidi platziert ihren Fuß auf seinen Rücken. Ein kurzer Blick zu Svetlana, die wie versteinert danebensteht.

Heidi streckt das Bein durch. Einem Kartoffelsack gleich stürzt der Körper von Leinzh in den Stausee.

# Kapitel 17

Nestor fühlt sich wackelig auf den Füßen wie ein Rentner.

Er geht im Krankenhausflur hinter Heidi her.

Plötzlich erinnert er sich daran, was die Jugendlichen in Loisbach ihm berichteten.

»Woher kennst du die Schläger mit dem Lieferwagen?«

Sie geht vor ihm her und sagt nichts, lächelt nur. Dann dreht sie sich um.

»Wolf, der war mal ein Schüler in meinem Judoverein. Kein begabtes Talent und äußerst unzuverlässig. Ich habe ihm klargemacht, wenn er bei mir trainieren will, muss er sich an Regeln halten. Wollte er nicht, also ist er geflogen. Aber wenn wir uns gelegentlich wo treffen, dann grüßen wir uns.«

Heidi steht schon am Aufzugstrakt und blockiert die Lichtschranke des Krankenhausliftes.

»Siehst du sie, Nestor?«, flüstert Heidi ihm ins Ohr.

»Wen?«

»Die junge Inspektorin. Genau zwischen Eingang und meinem Chrysler. Sie lehnt an ihrem Dienstwagen. Siehst du sie nicht? Sie ist verzweifelt«, haucht Heidis Stimme in sein Ohr. »Weil sie dich nicht fassen kann. Obwohl sie weiß, dass du Sepps Mörder bist.«

»Was redest du da?«

»Nestor, süßer kleiner Nestor, mir machst du nichts vor.«

Ihr Mund – so nah.

»Es ist wie das Suchen nach der Nadel im Heuhaufen. Aber wenn man sie einmal entdeckt hat, kann man es nicht mehr ausblenden. Es sticht aus der Masse hervor wie ein Stern.«

Der Lift gleitet vibrationsfrei gen Erdgeschoss.

»Ich weiß es schon lange. Seit mir Diotima das Foto aus der

Radarkamera unter die Nase gerieben hat. Da war mir alles klar. Auf dem Foto zeigt sich auf der Ladefläche meines Chryslers ein kleines Detail. Es sieht aus wie ein unscharfes Licht-Schatten-Spiel, aber wenn man ganz genau hinsieht, dann erkennt man den Stiel der Schaufel aus der Brauerei. Das Brauerei-Logo hat mich geradezu aus dem Foto angeschrien. Ich fragte mich, was macht dieses Ding in meinem Wagen, und mir war klar, dass du dich nicht im Bierzelt besoffen hast – sondern in der Brauerei – mit Sepp.«

Ihre Arme berühren ihn an der Hüfte. Sie presst ihn gegen das Geländer, sodass seine Gesichtshälfte gegen die Scheibe des Liftes gedrückt wird.

»Heidi, das tut weh.«

»Im ersten Moment war ich schockiert. Weil ich nicht wusste, in was du mich da reinreitest. Deshalb musste ich auch erst einmal Dampf ablassen und habe dich auf die Judomatte gezerrt. Du kannst wahrlich von Glück reden, dass ich rasch Mitleid mit dir hatte, sonst hättest du diese Judolektion nicht überlebt. Am nächsten Tag flatterte das Kuvert mit dem Preisgeld bei mir in den Postkasten. Habe ich dir zu verdanken, nicht wahr?«

Nestor kriegt keine Luft. Der Lift stoppt, aber die Türen bleiben geschlossen, und Heidi wirkt nicht, als würde sie demnächst lockerlassen. Nestor schließt die Augen.

*

Loisbach, Hochsommer. Einige Wochen vor dem großen Bierkirtag am Kirchplatz, ein sonniger Nachmittag.

Nestor sitzt in seinem Toyota. Geparkt vor einem überdimensionalen Blumentrog, aus dem Stockrosen emporwachsen. Zwischen dem Gewächs kann er zum Wirtshaus blicken, direkt angrenzend an die Kirche, und das deshalb den schönen Namen »Kirchenwirt« trägt. Der Gastgarten ist gut besucht. Nicht mit hungrigen Mäulern, sondern mit Zuschauern des Ausscheidungswettkampfes um die Krone des Loisbacher Bierkaisers.

Ein Kleinbus fährt vor, um die ausgeschiedenen Teilnehmer aufzunehmen.

Applaus brandet auf.

Nestor ist hochkonzentriert.

Schwungvoll knallen die Eingangstüren des Gasthauses auf. Ein Kamerateam im Rückwärtsgang tritt hervor. Im Visier des Kameraobjektives ist der Bürgermeister. Ihm wird ein Mikrofon unter die Nase gehalten. Alleine die Gestik verrät, wie gerne das Stadtoberhaupt Statements von sich gibt. Hinter ihm kommen der Brauereibesitzer Wolfgang Ortner und Braumeister Dieter Maierhofer zum Vorschein. Beide in Smokings gekleidet. Sie schütteln Heidi die Hand.

Sie hat es geschafft – sie steht im Finale.

Der Bus fährt ohne sie ab, obwohl sie sichtbar schwankt. Sie grölt wie ein besoffener Teenager. Ein »Fan« hängt einen Arm um ihre Schulter und streckt seinen anderen Arm von sich, um ein Selfie von sich und der Finalistin zu knipsen.

Heidi schlägt ihm das Handy aus der Hand. Es fällt zwischen den anderen Gästen zu Boden und schlittert über die Steinplatten.

Heidi stürmt aus dem Wirtshaus. Nestor kriegt noch mit, dass sie sich neben der Kirchenmauer übergibt. Dann verschwindet sie hinter dem Gotteshaus aus dem Blickfeld.

Nestor steigt aus seinem Wagen und hetzt ihr hinterher.

Sie stützt sich mit einer Hand an einem Apfelbaum ab. Ihr Oberkörper vornübergebeugt. Sie spuckt und hustet. Es riecht stark nach vergorener Hefe.

»Heidi, komm mit mir. Ich bringe dich nach Hause.«

»Was machst du hier?«

»Dich abholen. Kann dich in dem Zustand nicht mit deinem Wagen fahren lassen.«

»Vierzehn Uhr – wartet auf den lieben Nestor nicht die Latein-Nachmittagsbetreuung?«

»Fällt heute aus.«

»Da hast du nichts Besseres zu tun, als mir hinterher zu fahren?«

»Eben, um dich zu fahren. Lass mich dein Chauffeur sein.«

»Bist du mit deiner schrecklichen Klapperkiste hier?«

Nestor nickt, auch wenn er die Bezeichnung für seinen Toyota für unangebracht erachtet.

»Kleiner Nestor, ich habe mehr Luxus verdient. Für meine Rückfahrt ist gesorgt. Der Bürgermeister spendiert mir einen Transfer mit seiner Nobelkutsche. Ich denke, mein Butler wartet bereits auf mich.«

Sie wischt sich mit dem Handrücken über den Mund. Auf ihrer Stirn stehen dicke Schweißperlen. Alleine ihr Atem macht Nestor beschwipst. Sie schiebt den Mann zur Seite und wackelt mit unübersehbarem Linksdrall um die Kirche.

Von der Hauskante aus beobachtet er, wie sie zurück zu den Leuten geht, die sich halbkreisartig vorm Wirtshaus versammeln. Auf dem Kirchplatz steht tatsächlich die Limousine des Bürgermeisters. Der Major persönlich hilft Heidi medienwirksam in den Wagen. Fotoapparate blitzen. Heidi ist sich für keine peinliche Pose zu schade. Ein gefundenes Fressen für die Fotografen. Zehn Minuten verstreichen, bis die Limousine losfährt und hinter einer Häuserzeile verschwindet.

Nestor entschließt sich zum Rückzug über die Hinterseite des Wirtshauses.

Er kommt nicht weit.

Auf einer Bank im Hinterhof sitzt Sepp Ackermeier. Fein herausgeputzt im ländlichen Trachtenanzug und dennoch wie ein Häufchen Elend. Er macht nicht den Eindruck eines amtierenden Champions. Eher wie jemand, der realisiert, dass seine Glanzzeit vorüber ist.

Der Steinboden rund um die Bank ist frisch gewaschen worden – oder hat man mit dem Wasser Erbrochenes entfernt?

Nestor lässt sich neben Sepp Ackermeier nieder.

»Sie machen sich Sorgen, das Finale zu verlieren, habe ich recht?«

Der schwer übergewichtige Mann dreht seinen Kopf zu Nestor und kneift seine Augen zusammen.

»Ich bin Heidis Lebensgefährte«, greift Nestor zur Notlüge.

Schließlich deutet er mit dem Daumen zum Wirtshaus.

»Haben Sie nicht am Wettkampf teilgenommen?«

»Als amtierender Bierkaiser bin ich fürs Finale gesetzt.«

»Haben Sie bei Heidis Auftritt zugesehen?«

Sein Oberkörper neigt sich zu Nestor herüber. Die Hand legt sich auf Nestors Oberschenkel.

»In Loisbach sind die Menschen per Du. Maximal zu Amtsschimmeln sagen wir Sie. Also, ich bin der Sepp.«

Seine Hand ist weich, warm und riesig. Nestors Finger verschwinden darin wie eine Kinderhand in der Pfote eines Riesenprimaten.

»Ich bin Nestor.«

»Sehr erfreut.«

»Dann haben Sie … dann hast du Heidis Trinkerqualitäten kennengelernt?«

»Sie ist verdient im Finale, ja.«

»Hast du Angst?«

»Angst? Wovor?«

»Gegen sie zu verlieren.«

»Ich habe bei diesem Wettbewerb noch nie verloren. Seit meinem ersten Antreten bin ich ohne Unterbrechung Bierkaiser.« Stolz streicht er über seinen beachtlichen Bauch.

»Aber da hattest du es nicht mit Heidi zu tun.«

»Dafür mit Quartalssäufern. Glaube mir, allerübelste Kerle. Dagegen würde selbst Heidi wie eine Antialkoholikerin aussehen.«

Dennoch erkennt Nestor im Blick des Dicken eine gewisse Unsicherheit. Als würde sich der Mann diese Furcht abbeuteln wollen, bringt er seinen massigen Körper in Wallung. Schwerfällig stemmt er sich mit beiden Händen von der Sitzfläche ab.

»Wollen wir ein Stück laufen?« Er nickt mit dem Kopf Richtung Wiese, die hinter der Kirche neben fensterlosen Häuserfassaden sanft bergauf führt.

Für sein Körpergewicht hat er einen beachtlich schnellen Schritt.

»Im Normalfall müsste ich mir über das Finale keine Gedanken machen. Über Heidi schon gar nicht.«

»Es ist aber nicht der Normalfall?«

»Mein Herz spielt nicht mehr mit, wie es notwendig wäre. Von allen Seiten kommen sie angelaufen und reden auf mich ein. Sie wollen, dass ich meine Teilnahme am Finale abblase. Aber diesen Gefallen tue ich ihnen nicht. Sie sagen, sie meinen es nur gut. Verlogene Schwachköpfe. Sie wollen, dass eine Frau die Bierkaiser-Krone bekommt. Ich habe den Major heute gehört. Er hat mich nicht gesehen, aber er saß mit seinen Freunden von der Presse beisammen und hat glühend erklärt, dass die Chance nie größer gewesen wäre, dass eine Frau das Unmögliche möglich macht, als heuer – mit Heidi. Sie ist gut, keine Frage, aber unter Normalumständen, da hätte sie keine Chance. Nicht die geringste. Ich lasse mich nicht auf diese Weise entthronen.«

»Heidi ist gewillt zu gewinnen«, sagt Nestor.

»Das waren die anderen auch jedes Jahr. Nutzte ihnen nichts. Ich bin eine Legende in Loisbach. Mindestens genauso berühmt in diesem Ort wie die Brauerei.«

Er holt Luft und plagt sich weiter. Bis nach oben spricht er kein Wort mehr. Außer starkes Schnaufen gibt er nichts von sich.

»Ich will auch, dass du gewinnst«, hört Nestor sich sagen. Den ganzen Marsch über die Wiese überlegte er, wie er es anstellen sollte. Nun spricht er es aus.

»Wenn Heidi Bierkaiserin wird, hört sie nie mit dem Saufen auf. Sie ist dann nicht mehr die, die ich liebe. Du musst dieses Duell gewinnen. Nur ein Dämpfer wird dazu beitragen, dass sie zur Vernunft kommt.«

Auf der Anhöhe erstreckt sich ein Kinderspielplatz mit Blick über die Hausdächer von Loisbach. Der Dicke steuert auf die Schaukelanlage zu. Zwei LKW-Reifen baumeln an rostigen Ketten. Sie ächzen, als Sepp Ackermeier sich in die Mulde eines LKW-Reifens hievt. Mit dem Kinn deutet er zur freien Schaukel neben sich.

Nestor nimmt mit Verzögerung darauf Platz.

Er beobachtet, wie der Dicke hin und her pendelt.

»Erkläre mir, wie das Bierduell im Finale abläuft.«

»Wie die Vorausscheidungen. Nur festlicher. Die Bierfässer sind auf die beiden Finalisten abgestimmt. Damit das Publikum im Festzelt einen Überblick über die getrunkene Menge hat.«

»Gibt es irgendjemanden in der Brauerei, der das Duell zu deinen Gunsten drehen könnte?«

»Glaubst du, ich könnte die Bierkaiser-Krone mit Würde tragen, wenn ich wüsste, es ist alles geschoben? Nein! Wolfgang und Dieter legen darauf Wert, dass bei ihren Events alles mit rechten Dingen zugeht. Transparenz. Das ist in die Firmenphilosophie eingemeißelt. Wolfgang ist ein sehr guter Freund von mir. Dieter auch. Aber keiner von beiden würde auch nur im Entferntesten auf die Idee kommen, mir den Titel zu schenken. Dann würden sie nicht an mich herantreten und auf Knien betteln, dass ich das Duell heuer sein lasse. Es würde sie genauso hart treffen wie mich, wenn ich verliere. Aber dass sie mich wegen meines Herzleidens gewinnen lassen? Nein, niemals!«

»Ich könnte das übernehmen.«

Rhythmisch quietschen die Schrauben, an denen die Ketten der Schaukel montiert sind. Mit einem Mal stopp. Sepp Ackermeier stemmt beide Füße fest in den staubigen Boden.

»Was hast du vor?«

»Es muss gelingen, deine Bierfässer auszutauschen. Damit du nur alkoholfreies Bier trinkst.«

»Es ist jetzt besser, wenn du gehst«, sagt Sepp Ackermeier, und seine Pranke greift nach einer von Nestors Schaukelketten. Er zieht daran, sodass die Sitzfläche für Nestor ungemütlich wird.

*

Die Sonne heizt vom Himmel. Der Bierkirtag ist voll im Gang. Nestor wählt die weniger belebten Gassen, um zur Brauerei zu gelangen. Er blickt sich um, ob ihn jemand sehen könnte. Endlich hat sich das Fest vom Mittelalterplatz auf den Hauptplatz verlagert, wo es jetzt wie ausgestorben ist. Auch der hinkende Typ ist verschwunden, der vor zwanzig Minuten noch mit einem Mädchen auf der LKW-Rampe herumschäkerte. Jetzt ist die Zeit reif.

Umsichtig schlendert Nestor bis zum Lagertor. Wenn jemand ihn jetzt entdeckt, wird er sich dummstellen und sich scheinheilig erkundigen, ob man hier einen Sechserträger Bier kaufen könne. Sie würden ihn zum Teufel jagen. Na und? Er klettert auf die Rampe. Schrittweise arbeitet er sich bis zur Schwelle, die ins Lager führt.

»Hallo?«, fragt er schüchtern und leise.

Keine Antwort.

Er betritt das dunkle Lager. Licht brennt nur im linken hinteren Bereich. Rechts wird es dunkler. Das liegt auch an den stetig anwachsenden Türmen an Bierkästen. Sie verdecken das Tageslicht. Nestor entscheidet sich für rechts. Weiter weg vom Licht, weiter rein ins Getränkelager. Es ist verflucht kalt. Von der Spätsommerhitze ist nichts mehr zu spüren.

Selbst eine verschnupfte Nase würde den Biergeruch wahrnehmen. Nestors Sohlen waten teilweise durch zentimeterhohe Pfützen. Garantiert verschüttetes Bier, vermutet der Eindringling.

Die Neonröhren über ihm flackern auf. Die Halle erstrahlt im Licht. Keine zehn Schritte von Nestor entfernt erblickt er zwei 50-Liter-Bierholzfässer, die festlich geschmückt auf einem Tisch zum Abholen bereitliegen. An der Vorderseite steckt an jedem Fass ein Namensschild. Heidi auf einem, Sepp am anderen. Daneben steht ein noch leerer Bierkutschen-Anhänger. Links und rechts von Nestor wachsen Bierkisten und Fässer in die Höhe. Schritte und Rufe kommen näher.

»Berni, bist du da?«, hört er eine Frauenstimme und klettert auf den Anhänger. Die Seitenwände sind gerade so hoch, dass er sich liegend dahinter verstecken kann.

»Berni? Sei nicht eingeschnappt. Ich muss doch mit dir reden können, ohne dass du dich sofort wie eine Krabbe verschließt.«

Sie kommt näher an den Anhänger heran.

Nestor macht sich so flach, wie er kann. Seine Nase stößt am Boden an. Geduldig wartet er, bis die Frau aus dem rechten Lagerteil verschwunden ist.

Zapp!

Mit einem Schlag ist es dunkel, und die grellen Neonröhren sind nur noch Striche der Erinnerung auf der Netzhaut.

Im Finstern tastet sich Nestor zu der Abteilung mit den alkoholfreien Bieren. Sein Handy spendet Licht. Schließlich wird er fündig: Bierfässer mit alkoholfreiem Bier.

Nestors Finger kratzen an dem Emblem, das auf den alkoholfreien Inhalt hinweist.

Dann rollt er das Fass zu dem Tisch mit den Finale-Fässern und tauscht den Namen von Sepp aus. Mit der übergestülpten Dekoration ist die Mogelpackung nicht zu erkennen.

*

Stunden später. In der einsamen Loisbacher Gasse, in der Nestor erschöpft mit abgewinkelten Beinen am Boden hockt, ist es stockdunkel. Die Straße ist nass. Zwischen den einzelnen Kopfsteinpflastern mutiert das Rinnsal in den Fugen zu kleinen Bächen.

Das dampfende Licht des Hauptplatzes reicht bis zu den Fensterbalken des ersten Stockes. Darunter – pechschwarz, wie abgeschnitten.

Alles dreht sich in Nestors Kopf, er hat die Augen geschlossen. Die Arme auf den Knien abgestützt, sein Kopf tief zwischen seinen Schenkeln.

Wenn man nie Bier trinkt, wirken zwei Gläser schon fatal. Nestor kann von Glück reden, dass er den Jugendlichen aus dem Zelt entkommen ist.

Mit der Einsamkeit ist es vorbei, als eine mächtige Gestalt am Ende der Gasse erscheint.

»Diese Hure«, knurrt er vor sich her.

Nestor kennt die Stimme. Sie gehört Sepp Ackermeier.

Der Dicke stolpert beinahe über Nestors Füße. Sepp Ackermeier erschrickt.

»Wer zum Teufel ...« Im nächsten Moment blendet Nestor der helle Strahl einer winzigen Taschenlampe, die Sepp am Haustorschlüssel montiert hat.

»Nestor«, ruft er überrascht und erfreut zugleich.

»Warum beklagst du dich so?«

»Wegen der Scheiß-Hure.«

»Hast du gegen Heidi verloren? Mist! Wie konnte das passieren? Du hattest doch ...«

Der Dicke schwenkt die Taschenlampe. Im Schein erstrahlt eine prächtige Kaiserkrone, in deren Mitte das Logo der Brauerei Loisbach als Wappen dominiert.

»Wow, du bist Bierkaiser. Gratuliere.«

»Erspare dir das. Hat keinen Wert.« Mit einer groben Handbewegung fegt er die Krone vom Kopf. Sie segelt in die Finsternis und poltert noch mehrere Sekunden über das Kopfsteinpflaster.

Nestor spürt einen stämmigen Arm um seinen Nacken schwingen.

»Ich brauche was Richtiges zu trinken.«

Die Taschenlampe erlischt. Sepp kennt den Weg blind. Er zerrt Nestor mit sich.

An seinem Schlüsselbund hängen unzählige Schlüssel. Einer passt ins Schloss der Seitentür im Brauerei-Innenhof. Er schleift Nestor über eine Kellertreppe hinab. Die beiden stehen vor riesigen Kesseln in einem feuchten Raum. An den Wänden fühlt sich der Schimmel wohl und drückt das in den schillerndsten Farben aus.

Sepp Ackermeier greift zielsicher nach einem Porzellankrug unter dem ersten Kessel. Er dreht ihn auf den Kopf und schüttelt in wirbelnden Bewegungen ein paar Tropfenreste aus dem

Krug, dann hält er ihn unter den Hahn eines Tanks und füllt ihn bis zum Rand an.

»Ich hätte mich niemals auf deinen Deal einlassen dürfen. Weißt du, wie erbärmlich es ist, wenn alle rund um dich besoffener werden und du selbst nur alkoholfrei schlürfst?«

»Du hast die Jahre zuvor bewiesen, dass du es draufhast. Du musst niemandem mehr etwas beweisen.«

»Du hörst dich an wie meine Frau.« Sepp hat den Krug in einem Zug geleert. Umgehend füllt er nach und streckt ihn Nestor entgegen.

»Trink!«

»Nein, ich hatte heute schon mehr als genug.«

»Du sollst trinken.« Der Dicke rückt an ihn heran und führt den Krug an Nestors Mund.

»Scheußlich, ich hasse Bier.« Sepp lacht auf und kippt sich den Rest des Biers in die Kehle.

Wieder legt sich seine Hand um den Griff des Tank-Zapfhahns.

»Ich hätte Heidi auch auf legale Weise besiegt.«

»So war's gesünder für dich. Wie geht es Heidi? Wie steckt sie die Niederlage weg? Du hast in jedem Fall etwas Wichtiges getan, Sepp. Nur Niederlagen bringen Heidi zum Nachdenken.«

»Was kümmert mich, wie es ihr geht. Diese verfluchte Herzkrankheit. Es hat alles zerstört. Die Vorfreude – das Bierduell – und dann diese Scheiß-Hure.«

Sein Blick verfinstert sich. Er ballt die freie Hand zur Faust. Nestor hat Angst um den Krug in Sepps anderer Hand.

»Wozu habe ich Geld in die Hand genommen? Jeder verfluchte Wettbewerb, der das Licht der Welt bei diesem Kirtag erblickt hat, hat es mir zu verdanken. Und dann diese Demütigung.«

Sepps Blick ist so furchteinflößend, dass Nestor nicht ablehnt, als ein frisch gefüllter Krug erneut an seinen Mund herangeführt wird.

»Aber nur einen kleinen Schluck. Dir zuliebe.«

»Ich habe meine Frau eingeweiht. Sie weiß, dass ich den Bierkaiser-Titel heuer nicht verdient habe.«

»Du hast was?«

»Keine Angst. Ich habe ihr nicht gesagt, wem zuliebe ich das mache. Sie ist Mister Unbekannt dennoch dankbar.« Er lacht und lässt den Bierkrug wieder kreisen. »Sie weiß auch, dass ich das Preisgeld heuer nicht verdient habe. Ich werde es nicht annehmen. Ich kann nicht, verstehst du?«

Nestor nippt vom Krug. Nach dem Absetzen sieht er, wie Sepp den Kopf schüttelt. Die Handbewegung deutet, Nestor habe gefälligst auszutrinken.

»Ich kann nicht.«

»Es ist einfach. Du musst nur den ersten Widerstandswillen überwinden, dann ist der Ekel beseitigt, und du denkst, du trinkst nichts weiter als Wasser.«

Die riesigen Kessel starten vor Nestors Augen ihr Ringelspiel. Einen Schluck noch und er muss kotzen. Aber er reißt sich zusammen.

»Ich muss zu Heidi zurück«, sagt er und erschrickt über die Trägheit seiner Zunge. »Ich habe ihr versprochen, sie heimzufahren.«

»Heute noch zurück nach Wien? Vergiss es. Die Nacht hat für uns zwei erst begonnen.«

Sepp schnappt sich Nestors Unterarm. Mit einem kräftigen Zug reißt er Nestor an seine Brust heran. Im nächsten Moment spürt Nestor Sepps Zunge in seinem Mund.

»Spinnst du?«

»Ich habe dir einen Gefallen getan, jetzt tust du mir auch

einen. Kein Mensch außerhalb dieser Mauern erfährt ein Sterbenswörtchen. Ich bin diskret.«

»Ich will und kann das nicht.«

Nestor ist mit einem Schlag nüchtern. Er sondiert die Lage. Er steht mit dem Rücken zur Wand. Vorbei am Dicken – das wird kein leichtes Spiel.

»Du hast eine junge, unschuldige Haut.« Sepps riesige Pfote streicht über Nestors Wange.

»Du bist betrunken.«

»Fühlt sich noch viel zu nüchtern an. Lass uns ein wenig spielen.«

»Nein.«

»Ich bin ganz lieb zu dir.«

»Nein!«

»Ich werde mich finanziell erkenntlich zeigen.«

Nestor schlägt um sich. Er trifft den Krug in Sepps Hand. Bier schwappt durch die Luft. Wie ein Tormann nach einem Fußball hechtet der Dicke sich nach dem Porzellangefäß. Er kann es fangen, aber seine akrobatische Einlage gibt Nestor den nötigen Abstand, den er braucht, um abzuhauen.

Die Treppen hoch, dann zum Ausgang. Die Tür hat nur einen Knauf. Abgesperrt.

Sepp kämpft sich die Stufen hoch und sperrt den Weg nach rechts ab. Bleibt nur die Flucht nach links. Nestor sprintet den schmalen Gang entlang und landet im Gärkeller. Hier ist es noch kälter als neben den Tanks einen Stock tiefer. Er zwängt sich an den hohen Gärbecken vorbei. Die Tür ist sein Ziel.

Aber sie ist verriegelt.

Verzweifelt rüttelt der Flüchtende an der Schnalle. Sepp lacht. Ganz geduldig betritt er den Raum und knöpft sich sein Hemd bis zum Bauchnabel auf.

»Jungbier. Ich liebe es. Du musst einen Schluck kosten.«

Sepps Pfote greift nach dem langen Holzstiel einer speziell geformten Schaufel, die an der Wand neben weiterem urigen Werkzeug montiert ist. Trotz enormer Körperfülle erklimmt Sepp den Rand des Gärbeckens in einer Leichtigkeit, die nur mit echter Routine zu erklären ist. Er stellt den Krug am schmalen Beckenrand ab und balanciert hin und her, um sich auf der kleinen Fläche zu halten. Einhändig fischt er mit dem Schaufelstück in der trüben Suppe.

»Sag mir, wie dir das schmeckt«, grinst er und schwenkt das Schaufelblatt über Nestors Kopf. In Zeitlupentempo kippt es zur Seite, und das eiskalte Biergemisch ergießt sich wie ein Wasserfall über Nestor.

Schallendes Gelächter von Sepp.

»Jungfräuliches Bier. Das muss dir schmecken. Ist es dein erstes Mal, dass du etwas mit einem Mann ausprobierst?«

»Ich probiere nichts aus.«

»Krieg dich schon weich, mein Junge.«

Er taucht die Schaufel erneut in das Becken ein. Diesmal gelingt es Nestor, das auf ihn zukommende Gerät von sich zu stoßen. In einer Fontäne klatscht der gelbe Saft literweise an die Tür.

Mit Schmackes landet die Schaufelspitze an Nestors Hals und drückt ihn gegen die Tür. Er fühlt sich wie eine auf einen Zahnstocher aufgespießte Fliege.

»Ich will dein Gebiss sehen«, ruft Sepp und fummelt mit seiner Hand in der Hosentasche herum, bis er die kleine Taschenlampe vom Schlüsselbund abgenommen hat. Mit dem Wort »Fang« wirft er Nestor die Miniaturversion einer Stabtaschenlampe zu.

»Leuchte damit in dein Maul. Ich möchte sehen, wie jungfräulich deine Zähne sind. Ich hasse Plomben. Ich stopfe nur einwandfrei saubere Münder.«

Nestor hat schon Schwierigkeiten genug, das kleine Ding in seiner Hand zum Leuchten zu bringen.

»Vorne am Kopf drehen. Mach schon. Reinleuchten.«

Das Schaufelblatt drückt stärker gegen den Kehlkopf. Nestor stützt seinen Unterarm gegen den Stiel, leuchtet sich mit der Taschenlampe selbst ins Gesicht und schluckt den Lichtstrahl. Einzelne Ausreißer machen ihn blind. Nur peripher bekommt er mit, dass Sepp am Beckenrand näher rückt und sich damit plagt, sein Handy in Position zu bringen.

»Mist, das Bild ist verwackelt. Leuchte gefälligst nochmals rein in das Loch. Ich möchte es sehen, bevor ich es ficke.«

Das Blitzlicht blendet Nestor vollends. Er darf Sepp nicht an sich ranlassen.

»Mit mir nicht«, schreit er und drückt, so fest er kann, die Schaufel von sich weg.

Der Dicke verliert die Kontrolle über seinen Stand, ein Bein rutscht nach vorne ab und trifft den Bierkrug, der stumm ins Becken kippt. Mit letzter Kraft stößt Nestor den Schaufelstiel gegen Sepps Bauch. Der tanzende Bär am Beckenrand schwankt und gerät in Rückenlage. Mit einem gewaltigen Platsch landet der Dicke in der schaumigen Biermasse, die ihn verschluckt wie ein Moor.

»Scheiße!«, schreit Nestor auf. Er hat das Ende der Schaufel noch in der Hand. Sepp schlägt wie wild um sich. Schaumfetzen fliegen durch die Luft.

»Halt dich daran fest«, ruft Nestor und bringt den Stiel über dem Ertrinkenden in Position. Sepps Hände entreißen ihm die Schaufel. Wie eine Lanze stochert sie durch die Luft. Nestor muss in Deckung gehen, um keinen Schlag abzubekommen. Langsam wird das Geblubber schwächer und der Wellengang milder, bis der bräunliche Schaum harmonisch wie in einer Entspannungs-Badewanne wogt.

Der Stab ragt an einem Ende des Beckens wie ein Schiffsruder in die Höhe. Darauf befinden sich seine Fingerabdrücke, schießt es Nestor durch den Kopf. Er muss das Ding versenken. Aber der Stiel ist länger als der Beckendurchmesser. Er muss die Mordwaffe mit sich nehmen. Bloß, wie soll er raus aus dem Haus? Sepp hat den riesigen Schlüsselbund mit sich im Becken versenkt.

Panisch irrt Nestor mit der Schaufel in der Hand durch den Gang, klappert eine Tür nach der anderen ab. Erst bei der dritten Türe hat er Erfolg. Sie schwenkt auf, und er steht im Hinterhof auf einer kleinen Treppenanhöhe. Die feuchte Frischluft trifft ihn wie ein Hammer. Sofort knickt er mit dem Oberkörper über das Geländer und befördert einen Schwall an Bier aus seinem Rachen auf den eineinhalb Meter tiefer liegenden Boden.

Nestor gafft in die schwarze Nacht. Die Gebäudesilhouette der Brauerei hebt sich zart vom etwas helleren Nachthimmel ab.

Wie das Auge eines Ungeheuers leuchtet in ein paar Metern Entfernung plötzlich ein roter Punkt auf.

Die Glut einer Zigarette.

Da steht jemand am Ende des Hinterhofs und raucht. Etwa an der Stelle, an der Nestor den Eingang zur Lagerhalle vermutet.

Wer immer dort steht: Er oder sie muss ihn genauso sehen.

Wieder glimmt die Glut auf.

Nichts wie weg, befiehlt Nestors Hirn. Die verkeilte Schaufel knackt in zwei Teile. Zu spät, um wieder umzukehren. Er muss beide Teile mit sich nehmen. Dann sprintet er davon. Auf die Ausfahrt zu.

Sosehr er sich bemüht, geradeaus zu laufen – unmöglich in seinem Zustand. Sein Körper driftet wie magnetisch angezogen nach links. Trotz breiter Zufahrt schafft er es nicht, aus der Ausfahrt zu laufen, ohne die linke Seitenmauer zu streifen. Nestor radiert mit der Flanke die Mauer des Brauereibürogebäudes.

Am Schotterparkplatz öffnet er die Heckklappe des Chryslers und wirft die kaputte Schaufel in den Wagen. Schwankend schafft er es auf den Fahrersitz. Ihm ist übel.

Drei Versuche benötigt er, bis der Schlüssel das verdammte Zündschloss trifft.

Ich muss Heidi abholen, geistert es durch seinen Kopf, und er rüttelt am Schlüssel, bis der Motor anspringt.

Der Wagen fährt los, allerdings im Rückwärtsgang. Das Heck rutscht über eine Böschung ins Bachbett.

Die Hinterräder drehen durch, der Matsch peitscht in Fontänen an den Seiten hoch.

»Spinnst du?« Heidi drischt ihre Faust an der Beifahrerseite gegen die Scheibe. Sie läuft um den Wagen, reißt die Tür auf und prügelt Nestor auf den Beifahrersitz.

»Du stinkst wie eine Brauerei«, schreit sie ihn an. »Hast du dich in ein Bierfass gesetzt? Ich dachte, du trinkst nicht.«

»Mir ist schlecht.«

»Genauso riechst du auch.«

Alles dreht sich in Nestors Kopf. Er kriegt nicht mit, wie die Frau ihr Schlachtschiff aus dem Schlammloch bugsiert. Er will nur noch schlafen.

*

Die Lifttüren des Aufzugs im Krankenhaus öffnen sich. Zwei Ärzte und zwei Krankenschwestern betreten die Aufzugskabine. »Na, komm schon, wir müssen raus«, sagt Heidi und hilft Nestor aus dem Lift.

»Du hast mir die Frage noch nicht beantwortet«, haucht sie streng. »Warum hast du es getan?«

Wortlos starrt er sie an und denkt daran, wie er die Kräusenschaufel am nächsten Morgen am Schulparkplatz von Heidis Chrysler in seinen Toyota verfrachtete und nervös die Schulfenster im Blickwinkel behielt. Wie er die Schaufel im Keller von Majas Mutter deponierte, während Rosi einen Stock darüber nachgesehen hat, ob jemand da ist.

»Wolltest du mich rächen? Weil Sepp gewonnen hat?«

Nun ist ihr Lächeln kein verstecktes mehr, sondern reicht von einem Ohr zum anderen. Ihr Gesicht rückt näher. Ihre Lippen pflanzen sich an seine Wange. Schmatzend drückt sie ihm einen Kuss ins Gesicht.

»Dafür gibt's eine Belohnung. Setz dich schon mal in meinen Wagen. Wir fahren gleich zu mir. Aber zuvor muss ich einer alten Freundin kurz Hallo sagen.«

Nestor sieht ihr nach, wie sie zu den Treppen marschiert. »Wirst du es ihr sagen?«

Sie dreht ihren Kopf nur kurz über ihre linke Schulter und zwinkert ihm zu.

Eine steife Brise liegt in der Luft. Der Herbst ist nicht mehr weit. Er spaziert über den Parkplatz auf Heidis Chrysler zu. Relativ spät fällt ihm der Mazda auf.

Inspektorin Wolke Böhm lehnt lässig an der Motorhaube. Arme vor der Brust verschränkt. Sie wartet auf ihn. Ihr zufriedenes Lächeln behagt ihm nicht. Neben ihr ein Kollege, der ebenfalls zu Nestor blickt.

Sie weiß nichts, mach dich nicht fertig, redet er sich Mut zu, auch wenn sich seine Knie weich anfühlen, als würden die stützenden Bänder und Muskeln ihre Arbeitsbereitschaft verweigern.

»Sie haben das Bild von Svetlana und Maja von Svetlanas Handy an die Assistenten von Sebastian Leinzh geschickt, richtig?«

Nestor bemüht sich, so ruhig wie möglich weiterzugehen.

Er hat jetzt beinahe die Höhe des Mazdas erreicht. Die Inspektorin stößt sich mit dem Hintern von der Karosserie ab und kommt schräg auf ihn zu.

»Weil Sie sich sicher waren, dass die Polizei zur Blockhütte von Oliver Klärens kommen wird. Sie wollten Klärens den Mord in die Schuhe schieben.«

»Ich habe keine Ahnung, wovon Sie sprechen.«

Wolke bleibt breitbeinig vor Nestor stehen. Ein Arm schwenkt zu ihrem Fahrzeug.

»Darf ich Sie einen Moment zu mir bitten?« Sie führt ihn an die Breitseite ihres Mazdas und klopft an die Seitenscheibe. Die hintere Tür geht auf.

»Rosi!«

»Hallo, Nestor«, sagt sie schüchtern und traurig.

*

Ein paar Tage zuvor:

Rosi kommt in die Küche des Kaffeehauses und klatscht in die Hände.

»Wo bleiben die Bestellungen für Tisch dreizehn und vierzehn? Die Gäste haben schon mehrmals nachgefragt und werden allmählich ungehalten.«

»Fast fertig«, erwidert eine Frau mit Schürze und schiebt ihr ein Tablett auf einem Aluminiumtresen entgegen.

Rosis Handy in der Tasche am Hintern ihrer Jeans vibriert. Sie zieht es heraus und nimmt es ans Ohr.

»Berni, nicht jetzt. Ist ganz ungünstig.«

»Der Typ ist da.«

»Welcher Typ?«

»Der Sepp auf dem Gewissen hat.«

Rosi schluckt, tritt einen Schritt zur Seite, um den Lärm des klappernden Geschirrs abzuschirmen.

»Wie meinst du das: Er ist da?«

»Hier, in der Brauerei. Ich habe ihn mit der Taschenlampe konfrontiert, die ich neben dem Sudhaus gefunden habe. Sepps Taschenlampe. Du weißt schon – die er immer verwendet …«

Plötzlich hört sie Lärm aus dem Telefon.

»Berni?«

Aus dem Handy tönt ein fürchterlicher Schrei.

»Berni!«

Ihr entgleitet das Telefon. Sie stürmt aus der Küche.

Bei der Brauerei blockiert ein Bier-Transportwagen mit blinkenden Warnlichtern die Einfahrt. Aus allen Himmelsrichtungen kommen Menschen angelaufen.

Dieter Maierhofer kniet am Boden. Neben ihm ist das Kopfsteinpflaster rot getränkt. Aber es ist nicht sein Blut, sondern das des Mannes, dessen Kopf er im Schoß hält.

»Berni!«, brüllt Rosi und wird von einem Passanten aufgehalten.

»Rosi, das solltest du dir lieber nicht ansehen.«

»Lass mich los.«

»Bleib zurück.«

»Ich muss zu Berni.«

»Bernhard ist tot!«

»Nein!«, schreit sie und strampelt mit Armen und Beinen, weil sie mittlerweile gleich zwei Personen zurückhalten. Sie stürzt auf die Knie, keine vier Meter von Berni entfernt, der hinter dem Heck des Lastwagens auf den Kopfsteinpflastern liegt.

Heulend krümmt sie sich zusammen. Da sieht sie es: Die kleine Taschenlampe, die in einer Furche zwischen zwei Pflastersteinen klemmt.

*

Wolke hebt den Beutel mit Daumen und Zeigefinger in die Höhe, in dem die kleine Taschenlampe steckt.

Sie genießt es, wie sich das Gesicht dieses Lehrers kreidebleich verfärbt.

»Ich bin mir sicher, wir finden auch Ihre Fingerabdrücke auf diesem Ding.«

Im Augenwinkel nimmt sie wahr, wie Rosi zittert und scheppert. Die Kleine wird ihr noch kollabieren.

»Nehmen Sie wieder im Wagen Platz«, sagt der junge Polizeikollege zu ihr und hilft ihr beim Einsteigen. »Und Sie können auch gleich mitfahren«, befiehlt er Nestor.

Wolke zupft den Ausdruck eines Fotos aus ihrer Aktentasche.

»Nachdem Rosi uns heute kontaktiert hat, habe ich das überbelichtete Foto aus Sepps Handy von unseren Experten nochmals bearbeiten lassen. Das Ergebnis sieht zwar nicht toll aus, aber trotzdem sehr beeindruckend, finden Sie nicht?«

Sie reicht das Blatt zurück und wartet, bis es ihr aus der Hand gezupft wird. Dann beobachtet sie Nestors Reaktion. Er starrt auf das Foto.

Wolke liest aus Nestors Augen, dass er genauso gut wie sie weiß, dass es die Großaufnahme eines Gebisses ist. Und der Schneidezahn darauf eine charakteristische Form zeigt.

»Schenken Sie mir Ihr schönstes Lächeln«, grinst Wolke.

# Epilog

Diotima darf am nächsten Tag das Krankenhaus verlassen. Schonung hat der diensthabende Arzt ihr mit auf den Weg gegeben, aber Wolke weiß, dass die Chefinspektorin sich nicht daran halten wird.

Wolke parkt den Mazda vor Diotimas Haus, hüpft aus dem Wagen und sprintet zur Beifahrerseite, um ihrer Kollegin aus dem Sitz zu helfen.

»Bin kein Baby, schaff das schon.«

Trotzdem stützt Wolke ihre Kollegin bis zum Lift. In der Wohnung empfängt Max die beiden Sonderermittlerinnen.

»Willkommen zu Hause, Schwesterchen.« Er schwenkt die Tür zur Seite und zwinkert Wolke zu. Beide beobachten sie genau, wie Diotima reagiert. Zwei ganze Sperrmüllcontainer hat es benötigt, um den gröbsten Dreck aus Diotimas Wohnung zu beseitigen. Wolke und Max haben die meiste Arbeit zu zweit erledigt, für die schweren Gegenstände aber auf ein paar Kumpels aus Max' Büro als Unterstützung zurückgegriffen.

Die einzelnen Zimmer sind jetzt wieder als Vor-, Schlaf- und Wohnzimmer zu erkennen.

»Seid ihr wahnsinnig? Was habt ihr angestellt? Ich bring euch um.«

In der Mitte des Wohnzimmers stehen noch rund sechs, sieben große Bananenschachteln.

Vor einer der Kisten geht Diotima in die Knie und zupft die oberste Zeitung vom Stapel: Das *Kaiser-Blatt*. Auf dem Titelbild schüttelt der Bürgermeister von Loisbach Wolke die Hand und grinst in die Kamera. »Es war Mord – Wiener Kripo stellt den Mörder des Loisbacher Bierkaisers« – ein Artikel von Paul »Schrotti« Schrotter.